U0868709

[清] 谢振定 撰 — 吴小倩 喻几凡·梅国华 校注

谢振定集

岳麓書社·长沙

湖湘文库

续编

《湖湘文库续编》编辑出版委员会

顾　问　沈晓明　毛伟明　毛万春　李殿勋　乌　兰

主　任　杨浩东

副主任　秦国文

成　员　叶仁雄　季心诠　卿立新　甘跃华　雷鸣强
夏智伦　覃万成　刘文杰　李爱武　胡振荣
叶建军　钟　君　陈远平　姜　猛　李文才
胡代松　邓　卫　蒋洪新　刘起军　任晓山
黄　海　贺砾辉　彭　玻　杨　壮

《湖湘文库续编》编辑出版委员会办公室

主　任　卿立新

副主任　钟　君　陈远平　任晓山　黄　海　贺砾辉
彭　玻　杨　壮

成　员　张云峰　陈湘文　李　斌　贺美华　段晓明
周亦翔　谢清风　杨俊杰　崔　灿　马美著
蒋　浩　王文西

《湖湘文库续编》学术委员会

主　任　安平秋

副主任　唐浩明　朱汉民

成　员　万　里　王兴国　王泽应　邓洪波　向志柱
刘雪平　寻　霖　李鄂权　肖永明　吴仰湘
张松辉　张春龙　陈书良　陈代湘　陈松长
陈蒲清　郑贤章　姜广辉　夏剑钦　郭伟民
龚笃清　雷　磊　雷树德　熊治祁　熊建华

装帧设计总监　戴　宇

前　言

《知耻斋诗文集》（含诗集六卷、文集二卷），清谢振定撰。谢振定（1753—1809），字一斋，号芗泉（一作“香泉”），湖南湘乡人，[①] 官至御史、礼部员外郎。关于其生平事迹，有其子谢兴峣所撰《行状》，叙述颇为详尽；此外，在《清史稿》卷三百二十九、《清史列传》卷七十二、《（光绪）湖南通志》卷一百八十一、《（同治）湘乡县志》卷十七、李元度《国朝先正事略》卷二十一及近人蔡冠洛所纂《清代七百名人传》等史籍中均有简要介绍，本书附录中多有收录，大家可以参看。这里谨对谢振定其人其书相关问题稍作阐述，以方便读者把握主旨。

一

说起谢振定，不能不提其“烧车”之事。清高宗晚年倦勤，和珅得恃其便巧，而肆其饕餮之性，势焰熏天，时任监察御史的谢振定竟焚其违制车于通衢，直声震动天下，不仅为当时群士大夫所折服，乃至后世凡言及和珅者，多不忘提提“烧车御史”之事，真可谓不朽！但需要指出的是，振定却并非好立崖岸之人，从文集中

① 其字号，各书微有不同：《（光绪）湖南通志》、王昶《湖海诗传》作“字芗泉”，李元度《国朝先正事略》作“字一之，号芗泉”，《清史稿》作“字一斋，一字芗泉”，《清史列传》仅作“字一之”；而其子谢兴峣等所撰《行状》、弟子吴云所为《墓表》，及交游最密集之友人秦瀛、法式善所撰《墓志铭》《墓表》，包括《（同治）湘乡县志》等，均作“字一斋，号芗泉”，当从之。至于其籍贯，本隶长沙府湘乡县，今属娄底涟源市，在金石镇桃林村尚有其故居“乐恺堂”，俗称“谢家大屋”，为湖南省级文物保护单位。

《与唐陶山书》《与李啬生书》可知，直到事发前不久，振定尚抱定“不急赫赫之功，不博矫矫之誉”的打算。他认为，“人望而畏，非任重致远之道”；“东汉士高节义”“北宋道分洛蜀”及明末东林之党，皆因崖岸高峻而遭小人算计，其害乃及于国家，故不可不慎。但他后来竟赫怒烧车，并因此而落职，事态发展超出其预期，盖因和珅妾弟仗势横行无忌，甚是嚣张，非赫怒无以折其气焰，因缘际会，其势不得不如此，此即其《答李啬生书》所说“圣贤之抱负可包乎今古，而不能与天地争治乱之权”的意思。《答李啬生书》大致作于嘉庆元年丙辰（1796 年）振定罢官之后，其中有云：

窃以古人建功树名，皆其平生之学问经济，足以涵盖于一切，而偶然适逢其会，举而措之，故能乘时利用，自致于不朽，而固有幸有不幸焉，则非人力之所能为也。

引文中的“经济”，即经世济民。此段文字说得甚明白，若非时运不济，他原可以运用其平生所学，施展其才华，以经世济民，建功树名。故嘉庆四年（1799 年）和珅倒台后，振定被特旨以礼部主事起用，便思竭忠图报，迫切欲有所作为，故立马“应诏陈言，即条上时务数事”。惜未被采用。其之后的经世作为，则突出体现于嘉庆十一年（1806 年）出视通州坐粮厅后，修公廨，革陋规，疏通张湾故道，开果渠、温榆河等以利漕运等。《清史稿》赞其“裁革陋规，兑运肃然”，《清史列传》亦载：“勇于任事，革陋规，厘剔丛弊，以劳瘁卒官。”

据秦瀛所撰《墓志铭》，振定“性慷慨，好谈时务”，“勤于职业，务持大体”。观《与唐陶山书》，其劝陶山要做豪杰之士，应当“立命”，而不能如同中人以下仅仅满足于“安命”而已。他说：

若夫豪杰之士，大有过人之才之识，其必有所以立命者，而成败利钝固不足以扰其中也。居恒读古人书，动以天下为己任，一介之士，苟存心爱物于人，必有所济。

这话说得豪迈大气，令人备感鼓舞。《与唐陶山书》大致作于嘉庆元年正月，其时振定的同乡后进唐仲冕［字六枳，号陶山，湖南善化即今长沙人，乾隆五十八年（1793 年）进士］，刚刚步入仕途，授江苏荆溪知县（后调吴江吴县），写信给振定，欲另谋出路。振定直接回复他："改图之说，再四思维，断乎不可！"对他说了番掷地有声的话语（文繁不备引），对唐仲冕实有振聋发聩的功效。仲冕后来官至陕西布政使，三权陕西巡抚，成长为嘉庆间名臣，颇有作为，载籍称其："学有本原，明体达用，有古儒硕名臣风。所至勤求民瘼，振兴士气，兴大利、除大害，赤紧繁剧，措理裕如。"① 或与振定的激励不无关联。

另一位同乡后进陶澍［字子霖，一字云汀，湖南安化人，嘉庆七年（1802 年）进士］，与振定的关系也相当密切，观振定为陶澍父亲陶必铨所作《萸江陶公墓表》，及陶澍《印心石屋诗文钞》中诸如《送谢芗泉先生典试秦中》《祭礼部谢芗泉先生文》等诗文可知。振定去世，陶澍为其编次遗著，盖与吴云同执弟子之礼，足证二人关系非同一般。陶澍其人，在湖湘间可谓家喻户晓。有人曾说，"湖南之盛，始于湘军"，② 而曾、左、胡等湘军巨头皆受陶澍沾溉匪浅，故陶氏对于湘运之兴厥功甚伟。然而若是追本溯源，陶澍受振定的奖掖也不在少。陶澍后来官至两江总督，治行卓异，前人早有定评，其作为嘉道光间讲求经世学的巨擘，我们或许也能从振定那里找到些渊源。

另有周锷，也是振定同乡，且交情甚笃。振定曾自言："余与春田自麓山同砚席，迄今二十余年，既同官京师，月无三数日不相见。"（《江亭话别图序》）此"春田"，即是周锷［字莲若，号春田，长沙人，乾隆五十二年（1787 年）进士］。罗汝怀《湖南文征》说："春田为诸生，与溆浦严乐园廉访如熤，读书岳麓，讲时务，为经世学，守苏州甚有政声。"③ 据笔者查考，振定乾隆四十五年（1780 年）中进士前，与周锷同肄业于岳麓；而严如熤（字炳文，号乐园，溆浦人，亦嘉庆间经世名臣）大概率于是年进入岳

① 罗汝怀：《湖南文征·姓氏传》（《湖湘文库》本），第 1 册，岳麓书社 2008 年版，第 80 页。

② 李肖聃：《湘学略·罗山学略第十六》，岳麓书社 1985 年版，第 193 页。

③ 罗汝怀：《湖南文征·姓氏传》（《湖湘文库》本），第 1 册，岳麓书社 2008 年版，第 79 页。

麓，故与周锷相交甚厚，而与振定则可能没有交集，故二人诗文集中罕见提及对方，但自振定至周锷、如熤，经世之旨一以贯之。

当乾嘉汉学如日中天之际，举世都以文字雠校、名物训诂为事，埋首于故纸堆，国计民瘼不复措意；而以岳麓书院为重镇的湖湘学界，独不屑于饾饤征考，蔑弃那些汉学家的繁琐考据，而究心于义理，以宋儒义理厚植根基，进而讲求经世致用之故。故所谓“湖湘经世派”，若追本溯源，必得以谢振定、唐仲冕、周锷、严如熤等一班乾嘉间湘籍闻人为滥觞，而振定尤为其嚆矢。

二

世人但知振定是赫怒“烧车”的御史，殊不知他文学造诣精深，仅凭其诗、古文辞，就能在文坛占据一席之地。振定出自桐城派古文家程晋芳门下。程晋芳，字鱼门，号蕺园，安徽歙县人，是振定会试时的房师（同考官），其本人则“学古文于刘大櫆”；[①] 而刘大櫆，是被誉为“桐城三祖”之一的古文家，故振定可谓得桐城嫡派真传。近人刘声木撰《桐城文学渊源撰述考》，对他们之间师承关系梳理得十分明白，称振定“师事程晋芳，受古文法，其为文恪守唐宋矩矱，不屑沿袭规仿，兀岸排奡，与古大家相抗衡。诗亦真气郁勃，放笔雄高”[②]。

然《知耻斋诗文集》中提及晋芳之处却不多，至于晋芳《勉行堂诗文集》中更无一字提及振定。其间缘由，或因《知耻斋诗文集》原非完帙，湖南图书馆收藏有清光绪十六年（1890 年）谢霖重修道光十二年（1832 年）其子谢兴峣、兴峘刻本，其子谢兴峣

---

① 参见《清史稿》卷四百八十五《文苑传二 · 程晋芳传》，中华书局 1976 年版，第 44 册，第 13383—13384 页；《清史列传》卷七十二《文苑传三 · 程晋芳传》，中华书局 1976 年版，第 5885—5886 页。

② 刘声木撰，徐天祥点校：《桐城文学渊源撰述考》，黄山书社 1989 年版，第 139—140 页，第 151 页。

识语中，有“计生平所著仅存十之三四耳”之语，[1] 可证。至于晋芳作品中何以不涉振定，则关乎另一公案。张舜徽先生曾征引赵怀玉语，称晋芳遗稿“俱在其门生谢振定处”，而“今考谢氏《知耻斋文集》，乃无一语及此。盖其稿散佚已久，或者未之全成也”[2]。而据笔者查考，实则晋芳大部分遗稿曾委托毕沅刊行而未果，至少其后期作品大致都因此而散失。振定丁巳年（1797 年）罢职南游，自晋芳嗣子程瀚处搜罗到晋芳仅存之遗稿，欲归而付梓，却因复职而未得其暇，故不了了之。振定死后，程瀚即将遗稿索回，后得邓廷桢等资助而刊行，但多为乾隆三十七年（1772 年）前旧作，故无片言只字涉及振定。

当然，获闻晋芳之绪论只是一个方面，而广与当世士大夫游的作用也不容低估。其门生张士元说振定：“性喜诗，能古文，时开筵召客，行觞交错，继以唱酬，诙调至深夜不休。”[3] 在《知耻斋诗文集》中，诸如《四月廿日偕同人丰台看芍药分体得五古成六十韵》之类的宴集唱酬之作，凡数十篇，占相当大的篇幅。其中，有个称引频率极高的人物法式善，颇值得注意。法式善，字开文，别号时帆、梧门等，蒙古人，《清史列传》有传，评价还不低。[4] 他和振定交情十分深厚。翻检式善《存素堂诗初集录存》，其中涉及与振定酬唱之作也有二十四处之多。式善自言，他与振定“性情契合，出入与偕，游燕必共”，[5] 确实不是虚言。

不过，在振定所交游的友朋中，还是以南方人尤其是江南人居

---

① 参考李翠平、寻霖：《历代湘潭著作述录（湘乡卷）》，湘潭大学出版社 2019 年版，第 358—359 页。

② 张舜徽：《清人文集别录》卷六《勉行堂文集》，华中师范大学 2004 年版，第 166 页。

③ 张士元：《湘乡谢公述》，载（清）钱仪吉纂《碑传集》卷五十七《清代碑传全集（上）》，上海古籍出版社 1987 年版，第 302 页。

④ 国史馆臣撰，王钟翰点校：《清史列传》卷七十二《文苑传三·法式善传》，中华书局 1987 年版，第 18 册，第 5948—5949 页。

⑤ 法式善：《存养堂文续集》卷二《诰授朝议大夫礼部员外郎前翰林院编修江南道监察御史谢君墓表》，《清代诗文集汇编》（435），上海古籍出版社 2010 年版，第 404 页。

多。振定曾说：

余于江南人有夙缘，盖尝三至江南矣。自公卿大夫及韦布之士，相知契者不下数十百人。有志行洁芳、望之生敬畏者，有以古相勖、箴言日闻于耳者，有文采风流不可一世者，约之得十许人，皆时时往来，寤寐间而不能去。（《金台话别图序》）

所谓“三至江南”，即乾隆戊申（1788年）典试江南，乾隆甲寅（1794年）出任江南道监察御史、巡视瓜仪漕务，以及嘉庆初年因“烧车”罢职后所作的“东南汗漫游”。典试江南，拔取了季惇大、赵文楷、吴云、张士元、黄钺、黄丕烈等，“多一时知名士”（《行状》），这批人与振定存在师生关系，在其江南友朋中占据重要地位。巡视瓜仪漕务历时半载有余，结识了袁枚、王文治等江南名士，他们辗转扬州、京口，多次聚会，唱和之作后来由王文治结集为《焦山唱和诗》并书写，请刘次山摹镌立石，今焦山碑林馆尚存有此石刻。[①] 至于嘉庆初年的“东南汗漫游”，《清史列传》有载：

……竟坐罢官。自此直声震天下。性好山水，为东南汗漫游，历五茸三泖，过嘉禾，至西湖，又渡曹娥江，揽盐湖蕺山之胜。所至士大夫倒屣迎之，酒痕墨沈中获其寸纸，珍为珙璧。[②]

与前两次不同，这次没有公务缠身的江南之行，是名副其实的“汗漫游”。据诗文集可知，振定在嘉庆元年十一月初出都，次年春节前后抵达扬州，二月七日与王文治等再游焦山，二月中下旬抵金陵过随园向袁枚问病，清明日与黄丕烈在虎邱泛舟，三月游杭州与秦瀛觞之湖上（秦瀛，字小岘，振定死后，曾为作《墓志铭》，见《小岘山人续集》卷二），登汪辉祖的双节堂读赠言（后为汪作《双节堂赠言序》，汪辉祖也为乾嘉著名学者，且入《清史稿·循

① 其拓本上下两册则网上尋溪书店有卖。（http：//book. kongfz. com/25171/1350444661/）

② 国史馆臣撰，王钟翰点校：《清史列传》卷七十二《文苑传三·谢振定传》，中华书局1987年版，第18册，第5937页。

吏传》)。在此期间，同赵翼、王昶、段玉裁、阮元等名流都有接触。

在这些江南友朋中，袁枚和王文治尤值得关注。袁枚其人，无需笔者缕述，即所谓“文采风流不可一世者”，《清史列传》说他“所为诗文，天才横逸，不可方物”；又称“枚仕虽不顺，而备林泉之清福，享文章之盛名，百余年来无及者”[①]。振定巡视瓜仪漕务时，在扬州拜见了袁枚，这事在《随园诗话》中有两次提及；[②]另，袁氏《手抄本纪游册（日记）》中，更完整地载录有此段交游，披露颇多细节，自二月廿一至五月廿六，二人曾七度晤面。[③]袁枚病故，振定为作《挽袁简斋前辈》诗，其中有“记得三年前识面，邗江春雪夜论文”，“谬许杜韩扛鼎笔，就中得力赏音难”之句，可见袁枚对他的推许。

王文治，字禹卿，号梦楼，江苏丹徒人，与袁枚“同时负盛名”。[④]《清史列传》称其：“天才豪纵，眉宇轩举，少有国士之称。为文尚瑰丽，至老归于平淡。诗雄杰宏亮，不愧唐音。时袁枚壮年引退，以诗鸣江浙间。文治继其后，声华相上下。”[⑤]振定与文治关系十分密切，查《知耻斋诗文集》，其中涉及文治的诗有八首、文章二篇，而文治《王梦楼诗集》卷二十三、二十四也有与振定酬唱诗若干首。振定曾说，自己从十三四岁时就已仰慕文治之名，但凡见到文治的片纸只字，必“乞取之以为珍”。乾隆甲寅（1794

① 国史馆臣撰，王钟翰点校：《清史列传》卷七十二《文苑传三·袁枚传》，中华书局1987年版，第18册，第5883—5885页。

② 袁枚：《随园诗话补遗》卷九之“一三”条、卷十之“一七”条，王英志编纂校点《袁枚全集新编》第10册，浙江古籍出版社2015年版，第864页，第894页。

③ 袁枚：《手抄本纪游册（日记）》卷二《乙卯年往如皋笔记》，卷三《乙卯年闰二月往杭笔记》，王英志编纂校点《袁枚全集新编》第16册，浙江古籍出版社2015年版，第36页，第42页。

④ 徐珂：《清稗类钞·文学类》“王梦楼诗为书名所掩”条，商务印书馆1918年版，第29册，第83页。

⑤ 国史馆臣撰，王钟翰点校：《清史列传》卷七十二《文苑传三·王文治传》，中华书局1987年版，第18册，第5899页。

年）振定巡视瓜仪漕务，督粮船到京口，执后进礼踵门求见文治，“一见如旧相识，因相与定交”。振定盘桓江淮间数月，文治过江造访，“往返以十数计”，倾心为振定引见其好友高弟，相与畅游濒江各名胜，“快然以忘疲”。振定罢职后，再次南游，文治同他登北固、焦山，流连数日而别；又写信勉励他，告以“当海鹏敛翼之时，得究心千古之业”实乃幸事，并对其诗文“痛下针砭”。自定交以来，二人音问相继，“率岁三四至”，振定罢职那年，文治来信尤多。振定将文治的这些来信裒辑在一起，竟成巨册。（以上内容均见于《王梦楼先生哀辞》）可见，文治对振定匡正不少，影响甚巨。

在当时，江南是我国最有活力的地区，不仅在经济上贡献了全国三分之一的财税，文化上也是最为发达的地区，真可谓人文荟萃，时谚有“天下英才，半数尽出江南”之说。乾嘉汉学的所谓吴派和皖派都属于这一地区，而当时最有影响的文学派别桐城派也源自这里。从振定的友朋交往来考察，也印证了这一点。振定得与这些当世名流交游，因博采众议，博洽而多闻，视界自然开阔，其文采风流，非仅是一“烧车御史”名头所能涵盖得了的，诸君自可通过阅读本书以分辨之。要之，振定虽非两湖分闱乡试后湖湘首位致身通显者，却是首位名满天下之人。

伍成泉谨识

2021. 11. 6

目　录

知耻斋诗集卷一

知耻斋诗集卷二

知耻斋诗集卷三

知耻斋诗集卷四

知耻斋诗集卷五

知耻斋诗集卷六

知耻斋文集卷上

知耻斋文集卷下

补　遗

附录三　传记·吊挽·纪事

附录四　师友相关诗文

知耻斋诗集卷一[①]

四月廿日偕同人丰台看芍药分体得五古成六十韵

【题解】本诗系乾隆五十三年戊申（1788 年）四月二十日与法式善、王坦修、萧大经等人受礼部尚书索绰络·德保之子英和之召，同于丰台看芍药作。法式善《存素堂诗初集录存》卷一有《煦斋英和公子招同王正亭坦修、侍讲谢芗泉振定、编修萧云巢大经、学博丰台看芍药》两首，卷下有注作于戊申年。又有见本诗后和作《芗泉编修自丰台归得诗六十韵翌日见投次韵》："未筑林中庐，暂税林下鞅。砚北续遥情，城南发孤想。诸客气鯱鯱，使我心傥傥。及兹花事繁，不惜光尘枉。逶迤芦荻村，辂辘资榆輞。具此腐儒餐，杂彼田家馕。况味托烟霞，萧疏远尘块。十里绿到门，万顷红覆壤。新阴接桑柘，远韵遥篠簜。天晴鱼曝鳞，波平鸭引吭。脱略

① 《知耻斋诗集》各卷及文集卷上原有题署云："湘乡谢振定芗泉著，男兴峣、兴峘同校字，后学安化陶澍云汀编次，门人长洲吴云玉松校订。"湖南省图书馆、上海图书馆所藏嘉庆二十五年（1820 年）本诗集后有吴云记于嘉庆十九年（1814 年）的一篇无题跋。天津图书馆藏的道光二十六年（1846 年）本诗集后有吴云、谢兴峣的无题跋，及《皇清诰授朝议大夫礼部员外郎加二级前翰林院编修江南道监察御史谢芗泉先生崇祀乡贤录》、吴云《墓表》、秦瀛《墓志铭》和贺长龄填讳的《行状》。南京图书馆藏光绪十六年（1890 年）本中诗集后有谢霖的无题跋。本卷收编乾隆五十三年（1788 年）至乾隆六十年（1795 年）间诗作，共收诗五十九题七十二首。

谢羁束，芒角出愤痒。鸾翔会岳峙，鲸铿际溟广。既饭青玉精，要啖黄金颡。虽许胜游畅，勿废忠言说。石错尚砥砺，朋簪肯标榜。名士负嵚崎，名花映炯晃。爱士如爱花，闻名首辄仰。破扉古萝补，曲径稚松仗。品第列签牌，护持加幡幌。莲畦委宿云，泫陇吸晨沆。绰约疑拖绅，低斜未脱襁。庄严拥佛髻，飘忽曳仙氅。不从广陵种，独向丰台长。早绝薜萝绿，遂荷轩冕赏。野人颇居奇，词场互推奖。忆昔西河生，落拓更流荡。才雄消礌砢，气侠任慨慷。佳句诵今兹，美人记畴曩。种树迹渺茫，买花忆凄惘。前贤逐云散，悲歌临风怳。怊怅有遗音，徘徊谁继响？问天首重搔，登城臂斯攘。二句用谢氏事。况复芍药诗，君家最遒上。咀华乃陆离，摛藻复条昶。无酒谋诸妇，有诗压吾党。汩汩势涌泉，挃挃工结网。立言雅包括，征实亦清朗。富贵如浮云，百年寄来往。胡然而崔巍，胡然而瀼瀁。果能不溺志，万事等运掌。浮沉喻芥舟，幽僻问桂莽。顷刻幻态呈，须弥清福享。说饼借蓬门，斗茗憩茅厂。石磬声激扬，绣幢影暄荡。所憩卖花翁居家长斋礼佛累世矣。方知色即空，顿悟一而两。悦耳捐丝竹，入手鄙金镪。旁道戒皈依，胜果无摹仿。我辈固业儒，平居端趋向。泥絮沾岂然，水乳融差仿。随时结花缘，即境偿诗帑。醉乡乐陶陶，香国春盎盎。刻画旖旎姿，现露旃檀像。洞雷震蛰蠖，天风吹肸蠁。蹑屐尚支持，挥毫殊勉强。苇塘狎鹭鸥，柳阴荐腒鲞。起舞讵闻鸡，参禅恒缚象。振君芙蓉裳，回君沙棠桨。握手联漆胶，披臆消翳曭。安得扛龙文，光焰腾万丈。”

夙怀眷丘壑，薄宦羁尘鞅。谈游梦每迷，时有遐然想。觥觥佳公子，吟情寄轩榥。相将理花事，破晓华轮枉。古欢接蕙兰，旧雨联轸辋。驾言利西南，壶觞介厮养。封姨来护幡，稍稍清氛坱。人立柳阴边，连毂穿麦壤。菜畦间枳篱，髯松排篠簜。凫掌镜溪桥，好鸟舒圆吭。微闻花气熏，觅句各技痒。遥知安乐窝，恬然广居广。探花花笑无，顾影问罔两。时邵朗岩探花以事不至，时帆途中得“探花人负探花约，我辈探花花笑无”之句。彳亍过村庄，嘲诙杂忠说。茗战荷花翁，指顾烦标榜。勇步轻遥阡，照野霞光晃。蜀锦丽澄江，浩态纷歆仰。翠叶耸修茎，缃蕊相依仗。将无吴彩鸾，趺坐绿云晃。吹袂送清芬，潮颊醉朝沆。就中推皓白，含芭乍脱襁。静意争群英，奕奕披鹤氅。金带玉盘盂，主盟争雄长。逶迤又一村，目醉不暇赏。懿哉此花海，无负名流奖！虽无丝管娱，幽惬情浩荡。谁饶济胜具，度陌气慨慷。目成致亲昵，梦汝劳畴曩。相逢殊脉脉，使我增凄惘。蝶蜂走相送，把盏神欻恍。清腴学士肠，嚆矢发逸响。风流忆曼殊，是日酒阑，时帆首唱有“旧事风流忆曼殊”之句。吟阵臂纷攘。鲸任破云铿，骏欲追风上。花容比曼卿，得句剧清昶。煦斋和时帆韵云：“欲折将离比颜色，花容得似曼卿无？”座中称赏。诗更艳于花，击节原非党。时帆诗有“人皆清比玉，诗更艳于花”之句。短兵战萧郎，搜括无遗网。萧云巢得七绝十二首，一挥而就。堂堂王内史，气与吟鞭朗。正亭前辈车中先得七律二章。惟余司稿墨，腕脱神弥往。时余主笔誊草，诸君琳琅竞投，几疲于奔命矣。仓黄避三舍，余澜犹滉漾。愿言肆长歌，势似鸣孤掌。挺险步前尘，夕照穿林莽。行行且复止，野老盘飧享。车回苍耳迷，席仍花茵厂。谁言酒户豪，聊使诗肠荡。人生贵适意，腊屐着几緉。何如贾人子，衮衮惜钱襁。挥手申明约，制锦戒摹仿。归来卸单夹，妻孥环相向。问我乐只且，约略述佛仿。眉轩到香国，舌槁负诗帑。沾我濯余尘，续兴倾盆盎。折枝供胆瓶，供养声闻像。色色与空空，八定证肸蠁。一梦四君子，责我诗期爽。微觉口嗫嚅，未免心崛强。虽云骥先驽，肯使鲋输鲞。觉来剪银烛，胪列森万象。吮墨走孱兔，快舸飞轻桨。咄咄卖花声，曙色来朝曭。一哂谢诸君，持示尧夫丈。

吴朴园前辈招同人访菊南西门外，暮归有作并呈钱黼堂、朱章浦二前辈

【题解】本诗系受吴鼎雯之召赏菊归来所作。作时不详，编在卷初，当作于乾隆五十八年（1793年）前。吴朴园即吴鼎雯，字秀亭，号朴园，又号去圃，河南光山县人，乾隆四十三年（1778年）进士，曾以翰林院编修充任四库馆臣，后出为福建粮道，著有《国朝翰詹源流编年》《国朝词垣考镜》《国朝馆选爵里谥法考》。钱黼堂即钱樾，字黼棠，一作抚棠，浙江嘉善人，乾隆三十七年（1772年）进士，官至大理寺少卿、内阁学士，曾充任《四库全

书》分校官。朱章浦即朱绂，字辑五，号章浦，江西新建人，乾隆三十七年（1772 年）进士，授编修，官至湖广道御史，著有《白岩集》。

摊书南窗下，愁拥尘坌积。素心鼓游兴，快若傅两翼。逶迤觅前途，绀宇豁幽僻。初菘茁嫩黄，远树驻秋碧。盆菊澹无语，青女警夜檄。篱东恋初寒，苇栏试风力。山僧品花政，凉燠判标格。新英傲阶庭，众芳委窟宅。阴阳互背向，应候迭主客。吾侪乐萧闲，得暂数晨夕。衔杯情未阑，抚序意若惕。醉吟愧鸣蛩，大雅质词伯。

和褚筠心师移居四首用顾星桥吏部韵

【题解】本组诗系乾隆五十八年癸丑（1793 年）二月为庆褚廷璋迁居作。题下原注："第一首。"天津图书馆道光二十六年本无注。褚廷璋《筠心书屋诗钞》卷十二有《癸丑新正十日邀顾员外星桥、冯侍御实庵、钱殿撰湘舲、周主政约斋小饮，星桥以诗见视，次韵二律》，又有《移居二首用星桥唱和诗韵》《沧云给谏以二月四日为余诞辰贶诗四律，次韵报谢》，而本组诗第四首中有注："二月四日师寿辰，及门毕集。"可见本组诗应作于当年二月初四后不久。顾宗泰《月满楼诗集》卷三十三有《正月十日褚筠心学士招集新居之茶墨间即席有作》："窈窕新居着散仙，风光恰值试镫天。莺花江上三年约，迁居仍欲南归，自书对联有"樱花只许恋三春"句，同好拟改三春为三年云。尊酒春明永夕绿。在座者实庵侍御、湘舲修撰约斋同封。几辈灵光骚雅在，余情湘水茝兰传。时谈视学湘南及后游事。围炉话久忘归去，长许相依茶墨前。"即褚廷璋诗及本组诗用韵之作。褚筠心即褚廷璋（1728—1797），字左莪，号筠心，长洲（今江苏苏州）人，乾隆二十八年（1763 年）进士，官至翰林院侍读学士，以事降主事，乞归。著有《西域图志》《西域同文志》《筠心书屋诗钞》。顾星桥即顾宗泰，一名景泰，字景岳，号星桥、晓堂，室名月满楼，苏州元和人，乾隆四十年（1775年）进士，著有《月满楼集》。

茫茫人海著真仙，小住城南别有天。药圃兰房新位置，酒尊茗碗旧因缘。八砖景忆双趺迹，卅首诗凭万口传。把读当筵频剪烛，无边风月夜窗前。

一片闲云物外仙，真成市隐寄壶天。心忘圭组宁非福，梦到湘山剧有缘。笔沼效灵留楷则，吾邑有洗笔池，为唐褚公遗迹，每春时流水如墨，渐成太极形，则是年科甲必盛。师视学楚南时捐俸建祀褚公，并为之记。藜光分炬炳灯传。侯芭旧是居停客，问字惭虚载酒前。师所迁新寓，振定曾借寓。

詄荡春怀句欲仙，闹灯风里斗诗天。师上元招客，星桥倡为诗，叠韵至三十余首，一时和者十余家。汗流籍湜偏诗集，契合裴王大雅缘。无力买山心自远，有书乞米迹争传。闲鸥惯宿天池稳，欲为先生借箸前。师时有归志。

悬弧高萃会群仙，人坐春风二月天。二月四日师寿辰，及门毕集。自选尊罍评大户，偶开畦圃证闲缘。浮云过眼浑无着，空谷寻声底用传。暂语莺花莫惆怅，悬车须迟古稀年。

罗九峰前辈六十寿

【题解】本诗系乾隆五十八年癸丑（1793年）正月二十日贺乡前辈罗国俊六十大寿作。罗九峰即罗国俊，字宾初，号九峰，湖南湘乡人，乾隆三十四年（1769年）进士，改庶吉士，授编修，充国史馆纂修官，累迁侍读学士，嘉庆间官至礼部左侍郎，工文章，善吟咏，著有《馆阁存余集》。同治《湘乡县志》记载罗国俊卒于嘉庆四年（1799年），享年66岁，以虚岁论，罗国俊应生于雍正十二年（1734年）。诗中有“正好补天置煎饼”句，由此可断本诗作于正月二十。罗氏有《六十初度枉谢芗泉侍御赠诗次韵奉答》：“庸庸幸已佩金鱼，敢谓生来命不如。春瓮喜尝新釀酒，晴窗闲著养生书。暗香月下梅魂返，碧玉阶前柳眼舒。无术补天惭好句，愿言长接笑谈余。”所答即本诗。

何须辛苦注虫鱼，盎盎含春意自如。健笔喜除名士气，冲怀真贮活民书。蓬山绝顶须眉古，花甲从头岁月舒。正好补天置煎饼，醇醪快挹蕙风余。

钱次轩前辈招同人小集赋谢兼调吴朴园前辈

【题解】本诗系受钱栻之邀参加集会的答谢之作。诗中有“小簇春盘旧雨来”之句，可知作于立春日，但年份不详。钱次轩即钱栻，字希南，号静园，又号次轩，浙江仁和人，乾隆四十三年（1778年）进士，授编修，官至广西苍梧道，著有《适意吟》《有真意斋遗文》。吴朴园即吴鼎雯，生平见前《吴朴园前辈招同人访菊南西门外暮归有作并呈钱黼堂、朱章浦二前辈》题解。本诗北京大学图书馆藏道光二十六年（1846年）诗集本有墨笔批注：“泽书吴公，治行第一。”

几年橐笔忝追陪，小簇春盘旧雨来。交到忘形谁主客，狂夸大户选尊罍。挑灯话忘冰衔冷，裹袖珍携谏果回。独怪吴公矜治行，吴时以计典署上考，将之外任。虚劳台隶数相催。

立冬先一日缪申浦前辈招同罗九峰学士、马雪峤宫詹、邵二云侍讲、王一斋侍御、洪稚存编修小集作

【题解】本诗系参加缪晋召集的集会所作，作于九月下旬至十月上旬之间的立冬前一日，年份待考。因洪亮吉中进士在乾隆五十五年（1790年），散馆任编修在三年后，可知本诗作于乾隆五十八年（1793年）或其后。缪申浦即缪晋，字申甫，也作申浦，号寄

庵，江苏江阴人，乾隆四十年（1775 年）进士，授翰林院编修，升侍读，后出任山西平阳府知府，著有《岸舫斋吟稿》十二卷，现存《缪寄庵诗稿》《缪寄庵文稿》《缪寄庵赋稿》《馆课存稿》各一卷。罗九峰即罗国俊，参见前《罗九峰前辈六十寿》题解。马雪峤生平未详。邵二云即邵晋涵，字与桐，号二云，又号南江，浙江余姚人。清代经学家、史学家，乾隆三十六年（1771 年）进士，入四库全书馆任编修，主持《四库全书·史部》的编撰工作，参加纂修《续三通》《八旗通志》等书，著有《尔雅正义》等。王一斋生平未详。洪稚存即洪亮吉，初名洪莲，又名礼吉，字君直，一字稚存，号北江，晚号更生居士。江苏阳湖（今江苏常州市）人，清代经学家、文学家，毗陵七子之一，乾隆五十五年（1790 年）高中榜眼，授翰林院编修。著有《卷施阁诗文集》《附鲒轩诗集》《更生斋诗文集》《北江诗话》与《春秋左传诂》等。

连宵悬槌食指颤，朵云飞下桃花片。黍臛迎冬招酒星，三昧余闲启清燕。七贤恰聚一条冰，方丈何来九霄膳。天厨填檦妙非常，上元夫人传食宪。霞流吻赴青田香，鲸吸坐卷白波远。兴酣三盄急于箭，蹲鸱奇阵交相见。五峰错出觞政严，乡衡仰天尊在面。停尊喝月月倒退，平章大户谁其殿？豪剧因答烂漫情，解酲讵借留犁劝。饱德归来托豪素，摩腹微讶诗肠变。九九画稿更排当，迟彼元阳纡一线。

题张蔚田《秋山行猎图小照》

【题解】本诗系为张蔚田题画像作，作时不详。张蔚田即张文奇（1741—1798），字蔚田，号晴峰，榆林（今属陕西）人。乾隆二十八年（1763 年）癸未进士，初授四川巫山都司，历江西南昌游击、河北总兵，官至提督。

皇朝烁军威，遗甲十三副。肆武举狝典，木兰岁即鹿。秋云万幕屯，鸣镝飞逐肉。耆定武功九，酬庸遍褒录。张侯起期门，扈从驰高足。髀槊靖边氛，功牌积矗矗。勒勋镇江城，祥云捧朝旭。其气整以暇，于田事猎较。踞臂鹰扬开，拳尾獒骄逐。老奚荷长殳，须衍缘坡竹。隔岭知几重，旌蝥互起伏。黄叶下亭皋，顾盼雄川岳。匪关遂游玩，晏安儆酖毒。教骁骋达槼，布库旌善扑。习劳意颇同，丹青神满幅。三十六霜蹄，天风来谡谡。

哭家大兄元亭之讣

【题解】本诗系得到其兄谢振宇去世消息时作。谢振宇卒于乾隆五十五年庚戌（1790年）十二月廿一日，本诗当作于次年初。元亭即谢振宇（1734—1790），字元亭，号松洤，邑优廪生，湖南湘乡人，乾隆三十九年甲午（1774年）举人，充武英殿四库馆誊录官，后署山西马邑、黎城、宁武、神池等县知县，提补五寨县知县，以弟振定赠文林郎，卒于官。

兄昔别我城西角，鬓尚青青发半秃。临行勖我光先人，声咽咙胡泪痕续。太行之西五寒暑，尺素络绎犹竟幅。牛刀小试太仓皇，畏垒传闻尚尸祝。自云书生气未除，得此于民意踖踧。何期哀问破天来，五日嘿嘿卧床蓐。视药视敛付谁何？展纸然疑时翻覆。系匏无计振飞翮，侧身西望心辘辘。残灯黯淡惨寒帷，幽魂仿佛相追逐。忆兄授书刚三龄，神悟趋庭捧柏椟。十一掇芹如拾芥，操觚蜚誉麓山麓。墨沼沉芳三十年，鹗荐因循滞辇毂。捧檄已恨椎牛迟，烹雌还悲炊臼促。呕心琢句帚自珍，露颖出囊锥难卓。屈指行年且周甲，平生未识膏粱福。爱我缠绵意无尽，往复箴铭资砻琢。生惭司马问燠寒，顾影无成空录录。骨肉五地已怆神，那更天涯悲就木。双雏寥阒守门闾，翘首云中盼书牍。如兄撒手已凌云，我生愁苦何时足。人琴俱忘理难遣，连宵梦断吞声哭。夜台漫漫见先灵，为语遗泽事耕读。

九日感怀二首

【题解】本诗系乾隆五十六年辛亥（1791 年）重阳节怀念大兄谢振宇而作。第二首诗中有注“去岁重九接得先兄元亭手书”，说明本诗作于谢振宇去世后的第一个重阳节。

庭树风高簇晚凉，忽惊秋老白云乡。松楸泪冷愁中露，橘柚香沉梦里霜。空有微名斗蜗角，何堪杂佩艳萸囊。白华恨远黄华瘦，独捧遗编罢举觞。

缁素风尘五载余，愁来天上雁行疏。香恬晚菊问知己，语切寒蛩如助余。胜事题糕矜十鹿，酸怀滴泪杳双鱼。去岁重九接得先兄元亭手书。中年丝竹曾何益，邻笛声声怨未除。

恭和筠心夫子归里述怀原韵即用送别

【题解】本组诗系乾隆五十九年甲寅（1794 年）秋和褚廷璋归乡述怀诗而作。褚廷璋《筠心书屋诗钞》卷十二有《甲寅秋老病归田述怀四律》：“卅载回头圣泽饶，片翎何幸傍云霄。量才旧尺惊频简，璋先后视学、典试、分校礼闱暨武乡会试考官凡十膺任使。资政新泥愧滥邀。于学士任内以加级受封，得同二品冠服，惭感逾量。橐笔深严香近侍，叨充讲官直阁事时侍禁廷。著书中外烛高烧。乘纂《西域图志》《同文志》《方略四裔考》诸书，得恭纪我朝大一统之盛。纪恩感遇真千古，夜夜孤棱梦未遥。”“少日雕虫悔壮年，亟思闻道已华颠。累功好许山成篑，深造难期井及泉。百岁君亲输愿力，三生仙佛证因缘。朝来悟得归根意，霜叶风花境惘然。”“受攻璞玉在镕金，师友平生感最深。针芥文章原造命，规绳风雨每同心。清游万里猿声断，余所历楚粤山川胜处，每闻清猿，辄增离索之感。噩梦频年鹤影沈。平生受知师大半者归道山，迩日同年契好中亦多下世者。却轨春明愁日暮，几回卧起动孤吟。”“破书数卷本无家，垅墓归依计未差。敢许优游供老病，徒惭报称说清华。浮生色相鸿留爪，晚节风光菊吐芽。素侣几人还执手，临岐难遣软红遮。”

检点归装万卷饶，满城风雨别丹霄。心惊白发鹓行旧，梦远青山鹤侣邀。离绪仍将斑管述，鸿文不断瓣香烧。布帆安稳鸥波阔，宵望天中北斗遥。

彩笔凌云四十年，致身高踞阆风巅。收来珊树千丝网，涌出璇源万斛泉。丹鼎升沉经小劫，白云去住总前缘。名山事业关情甚，无计攀留倍黯然。

风谊平生重断金，况依绛帐荷恩深。三生片石龙门迹，一曲瑶琴海上心。选胜游酣春酒熟，谈诗趣永夜灯沉。从今扶杖灵岩畔，江鸟江花独自吟。

鲈脍西风梦里家，莺花三载愿终差。传薪侣共愁尊酒，恋阙诗惟感鬓华。是处怕闻寒雁响，经时还忆晚菘芽。五湖烟水盈盈在，莫遣秋云陇首遮。

送初颐园光禄视学湖北

【题解】本诗系送初彭龄出任湖北学政作，当作于乾隆五十八年癸丑（1793 年）五月。初颐园即初彭龄，字绍祖，号颐园，原籍山东莱阳，乾隆十八年（1753 年）迁居山东即墨，乾隆四十五年（1780 年）进士，历官编修、御史、云南巡抚、刑部侍郎、内阁学士，道光时擢兵部尚书。王树春《胶东清代书画志遗》：“初彭龄，字绍祖，号颐园……五十八年三月，转吏科掌印给事中，四月迁光禄寺少卿，五月提督湖北学政。”熊贤君主编《湖北教育史》也有记载。

名高二雅仰风裁，宠命持衡选楚材。冰鉴净增霜气肃，星轺到处菊花开。行吟好和阳春曲，考古频登尔雅台。千载风流江汉地，为凭夹袋贮奇才。

贺法时帆举子

【题解】本诗为贺法式善得子而作，应作于乾隆五十八年癸丑（1793年）八月初五左右。法式善《存素堂诗初集录存》卷四有《八月一日举子志感有序》，序云："乾隆癸丑八月辛酉朔日辰加未，桂馨生。越三日，作汤饼邀诸君饮于诗龛，诸君亦乐余之有子也。越九日，复相与张乐治具，觞予于陶然亭。"赵怀玉《亦有生斋集》有诗记其先期梦人折桂授之，名曰桂馨之事。

种德频年愿甫酬，石帆堂畔石麟游。前缘许认金环旧，吉梦应占玉燕投。农喜稻孙登晚岁，天教桂子冠清秋。何时识得之无字，万首诗成待校雠。

题唐陶山《清湘欸乃图》

【题解】本诗系乾隆五十八年癸丑（1793年）为唐仲冕题画而作。唐陶山即唐仲冕，字云枳，号陶山居士，世称唐陶山。原籍善化（今湖南长沙），后客居肥城县（今山东省肥城市）涧北村，乾隆五十八年进士，初任江苏荆溪、吴江知县，后升任海州知州，官至陕西布政使，代理巡抚，曾主编《嘉庆海州志》，著有《岱览》《陶山集》等。法式善《存素堂诗初集录存》卷四有《送唐陶山仲冕之官江南》，收在乾隆五十八年四月至七月间，本诗当也作于此期间。

昔我游衡山，清秋泛湘浦。绿净五百里，螺蚌粲可数。群峰落明镜，缺处烟岚补。长吟元柳词，怀抱邈终古。君今身在画，清音发柔橹。红蓼白苇间，泛泛狎鸥鹭。川岳有奇气，吸之瀹脏腑。吟情淡如此，昔彦或踵武。江南好风景，更去撷兰杜。我瞻岩上云，蓊然作霖雨。陶山时出宰江苏。

送陶山宰江苏即题其《深柳听莺小照》

【题解】本诗系送唐仲冕往江苏任职时为其题画像作，当与上一首作于同时。

我生之初岁在酉，与君齐年遇我厚。簸扬糠粃忝先庚，校量才情输八斗。琼琚玉佩声珊珊，高摘屈宋追柳韩。真气盘胸郁将怒，云屯万马皆蹒跚。有时匝月不一面，数卷书成贯经传。说诗相戒匡鼎来，环壁却观巨鹿战。矮屋回旋刚廿年，要餐脉望成飞仙。木公错铸六州铁，海上三山风引还。鸾凤卑栖气蓬勃，绾符今得山水窟。风月无边廿四桥，天遣清光植诗骨。奚囊经笥去匆匆，一樽话别羞雕虫。人生那能鹿豕聚，我怀镇拟云龙从。东华十丈探离索，尺鲤一双申后约。披图忽听求友声，渭城唱罢秋旻廓。

题吴玉松《岁除游山图》

【题解】本诗系乾隆五十八年癸丑（1793年）为吴云题画而作。吴玉松即吴云（1746—1837），字润之，号玉松，安徽休宁人，寄籍江苏吴县（今江苏苏州）。乾隆五十八年进士，选翰林院庶吉士，散馆授编修，嘉庆六年（1801年）充任贵州副考官，后又曾充顺天同考官、江西副考官，嘉庆十九年（1814年）外放河南彰德府知府。著有《醉石山房诗文钞》。吴云系谢振定门生，谢氏《知耻斋诗文集》刊刻时即由其校订。吴云于乾隆五十八年进京会试时，曾去拜见褚廷璋，褚氏《筠心书屋诗钞》卷十二有《吴玉松到都喜而赋赠》记其事。同卷又有《为吴玉松题〈除夕游山图〉》，也作于当年，其下有注云："玉松于辛亥除夕偕邹紫珊、袁竹室、汪墨庄游虎阜竹室为图，同人皆有诗。"可证图成于乾隆五十六年，而褚诗及本诗皆作于五十八年。

吴子胸中有丘壑，岁穷不负看山约。朋来偕坐千顷云，天半吟声骇寒雀。玉楼起粟风蓬蓬，山灵如祖李空同。同游汪墨庄山中谈诗骂李空同，事见原序。爆竹声紧且归去，到门拍手迎儿童。

出都门口占甲寅十月廿四日

【题解】本诗系乾隆五十九年甲寅（1794年）十月二十四日从京城出发巡视南漕时作。

七年再出都门道，捧节拳拳感鬓华。风月有缘征蝶梦，壬子岁，梦中仿佛为人书山谷"淮南廿四桥月"诗一幅，字大如斗，后卜筞崇效寺，有"江南风月会重游"之句。江山如旧认星槎。从容天语分明记，投赠诗篇烂漫夸。一时赠诗送行甚众。赌墅吟情应未远，半林黄叶点霜花。

赵北口道中

【题解】本诗系乾隆五十九年甲寅（1794年）十月巡视南漕途中经河北赵北口作。赵北口在今河北省保定市安新县东北部。

风景依稀记戊年，经过远树几重天。潦痕尚渍麦芽短，便有人家种菜田。

和胡黄海任丘旅邸偶作韵

【题解】此诗系乾隆五十九年甲寅（1794 年）十月巡视南漕途中经河北任丘和胡翔云作。胡黄海即胡翔云，字羽溟，号黄海，婺源城东人。贡生，历官泾县、太湖县、休宁县训导等，著有《瓿余诗集》等。此次与谢氏一同巡视南漕。

几行疏柳拂吟鞭，风景依稀异往年。岩桂余香三辅地，清波收潦小春天。同心臭许新相契，信口诗成不待笺。正好龙公初试雪，清怀朗映玉山巅。

阜城道中

【题解】本诗系乾隆五十九年甲寅（1794 年）巡视南漕途中过河北阜城时作，按行程，当在十一月初。

霜气棱棱犯薄裘，渔罾斜挂柳林舟。阜城十里襜帷卷，一塔撑天是景州。

和黄海《途中微雪》作

【题解】本诗系乾隆五十九年甲寅（1794 年）冬巡视南漕途中和胡翔云之作。

六出花飞喜欲狂，朔风斜飐影茫茫。平添眼缬空尘界，寒透窗棱入夜光。螨种潜消占稔岁，葭灰徐引动初阳。西山积玉知多少，漠漠同云绕帝乡。

晓发景州

【题解】本诗系乾隆五十九年甲寅（1794年）巡视南漕途中从景州早起出行时作。

马迹轻尘喷，行行又几程。水清刚见底，山远不知名。初日衔村坞，微霜落旆旌。萧条余细柳，疑是亚夫营。

董子祠和黄海韵

【题解】本诗系乾隆五十九年甲寅（1794年）巡视南漕途中经河北董子祠和胡翔云作。董子祠为祭祀董仲舒的祠堂，在今河北省衡水市景县广川镇。

三载书帷愤，千秋俎豆陈。萧条虽异代，廉直感斯人。入梦龙原矫，董子尝梦蛟龙入怀，著《春秋繁露》。穷经蠖未伸。长沙同剀切，藜阁一精醇。箴拟邪蒿戒，谀宁布被伦。泣麟绵绝业，牧豕怅前因。村里名犹旧，蘋蘩意倍真。我来衔使节，日暮驻征轮。俯仰怀芳躅，凄怆忆劫尘。玉杯渺何处，倾耳听车辚。

畿南吟

【题解】本诗系南下巡漕途中过畿南地区时作，约在乾隆五十九年甲寅（1794 年）冬。畿南包括今海河以南、沿南运河两岸的河北省东南部，以及山东省德州市东部地区。

我行畿南城，积潦满洫浍。负弩逢前驱，守令吁可怪。仓皇趋会垣，大吏生辰届。舞彩欢未央，岂意斯民瘵。愁霖三旬余，十室九已惫。尺一荷鸿慈，争先诵睹快。胡为仍稽滞，流徙日几辈。未邀霶霈恩，崎岖分负载。勃溪随妇姑，垂涎到虾蟹。快哉虎胥囊，戚矣鹄形队！推之纳沟中，孔迩竟何赖。古来重急赈，谁与郑侠绘？太息向朔风，我诗为壁疥。

齐河道中望泰山

【题解】本诗系巡视南漕途中过齐河县见泰山作，时间约在乾隆五十九年甲寅（1794 年）冬。

夙怀眷丘壑，所至穷幽寻。十年混缁素，孤此潇洒襟。南行浃旬日，官柳空萧森。举头忽一笑，山光清我心。乍逢蓼绿华，缥缈云雾深。自成久相昵，揽秀忘崎嵚。天公擅奇巧，图障开平林。暮色峭然合，油油生积阴。明当陟厥巅，俯看云成霖。

固山

【题解】本诗系巡视南漕途中过固山时作，约在乾隆五十九年甲寅（1794 年）冬。固山即崮山，在今山东省淄博市博山区崮山镇，地处博山东南部。

荦确羊肠路，群峰面面来。溪光联断壑，毂响落轻雷。云际轩皇迹，寰中六逸才。苍凉坐怀古，堠鼓数相催。

和黄海齐河感怀

【题解】本诗系巡视南漕途中过齐河和胡翔云之作，约在乾隆五十九年甲寅（1794 年）冬。

山色自今古，浮云任去留。苍黄认陈迹，花月记良游。举世畴青眼，长安易白头。乌聊迟去声归客，惆怅蓟门秋。

羊流店题壁

【题解】本诗系巡视南漕途中过羊流店作，约在乾隆五十九年甲寅（1794 年）冬。羊流店今位于山东省新泰市羊流镇，是泰山羊氏家族发祥地，西晋名臣羊祜的故里，清初因设驿站而更名羊流店。

尚有羊流店，能传太傅名。斯人留厚德，终古重儒生。裘带雍容日，桑枌俎豆情。东山同蕴藉，蘋荐企余清。

一天门

【题解】本诗系巡视南漕途中登泰山一天门作，约在乾隆五十九年甲寅（1794 年）冬。一天门在山东省泰安市岱宗坊北。岱宗坊是泰山的山门，一天门则是天梯的开始。

仓皇鼓游兴，逐境快积想。有如穿珠蚁，慕膻纵孤往。诘屈历九曲，郁纡增悒怏。初经白鹤泉，掉头不一赏。蛇踪溪路蟠，人语木末响。层甍阻却顾，复崖障高仰。醯鸡乃处瓮，烛照不盈丈。扪怀故内讼，移趾仍屈强。遗迹视坊表，游目得轩敞。谁开混沌眉，或借巨灵掌。剑脊拔锋棱，天光豁晃漾。处困而得亨，心怀为一爽。

跨虹桥见唐陶山勒石绝句，欣然如见故人，时唐宰荆溪，诗以寄之

【题解】本诗系巡视南漕途中登泰山见唐仲冕绝句所作，约作于乾隆五十九年甲寅（1794 年）冬。跨虹桥在山东省泰安市泰山上。荆溪即今江苏宜兴。

失喜陶山入望来，丹崖赤字独徘徊。吟情正忆鸣琴暇，罨画溪头日几回。

二天门

【题解】本诗系巡视南漕途中登泰山二天门作，约在乾隆五十九年甲寅（1794 年）冬。二天门即位于泰山半山腰之中天门。

得陇复望蜀，烟寺纷晨炊。曲涧露肝胏，丛石蹲饿鸱。仙人好楼居，别有青眼窥。危桥玉可漱，古洞帘犹垂。想像壶中天，窈冥增然疑。所过有万仙楼、漱玉桥、水簾洞、壶天阁、金星亭诸胜。突兀见前锋，忽然相尾随。论策虽平平，颇识班君奇。故交宛谋面，朗诵陶山诗。所得亦已足，内顾良自怡。胡为展层壑，意外光陆离。虎豹守九关，终古腾雄威。俯仰二天门，古人不我欺。

飞瀑岩

【题解】本诗系巡视南漕途中登泰山见飞瀑岩作，时间约在乾隆五十九年甲寅（1794 年）冬。飞瀑岩又名天河、护驾泉。

石霤中峰劈，飞瀑曳练来。自天张水乐，平地走风雷。题咏此间遍，幽深众妙该。封峦经七二，御帐望中开。其上为御帐坪。

五大夫松

【题解】本诗系巡视南漕途中登泰山见五大夫松作，时间约在乾隆五十九年甲寅（1794 年）冬。五大夫松位于泰山云步桥北侧五松亭旁。《史记·秦始皇本纪》："二十八年，始皇东行郡县，上邹峄山。立石，与鲁诸儒生议，刻石颂秦德，议封禅望祭山川之事。乃遂上泰山，立石，封，祠祀。下，风雨暴至，休于树下，因封其树为五大夫。"

倾盖知何意，商君此并肩。袭封惭五羖，遗恨各千年。

对松山

【题解】本诗系巡视南漕途中登泰山见对松山作，约在乾隆五十九年甲寅（1794 年）冬。对松山位于泰山朝阳洞北，又名万松山。双峰对峙，古松万株，苍翠蓊郁，层层叠叠，又名万松山、松海。本诗北京大学图书馆藏道光二十六年诗集本有墨笔批注："江天漠漠鸟双去，风雨时时龙一吟。”

断壑平分几万寻，苍君分队列层岑。奇姿快睹凤双翼，爽籁时闻龙一吟。久避秦封逃绝壁，独蒙天藻鉴贞心。壁间御制诗有“对松尤奇绝”之句。分明翠盖童童在，珍重曾邀玉辇临。

十八盘

【题解】本诗系巡视南漕途中登泰山十八盘作，时间约在乾隆五十九年甲寅（1794年）冬。泰山十八盘位于对松山北，高阜之上，双崖夹道，旧称云门，今名开山，为清乾隆末年改建盘道时所辟。

鼓吹来松风，瀑影落银汞。临流俯众妙，绿字森种种。遂轻千仞梯，跳跃贾余勇。化工聚奇秀，罗列如星拱。脉脉天尺五，踆乌试推捧。倏忽天一线，望气骨已悚。趑趄顾舆夫，汝勇笑拳尰。前者居益高，后者顶衔踵。失足落万丈，涉想缩如蛹。仰观伏惊魂，独自吟肩耸。

南天门

【题解】本诗系巡视南漕途中登泰山南天门作，时间约在乾隆五十九年甲寅（1794年）冬。南天门又名三天门，位于泰山十八盘尽头，是登山盘道顶端。

不知高几许，到此只山腰。荡荡何年辟，非非上界遥。襟寒沾石气，心古受云潮。亲到三天境，胡劳驭羽飙。

碧霞元君祠

【题解】本诗系巡视南漕途中登泰山访碧霞元君祠作，时间约在乾隆五十九年甲寅（1794 年）冬。碧霞元君为道教山神，全称为“东岳泰山天仙玉女碧霞元君”，是传说中的泰山女神。祠在泰山极顶之南。

作配青圭肃，凌空绛节摇。阴阳双炁合，风雨百灵朝。玉女泉仍洌，铜碑字半销。翛然尘虑净，清磬满云椒。

磨崖碑

【题解】本诗系巡视南漕途中登泰山见磨崖碑作，时间约在乾隆五十九年甲寅（1794 年）冬。磨崖碑在泰山大观峰上，削崖为碑，布满了历代题勒，其中以唐玄宗于开元十三年（725 年）登封泰山时御书《纪泰山铭》最为著名，俗称“唐摩崖”。

岣嵝神碣古无对，七十七字雄南界。浯溪词翰等曹桧，下此纷纷已糠芥。东游又得泰山铭，妙迹神明实一快。开元天子膺天禄，初政雍容歌戬穀。雄文乃出燕许词，天教鬼斧凿穷谷。何须屃赑生灵趺，不碍苦苔蚀边幅。想其鼓臂生云烟，一波一磔飞翩跹。矫如神虬舞霄汉，快如渴骥奔流泉。奇情郁勃自挺持，孝经软媚羞随肩。三尺剥落损全壁，叶彬百八工附益。从官题名久灰烬，臣尉臣李仅可绎。是碑中有裂痕，碑脚字神采略异，盖叶彬所补者凡百有八字，行间有唐、宋、元、明从跸诸臣题名，仅有存者。阅人几度恒河劫，羯鼓花铃今寂寂。摩娑其下三太息，回首晴岚翠仍滴。

孔子岩

【题解】本诗系巡视南漕途中登泰山游孔子岩作，时间约在乾隆五十九年甲寅（1794 年）冬。孔子岩位于泰山西南，传说是孔子与颜回望吴阊门处，故又称望吴峰。

岩岩五岳首，隆隆百代宗。盎然秉元气，宙合终无穷。青帝与素王，位异功则同。偶来小天下，望吴传遗踪。咄咄颜氏子，匹练扪双瞳。纪传尚奇怪，毋乃非中庸。瀑岩溜白日，云驭回罡风。想当浏览时，仁寿观会通。童冠游舞雩，托趣将无同。古苔凛趋步，余此典祀丰。河目宛辉映，执御吾能从。管窥拜灵星，一洗凡论空。

玉皇顶放歌

【题解】本诗系巡视南漕途中登泰山玉皇顶作，时间约在乾隆五十九年甲寅（1794 年）冬。

娲皇补天骖群龙，残砾抛堕沧海东。海若震掉不敢容，蜚廉捧出蓬莱宫。排奡趚趆走齐鲁，余威犹欲撑苍穹。玉皇下唾诎然止，脱帻突露双芙蓉。命曰震旦汝其职，惟助后土苏群蒙。重岩细碎妥位置，领袖部娄魁华嵩。一呼一吸雷雨至，时有密语通天聪。祖龙鞭石亦狡狯，要遣斯篆铭元功。金泥玉简巧相赂，谁其守者大夫松。帝赫斯怒燔炬红，六丁摄取归空空。东吸海水洗尘垢，至今矗立光熊熊。我陟由旬拜青童，摩顶直恐惊鸿蒙。巧偷豪夺不可致，一拳袖去盟私悰。忽逢元君招手笑，谓余小子其勿慵，他年行雨披龙鬃。

谒岱庙

【题解】本诗系巡视南漕途中登泰山进谒岱庙时作，时间约在乾隆五十九年甲寅（1794 年）冬。岱庙位于山东省泰安市泰山南麓，俗称“东岳庙”。

东土开崇镇，明堂此旧基。墠封传尚古，柴望纪隆仪。雉列丹垣肃，虹流紫殿披。柏槐钦古貌，雷电接灵祇。迭代勋原伟，明禋礼亦宜。介圭声赫赫，露冕气嶷嶷。想像诸天外，冥茫九地司。就中谁黑白，余论闹黄缁。奕奕三茅座，峨峨太尉司。馨香同藻荐，弼辅广鸿慈。信美元功擅，无私帝谓知。瓣香申仰止，霖雨及昌时。

芗泉三癖

【题解】本组诗系记酒癖、诗癖、才癖之作。作时不详，当作于乾隆五十九年甲寅（1794 年）南行途中。

小醉癖

饮酒固须才，抑亦邀天福。不忘曲生风，甘作糟丘牧。

觅句癖

快割丘迟锦，来续惠连梦。畴能并驾驱，欣然执前鞚。

爱才癖

牙慧拾余芬，蚓窍续清吟。不有方子春，呜钦谁知音？

三恨词

【题解】本组诗系记少酒、少茶、少才三憾之作。作时不详，当作于乾隆五十九年甲寅（1794 年）南行途中。

酒悭

一呷驻朱颜，糟肉信能久。独有钉座梨，不得近尊卣。

茶厄

何须密云龙，两腋生清风。天然有报施，前身是蒙同。

璞献

枵腹事临戎，十指如悬槌。昨过白鹤泉，疑是堕泪碑。

呈马朗山前辈

【题解】本诗系呈赠马慧裕作。当作于乾隆五十九年甲寅（1794 年）南行途中。马朗山即马慧裕，字朗山，号朝曦，汉军正黄旗人，乾隆三十六年（1771 年）辛卯恩科进士，历任吏部主事，镇江、苏州、扬州知府，河南开归陈许道，陕西、河南等省按察使、布政使，河南巡抚，漕运总督，礼部尚书。

召杜鸿名夙所钦，蓬壶苔印记同岑。梅铺雪海流清韵，鹤唳琴堂写太音。谆挚常留前辈范，冲恬却见古人心。鸣驺无奈匆匆别，三月烟花伫傅霖。

题胡黄海《赆诗图》

【题解】本诗系为胡翔云题画作。王文治《梦楼诗集》卷二十三有《胡黄海将随范荆坡漕使南游，都中诸故人以诗赠行，黄海因绘〈赆诗图〉，为题二绝》，诗中内容上接癸丑年（1793年）中秋之事，下接甲寅年（1794年）正月二十九日之事，而胡氏随范三纲巡视南漕在乾隆五十八年癸丑秋，本诗可能与王诗作于同时，即范、胡离京前，也可能作于此次胡氏随谢南行途中。

翰墨果何物，公然夺珍玩。真宰自蟠际，一缕痴情绊。自我得黄海，融若春冰泮。见猎忽生喜，胡能强抑按。心花为怒开，诗草互点窜。偏师撼长城，奋臂各喘汗。喉吻虽异声，心源乃一贯。平生双白眼，兰交此其冠。谁知先我心，万口竞相赞。懿好将无同，相视一笑粲。千秋励大业，勖矣惜昏旦。送者自崖返，披图独三叹。

焦山待月醉赠诗僧借庵

【题解】本诗系乾隆五十九年甲寅（1794年）冬南下至江苏镇江焦山时赠诗僧借庵作。王文治《梦楼诗集》卷二十三有《嘉平望后二日同谢芗泉漕使、朱白泉观察暨门人鲁选堂焦山待月次谢韵》："海国迢迢夜，清寒不可支。登楼深酌酒，扫石坐论诗。月起潮先报，风回树已知。尚邀高士赏，终惜素娥痴。"作于乾隆五十九年十二月十七日，本诗当即作于同时。焦山位于江苏镇江市。借庵即清恒，字巨超，号借庵，桐乡人，本姓陆，主焦山定慧寺，有《借庵诗钞》。《借庵诗钞》卷一有《梦楼先生同谢芗泉漕使、朱白泉观察暨鲁子山进士过山中，即次芗泉漕使见赠韵》："仙侣扬帆至，风流是我师。室分居士笏，山乞谢公诗。月出林逾静，云归鸟不知。夜深犹贾兴，更比道人痴。是夕谢漕使与朱观察复乘月放舟至金山，故云。”即和本诗之作。

听僧谈便好，况是道林支。独占真仙岛，今看绝妙诗。钟寒山气合，月上海潮知。倚醉匆匆别，何年醒大痴。

王梦楼前辈用焦山韵成长律见赠，依韵奉答

【题解】本诗系乾隆六十年乙卯（1795 年）初依韵答王文治作。王梦楼即王文治，字禹卿，号梦楼，江苏丹徒人，久客扬州。乾隆二十五年（1760 年）庚辰科毕沅榜进士一甲第三，乾隆二十七年（1762 年）任顺天乡试同考官，二十八年（1763 年）任会试同考官，朝廷大考，获一等，例升翰林院侍读，署日讲官。乾隆二十九年（1764 年）外放，出任云南临安府知府，后因下属失职事牵连而免职，从此摒弃仕途，不复就官。后漫游江浙，乾隆三十六年（1771 年）执掌杭州西湖的崇文书院，号称西湖长。乾隆四十三年（1778 年）生辰之际，在杭州天长寺剃度出家，法号达无，字无余。著有《梦楼诗集》《快雨堂题跋》。《梦楼诗集》卷二十四有《次韵酬谢芗泉漕使见赠》一首：“谩道文章系职司，百川东下得公支。孑旌肯贲求羊径，大笔惟涂李杜诗。秋府丰裁瞻豸触，春江冷暖合鱼知。道人老去风华尽，只剩吟情一分痴。”该卷写明作于乙卯年。此诗应为记先一年十二月十六、十七日游焦山之事。

骚坛淆混已多时，凭仗先生独力支。天上前身仙也佛，人间双绝字兼诗。悬空镜净冰心现，匝地花香鹤梦知。自笑彭宣无戒律，衔杯几度恕狂痴。

甲寅嘉平月既望，梦楼前辈招同朱白泉、鲁选堂为焦山之游，夜半与白泉泛舟金山，坐玉带桥玩月，及晓而归，适曾宾谷都转以游山不果诗见寄，次韵答之

【题解】本诗系乾隆五十九年甲寅（1794 年）十二月十七日次韵答曾燠作。先一天谢氏与王文治、朱尔赓额、鲁铨同游焦山，夜又与朱尔赓额游玩金山，到天明才尽兴而归，恰逢曾燠寄诗来，便步韵答之。甲寅嘉平月既望即乾隆五十九年腊月十六。朱白泉即朱尔赓额，原名友桂，字白泉，清乾嘉时人，籍隶汉军正红旗，纳资为兵部主事，充军机章京，累迁郎中，出为江安粮道。鲁选堂即鲁铨，字子山，号选堂，江苏丹徒人，乾隆五十五年（1790 年）进士，由西华令擒巨盗特擢，历任安庆、宁国、广平、保定知府，河坊道。工书，嘉庆年间与洪亮吉等纂《宁国府志》。曾宾谷即曾燠，字庶蕃，一字宾谷，晚号西溪渔隐，江西南城人，官至贵州巡抚。诗、书、画俱佳，为清代骈文八大家之一，著有《赏雨茅屋集》二十二卷，外集一卷。王文治《梦楼诗集》卷二十三有《游焦山同谢芗泉漕使有怀曾宾谷都转，即次宾谷拟游焦山不果诗韵》："塔铃不报江风颠，金焦两点如浮烟。晨曦策马向官渡，谢公今遂寻山缘。先是都运有成约，三日便放南来船。两家宾客盛文采，各斗险韵敲诗篇。山灵拱手已相待，一鞭翻让祖逖先。两公矫矫人中仙，玉堂几载旧往还。传言海国成邂逅，颇疑文星降自天。江干老叟卧寒雪，春蚕瑟缩性所便。闻兹盛举似爬疥，隔宿预将芒屦缠。奚童担酒赪双肩，斋厨急向江楼迁。白泉不速转能至，朱观察闻游，不速而至。南丰临流却复旋。智者难知来日事，我辈且参不定禅。台宗有顿渐，秘密不定。江山清空竹树秀，人生外此何求焉。夜深潮上月亦上，浩荡万顷开琼田。怀人北望但平楚，临风酾酒双峰巅。"即与谢氏同时次韵之作。同卷又有《嘉平望后二日，同谢芗泉漕使、朱白泉

观察暨门人鲁选堂焦山待月次谢韵》："海国迢迢夜，清寒不可支。登楼深酌酒，扫石坐论诗。月起潮先报，风回树已知。尚邀高士赏，终惜素娥痴。"可知谢氏当日另有诗未收入集中。

平生揽胜痴且颠，梦魂清供惟云烟。快登岱顶三万尺，吴门匹练参前缘。平山十日未得到，打冰催放京江船。王事鞅掌肯暇逸，时时高咏松寥篇。梦楼老丈走相召，屐齿未到心已先。凌晨摄鞚同飞仙，目光迢递千帆还。偶依桧竹嗅红雪，平看江海吞青天。一丘一壑极曲折，攀跻缓步随所便。团月魁芋大欢喜，何须十万雄腰缠。五人错落支吟肩，神悟随境境屡迁。剔铭摩鼎坐怀古，随潮溯月乘醉旋。白泉助我贾余勇，精进能参无上禅。剪江一帆去声金山脚，同游二客无从焉。月耶水耶浑莫辨，真看玉带铺琼田。百步洪边游偶然，怀君羽服黄楼巅。

题《茅山礼真图》

【题解】本诗系题画之作，当作于乾隆五十九年（1794年）底至六十年正月在江苏期间。茅山在今江苏省句容县东南，原名句曲山，相传汉茅盈与弟衷、固采药修道于此，故改名茅山。

为访茅君住翠微，漫天风雨惜花飞。灵芝好供先生馔，割得乖龙左耳归。

和宾谷人日登焦山韵

【题解】本组诗系和曾燠游焦山诗作，当作于乾隆五十九年甲寅（1794年）正月初七或其后不久，记与曾燠、王文治、借庵出游焦山之事。曾燠原诗为《赏雨茅屋诗集》卷二《人日游焦山诗》："海潮浮不去，青积汉时烟。人物千秋姓，风涛四面天。云含江气湿，日对寺门圆。此即蓬莱岛，焦公竟作仙。世称焦光曰焦仙。""隔岁曾申约，登高及此辰。天开沧海曙，风入大江春。梅桠岩头活，蛟龙窟底驯。山灵相待好，怜我是劳人。""佛屋起虹光，中多古物藏。鼎文兵气黑，碑字水痕苍。鹤化随仙尉，龙归护法王。鼎曾入严分宜家后归山寺。从来滋考辨，世次未能详。""客有维摩诘，还逢天女来。看经寻岩壁，题字扫莓苔。钟出虚堂静，泉生洞壑哀。试参海云法，答亦厌尘埃。""双阙辟松寥，长通上下潮。乾坤何代画，日月此中跳。人迹无从到，禽声尽意嚣。临江难久伫，寒籁晚萧萧。""双月出空江白，归途景更清。浮槎天汉近，吹笛水风轻。渔火初生岸，楼阴渐下城。何殊游赤壁，一赋尚能成。"王文治《梦楼文集》卷二十四也有《人日同曾宾谷游焦山次韵六首》，记作于甲寅年。

龙堂双翠壁，万古饱江烟。独羡焦公洞，平吞海上天。潮痕开莽苍，树影助青圆。我忆经行处，浮生半日仙。

游情同郁勃，难得此良辰。后我旬余到，输公一倍春。梅根听鹤语，竹外见鸥驯。信美登高客，偏逢日是人。

七种挑生菜，兼多斗酒藏。花光印裙屐，天影落青苍。帽脱支公遁，肩随内史王。左思偕郭泰，宾从我能详。同游者梦楼、借庵及郭、左二君也。

试倚危栏望，风帆面面来。扪碑吊黄鹤，摩鼎划苍苔。袖里闲云入，城头画角哀。花前诗思发，搦管扫尘埃。

大笔淋漓甚，韩苏斗海潮。环檐晨鹊喜，对月夜鼋跳。白板开虚阁，红尘远市嚣。旧游曾仿佛，搔首鬓飘萧。

买山心未遂，蜡屐意同清。好句有天幸，浮云于我轻。胜怀追海岳，昨梦绕江城。载和阳春曲，波澜愧老成。

清燕堂雪夜观剧和梦楼前辈韵

【题解】本诗系和王文治之作，当作于乾隆六十年乙卯（1795年）正月。王文治《梦楼诗集》卷二十四有《宾谷都转招同袁简斋前辈、张警堂同年、谢芗泉漕使清燕堂观剧，归途大雪有作》："自古文章号有神，一时宾主尽才人。已酬东野云龙愿，况有南皮丝管陈。雪与梅花鏖白战，灯连酒海照红春。夜深扶醉群仙散，万道瑶光引路尘。"即系本诗所和之作。

客来不速会如神，婪尾分陪一酒人。每向骚坛矜翦牧，恰占星气聚荀陈。书传蓝本翻新曲，是日演剧即简斋《子不语》中事。句乞红儿隔座春。正好雪飞惭赋手，玉山高朗仰前尘。

和梦楼前辈赠别韵

【题解】本诗系答和王文治临别赠诗，约作于乾隆六十年乙卯（1795年）三月。王文治《梦楼诗集》卷二十四有《送别谢芗泉漕使》："玉梅含雪君寻我，红药翻阶我送君。气吸百川倾美酒，神超千古赏奇文。离怀直溯河流上，秀骨新从泰岳分。芗泉登岱诗苍奇似杜。只恐紫微天上去，频劳回首暮江云。"红药即芍药，花期在春末夏初，约在农历三月，且《梦楼诗集》中，该诗下篇有《三月二十九日宾谷都转邀同张警堂家少林胡香海乐莲裳篠园看芍药即和原韵》，可知谢氏回京之日应在三月二十九日之前。

淮南今雨怅离群，蓬岛先声独有君。每愧过情标月旦，况劳佳句动星文。千秋业是名山擅，八斗才难彩笔分。回首金焦忘不得，燕台高处企郇云。

和尤水村布衣

【题解】本诗系乾隆六十年乙卯（1795 年）三月游尺五楼赏芍药应和尤荫作。尤水村即尤荫，字贡父，一作贡夫，号水村，晚居白沙之半湾，自称半湾诗老，后得痼疾，又称半人，江苏仪征人。山水、花鸟、兰竹皆入逸品，尤长写竹，得文、苏法，著有《出塞诗钞》《墨林今话》等。

斜风细雨访江城，不负闻名是此行。好士每愁珊网漏，忘机新羡海鸥轻。花迎湖舫催诗急，时同人尺五楼看芍药，水村唱为送行诗。月上潮痕入画清。水村画余“月上海潮知”之句为图。惜别自惭知不尽，业修扬许问前生。

和袁种石处士

【题解】本诗系乾隆六十年乙卯（1795 年）三月应和袁种石作。袁种石生平不详。处士，本指有才德而隐居不仕的人，后亦泛指未做过官的士人。

新诗传到凤凰城，淮海相逢一见倾。傲骨久矜山石瘦，离情翻共柳丝萦。能弹绿绮谁中散，难别青山累向平。咫尺欧公凭寄语，可能光逮少微星。

和詹石琴孝廉

【题解】本诗系乾隆六十年乙卯（1795 年）三月应和詹肇堂所作。詹石琴即詹肇堂，字南有，号石琴，江苏仪征人，师从吴锡麒于真州书院，乾隆五十七年（1792 年）举人，著有《心安隐室诗集》九卷、《词集》四卷。

尺五楼头载酒时，花光烛影照离思。盍簪恰应登瀛侣，打桨争传祖道诗。湖上饯别，名士毕集，赋诗者廿八人。五两风轻人易去，二分月好梦全痴。吟逋待了愁难遣，负汝鲈鱼绝妙词。石琴在寓食鲈鱼，投长篇见谢，未有以和也。

和钱玉鱼处士

【题解】本诗系乾隆六十年乙卯（1795 年）三月和钱玉鱼作。钱玉鱼即钱东，字东皋，一字杲桑，号袖海，又号玉鱼生，浙江仁和（今杭州）人。侨寓江苏扬州，室名“双桥书垒”。工诗，尤长词曲，并善书画，学恽寿平笔法。

武林词客滞芜城，叠唱骊歌送我行。情重汪伦潭水溢，装怜陆贾画船轻。南田笔妙神原逸，红药诗成韵倍清。迟我重来梅放日，期君先在桂香生。玉鱼有来秋入都之约。

滕县道中

【题解】本诗系巡视南漕回返京城途中经过山东滕县时作，当在乾隆六十年乙卯（1795 年）五月左右。

枣花香远近，来问古滕阳。长铗谁家子，书田几族粮。麦云团露积，山脊印天光。征马萧萧去，难寻仲虺庄。

三间房题壁早起山行

【题解】本诗作于乾隆六十年乙卯（1795 年）回京赴承德避暑山庄复命途中。三间房位于今北京市朝阳区东部。

苍翠插天表，白云横在腰。回溪喧乱石，微露养新苗。月迥台星朗，吟成宿酒消。仆夫憔悴甚，梦远马萧萧。

至古北口

【题解】本组诗作于乾隆六十年乙卯（1795 年）自承德避暑山庄复命后途经古北口时。《崇祀乡贤录》中记载为五月。古北口又称北口、虎北口，在北京密云东北，为古代军事要地。

驱马关门道，长城咽暮笳。奇峰攒画戟，古树隐归鸦。虎战当年迹，龙光此日华。承平轻地险，四海本为家。

北门雄锁钥，堞古认秦垣。物阜牛羊茁，山排虎豹尊。烟云森气象，晴雨变朝昏。莫惜驰驱远，看山亦主恩。时（日）〔自〕热河恭复恩命回。

丙辰立秋后一日甘西园同年招同人游尺五园分体得七古

【题解】本诗作于嘉庆元年丙辰（1796 年）立秋后一日，即七月初六，为应甘立猷之邀同人游园而作。甘西园即甘立猷，字惟弼，号西园，江西奉新人，乾隆四十五年（1780 年）进士，著有《养云楼诗钞》十卷。法式善《存素堂诗初集录存》卷六有《立秋后一日甘西园立猷侍御招王葑亭友亮、谢芗泉、宋云墅鸣锜金园看残荷感赋》："积雨忽生苔，凉云不离竹。孤亭倚岸敧，水气上衣绿。花开我未来，我来花已落。江南旧酒痕，今日相思客。芗泉在扬州有"酒痕红到绿扬城"句，葑亭云江南人至今诵之。""扁舟净业湖，秋梦迢迢远。水石自清幽，江湖客不返。壬子招诸诗人积水潭小饮，亦立秋后一日也，人多不在。"卷下注作于丙辰年。

闭门不踏软红路，团扇桃笙稳朝暮。乌台旧雨报秋来，为拂轻衫觅秋去。去寻城南韦杜园，竹风终日相周旋。历乱草心翳曲径，敧斜荷盖撑池边。谁欤俯仰怅陈迹，生计求闲堪太息。近水林亭半已荒，向人鸥鹭犹相识。双丸跳荡计赢缩，蝉声消尽樽中绿。罗云下幂送归鞍，蘧蘧梦自漆园觉。鹊桥烟雨又一时，邮筒迸落珠累累。酬吟自写满怀拙，不向黄姑乞巧丝。

知耻斋诗集卷二[①]

出都门口号时嘉庆元年冬十一月出都为吴越之游

【题解】本诗系嘉庆元年丙辰（1796 年）十一月出都开始吴越之游时作。

敢向清时恋涧阿，萧萧华发易蹉跎。凌云气肯消磨尽，旧雨书偏感慨多。歧路缁尘扬子泪，名山心事鲁阳戈。况逢燕市悲歌客，村酒醰醰此夜过。

沧海闲鸥去住身，客途书卷最相亲。诗成无稿挑灯续，梦到奇寒唤酒频。松柏青青惊晚岁，云山冉冉识前因。江南风月重商榷，更泛西湖一倍春。

古意

【题解】本诗系嘉庆元年丙辰（1796 年）十一月出都为吴越之游后作。

---

① 本卷收编嘉庆元年（1796 年）十一月至次年中秋谢氏因烧和珅车被罢官后南游吴越期间所作。回京后编为一集，名为《云将小草》，共收诗八十五题一百二十首。

别酒叮咛去路遥，大堤花艳莫魂消。回头错怪离亭柳，似向行人故故摇。

再谒岱庙

【题解】本诗系嘉庆元年丙辰（1796年）十一月到山东泰山再谒岱庙时作。

破晓风来刮面寒，瓣香重拜古衣冠。梦中霖雨三千界，眼底云烟十八盘。司命果难穷巧宦，狂吟毕竟累粗官。无端百感茫茫集，回首岚光立马看。

再谒元君庙

【题解】本诗系嘉庆元年丙辰（1796年）十一月到山东泰安再谒元君庙时作。

嘉筅当年锡，飘蓬此日程。鸡虫畴得失，卢雉等输赢。梦记三天近，心涵一鉴清。归与吾计拙，只好注长生。

晓发新泰

【题解】本诗系嘉庆元年丙辰（1796年）十一月离开新泰后作。

岱宗山色渺如何，翘首蒙阴翠几螺。隔岭霜浓遥作雪，前村烟软涨成河。衣裘寒重看星堕，铃铎声和得句多。残月朦胧风意紧，数行髡柳太婆娑。

冬至前一日道中寄都门诸友

【题解】本诗系嘉庆元年丙辰（1796 年）十一月二十三于南下途中作。

月痕如水梦迢迢，山路霜凝宿酒消。马踏层冰铿碎玉，人欹乌帽受回飙。塞鸿过影浑无迹，村柝传声半未调。屈指京华旧吟侣，消寒高会定来朝。

半城旅邸偶题

【题解】本诗系嘉庆元年丙辰（1796 年）十一月底于半城停留期间作。半城位于今江苏省宿迁市泗洪县。

客途同索处，形影互相怜。浊酒自斟酌，新诗谁注笺。寒云争树密，纤月向人圆。长啸乾坤阔，蓬莱一谪仙。

车中杂咏

【题解】本组诗共六首，系南游吴越途中随事吟咏，作于嘉庆元年丙辰（1796 年）冬。

席篷

绝迹无行地，平铺一席天。盖弓随俯仰，首尾判方圆。雨急声先到，风回翅故翩。吾生半行役，跌宕此中眠。

风帘

画绝红尘界，寒飙不敢狂。卷舒随气候，边幅甚周防。本以才宜晦，兼之拙可藏。侵晨护诗梦，来到黑甜乡。

毡帷

毚佛回翔地，弥缝表里如。一毡真斗室，三面小穹庐。毳软宜肩臂，蒙茸护佩裾。睢盱吾意适，巢幕且安居。

玻璃窗

馋极看山眼，开窗豁两瞳。不嫌左右望，如在水精宫。破晓刚宜月，冲寒不受风。吉祥占止止，虚白证吾衷。

唾壶

岂有生花唾，能教广袖承。拾余吾不屑，藏垢汝偏能。珠玉九天落，冰霜一片凝。壮心时欲击，揽辔气飞腾。

文具奁

束发从吾惯，长途肯暂离。程才分职守，尽室与追随。画井春畦错，攒苔墨晕奇。奚囊星碎句，抄撮忍相遗。

峒峿山下题壁

【题解】本诗系南游途中于嘉庆元年丙辰（1796 年）冬至江苏峒峿山下作。峒峿山在江苏省宿迁市北七十里。

由来傲骨太嶙峋，七尺堂堂愧此身。与我周旋宁作我，随人俯仰不如人。廿年蓬岛游仙客，两度江南旧使臣。自笑闲云闲不得，又从山水订来因。

柬曾宾谷

【题解】本组诗系嘉庆元年丙辰（1796 年）冬至次年春到江苏时寄曾燠之作。

刚及梅花发，题襟客又来。偶然游汗漫，不尽语俳诙。吟侣添新社，醇醪酌旧罍。只惭江锦割，难敌掞天才。

揽镜身将老，衔杯兴尚豪。乾坤双白眼，岁月一霜毫。乍客羞弹铗，浮生类播簸。不须詹尹卜，荣落听绨袍。

一官真脱屣，啧啧动公卿。想像传闻日，频劳太息声。黔雷憎薄命，脉望误虚名。暂对江天阔，扪胸磊块平。

同汪研芗太守、王梦楼、祝芷塘、茅耕亭诸前辈再游焦山，会饮于归帆读书之堂，晚宿自然庵，醉后有作丁巳二月七日

【题解】本诗系嘉庆二年丁巳（1797 年）二月初七与汪廷昉、王文治等人同游焦山后作。汪研芗即汪廷昉，字晓山，号研芗，安徽休宁（今黄山市）人，官南汇、松江知县，嘉庆七年（1802 年）曾重修《太仓州志》。祝芷塘即祝德麟，字趾堂，号芷塘，浙江海宁袁花人，著有《悦亲楼诗集》三十卷、《外集》二卷、《赓云初集》四卷、《吴任杰离骚草木疏辨证》四卷。茅耕亭即茅元铭，字耕亭，号栗园，江苏丹徒（今江苏镇江）人，诗人、书法家，乾隆三十七年（1772 年）进士，历官内阁学士兼礼部侍郎，河南、广东学政等职。工书法，名噪一时，所临《三希堂法帖》，名流无不

叹服，著有《诵芬斋诗钞》《粟园诗钞》。自然庵即今别峰庵，位于江苏省镇江焦山双峰之阴的别岭上，别峰乃是指该岭有别于焦山山顶主峰（东峰和西峰）之意。

为访梅花信，三年两度来。潮声过高树，天影落苍苔。庵认双峰别，帆看八面开。不愁风引去，身住小蓬莱。

焦山晓起听芷塘先生及毕汝山秀才弹琴梅竹之间

【题解】本诗系嘉庆二年丁巳（1797年）二月初八于焦山早起听祝德麟、毕汝山弹琴作。祝德麟《悦亲楼诗集》卷三十《晨起即事》："晓钟声乍残，山禽啼不歇。披衣上高阁，东升看初日。琉璃世界空，万丈赤光泼。纤翳不能着，金鸦闪背瞥。盥颒未及已，霜雾张去声恍欻。松寥顿不辨，银蒜□难别。岂知蓬岛烟，吹作秣陵雪。转瞚即开朗，暹晶照毛发。咄哉江海中，阴晴善变灭！兹游复何恨，旦暮景毕昵。所惜梅信迟，闰年物候失。似闻海门庵，两株独先发。造访安可缓，香艳果双绝。竹外正徘徊，有客携琴谒。毕汝山明经。幽兴一朝并，相与理数阕。成连移我情，澒洞海天阔。"即记其事。毕汝山生平不详。

江山有清气，泻入七条弦。落指遂超绝，游心何窅然。梅香风澹沱，竹净月婵娟。迷悟同低首，僧雏似解禅。

答祝芷塘先生见赠

【题解】本组诗系嘉庆二年丁巳（1797年）二月初八前往南京栖霞山前答赠祝德麟送行之作。祝德麟《悦亲楼诗集》卷三十有《谢芗泉侍御罢官来游扬润，闲余至京口，舟将发矣，复以余故淹留，临别作诗三首即送其游摄山》："不必石尤阻，欣然为我留。相逢原邂逅，相见倍绸缪。美酒京江市，名山汉隐游。萍踪那可料，芸馆旧朋俦。""两度星轺宠，江南有夙缘。抡才双玉尺，搜粟万楼纷。芗泉曾以典试、巡漕来此。世态穷方见，诗城老益坚。中泠碧波水，依约似当年。""昔有名僧绍，栖霞遁迹深。至今苔藓合，曾荷翠华临。揽胜乘春色，哦诗抉古心。袁安犹健在，杖屦好相寻。谓随园老人。"

岂意萍踪合，京江复小留。愁看双鬓发，心共一丝缪。谈笑真仙侣，江湖汗漫游。焦公遗厂在，身世更谁俦？

风流推二老，蹑屐亦前缘。晓日琴三弄，春风酒一船。怜才收弃拙，谈艺破中坚。却愧从游晚，蹉跎二十年。

去住浑无碍，清谈夜每深。壮怀随激越，胜地费登临。水月成陈迹，云山系别心。吴淞好鲈脍，一棹更相寻。

抵金陵过随园问病

【题解】本诗系嘉庆二年丁巳（1797 年）至南京袁枚处探病时作，约在二月中旬。袁枚卒于嘉庆二年十一月十七日。随园为南京小仓山袁枚住处。

闻抱河鱼匝月中，登堂何幸貌犹童。天留一老光奎壁，客到仓山胜阆蓬。仕隐几人输厚福，笑谈无日不春风。一官去住从容甚，喜见梅花又见公。

题朱磵东画兰卷

【题解】本诗系在南京时为朱成题画作，当作于嘉庆二年丁巳

(1797 年) 二月间。朱磵东即朱成，字圣和，号润东，一作礀东，吴县 (今江苏苏州) 人，工诗，善写兰。

磵东写兰如写字，意在笔先有奇气。磵东作画如作诗，忽然神动天为随。名山看遍留题遍，空谷花来结殊眷。尺二霜毫为写真，墨沈淋漓态千变。钟山山下双眼青，微闻环佩流清馨。下笔通灵我欲妒，占尽人间三洞庭。磵东家太湖而客于楚。

皎皎

【题解】本诗似为赠人之作，然所赠者与作时均不详。

皎皎双明珠，赠君期永好。只今谪仙人，风远蓬莱岛。海水迢迢不可航，乍经鹔蟀如千霜。唾壶击罢我欲笑，斯养卒向才人吊。

同张香岩、朱磵东同游栖霞山，宿般若台

【题解】本诗系嘉庆二年丁巳 (1797 年) 二月中旬与张培、朱成同游栖霞山作。张香岩即张培，字香岩，上元 (今南京) 人，著有《香岩诗存》。栖霞山在江苏南京。般若台在栖霞山珍珠泉东南。

客为游山意洒然，非僧非俗亦非仙。今宵暂领名山福，万壑松涛落枕边。

叠浪岩

【题解】本诗系嘉庆二年丁巳（1797 年）二月中旬与张培、朱成二人同游栖霞山时作。叠浪岩位于南京栖霞山中部。

秀绝江南第一山，巧将叠浪补潺湲。随园妙手辛勤甚，画稿当年几度删。

半山庵与载林上人闲话

【题解】本诗系嘉庆二年丁巳（1797 年）二月中旬游栖霞山与僧载林闲聊后作。载林上人生平不详。

磴道盘纡面面奇，山容如画画如诗。苔凝屐齿僧归暮，天断松梢月上迟。古塔有灵存舍利，白云何意间蛾眉。一樽浊酒三生石，说与人间老道师。

紫峰石丈歌

【题解】本诗系嘉庆二年丁巳（1797 年）二月中旬游栖霞山紫峰阁作。

拨云晓入紫峰阁，石丈趺云见突兀。岸帻不胜清露寒，正襟时受浓烟泼。初疑天公弯紫弧，枉矢飘堕卓长筈。不然达摩乘苇初渡江，锡杖横飞落云窟。岿然静镇几何年，夕翠朝岚慰饥渴。窍透瘦削得未有，苔痕如掌碧鬖鬖。雌霓下饮功德泉，借得赤城光一瞥。狮子狰狞左睨侍，千佛回翔右膝屈。有时招邀九老吟天风，谡谡声闻迭主客。我来仰止叹奇绝，心许栖霞第一杰。笼头纱帽太狡狯，叠浪桃花逊修洁。岳岳风标怀古人，下拜何烦具袍笏。吁嗟乎华林乐游气萧瑟，结绮临春更荒茀！沈郎江令今安在？剩此六代青山一傲骨。

登最高峰

【题解】本诗系嘉庆二年丁巳（1797 年）二月中旬登栖霞山最高峰时作。

平吞云海沁心脾，浩荡天风万里吹。坐揽江山恣长啸，老僧瀹茗为催诗。

峰顶有老桂树偶题

【题解】本诗系嘉庆二年丁巳（1797 年）二月中旬游栖霞山登上最高峰时题老桂树作。

不是淮南处士栽，结根犹得近蓬莱。姮娥夜夜光先到，怜自蟾宫小谪来。

题佩香夫人小像

【题解】本组诗系嘉庆二年丁巳（1797 年）二月游南京时题骆

绮兰画像作。佩香夫人即骆绮兰，字佩香，号秋亭，江苏句容人，江宁诸生龚世治妻，袁枚、王文治诗弟子。著有《听秋轩诗稿》。

吟到秋灯语带酸，玉台风调果清寒。攀谈我幸生同世，图与诗人异代看。

名重词坛弟子行，源流人尽识袁王。迩来更契空王法，万点天花快雨堂。

见说幽兰是化身，吟毫特地写精神。一樽酒向骚魂酹，我愧潇湘九畹人。

狮子林

【题解】本诗系嘉庆二年丁巳（1797 年）游苏州狮子林时作，约作于三月初。狮子林始建于元代至正二年（1342 年），属于苏州四大名园之一。

云林画石气浩浩，此是云林一画稿。盆能为沼鱼千里，法可缩地海三岛。洞天六六阅之遍，一壑一丘心所眷。因心作则手高下，意匠未变态先变。升天入地无端倪，堂皇突奥随丹梯。白日沉沉悄将黑，桃源洞口无恒蹊。深谷为陵岸为谷，咫尺天风来谡谡。俯看橘叟弄楸枰，仰视虬髯踞云麓。苍茫画破壶中天，石梁缓步逢金仙。狻猊突目怒牙爪，神球空际相盘旋。搏兔搏象用全力，于斯取义奚迂焉。瑶草一茎不易识，丈六金身化千亿。

清明日虎丘泛舟

【题解】本诗系嘉庆二年丁巳（1797 年）三月初八游苏州虎丘时作。虎丘位于江苏苏州古城西北角。

佳节刚逢桃李笑，千人石上一闲眺。衣香花晕光陆离，东风未到我先到。荡湖艇子架双橹，婉婉吴娘唱金缕。条脱丁当送酒筹，眉黛心中半晴雨。一篙新涨水油油，忘机相对惟沙鸥。有客话旧怅鸿雪，梦远人间秋影楼。

胥门舟中别晤唐陶山夜话

【题解】本诗系嘉庆二年丁巳（1797年）三月初九在苏州胥门船上重遇唐仲冕作。胥门在江苏苏州城西万年桥南。《陶山诗录》卷三《假司马集》有《于役河杂诗二十首》，其第四为："胥江烟雨故人违，忽漫相逢兴欲飞。次日周中苏玉局，往时席上谢元晖。九日渡江遇谢香泉振定。我缘历落方于役，君自逍遥定息机。话别匆匆分手去，伊娄渡口夕阳微。"即记此次重逢事。

送君舟中别，癸丑岁潞河送别。复此舟中遇。各各看鬓毛，意气尚如故。几年双鲤鱼，缠绵道积愫。交永言可深，叠唱诗无数。自我淮南来，凌风欲飞渡。终焉隔带水，盈盈有余慕。萍蓬感东西，鹈蛑变朝暮。宦拙君所同，蓄意无由诉。我今释重负，挥手谢鸥鹭。扁舟汗漫行，双屐云岚布。访戴心所先，把袂忽一晤。君来非我迎，梦寻巧相赴。童窥主情洽，环目交相注。宵寒烛屡跋，琐碎诵新句。游踪述仿佛，略领江山趣。迟我垂虹桥，十日酒中住。

题唐翁泽世兄《琴鹤图》

【题解】本组诗系为唐鉴题画而作，当作于嘉庆二年丁巳（1797年）三月中旬在苏州时。唐翁泽即唐鉴，字翁泽，号小岱山人，湖南长沙人，唐仲冕之子。嘉庆十四年（1809年）进士，授检讨，历官浙江布政使、江宁布政使、太常寺卿。工书，善画梅。

吟笛经笥托相知，喜见芝兰又一时。记取虚堂开粳雪，春风秋雨正炊（麋）〔糜〕。

九霄奋翮有奇翼，东海移情无郑声。旧德传经心最切，乘风何日到蓬瀛。

题金二雅《禊游图》自集禊贴字为诗序

【题解】本诗系为金学诗题画而作，当作于嘉庆二年丁巳(1797 年) 三四月间在江苏吴江时。金二雅即金学诗，字韵言，号莼香，又号二雅，晚号梦余道人，江苏吴江人。乾隆二十七年(1762 年) 顺天乡试举人，补国子监学正，迁助教，任《四库全书》分校，后因丁母忧归家后不复仕。著有《牧猪闲话》《播琴堂诗文集》等。禊游即农历三月三日禊祭之游。

人生胜游非偶然，落笔何以超前贤？一水一山清且妍，中有大文通九元。妙手得之为陶甄，情文相感理自全。潜者飞者鱼与鸢，澄心一缕穷天渊。百家赴腕中有权，我与古人何后先。先生唊名四十年，天遣雅尚娱林泉。百城坐拥供精研，花时修禊披吟笺。吐纳春气春无边，镕八斗才成奇篇。取诸左右逢其源，偏师制胜突无前。真令右军回橐鞬，天衣无缝云锦联。冶春句好争流传，我来暂泊虹桥船。问字独许窥琼编，移情我欲呼成连。为我题画笔如椽，神光直踞金焦巅。继声却惭玉易砖，苔岑同契心拳拳。笔谈聊证文字禅，他日从游愿执鞭。

赠万峰山房诗僧小颠

【题解】本诗系赠诗僧禅一作，当作于嘉庆二年丁巳（1797年）三四月间游杭州时。小颠即禅一，清代浙江杭州西湖净慈寺僧，初名法喜，字心丹，号小颠，桐乡（今属浙江省）人。明代南屏万峰山房元津壑法师六世孙，岭云法师弟子。祖孙七代诗僧，其作品结为《唾余集》《随便集》等。

我结名山缘，信宿住山舫。晓窗林鸟欢，夜榻野狐哄。万个青琅玕，与我相揖让。奇哉独秀石，巧琢费天匠！蓬壶缩咫尺，烟霞幻青绛。堂堂古先生，趺坐白云上。日夕餐湖光，萧然自颓放。就中一诗僧，元理亦清畅。俯视万人海，云何得与丧。长啸惊山灵，绮语破尘障。偶托香严社，顾我非嵇向。针芒引磁石，箭锋避櫜鞬。耽吟乃过我，颠态略相抗。联袂三日游，林泉露真相。望帘涎已流，荷锸死便葬。时逢酒家问，酒债何时偿？

赠栖霞洞僧信傅时武林不戒于火，信傅夜在火所诵佛号者一月

【题解】本诗系为赠僧信傅而作，当作于嘉庆二年丁巳（1797年）三四月间游杭州时。栖霞洞今在浙江杭州宝石山栖霞岭半山腰。信傅生平不详。

冥茫六幕南柯蚁，眨眼升沉偶然尔。永平曾未驮经来，输与古强长不死。我来梦觉春蘧蘧，以游为命何其愚。松竹何缘示密谛，不除凡相终凡夫。信公旧住清凉国，莲花突现广长舌。一串牟尼颔下珠，万家火宅眼中血。箭锋相值静者心，三峰五洞同幽寻。手辟洞天三十七，伫看布地皆黄金。

薄暮同小颠、碧华看莲花

【题解】本诗系与诗僧禅一同游而作，当作于嘉庆二年丁巳（1797 年）三四月间游杭州时。碧华当为僧名。

妙香闻净域，世界此花身。自在亭亭绿，天然朵朵新。玲珑江令笔，流动水仙唇。不语真如澈，相知月一轮。

虔化寄居吴门，求斋额于余，命之曰寄巢并系以诗

【题解】本诗系为人题斋额而作，当作于嘉庆二年丁巳（1797 年）三四月间游杭州时。虔化姓名、生平不详。

此生如寄耳，四大识真空。南华喻鷦鷯，一枝托春风。好鸟相和鸣，寄趣将无同。

永平砖歌为家蕴山方伯作

【题解】本诗系为谢启昆所得八块西晋石砖而作，当作于嘉庆二年丁巳（1797 年）三四月间游杭州时。永平为西晋惠帝司马衷年号，公元 291 年正月至三月改元永平，历时三个月。家，指本家。蕴山方伯即谢启昆，字蕴山，号苏潭，江西南康人，乾隆二十六年（1761 年）进士，历官编修、乡试主考、知府、按察使、布政使、巡抚等职。谢启昆于嘉庆元年（1796 年）十一月奉命调补浙江布政使，嘉庆二年正月十日到达浙江藩署，名为“蓬峦轩”，

这一时期所作诗歌称为“蓬峦轩草”。其《树经堂诗初集》卷十四有《永平砖歌》：“峨眉山下舫斋侧，紫藤花谢薜花碧。闲披榛莽得废砖，上有永平字可识。永平纪年有三代，东汉元魏兼晋惠。文异汉隶石经书，境非魏辖设官地。惠皇初政未凋残，东吴此地盛衣冠。天上改元思永久，人间筑屋报平安。劫灰几更南渡余，屏藩建自洪武初。甲第谁家栖燕雀，研材倚女伴琴书。将以为研也。况有七砖相继出，瓦砾何妨置精室。花阶步影忆当年，宝晋名斋传异日。新作书舫颜曰“八砖”。八法仿佛右军字，古迹可入咸淳志。昨日铁镬移中庭，得此金石称兼备。署内有宋淳祐铁镬。冯氏井文勒皋亭，参军墓碣何君铭。太康咸和认款识，此砖先后登砻硎。典午千年剩遗迹，后乐园中珍拱璧。归装他岁压书船，何异郁林一片石。司署面峨眉山后有园亭，旧名后乐。仁和县皋亭山有晋咸和八年冯氏井砖，于潜县有咸和二年赵参军墓砖，又有何使君太康五年墓砖。”诗题下有注曰：“藩署后圃得残砖，其厚二寸，长倍之，旁有‘永平’字，楷书阴文，余与雒君定为晋时砖，作歌记之。”

古人制器精且坚，脱手便思垂千年。攻木攻金逮抟埴，往往款识工雕镌。后来鉴古剧昭晰，披图列谱穷幽元。锡花雷斧辨铜雀，毫厘千里分媸妍。吾宗方伯有雅尚，欧阳集古同精研。入直旧笑李程懒，运甓今企陶公贤。政简风清气整暇，偶辟畦圃营平泉。八砖陆离出瓦砾，土花拂拭文厘然。永平者七永兴一，楷则犹见波磔全。年纪永平定以晋，如燃犀角烛重渊。东汉北魏阅人代，版图文字殊真诠。李密王建亦僭号，秦蜀地远非唇联。况复永兴相互证，岁月未远何疑焉。作堂庋置志大雅，胸罗万象归陶甄。磨砻圭角呈砚质，牛后直可龙尾捐。屈指苍生待墨润，此中大有霖雨权。我读公诗意飞动，蓬壶日月惊华颠。磨砖作镜抱空志，继声亦复惭寒蝉。闻公济美有令器，森森玉树排风烟。此砖好共经籝传，玉堂世守为良田。

铁镬歌次蕴山方伯韵

【题解】本诗系步谢启昆《宋淳祐铁镬歌》韵而作，当作于嘉庆二年丁巳（1797年）三四月间游杭州时。铁镬（huò）为古时煮盐之器。谢启昆《树经堂诗初集》卷十四《永平砖歌》中有“昨日铁镬移中庭，得此金石称兼备”，下有注曰：“署内有宋淳祐铁镬。”又有《宋淳祐铁镬歌》：“我守润州憩甘露，萧梁古镬空团团。我藩武林访遗器，南宋铁镬文斑斑。其径六尺围丈八，盖稍杀之旁无环。四十石水量不足，桌氏煎金深以宽。不镌铭词示朴质，但有年号无支干。穆陵铸此供享祀，太牢十具隆郊坛。议复三京预凯宴，凤凰山下朝千官。阎马丁当乱国政，六君子去人心寒。堂厨食箸谁敢下，鼎足已折金瓯残。此物未遭总统厄，屹然重宝留临安。至道净慈同不朽，净慈寺铁锅梁贞明二年铸，至道官厨口铁锅宋崇宁间物。土花锈涩生苔瘢。龙翔潜邸逼后市，行中书省通开元。何年捐弃埋废苑，千夫移置围雕栏。蓄以金鳞乐泼泼，胜贮磁盎兼铜盘。庄生齐物契濠上，江湖鼎鼐同一观。当时若烹不吠犬，此镬宜置云台端。宋宁宗潜邸在秘书省右，受禅后改为开元宫，元即秘书省建行中书省，会开元宫毁于火，乃徙宫于故宋公主第，而以宫址拓省治事见《虞道园文集》。此镬为淳祐年铸，意理宗以享开元宫者若毛先舒《蕊云集》所载，宋秘书省有铜缸积水生鱼，当别有一缸，范铜为之，非此镬也。嘉庆二年三月余始移于庭，即为作歌，因附志于后。”

绿莎厅事开蓬蛮，藩署中轩名。中有铁镬云烟团。盈盈一水生微澜，金鳞错落光斓斑。苔藓蚀蠹辨款识，厚唇侈腹形周环。官庖废圃久分庋，我公徙聚中庭宽。作为咏歌藉剖悉，彩笔气象交相干。阴阳对待亦类感，忽然会合叶贞元。想当范金初铸作，太乙橐籥开灵坛。镠金万石归大冶，模范监视劳中官。只惜三京未复真，魏黜再传风雨崖。山寒古物流传五百载，谁为呵护无缺残。我闻青州古寺有二镬，孟尝食客三千旧所安。李伾铸之为兵器，空有锋锷流血瘢。又闻弋阳密岩三镬莲花茁奇珍，无由移置来雕栏。惟兹乘时出光耀，贵如凤匜兼汤盘。游鱼千里足生意，不徒钟繇五熟夸奇观。万家粒食可挹注，伫公调鼎来朝端。

阮芸台学使招饮湖上赋谢兼示同人

【题解】本诗系嘉庆二年丁巳（1797 年）三四月间在西湖应阮元之召同饮而作。阮芸台即阮元，字伯元，号芸台、雷塘庵主，晚号怡性老人，江苏仪征人。乾隆五十四年（1789 年）进士，历乾隆、嘉庆、道光三朝，官至体仁阁大学士、太傅。谥号文达。时任浙江学政。

化工特好事，山水巧位置。我来汗漫游，日夕湖上醉。旷怀白与苏，临流涌奇思。无句酬湖山，望古每滋愧。使君玉堂杰，便便抱经笥。大雅资扶轮，览圣益神智。载酒招吾徒，萧然尚幽寄。六桥箫管喧，人影纷如织。独寻放鹤亭，逋仙企高致。跃鳞荡荷盖，衔杯落山翠。龙虎盛诗朋，苔岑感殊契。先声出蚓窍，十驾驰下驷。伫聆正始音，天风下鸾吹。

宿云栖寺观香光《金刚经》墨迹

【题解】本组诗系嘉庆二年丁巳（1797 年）三四月间游杭州云栖寺时作。云栖寺原位于浙江杭州五云山麓，又称云栖山寺，佛教法眼宗名寺，与灵隐、净慈、虎跑、昭庆诸寺并称杭州五大丛林名刹，民国时没落。香光即董其昌，字玄宰，号思白，别号香光居士，松江华亭（今上海市）人。明万历十七年（1589 年）进士，授翰林院编修，官至南京礼部尚书，著名书画家。原云栖寺寺院壁间留有董其昌书《金刚经》碑石。

隔树钟声出，到门山欲无。笕泉来灶下，斫笋满阶隅。塔认苔纹结，僧如鹤样癯。莲池敦苦行，毋乃愧吾儒。

宝墨贮香光，名山得所藏。法犹传玉版，力似借金刚。太息今无两，摩挲夜未央。欣邀天藻镇，不敢赚萧郎。

理安寺

【题解】本诗系嘉庆二年丁巳（1797年）三四月间游理安寺作。理安寺位于今杭州九溪风景区杨梅岭村古道旁。

天青微雨歇，缓步一筇支。郁郁理安寺，萧萧松树枝。茶香新出焙，禽语惯催诗。双屐寻幽遍，山僧了不知。

天台万年藤（杖）〔枝〕歌谢僧信傅

【题解】本诗系嘉庆二年丁巳（1797年）与诗僧信傅同游浙江天台山作。天台指天台山，位于今浙江省台州市天台县城北。万年指天台山万年寺，位于今天台县城关镇西北万年山麓，为天台山名寺古刹之一。

胜情与济胜，总由天所赋。不然眼前之丘壑，往往探奇窘跬步。我生山水有殊癖，到处勾留印鸿迹。南衡东岱恣览眺，气与云岚斗标格。昔时游焦山，借庵诗僧同跻攀。赠我焦山青琅轩，节目磥砢光斓斒。又游莲花峰，龙门直上扪苍穹。一峰赠我天平拐，鹤膝螭吻疑神工。两条瘦玉具奇致，出险扶危偶一试。不须鞭策逐丁灵，已觉轻身傅双翅。迩来放棹西湖游，湖光山色垂青眸。五洞三峰玩奇邃，就中更契栖霞幽。栖霞山僧更惠天台杖，一奇一偶各呈象。三寿作朋验符契，头角硗硗分俯仰。耆婆石南不知名，对此令人气慨慷。想其托根近洪荒，沐日浴月欺风霜。束筋于骨，炼柔为刚。高穿云罅，斜抱石梁。毓成劲节形昂藏，赤城霞起分奇光。千搜万索乃一得，铁君卓地声锵锵。坐钦古貌朴且拙，仿佛天龙一指揭。却因灵寿羞孔光，要以贞心著奇节。云溶溶，风蓬蓬。我今手挽葛陂龙，会当陟广乘。登丽农，超元圃，凌樊桐。指麾夔跂，揖让乔松。千岩万壑罗心胸，不徒章亥希奇踪，木公金母吾其从。

风利不得泊

【题解】本诗系嘉庆二年丁巳（1797 年）乘船往南京途中作。

风利不得泊，欲向钟陵去。铁锁烧残信偶然，熊旗隼节今何处。君不见七条瘦玉结殊眷，至竟白头悲团扇。

客有欲为余镌诗通天洞者诗以谢之

【题解】本诗系嘉庆二年丁巳（1797 年）在杭州时作。通天洞即龙泓洞，位于杭州西湖飞来峰。

洞可通天路已迷，垂垂石髓老青泥。一从秋壑留名后，多少游人不肯题。洞有贾似道题名。

次韵和小颠送别

【题解】本诗系嘉庆二年丁巳（1797 年）离开杭州时答和诗僧

禅一送别诗之作。

六旬云水共羁栖，费尽湖山月旦题。禅悟早参春梦醒，离怀偏值晓鸿啼。收来行脚诗盈帙，拼得安心醉似泥。慧日峰头忘不得，何时重问武陵溪。

忆湖上

【题解】本诗系嘉庆二年丁巳（1797 年）离开杭州时追忆和诗僧禅一在湖上游玩之景作。

湖光留我住，见惯不宜诗。倚醉呼明月，同僧听子规。钟声先梦到，塔影对床窥。别后劳追忆，云山淡更奇。

题梦楼先生诗稿

【题解】本诗编次在嘉庆二年（1797 年）第二次南游诗中，当系题王文治《快雨堂诗稿》而作。王氏有《梦楼诗集》，成于乾隆六十年乙卯（1795 年）五月，有作者自序可证。虽然谢氏曾于当年秋冬间巡视南漕，并与王氏开始交游，但本诗系题诗稿而非诗集，可知所题为《快雨堂诗稿》无疑。

砥柱骚坛亦有人，不教丝管更翻新。云山韶頀天然在，好与苏黄作诤臣。

游兰亭憩天章寺

【题解】本组诗系嘉庆二年丁巳（1797年）四月初游绍兴兰亭时作。兰亭位于浙江省绍兴市西南的兰渚山麓，原是东晋著名书法家王羲之的园林住所。天章寺在绍兴渚山兰亭右后方，民国时被日军焚毁。

陈迹千年认是非，孤亭遥傍片云飞。茂林修竹魂应恋，虎卧龙跳见已稀。从古山川光翰墨，而今风月剩苔矶。荒祠遗像萦萝薜，付与游人吊落晖。

竹篱松径古天章，不见冬青树几行。南渡衣冠甘党锢，崖山风雨叹天亡。飘零玉匣终灰烬，寂寞兰田艺稻粱。钟鼎山林同一辙，墨池留得姓名香。

再题兰亭

【题解】本诗系嘉庆二年丁巳（1797年）四月初游绍兴兰亭时作，当作于前两诗后不久。

百代沧桑感废兴，劫余谁认宋诸陵。右军亦有荒祠庙，不见长明一盏灯。

禹庙

【题解】本诗系嘉庆二年丁巳（1797年）四月初游绍兴禹庙时

作。禹庙在浙江绍兴市东南禹陵右侧。

八年胼胝当躬耕，一寸阴垂万古名。渐被声灵征玉帛，洪荒天地就权衡。九畴图尚开姬箓，三统人还秉夏正。如此神功膺庙祀，纵横飞蝠点雕楹。

鉴湖竞渡行绍郡祀黄老相公及马太守庙最虔

【题解】本诗系嘉庆二年丁巳（1797 年）四月初游绍兴鉴湖时作。鉴湖在浙江省绍兴城西南。黄老相公系绍兴民间祭祀神明，为主疾病之神。绍兴当地旧时于四月初六举行赛龙舟以迎黄老相公。马太守庙位于浙江绍兴鉴湖之滨。马太守原名马臻，字叔荐，东汉会稽山阴人，永和五年（140 年）任会稽太守。治所水涝为患，马臻发动民众，以工代赈，主持修建鉴湖水利工程，朝廷听信谗言，马臻遭五马分尸。唐元和九年（814 年）重修马臻墓，又建马太守庙。

碧沉天堕镜湖曲，仿佛潇湘一画幅。神龙昂首破空来，作鳞之而突两目。一龙前导群龙随，鼓角喧阗弦管续。幔亭芝盖香氤氲，风荡霓旌红罷罭。侲童危坐冠峨峨，挥麈从容气肃穆。忽然回棹万人呼，花桡齐展百虫足。明妆艳冶来翩跹，高髻如云出新（沭）〔沐〕。照影掠眉故自怜，百八明珠挂胸腹。灵旗飘忽下云中，马守黄公锡汝福。吁嗟乎湘累憔悴伤谣诼，忠愤何心丐尸祝！五丝角黍自年年，那知饩羊昧告朔。庸俗传讹了不疑，十姨五婿等一哭。更怜贺监盟江鸥，醉眠水底何时觉。

郊行

【题解】本诗系嘉庆二年丁巳（1797 年）四月初于绍兴郊游时作。

看山忘远近，蹑屐踏溪烟。雨足分秧水，风清晒麦天。机声出茅屋，花气上渔船。信美沧州趣，环村叫杜鹃。

游吼山

【题解】本诗系嘉庆二年丁巳（1797 年）四月初于绍兴游吼山时作。吼山位于浙江省绍兴市越城区皋埠镇境内，原名“犬亭山”，又名“狗山”。

放棹来绕门，寻幽过皋步。清涟净如拭，白鸥宛相赴。舟从石洞穿，人向竹阴驻。迎客僧赤脚，彳亍导先路。游鳞卧澄波，野鸟弄圆嗉。崭然见山骨，壁立空依附。万笏排云霄，一拳挺烟雾。玲珑露圭角，堂皇出奥阼。迷离斧凿痕，千载藓苔护。匠斫本无意，极目发奇趣。更寻龙首岩，飞泉迸甘澍。跳珠落千尺，触石有余怒。缅昔石篑翁，于兹写心素。一庵留旱宕，老尼静如塑。矫首怀东山，长啸独欣慕。

三江闸观潮

【题解】本诗系嘉庆二年丁巳（1797 年）四月初于绍兴三江闸

观潮时作。三江闸位于浙江省绍兴东北的三江口，即钱塘江、曹娥江、钱清江三江汇合地，有古代大型挡潮排水闸，系明代嘉靖十六年（1537年）绍兴知府汤绍恩主持修建，全闸共有二十八孔。

宛宛长虹联断谷，二十八洞符列宿。汤公相地沉木龙，三江到此归约束。豚鱼利涉占中孚，禹后论功庙貌肃。锵然水石奏笙簧，子蟹溯流小如粟。漫天海气来蒙蒙，咫尺奔涛耸银屋。素车白马声砯砌，伍胥前导文种续。渔人施罟收困鳞，小艇低昂驻回洑。输与白鸥一味闲，万顷冥茫自往复。

和知岩太守泥滑滑行

【题解】本诗系嘉庆二年丁巳（1797年）四月初在绍兴期间和高三畏之作。知岩太守即时任绍兴知府的高三畏，字惕若，河南郏县人，与谢氏同为乾隆四十五年（1780年）庚子科进士，先任吏部主事、员外郎、郎中，后历任江西道监察御史，浙江金华、绍兴、杭州知府，山东运河兵备道。

泥滑滑，雨时若，檐前悬溜银竹落。湖山膏润旧所期，夏雨雨人民气乐。秧稻何青葱，桔槔且高阁。聒聒蛙乱鸣，戢戢笋折箨。三江之闸以时启，无旱无涝卜秋获。民言太守贤且劳，五马时时出郡郭。沙田无际白迷漫，画地分疆费筹度。冲泥陷淖不辞疲，忠信出险牢把脚。关情到旧雨，长歌意有托。视履占考祥，安心觅良药。知君胸涵千顷波，澄之不清淆不浊。甘棠芨憩随所便，伫觇让畔无掎捔。虫臂鼠肝本吾分，何必寄情在丘壑。痴聋作家翁，中孚縻好爵。苍生霖雨属阿谁，我亦浮白神跃跃。

忆梦用柏梁体

【题解】本诗作时不详，当系嘉庆二年丁巳（1797 年）四月初在绍兴期间作。柏梁体为七言古诗的一种，相传汉武帝在柏梁台上和群臣共赋七言诗，人各一句，每句用韵，从而成为一种句句用韵的诗体。

渔翁晒网云水村，轻舟飞渡登天阍。左龙右象严且尊，中有玉女何清温。云是金母八世孙，短发垂垂青玉环。颊晕微留獭髓瘢，问年笑指曲栏干。背诵梵经如澜翻，青梅欲摘嫌齿酸。为我苍黄瀹龙团，琼浆泼乳香于兰。手擗桃脯心关关，春葱匀软承雕盘。赠以香姜如渥丹，明知紫府非尘寰。交甫脱珮礼自闲，清飚飞动送我还。咫尺风引离蓬山，蘧蘧一觉忘朝餐。

望海亭晚眺

【题解】本诗系嘉庆二年丁巳（1797 年）四月初在绍兴期间游望海亭作。望海亭位于浙江省绍兴市府山之巅，现已改建为飞翼楼。

海气微茫浸落霞，亭开越望迥无涯。青畴白水环城郭，万壑千岩到郡衙。台望怪游惟古塔，园留小隐属渔家。玉皇案吏今惭昔，独倚松根数暮鸦。

游蕺山戒珠寺口占赠性海上人

【题解】本诗系嘉庆二年丁巳（1797年）四月初在绍兴期间游蕺（jí）山戒珠寺时作。蕺山为绍兴古城内三座主要小山之一。戒珠寺原为王羲之故宅，位于浙江省绍兴市越城区蕺山南麓，相传王羲之在此居住，曾失落一颗非常喜爱的明珠，怀疑是一位与他过往甚密的老僧所窃，而老僧得知自己的友情被怀疑后，也不作任何解释，只是郁闷不乐，最后含愤而死。事后发现明珠原为王羲之家中的白鹅所误吞，王追悔莫及，舍宅为寺，以纪念老僧，并亲题“戒珠讲寺”匾额，决心戒绝玩珠之癖。

舍宅传书圣，谈元见道林。能参清净理，独契妙明心。镜朗中天月，风恬海上琴。旁通知慧业，小坐涤尘襟。

再示性海

【题解】本诗系嘉庆二年丁巳（1797年）四月初在绍兴期间和性海唱和之作。

僧自天台来卓锡，谈空横辨了无敌。要将性海探戒珠，遂以壮年尸讲席。澜翻舌本转法华，四教渊源特剖晰。此义云自龙树传，往往箭锋贯重的。我闻顿渐宗华严，声闻辟支已陈迹。譬彼乳酥成醍醐，露地白牛不可觌。闻言赞颂为上乘，迦叶拈花信超特。苦心风便大愿船，一（捧）〔棒〕一喝非尔力。传灯指月诱循循，歌利支解同消息。如僧苦行能安贫，会拔众生出火宅。我来蕺山怀念台，证人旧社空寂寂。缁帷道远无僧承，扰攘干禄乃大惑。临风寄慨欲语谁，题扇桥头逢古德。从僧学道知有人，莫任桃花作饭吃。

塔山

【题解】本诗系嘉庆二年丁巳（1797 年）四月初在绍兴期间游塔山作。塔山又名怪山、飞来山、宝林山、龟山，位于浙江绍兴城区南门内，是绍兴古城内的三座小山之一，与府山、蕺山鼎足而立。

飞来山下屋鳞鳞，飞来山上诸天尊。越王怪游了非怪，阅世沧桑难具论。浮图插汉几千尺，飞鸢瘦影贴天碧。江风海月相周旋，秦望卧龙迭主客。支许清言不可寻，锡杖鳗井俱消沉。山灵语我欲飞去，忘却东武来时路。

谒刘念台先生祠

【题解】本诗系嘉庆二年丁巳（1797 年）四月初在绍兴期间拜谒刘宗周祠时作。刘念台即刘宗周，字起东，号念台，绍兴府山阴（今浙江绍兴）人，因讲学于蕺山，学者称蕺山先生。宋明理学（心学）的殿军，开创蕺山学派。清兵入关后绝食而死。今浙江绍兴有蕺山书院，中有刘念台先生讲堂、刘子祠和证人讲舍。

题扇笼鹅迹已陈，证人讲席道犹尊。空言借补弹章阙，一死惟酬养士恩。和靖心传谁后觉，阳明派别本同源。由来不负平生学，绝命诗无血泪痕。

登天镜楼追忆蒋心余先生

【题解】本组诗系嘉庆二年丁巳（1797年）四月初在绍兴期间登天镜楼时怀念蒋士铨之作。蒋心余即蒋士铨（1725—1785），字心余、苕生、薬生，号藏园，又号清容居士，晚号定甫，江西铅山人，祖籍湖州长兴（今浙江长兴）。乾隆二十二年（1757年）进士，官翰林院编修。乾隆二十九年辞官后主持蕺山、崇文、安定三书院讲席。著有《忠雅堂集》《红雪楼九种曲》等。

图书詄宕镜中天，坡谷才名此并肩。夜半吟声山鬼却，司阍话旧一潸然。

南陔馨膳见天真，问字偏多载酒人。游客来迟但惆怅，院门深锁草如茵。

赠高秀才调元

【题解】本诗系嘉庆二年丁巳（1797年）四月初在绍兴期间赠高调元之作。高调元生平不详。

莲幕回翔气似兰，达夫风调剧清寒。挥毫自草新婚别，久客深知行路难。和到阳春惭郢曲，邀来明月醉江干。人间买骏无真识，时抱瑶琴海上弹。

雨

【题解】本诗系嘉庆二年丁巳（1797 年）四月初在绍兴期间因游山遇雨而作。

不断檐牙瀑布悬，龙公妒我看山缘。云随风涌无余国，电引雷奔大漏天。坐听鸣鸠消酒盏，吟残长日费诗笺。竹枝低亚蕉心坼，又送愁声到枕边。

下榻味禅轩次有美堂宴集韵呈知岩太守

【题解】本诗系嘉庆二年丁巳（1797 年）四月初在绍兴期间赴宴时呈同年绍兴知府高三畏作。本诗北京大学图书馆藏道光二十六年诗集本有朱笔批注：“层次井然。”

曾共微名蕊榜联，柏台先后更周旋。花时把盏犹今夕，日下分襟已五年。久旅自惊华鬓改，过江人颂使君贤。闲云小驻容疏放，感到绨袍一惘然。

桂园太翁七十寿

【题解】本诗当系嘉庆二年丁巳（1797 年）四月初在绍兴期间为人庆寿作。

闻君早岁事丹铅，脉望餐来恨未仙。寿世偶兼秦缓术，分财况比薛包贤。墨皇下拜千毫秃，青竹留题众口传。帖递泥金占厚报，悬弧刚逮古稀年。

同人招游云门寺，舟行至若耶溪冒雨前进，及平水而霁，遂尽山水之胜，即事得诗八章

【题解】本组诗系嘉庆二年丁巳（1797 年）四月间在绍兴与人同游云门寺作。云门寺位于今绍兴城南平水镇。若耶溪在绍兴市南，出若耶山北流入运河。溪旁旧有浣纱石古迹，相传西施浣纱于此，故一名浣纱溪。

素心共招携，主客忘尔我。言探六寺幽，凌晨泛轻舸。一雨到乌篷，桥畔柳阴弹。无数好青山，却被白云裹。

拏舟樵风泾，炊烟封前村。淋漓马鬃水，势急如倾盆。钻篷意局促，兀坐迷朝昏。胜情天应妒，消愁惟酒尊。

把酒劳天公，乞晴偿游债。弥坚向往心，未肯六鹢退。溪沿若耶曲，棹转香炉背。酒尽雨亦倦，山灵款吾辈。

冲泥上篮舆，面面开芙蓉。擘絮留懒云，新沐出冶容。山田如卷帘，断处联飞淙。霁色照客颜，兹游诚奇逢。

浏观大令宅，陆离苔文古。诸天盛威仪，松杉各队伍。笔冢翳丛蕉，墨池湛甘乳。人琴理斯在，谁是五云主？

草没帛公塔，云栖支遁床。游客有王谢，莲社生辉光。智永与惠欣，能书名高翔。惆怅老辨才，无计留墨皇。

别院开传忠，层楼剧清敞。础润溢乳膏，佛眉照蛛网。新篁粉尚腻，古洞泉微响。一桁秦望山，咫尺劳梦想。

湿云恋邃壑，流水送人归。溪女浣纱罢，闲看白鹭飞。回湍引樵筏，钓筒横渔矶。挥手谢青山，重游知何期。

题赵西垣《深柳读书图》

【题解】本诗系嘉庆二年丁巳（1797年）四月间在绍兴所作题画诗。赵西垣生平不详。

赵郎濯濯春柳姿，书味在胸人不知。惨绿衣映柳丝碧，凭栏兀坐敲新诗。搜肠觅得惊人句，春草池塘有天趣。六经注我我注经，一缕文心此中驻。俯仰千秋双眼清，扪怀不羡黄金籯。芙蓉人镜本吾分，静听空中弹指声。西垣时尚未有室，故云。

上海呈宁圃前辈

【题解】本组诗系嘉庆二年丁巳（1797年）四月间至上海县拜谒李廷敬时作。宁圃即李廷敬，字景书，一字味庄，号宁圃，沧州人。乾隆四十年乙未（1775年）进士，历官苏松太道。好考古，精鉴别，于金石、书法、昆曲等皆有研究，著有《平远山房诗钞》。

玉皇案吏自峥嵘，簜节遥临海甸清。帝以旬宣资召虎，人传佳句似阴铿。授餐漫荷缁衣好，吐哺先知白屋情。馆我瀛洲最幽处，忘机鸥鸟莫相惊。萃秀园游人甚众。

见说龙门苦爱才，玉堂旧雨几人来。袁丝月旦心相许，摩诘风流首见推。尽有参苓归药笼，更从篷岛证岑苔。邗江又作三年别，访戴扁舟肯便回。

题汪鹤崖鲲《桃花潭水诗卷》

【题解】本组诗系嘉庆二年丁巳（1797年）四月间在浙江时题汪鲲诗卷作。汪鲲生平不详。

江山风月足吾师，老境苍茫一卷诗。三尺焦桐抛不得，微闻海上觅真知。

囊空四海太崚嶒，广厦千间我未能。却忆故人耽静寂，铁箫居士果堂僧。

带湖草堂口占

【题解】本诗系嘉庆二年丁巳（1797年）四月间游上海带湖草堂时作。

座揽城湖胜，窗开竹树幽。从来名士迹，不尽古人愁。作赋原无敌，力田应有秋。朗吟题壁句，耆旧见风流。

同孙桓堂游五石山房

【题解】本组诗系嘉庆二年丁巳（1797年）四月间游上海潘氏豫园五石山房时作。孙桓堂生平不详。

一笏犹堪傲五侯，桂香浮动读书楼。人来竹所疏狂甚，惭愧当年王子猷。值主人他出。

曾到五松园里来，云林妙手费心裁。于今又得天然画，五老峥嵘一老陪。旧五石轶其一，主人以身补之，名补石老人。

浮世惟君下拜宜，主人寄傲足清怡。摩挲天柱真奇绝，更读辰州太守诗。补石册中有陈桂堂同年诗序。

屈指朱门隔几尘，非非曾现宰官身。园为张尚书宅。就中百劫难磨处，只有撑天古黛纹。

宁圃前辈招饮嘉荫堂赋谢并调陈竹士

【题解】本诗系嘉庆二年丁巳（1797年）四月间受李廷敬之召于苏州嘉荫堂同饮时作。嘉荫堂由庞氏建于清朝乾隆末年，位于今苏州市张家港市塘桥镇跃进街。陈竹士即陈基，字竹士，江苏长洲人，著有《味清堂诗钞》。其妻金逸（1770—1794），字纤纤，江苏常州人，受业于袁枚门下，有《瘦吟楼诗草》。

入手尊罍未暂停，清狂容我剧忘形。雌黄在口成诗史，太白当头避酒星。斫地歌能消磊块，回天论可泣精灵。宁圃谈次，深恨诗人少达、红颜薄命二语为不情，力欲干回之。季常独自矜温克，怕有人从绛幔听。竹士夫人亦在幕训女公子。

题张蠡秋学博《溪山选胜图》

【题解】本组系为张曾虔题画而作，约作于嘉庆二年丁巳（1797年）夏。张蠡秋即张曾虔，字吕环，号蠡秋、荔亭，安徽人，选授宿州训导，著有《清溪三笑》，今佚。《溪山选胜图》，作者不详，为张曾虔所藏，所绘为桐城双溪张氏赐金园景象，翁方纲、谢启昆、姚鼐、赵怀玉诸人皆有题咏。

绿野平泉志旧荣，六经堂畔读书声。披图想像蓬莱坞，万树垂杨一缕情。

暇日闲披相马经，三羸五驽遍林坰。锋棱瘦骨长门道，晓夜嘶风不可听。

双鬟宛在水中央，人与荷花一样香。自草新词付低唱，温柔乡是白云乡。

万里游悰一剑寒，家山偏向画中看。奚囊风月诗千首，绝胜三鳣上讲坛。

曹华峰小照

【题解】本诗系为曹华峰题画像而作，约作于嘉庆二年丁巳（1797 年）夏。曹华峰生平不详。清代有医家曹文远，字华峰，陕西渭南人，著有《治温提要》《风温条辨》，似非其人。本诗北京大学图书馆藏道光二十六年诗集本有墨笔批注：“陆贾随何，绛婴清玄。”

潞河送别记鬑鬑，又向图中玉貌瞻。长啸何来动山谷，陆随绛灌一身兼。

题汪饮泉《林屋幽居图》

【题解】本诗系为汪潮生题画作，约作于嘉庆二年丁巳（1797 年）夏。汪饮泉即汪潮生（1777—1832），字汝信，号饮泉，晚号冬巢，江苏仪征人。乾隆六十年（1795 年）副贡，著有《冬巢诗集》《词集》《昉溪渔隐词》。

如此溪山画亦难，白云深处足盘桓。披图大有家山梦，孤负湘江一钓竿。

座客言梦楼先生病，余不意其有是也，口占一绝

【题解】本诗系嘉庆二年丁巳（1797年）夏听闻王文治生病而作。

寸田尺宅近如何，岂有愁魔与酒魔。三十年来斋绣佛，不应更学病维摩。

答梦楼先生见寄

【题解】本诗系嘉庆二年丁巳（1797年）夏答和王文治作。王氏原作已不存。

吟坛惟有望风降，赢得豪情酒一缸。邗水盈盈霜月冷，流将清梦绕京江。

《一庄水竹数房书图》为蒋于野秀才

【题解】本组诗系为蒋莘题画作，当作于嘉庆二年丁巳（1797年）夏在浙江时。蒋于野即蒋莘，字于野，生平不详，著有《小竹庄诗钞》四卷。

遂有诗千首，翩翩正少年。天怀何以适，书味使之然。即境心偏远，钩元志倍坚。披图清气出，风静七条弦。

夜月承天寺，春风梦草塘。旷然怀古昔，是处得清凉。诗句题应满，文澜静不狂。瀛洲多胜概，三凤伫高翔。其弟三人皆能诗文。

袁绶阶招饮五砚楼赏桂花分得七古

【题解】本诗系嘉庆二年丁巳（1797 年）秋在苏州受袁廷梼之召，于苏州五砚楼赏桂时作。袁绶阶即袁廷梼，字又恺，号绶阶，又号寿阶，曾更名廷寿，吴县（今江苏苏州）人，以富藏书闻名。有藏书楼“小山丛桂馆”，后因收藏到元代袁桷和族中袁氏名人之砚五方，改名五砚楼，又名五研楼，后又改为红蕙山房、贞节堂。藏书以多而精博见称，与黄丕烈、周锡瓒、顾之逵并称乾嘉间四大藏书家。工书画，著有《金石书画所见记》《红蕙山房集》《渔隐录》等。

主人种花兼种树，心迹双清养天趣。主人爱客如爱花，花时共赏斟流霞。迩来卜居西塘曲，万卷奇书悦两目。书香恰与天香邻，一夜西风布金粟。报花乍放长须来，主人四顾心颜开。呼童扫地治酒具，分途驰简招邹枚。自云卜昼未卜夜，先邀谢客为花陪。平生惜花意颇颇，我友印须泛轻舸。相逢一笑黄云弹，脱帽直向花间坐。略参鼻观证旃檀，更沁吟脾嚼花朵。梅花道人工写真，要从折叠现花身。淋漓墨沈和烟滴，点缀丹心带露新。花耶画耶两莫辨，挥毫觅句各有神。吴竹虚对景为胥燕亭画扇，陆铁箫题诗其上。六窗洞开风洒洒，烂漫华灯挂梧槚。主人对花申酒律，便言花是留行者。檀屑霏微夜更浓，鹅儿潋滟杯同泻。送钩射覆费沉吟，蹲鸱奇兵尽都雅。雅集真欲追西园，龙虎诗人谁占先。小山招隐具深意，雪泥鸿爪皆前缘。明岁看花花亦然，对花怀人各一天。芳讯还凭南雁传，为君更诵停云篇。时余方北还。

孙母潘太安人五十寿

【题解】本诗系嘉庆二年丁巳（1797年）秋在苏州为人祝寿而作。

须星夜入斗垣朗，琼膏秋湛金人掌。举头圆月六百回，手栽桂树拂云长。斑衣词客何昂藏，天台赋就声铿锵。螭髓麟脂许我尝，我欲云中弹八琅。

胥江留别二首

【题解】本组诗系嘉庆二年丁巳（1797年）秋北上回京时作。胥江流经江苏苏州境内。

尝遍江南雉尾莼，燕鸿踪迹识前因。余以中春来，以中秋去。偶缘文字申殊契，曾共嬉游及好春。鸥鹭有情怜澹宕，斗山入望见嶙峋。谓钱竹汀、王西庄二先生。归心乍逐西风急，漠漠愁云绕去津。

湖山到处豁双眸，一代雄文借讨搜。时方访求本朝古文。未必壶觞真托命，偶凭丝竹与消愁。月明星渚无枝鹊，风远蓬莱不系舟。知有吟朋最相忆，桃花春暖桂花秋。

题张松园蕉阴默坐小照

【题解】本诗系嘉庆二年丁巳（1797年）秋北上回京前为张朝缙题画像作。张松园即张朝缙，字毓屏，号松园，江苏如皋人，直隶如皋贡生，历任山西灵石知县、福建厦门同知、河南南阳知府、广东按察使，浙江、甘肃布政使等职。

星精为日虹为魄，缘颔须映绿天碧。萧然独坐静者〔机〕，象外游神为介石。闻君早岁抱奇节，学剑学书两无敌。虎头燕颔飞食肉，背负青云展双翼。十年树木荫甘棠，百炼成钢莹露陌。墨（经）〔绖〕从容空诸蛮，足茧千山有余力。堂堂上公借箸筹，湛露龙光到冠帻。倏忽望里震西羌，垂翅今成六月息。我来邗江寻旧游，握手一笑同为客。示我兹图气慨慷，此中似有治安策。香凝燕寝写性情，膝抱隆中见颜色。有时把酒拓金戟，袖里关山盾鼻墨。只今小丑尚跳梁，努力报国期运甓。奇谋试共蕉心坼，百万貔貅得指画。他时更写大树图，留取丹青照千亿。

过兰山访崔西山不值，至半城授馆餐焉，诗以谢之

【题解】本组诗系嘉庆二年丁巳（1797 年）秋回京途中经兰山访崔映辰时作。兰山位于山东省临沂市境内。崔西山即崔映辰（1751—1810），字斗南，号西山，山东临忻人。清乾隆四十三年（1778 年）进士，历任山东新泰、兰山、阳谷、汶上、日照等地县令，嘉庆六年（1801 年）任泰安府知府，后又任济东泰武临道署按察使司等职。

两鬓渐萧骚，游山兴尚豪。鞭丝风影侧，诗梦雁声高。忽忆心兰臭，因投名纸毛。故人情烂漫，醴酒是绨袍。

地接棠阴旧，崔曾任新泰。心劳瓠子歌。官贫知梦定，吏少见人和。君自恢游刃，余方志荷戈。烽烟尚秦蜀，揽辔意如何？

过沂州

【题解】本诗系嘉庆二年丁巳（1797 年）秋回京途中过山东沂州时作。

又到琅琊道，霜风面有棱。山容森画幛，沙岸失前塍。扪碣怀题扇，临流忆卧冰。如何不朽业，只让古人能。

挽袁简斋前辈

【题解】本组诗系嘉庆二年丁巳（1797 年）冬悼挽袁枚之作，当作于是年十一月袁氏去世后不久。

纵横老笔发奇芬，冠代风流吊暮云。记得三年前识面，邗江春雪夜论文。

观河登岱等闲看，放胆吟成梦未安。谬许杜韩扛鼎笔，就中得力赏音难。

文字缘多天下哭，林泉福尽古来稀。盖棺事已才名定，百喙雌黄任是非。

大江东下百川随，沙石鱼龙信有之。谁遣捧心惊里党，却教妆样怨西施。

过新泰访柳西圃未遇

【题解】本诗系嘉庆二年丁巳（1797 年）冬回京途中经新泰访

旧友时所作。柳西圃生平不详。

德水分襟记往年，琅琊访戴费缠绵。空惭鸣凤朝阳目，却羡飞凫小汶边。倦羽乍归灵运屐，移情独怅伯牙弦。敖山风雪停车日，徙倚灵槐自惘然。

晓行雪霁望新甫山

【题解】本诗系嘉庆二年丁巳（1797 年）冬回京途中经新泰眺望新甫山作。新甫山主体在今山东省新泰市西北的泉沟镇，现为国家森林公园、世界地质公园。

积雪幂山石，青天开白莲。同云略点缀，花叶相勾连。遥遥拱岱宗，偃仰如一卷。似为尊者屈，不敢齿随肩。此中具丘壑，谁能窥其全？秦汉郁宫殿，想像余岚烟。古柏渺何许，名号亦屡迁。梁甫与云亭，释地不可诠。怅然顾羊流，三宿亦前缘。

自题《云将小草》后

【题解】本诗系嘉庆二年丁巳（1797 年）冬回京后编定游吴越时所作诗为《云将小草》而作。原与附录误排在《过兰山访崔西山不值，至半城授馆餐焉，诗以谢之》之前，导致南游吴越归途中有几首本属于《云将小草》的诗被割裂，故本次整理将其移至本卷末。

东南山水路漫漫，双屐收来眼界宽。别梦尚萦缘未了，自吟诗当画图看。

附录　题《云将小草》后

【题解】本诗系嘉庆三年戊午（1798 年）法式善为《云将小草》而题。《存素堂诗初集录存》卷七有《题谢芗泉金焦小草》，即为此诗，卷下有注作于戊午年。

山是金焦好，梅花别有村。贫来诗不损，官去道仍尊。秋绿连云起，江烟入酒昏。年年访支遁，那是谢公墩。

诗龛居士法式善题

知耻斋诗集卷三[1]

送贾素人之杭州时贾方征选近人诗

【题解】本诗当系嘉庆二年丁巳（1797年）秋冬回京途中送贾素人之杭州作。当时被送者南下而作者北上，诗中有“邗江风月赋归欤？南舟北马途已殊”可证。故本诗应是谢氏离开扬州时或其后所作，本属于《云将小草》，当系编辑诗集时和卷二后几首同样误置。宋鸣琦《心铁石斋存稿》卷五有《九月十九日立冬同人集载轩太史斋中赏菊，兼送贾素斋、谭子受南行，和吴寿庭吏部韵》，作于丁巳年秋，而谭光祜《铁箫诗稿》卷二《行行草》后有一篇戊午年（1798年）三月的跋，记录嘉庆二年九月二十四奉父命出游，十一月二十九归京之事，可见宋鸣琦等送行在九月十九，贾、谭出行在二十四，其时谢氏尚未回京，其归京之时大约与谭氏归来差不多，故本诗当作于归途中。贾素人生平不详。诗后注“谓阮中丞元”，当系诗集编辑时所加，若为谢氏自注，当在“大阮”下署“阮中丞芸台”。阮氏当时还在户部兼礼部左侍郎任上，其署理浙江巡抚在嘉庆四年（1799年）十月，实授在次年正月。

才人觅句矜能事，一缕灵思际天地。有客征诗搜奇珍，心陶万巧归鸿钧。作者于汝何瓜葛，旁求似为救饥渴。跋涉不辞足茧重，

① 本卷收编嘉庆三年至四年（1798年—1799年）期间诗作，共收诗四十五题八十三首。

借钞肯谢手腕脱。风餐水宿心油油，为人辛苦谋千秋。量才何必尽一石，豪气公然横九州。怀金待赠陈无己，国士谁如秦少游。潘江陆海溯流派，如磁引针珀拾芥。此心此理将无同，琅琅长吟寄一快。暇日倾出古锦囊，定有长虹发光怪。我今自笑不才樗，为访奇文劳舟车。归装添得千卷书，衮衮贾人诮其愚。感君嗜好略仿佛，譬彼甘带一蝍蛆。邗江风月赋归欤？南舟北马途已殊。倘逢大阮相问讯，助我采辑今何如。谓阮中丞元。

题《吹箫乞食图》送谭子受南归

【题解】本诗系嘉庆三年戊午（1798 年）秋送谭光祜南归作。宋鸣琦《心铁石斋存稿》卷五有《题谭子受〈吹箫乞食图〉即送其南归》一首作于当年秋，可为佐证。谭子受即谭光祜（1772—1831），字子受，一字铁箫，号栎山，亦号午桥，江西南丰人，任叙州马边同知时，曾总司金川屯田，后调任宝庆知府，卒于官，著有《铁箫诗稿》六卷。

廉吏不可为，清名滕万口。名利交相仇，饥能驱人走。中丞风节凌清秋，有子意气横九州。经籯疗贫了非策，谈诗说剑心油油。才锋四溢动山岳，经年两罢蓼莪读。素衣归棹气惨凄，铁箫声声（尝）〔当〕痛哭。吁嗟乎麦舟高义无时无，肯教白眼悲穷途！彭泽一饭期冥报，此意真可泣吾徒。不然歌声出金石，范叔一寒安足虞。知君怀抱自千古，江山气可供吞吐。菜根书味天所啬，何由轻付多钱贾。君去江南霜月高，临风一曲惊潜蛟。若过淮阴祀漂母，为言谢客犹缊袍。

题宋梅生《倚树山房宴集图》

【题解】本诗系嘉庆二年丁巳（1797 年）冬回京后为宋鸣琦题画作。宋氏《心铁石斋存稿》卷三有《人日移居》，下注“乙卯年”，记的是乾隆六十年（1795 年）正月入住寄藤别业之事。《倚树山房宴集图》之作在其后，而本诗并未编入卷一，则应是作于谢氏南游吴越之后。《心铁石斋存稿》卷五又有《十一月十九日移寓章容葆农部旧居》，作于丁巳年，本诗当作于再次迁居之前。宋梅生即宋鸣琦（1763—1840），字步韩，号梅生，又号云墅，江西奉新人。乾隆五十二年（1787 年）进士，历任礼部仪制司主事、校勘四库书籍官、祠祭司员外郎、四川知府、广西盐法道。著有《心铁石斋存稿》。

梅生如梅气清矫，置身合在海三岛。广庭一树何离奇，似龙攫云向苍昊。云来俯就拳枝宿，东或露鳞西露爪。吟声撼树树动摇，不许啁啾集凡鸟。时引嘉宾坐嘉树，幕展碧罗照清醥。龙虎诗人顷刻聚，雅量一一出尘表。西江西蜀两山峙，画趣天然共缥缈。廉山手绘梅下生，香雪裹身须眉好。人耶梅耶两莫辨，孤山放鹤青天杳。船山为树更写真，五指淋漓茹墨饱。蚤甲转侧有天匠，怪石疏篱露青篠。主人一饭得二妙，他日流传定墨宝。我来不速兴飒爽，飞斝持螯自绝倒。树影筛月人影乱，八仙痛饮即画稿。归来稳作南柯梦，日上窗纱不觉晓。

和礼王早起看花韵

【题解】本诗系嘉庆三年戊午（1798 年）春和礼亲王永恩诗而作。谢氏烧和珅车被罢官之后，被礼亲王永恩延为其子昭梿之师。

礼亲王即爱新觉罗·永恩（1727—1805），字惠周，号兰亭主人。清朝宗室大臣，努尔哈赤次子礼烈亲王代善五世孙，和硕康修亲王崇安之子。雍正十二年（1734 年）封多罗贝勒，乾隆十八年（1753 年）袭封康亲王，四十三年（1778 年）以代善才德昭著而有计谋，复号和硕礼亲王。著有《益斋集》《姚鼐撰家传》《读画辑略》《漪园四种》《诚正堂稿》。《诚正堂稿》卷三有《盆梅》诗："兀坐舒长啸，芳香几缕来。朔风方欲动，春色未全开。对此盆中艳，何如岭上梅。深红仍半吐，含孕待阳回。"或即本诗所和之作。

昨梦萦花信，花随笑口开。不知花醒未，闲共月追陪。润带珍珠露，香围白玉台。瀛洲清兴发，鹤唳破空来。

和礼王咏榴花韵

【题解】本诗系嘉庆三年戊午（1798 年）夏和礼亲王永恩咏石榴花之作。永恩《诚正堂稿》中未见原诗，其卷六有《咏榴花》："几树腥红映草堂，阴阴绿护绛纱囊。一从安石来中国，奴视桃花婢海棠。"但与本诗韵不同。

分开翠叶一丛丛，绛烛高烧照眼红。艳到无香霞彩烂，光生不夜月痕融。曾随使节占星气，张骞得自涂林国者为安石榴。似共神灯渡海艟。来从海外新罗国者为海榴。待剖明珠三十八，石榴房中只三十八子。晶莹犹认石家风。

次韵和法时帆祭酒五月八日公宴诗即送少甫吏部典试粤中

【题解】本诗系嘉庆三年戊午（1798 年）五月初八和法式善

为吴树萱典试粤中送行之作。宋鸣琦《心铁石斋存稿》卷五有《寿庭吏部典试粤西，载轩太史设饯□藤书舫，仍用前韵赠载轩移居元韵》，卷下注作于戊午年，可证吴氏典试在嘉庆三年。少甫即吴树萱，字寿庭，江苏吴县（今苏州）人，乾隆四十五年（1780年）进士，改庶吉士。历官礼部郎中、四川学政。著有《霁春堂集》十四卷。

溟鹏快扶摇，逵鸿空羽仪。咄哉匪俦匹，顾影良自嗤！雄才愧倚马，常诵郊岛诗。瘦骨徒嶙峋，亦非鬖且偲。分宜置丘壑，养此骀宕姿。诸君特衮衮，栖凤高梧枝。联骑赋长杨，话别开尊卮。盍簪幸醵聚，文采含风漪。兴会既猋翥，臭味岂有差。爰就郇公厨，珍蔌随所治。小部扬清曲，尽态穷欢悲。主宾意绸缪，计日车载脂。泺阳好风月，恨不载酒随。祭酒不能酒，吟情溢鬓髭。纪事首高唱，空灵删蔓支。座中一笑颦，具为制锦资。想当拂纸时，霞彩光墨池。神驰到陇首，出没乌帽攲。江左吴吏部，继声弹朱丝。诘窘出空阔，汪汪千顷陂。临风一披读，见猎心喜之。挑灯搜枯肠，遇险攒两眉。虽云蚓窍声，端复情在兹。愔愔写心素，何必丽藻摛。况复资就正，琢珑祛颣疵。矫首望星轺，天南云雾披。乐情叶膏润，吏部斋中额。骥足安可羁。抚时复感旧，搦管多余思。成连刺船去，援琴心自知。

六月九日为茶陵李文正公生日，先一日，法时帆祭酒招同人集积水潭拜瞻公像，盖西涯旧址也，是日即席口占

【题解】本组诗系嘉庆三年戊午（1798年）六月初八应法式善之召在李东阳旧址拜瞻其像而作。《知耻斋文集》卷下有《西涯雅集记》一篇，记有法式善、马履泰、笪立枢、谭湘琴等人吟诗作画的集会盛况，所记即该日之事。李文正公即李东阳，字宾之，号西涯，祖籍湖广长沙府茶陵，因家族世代为行伍出身，入京师戍守，属金吾左卫籍。明天顺八年（1464年）进士，授编修，累迁

侍讲学士，充东宫讲官，弘治八年（1495年）以礼部侍郎兼文渊阁大学士，直内阁，预机务，后官至特进光禄大夫、左柱国、少师兼太子太师、吏部尚书、华盖殿大学士。主持文坛数十年，其诗文典雅工丽，为茶陵诗派的核心人物。又工篆书、隶书。著有《怀麓堂稿》《怀麓堂诗话》《燕对录》等。卒赠太师，谥文正。积水潭今位于北京市二环内的西北隅。据法式善《西涯考》称，积水潭又叫西涯，是李东阳生前居所附近的一个水潭。

刘谢翩翩尚羽仪，狂澜东下更谁支？成斋竹舫西涯斋名。茶烟集，想像先生下直时。

小筑平泉宛画图，盈盈积水漾菰蒲。西涯自具东山望，莫向春风怨鹧鸪。

苇棚酬酒荐诗仙，烦暑全消六月天。较寿坡翁好风景，荷花万本一声蝉。

风流潇散称诗情，画意琴心一例清。是日观马秋药、笪绳斋、谭湘琴、俞东川、罗两峰作画，何兰士、积庆亭、风仲梧弹琴。独我怀湘归未得，碧菱香里拜先生。

谭湘琴于宋梅生箑头作蝉咽梧枝甚佳，因题二语

【题解】本诗系嘉庆三年戊午（1798年）夏为宋鸣琦题画扇，合法式善续二句而成，当作于六月初九或其后不久。

无声诗句有声墨，斜日轻风高树秋。时帆为续二语云：犹记焦山访支遁，鸣蝉疏柳水边楼。盖记余旧事也。

题湘琴画时帆扇头落叶

【题解】本诗系嘉庆三年戊午（1798年）夏题谭湘琴为法式善所画之扇而作，当作于六月初九或其后不久。

谭君妙墨戏，点作湘妃佩。盈盈一水香，闲鸥坐相对。

赠湘琴四首

【题解】本组诗系嘉庆三年戊午（1798年）夏赠谭湘琴之作，当作于六月初九或其后不久。

消受荷风六月寒，西涯高会得余欢。人中玉树参差认，海上冰弦一再弹。愧我才华随酒减，把君诗句当花看。生香夜入江郎梦，勾引蜻蜓上笔端。余初识君于西涯，君搦管作画，恰有蜻蜓集其上，亦韵事也。

晼水钟灵绝点氛，才堪八面张吾军。衔杯尽有风云气，击钵诗如兰麝薰。每傍明珠惭卫玠，谁书白练付羊欣？淮南仙侣长相忆，强半清华逊此君。

藐姑仙子落尘寰，雾豹文章见一斑。顾曲风情聊尔尔，惜花心事独关关。几年冀北愁中雨，一夜江南梦里山。君有句云："小楼一夜潇潇雨，愁杀江南梦里人。"为时人传颂。我亦飘蓬归未得，忘机犹共海鸥闲。

名士由来值几钱，无端辛苦事丹铅。悬知紫府非凡曲，难得清才是妙年。积水潭边风面面，梦初楼畔意拳拳。从今吟社添新侣，樽酒诗筒数往还。

见星桥赠湘琴诗至再至三，口占一绝

【题解】本诗系嘉庆三年戊午（1798年）夏见顾宗泰多次赠谭湘琴诗后所作。顾宗泰《月满楼诗集》卷三十六《觚棱集》有《赵伟堂明府席上晤谈湘琴诵其所为诗皆新清拔俗，花月一联尤为佳句，爰就其韵演成五绝六首却赠》其一：“有月方为夜，无花不当春。湘琴句。风流传十字，始见眼中人。”其二：“对月须遥夜，看花定早春。湘波北渚近，愁煞佩兰人。”其三：“泉雪初流夜，松风乍入春。七弦寒玉奏，谁是赏音人？”其四：“天香清在夜，月态艳于春。不是写生手，风前失玉人。”其五：“玲珑歌子夜，窈窕舞娇春。花底争怜处，卿卿唤有人。即用湘琴题所绘《月芬小影》诗中意。”其六：“幽馆三秋夜，芳筵一笑春。谢兰王柳后，南国岂无人？”又有《题湘琴梦初楼》：“合是仙家爱住楼，清才抒思最工愁。卷中点笔花盈手，梦里怀人月在钩。情到真时偏蕴藉，交当淡处转风流。座间添我江南客，同话搴芳范蠡洲。”其二：“许我迎霞上碧楼，连宵风雨慰新愁。芳馨兰茝长依佩，文采珊瑚自锁钩。三绝况兼年少日，五知谁接古人流？空梁佳句多题额，偏令心移湘水洲。”本诗当作于此次集会。

莫认人间第二流，令公三日座香留。诗筒日日平安报，愁杀江南顾虎头。

英煦斋学士雨中过访留饮，有诗见贻，依韵奉答

【题解】本诗系嘉庆三年戊午（1798年）夏答和英和之作。英煦斋即索绰络·英和，生平见卷一《四月廿日偕同人丰台看芍药分体得五古成六十韵》“煦斋”注。其《恩福堂诗钞》卷三有《雨

中过访谢芗泉侍御》："惆怅复徜徉，支颐且据床。一天风雨急，终日话言长。幕燕惊窥户，檐花淡作香。何须畏泥泞，珍重尽壶觞。"即本诗所答原作。

雨破沧浪梦，客来书满床。废迎愁潦积，话旧惜杯长。情岂升沉判，诗传字句香。会当撩逸兴，更醉菊花觞。

立秋日宋梅生将约瞿邺亭访梦初主人，而潘芝轩适至，皆社中人也，同至玉泉庵会饮，归途有作，以寻、秋二字为韵

【题解】本组诗系嘉庆三年戊午（1798年）立秋日即七月十九与宋鸣琦等人同饮玉泉庵归途作。宋梅生即宋鸣琦，生平参见前《题宋梅生〈倚树山房宴集图〉》注。瞿邺亭即瞿中溶（？—1807），字范源，号邺亭，网师园主人瞿兆骙长子。梦初主人即谭湘琴，生平不详。潘芝轩即潘世恩（1769—1854），初名世辅，小字日麟，字槐堂，一作槐庭，号芝轩，晚号思补老人。室名有真意斋、思补堂、清颂。祖籍今安徽歙县，后迁至江苏苏州。嘉庆间历侍读、侍讲学士，户部尚书。道光间至武英殿大学士，充上书房总师傅，进太子太傅，历事乾隆、嘉庆、道光、咸丰四朝。著有《思补斋集》。玉泉庵位于北京正阳门外。

宋玉先秋至，秋怀宕不禁。庭花酣梦蝶，园果饱馋禽。忽忆同怀友，方为拥鼻吟。未辞泥泞苦，连骑共幽寻。

客来真不速，簪盍最宜秋。云意淡于水，槐花黄到楼。论诗殊月旦，倚醉各风流。独惜逢佳节，仙山不可求。谈次有所怀。

题湘琴梦初楼听雨画扇

【题解】本诗系嘉庆三年戊午（1798 年）秋为谭湘琴题画扇作。

十年一觉江湖梦，夜雨潇潇不尽愁。是梦未醒醒是梦，如君合住梦初楼。

采莲词题张鞠园扇

【题解】本诗系嘉庆三年戊午（1798 年）秋为张祥云题画扇作。张鞠园即张祥云，字鞠园，福建晋江人，乾隆五十二年（1787 年）进士，官至庐江知府，藏书甚富，后多归藏蒋凤藻心矩斋。

记得回陂面面香，縠纹不动对鸳鸯。而今半偈消长昼，剥取莲心自在尝。

送罗两峰归扬州

【题解】本诗系嘉庆三年戊午（1798 年）秋送罗聘归扬州时作。顾宗泰《月满楼诗集》卷三十六亦有《送罗两峰山人归扬州》，记作于戊午年。本诗北京大学图书馆藏道光二十六年诗集本有墨笔批注："起二语为千古才人堕泪。"

谁教翰墨擅词场，赢得丝丝两鬓霜。鬼趣亦添知己泪，梅花不作美人妆。樽开北地愁风雨，雁入南天问稻粱。寄语邗江旧明月，谢庄诗思尚清狂。

题两峰《寒闺吟席图》两峰夫人白莲与两峰嫂孙净友、两峰妹秋英，及汪楷亭妻袁夫人师事许母徐德音夫人为诗，管平原为图，此遂珍藏之以付其妻饰性。平原将死，出以赠两峰，时白莲夫人下世久矣

【题解】本组诗系嘉庆三年戊午（1798年）秋为罗聘题其家人吟诗图而作。白莲即方婉仪（1732—1779），一作畹仪，字仪子，自号白莲、白莲居士，安徽歙县人，广东布政使方愿瑛孙女，十八岁嫁扬州八怪之一罗聘为妻，著有《学陆集》《白莲半格诗》。孙净友、秋英生平皆不详。汪楷亭即汪孟翊（1712—1773），字楷亭，安徽歙县人。屡试不第，后为扬州盐商。袁夫人即袁棠，字云扶，号秋卿，浙江钱塘人。袁枚堂妹，汪孟翊妻，三十八岁时因难产而逝。工诗，有《绣余吟稿》《楹书阁遗稿》等。徐德音字淑则，号西泠女史，晚号绿净（一作渌净）老人，浙江钱塘人，祖籍昆山。漕运总督徐旭龄之女，进士许迎年之妻，袁枚女弟子。善画工诗，有《芳草蝶飞图》《绿净轩诗钞》传世。管平原即管希宁（1712—1785），字幼孚，号平原生，又号金牛山人，江都（今江苏扬州）人。少习制举，以羸疾弃去，乃涉猎诸史百家，旁及金石，而于书画尤所究心，有《金牛山人印谱》《就懦斋诗集》。

清心玉映五夫人，索笑梅花句又新。不遣青绫施步障，宣文讲席特嶙峋。

诸天何处问频伽，仿佛吟魂隔绛纱。老去罗含倚惆怅，年年凭吊水仙花。

一幅丹青抵断金，廿年还璧故人心。买丝谁羡平原老，写出鸣钦海上音。

题两峰《墨幻图》鬼战

【题解】本诗系嘉庆三年戊午（1798 年）秋为罗聘题《墨幻图》而作。罗聘称白日能见鬼物，故画了多本鬼趣图，以讽喻当时社会的不平和官场的黑暗，《墨幻图》为其中之一。

劫海冥冥夜未央，泉台犹倚力方刚。无人更上平戎策，愁杀西风古战场。

题两峰《墨戏图》鬼戏

【题解】本诗系嘉庆三年戊午（1798 年）秋为罗聘题《墨戏图》而作，当系与前诗作于同时。

百鬼何欣欣，排立肃队仗。中现宰官身，高坐气雄壮。胡床左右踞，冠盖远相望。云日辉旌旄，威仪盛弓韔。使鬼奏鬼技，颐指神为王。或者掉臂行，或者持械抗。或为鳌负山，或为鼋戴盎。或登傀儡场，或就秋千上。借力互推挽，凌空故跌宕。舞缅双米囊，寻橦一藤杖。负腹百步梯，濯燕千寻浪。随身竿木欹，脱手弹丸放。倒行弄狡狯，宛若从天降。屈膝与强项，谀悍各意创。煦煦游黑甜，赳赳忘碧葬。鼓吹送阴风，宾主增惆怅。惜无鲍家诗，供尔秋坟唱。先生鬼董狐，脱颖出奇样。心摩天魔欢，力破地狱障。鬼亦乐其乐，夜台若挟纩。观者毛骨寒，久之心胆畅。君言鬼前身，微暧更千状。置彼嬉熙界，真实乃无妄。我笑谓鬼长，汝秩亦天贶。群瘠娱一肥，会计殊未当。慎勿腹厥膏，或启鬼雄哄。谁欤转法华，欢喜了得丧。画理妙游戏，可以息群谤。吾言亦戏耳，同是秘密藏。试证去来今，无我亦无相。

八月十四日寿礼王

【题解】本组诗系嘉庆三年戊午（1798年）八月十四日为礼亲王永恩祝寿而作。永恩生于雍正五年（1727年）八月十四日。先一年七十周岁时谢氏正南游吴越，在被延为昭梿之师前无交往。

五车三柱拱诸王，知是天潢积庆长。《星经》：“毕宿所属，五车南六星曰诸王，三柱中五星曰天潢。”让德旧推周泰伯，才名谁并古高阳？珪传累叶神弥恪，鉴献千秋道自光。见说从心皆矩则，一双金管侍羲皇。

秋到人间一气清，前身明月应先庚。齐眉寿备真仙福，探吻诗争众妙名。岂有涓尘增海岳，独欣筲斗就权衡。洋洋更听云璈奏，郢客虚惭下里声。

和汲修世子秋声八咏

【题解】本组诗系嘉庆三年戊午（1798年）秋和礼亲王永恩之子昭梿而作。顾宗泰《月满楼诗集》卷三十五有《秋声八咏同檀樽世子作》，记作于丁巳年，说明昭梿原作系先一年作成。应是因为谢氏有南下吴越之游，当年未和。汲修世子即爱新觉罗·昭梿，字汲修，号檀樽主人，礼亲王代善的第六世孙，礼亲王永恩之子。其文稿在他去世后由端方搜集整理，有《啸亭杂录》十卷、《啸亭续录》五卷，另有《礼府志》及诗集《蕙荪堂烬存草》。

林声

一叶秋如许，风林引籁虚。只增松鬣健，不分柳阴疏。云影黯天末，潮声回梦初。无为感摇落，珍重岁寒余。

雨声

亦知含润泽，入响独凋残。沥沥叶辞树，萧萧人倚栏。飒空催酒醒，彻夜得诗寒。旧友频来集，西窗烛未阑。

柝声

翛然群动息，柝响带寒添。隔巷参差应，经时一再严。偶凭莲漏续，遥共寺钟兼。伏枕惊心处，趋朝旧梦淹。

角声

商飙天外肃，清角几回吹。雁塞霜高日，山城月上时。苍凉浩无际，呜咽若为迟。计日烽烟静，从摅士伍悲。

铃声

孤塔盘空出，金铃映夕晖。含情催雁过，细语迟僧归。绝顶幡微扬，当檐鸟欲飞。动人尘外想，梵响答云扉。

砧声

霜杵千家急，辛勤为藁砧。极知关塞苦，不尽泪痕深。刀剪西风夜，糟糠夜雨心。却愁寄衣到，寒甚未能禁。

雁声

阵阵来边雁，人心倍惨凄。浮踪各南北，故侣渺东西。风信鼓鼙急，天涯云树齐。稻粱吾计拙，为汝首频低。

虫声

怕人贪睡梦，切切语虚斋。寒绪经年诉，秋声一夜皆。避风嫌破壁，唤月上空阶。独有耽吟客，凄凉共此怀。

和兰亭主人咏鸳鸯菊

【题解】本诗系嘉庆三年戊午（1798 年）秋和礼亲王永恩之作。兰亭主人指永恩。鸳鸯菊为菊花的一种，花朵分为红、黄两色，一般在霜降左右开放。

秋容澹处更通灵，翠晕交衔眼自青。恰共齐眉涵静气，故教比翼写真形。霜凝曲槛香全洽，风扬疏篱羽未停。知是天公荣晚节，金樽双泛晋瑶庭。

饯菊

【题解】本诗系嘉庆三年戊午（1798 年）深秋对菊而饮时作。

离披瘦影尚能支，忍耐深寒恋旧知。半面相看霜欲老，一樽重对月同痴。只留傲骨愁今雨，不怨芳华异曩时。烂漫灯前拼尽醉，应教飞梦绕东篱。

和湘琴为张芳洲明府感敝裘诗

【题解】本组诗系嘉庆三年戊午（1798 年）秋和谭湘琴而作。张芳洲生平不详。

旧识牛衣趁稳眠，平生端不受人怜。眼中狐貉知何耻，客里绨袍未有缘。小劫几经微露鞹，奇温应得少（逾）〔胜〕绵。蓍簪故剑知同感，剩取冬心证暮年。

挟策难干五羖皮，肯令人老逐时宜。风霜历尽只身健，冷暖无端幽梦知。久客似增桑下恋，曰归空恨臼中炊。泪痕衣线分明在，朔雪朝朝未忍离。

四海囊空眼界宽，故园翘首寄衣难。五紽历乱同僧衲，八载羁栖现宰官。露肘未妨双袖秃，关心应为万家寒。锦江戎马需才急，负弩来迎取次看。

同是天涯雪爪痕，（候）〔侯〕芭问字道犹存。敝予又改缁衣好，体物能工墨浪翻。潦倒岂容终蠖屈，阳和旋复待春温。传衣心事凭谁说，机杼文章有帝孙。

咏雪次韵

【题解】本组诗系嘉庆三年戊午（1798 年）冬次韵之作，当系承前诗步谭湘琴诗韵作。

炼云作絮漫空飞，扑向珠帘素晕微。尘界全清刚一色，天光四下合成围。征鸿过汉惟流响，古树禁寒尽著衣。独羡梁园多雅趣，抽毫觅句不停挥。

十笏闲园耐岁寒，赋形珪璧拥层栏。花纹碎自随风剪，鹤毳轻能作意盘。沽酒店门双屐印，祈年歌颂万家欢。环瞻庭院清华极，振拨吟情向夜阑。

为张鞠园太守题《扬子饱帆图》即送其之庐州

【题解】本组诗系嘉庆三年戊午（1798 年）十二月为张祥云题画并送行之作。时张祥云出任庐州知府，故有送行之举。张鞠园即张祥云，号鞠园，福建晋江人，乾隆五十二年（1787 年）进士，任朝议大夫，历官刑部陕西司郎中、安徽庐州知府。于庐州任上修纂《庐州府志》五十四卷。平生藏书极丰，著有《鞠园藏书目》上下卷，著录图书约六百种。吴树萱《霁春堂集》卷十一有《送张鞠园祥云出守江左》《题张鞠园太守〈扬子饱帆图〉》二首，前有一首《戊午嘉平廿有三日会饮陶然亭，诸君宴集还读斋，盖旭亭先生酬席也，先生云此举已迟至半载，候君使车还自岭西始续行之，此意深切可感，仍叠前韵报谢》，后有一首《小除夕邀梓好度岁，用赵渭川希璜盆梅盛开唱和韵》，诗中注"立春日"，因为集中诗歌是按时间顺序编次的，而立春日正是除夕，可知吴氏相关二诗作于嘉庆三年十二月二十三至除夕之间，谢氏诗当亦作于同时或前后不久。

消受雄才万斛舟，海门无际大江流。济川果有匡时略，不羡乘槎博望侯。

星轺小住太匆匆，搅海豪吟夜月中。君去且沽京口酒，居人应说谢公风。余视漕过江，往来十余皆遇风顺，时人称"谢公风"。

儿童竹马伫君来，琴鹤新装费剪裁。若过巢湖怀旧雨，布帆安稳报燕台。

挽寇燕山侍御

【题解】本组诗系嘉庆三年戊午（1798年）冬挽寇燕山之作。寇燕山生平不详。

折得峨眉紫桂香，条冰清署足回翔。廿年尚未捐尘甑，一疏真能重玉堂。君曾条陈翰林大考事。

入梦羽书愁白帝，凌云仙蜕付黄粱。君无病而终。麦舟高义知谁是？剩有生刍泪数行。

三月十七日同周莲塘、叶琴柯游钓鱼台归，过白云观有作

【题解】本组诗系嘉庆四年己未（1799 年）三月十七与周兆基、叶绍楏同游归途所作。周莲塘即周兆基，字廉堂，号莲塘，湖北江夏人，乾隆四十九年（1784 年）进士，官至礼部尚书，曾担任《全唐文》编纂副总裁，辑有《佩文诗韵辑要》。叶琴柯即叶绍楏，字琴柯，一字振湘，浙江归安县（今属湖州市）人。乾隆五十八年（1793 年）进士，选庶吉士，散馆授翰林院编修，著有《谨墨斋诗钞》。

策马重来又十年，玻璃揩净镜湖天。桃花不共春光驻，怅望杨梢几朵烟。

东风吹冷钓鱼台，更向丹丘访道回。聊纪游踪成断句，吟情留待海棠开。

和宋梅生移居后喜雨原韵

【题解】本组诗系嘉庆四年己未（1799 年）和宋鸣琦之作。宋鸣琦《心铁石斋存稿》卷五有《移寓上斜街喜雨有作》：“自笑年来气未降，移居犹似棹轻艭。依人老树真成偶，盖瓦朱藤尚有双。新居两书舫即颜以“倚树寄藤”旧额。屋敞客来商位置，昼长花喜傍轩窗。随车家具书三箧，到处何劳謦吠尨。”“因缘端合近诗人，久向周郎愧饮醇。旧居与周载轩最近。谢客新篘呼隔院，沈侯佳句送比邻。与谢芗泉、沈舫西两侍御接邻。云归列岫生奇态，雨过中宵饯好春。莫怪书生太疏放，园丁无事亦精神。”作于己未年，即本组诗所和之作。

酒胆吟怀故未降，蜗庐聊可当归艭。浮家人海鱼千里，软语梁

楣燕一双。独自陶情消永昼，迟君清话接南窗。买邻不仅来踪数，漏静声闻守夜龙。

沈宋才名太逼人，沈舫西居亦咫尺。如兰臭味剧清醇。三分月色均诗料，一样风怀称酒邻。时耸吟肩怜旧雨，会斟婪尾饯余春。九重涣汗多膏泽，砌草庭花亦有神。

和王兰泉少寇见赠原韵

【题解】本组诗系嘉庆四年己未（1799 年）步韵和王昶之作。王兰泉即王昶（1725—1806），字德甫，一字琴德，号述庵，又号兰泉，青浦（今上海市青浦区）人，祖籍浙江兰溪。乾隆十九年（1754 年）进士，官至刑部右侍郎。工诗文，与王鸣盛、吴泰来、钱大昕、赵文哲、曹仁虎、黄文莲并称“吴中七子”。著有《使楚从谭》《征缅纪闻》《春融堂诗文集》，辑有《明词综》《国朝词综》《湖海诗传》《湖海文传》等书。王昶《春融堂集》卷二十三《题谢侍御芗泉振定〈云将小草〉二绝》，即本诗所附原诗，诗后署七十六岁老人，其出生于雍正二年（1724 年）十一月二十二日，虚岁七十六为嘉庆四年。

心远成连海上船，瞻韩重得遂前缘。假年更蒇丹黄业，好与先生作郑笺。

抚琴感旧怅《西秦》，怜我曾为立雪人。谁道传衣贫字在，抱残空自吊音尘。

附录　原韵

卧病空回访戴船，吴淞无计共沿缘。悬知裙屐逢迎处，擘尽江东五色笺。

龙蛇梦断感游秦，艺苑欣看有替人。闻说淹中遗稿在，莫教零落委尘埃。君为程蕺园先生高弟，所撰经说收藏无恙，故及之。

七十六岁老人王昶手题

题朱白泉《僧趺小像》

【题解】本组诗系为朱尔赓额题画像作，当作于嘉庆四年己未(1799 年)。本为四首，底本和校本皆误为一首。

浮沉人海无一可，脱帽却向蒲团坐。摩挲智珠圆颗颗，云是白泉第二我。

云台麟阁对面看，作佛真着佛衣冠。遂令见者生敬畏，庄严满月神骨全。

君非出世盖其戏，我不识佛识君意。目无点翳空流辈，胸有慈云际天地。

与君几度约看山，咫尺西望愁烟鬟。火宅众生待援手，那能便似图中闲。君再约游西山未果。

题湘琴画箑为少甫作

【题解】本组诗系嘉庆四年己未（1799 年）夏秋间为吴树萱题谭湘琴所画扇而作。因为吴树萱《霁春堂集》卷十二有《宋梅生招饮寄藤书舫归途口占二律》，其一中有注云：“时阅谭生湘琴画扇，湘琴已游蜀中。”而从诗中内容和谢氏和作以及嘉庆四年秋宋鸣琦已入蜀看，其诗作于嘉庆四年夏，所以本组诗当作于此次集会阅画扇时或稍后。

片石三生梦未醒，槐花楼畔夜灯青。斑骓去后无消息，落叶哀蝉纸上听。

多情吴质剧工愁，题扇因缘怅蹇修。王粲依人今好在，莲花幕里擅风流。

同少甫吏部、舫西侍御、书年太守集宋梅生寄藤书屋和少甫韵二首

【题解】本组诗系嘉庆四年己未（1799年）夏与吴树萱、沈琨、李奕畴在宋鸣琦的寄藤书屋集会时和吴树萱之作。从诗的首句可知，创作时间应是初夏石榴花与槐花盛开之际。嘉庆四年秋集会主人宋鸣琦已入蜀，此二诗自然作于其入蜀之前。吴树萱原诗为《霁春堂集》卷十二所载《宋梅生招饮寄藤书舫归途口占二律》："罩屋藤阴雨歇时，招凉风候过将离。剑山骑远停云想，时阅谭生湘琴画扇，湘琴已游蜀中。金谷图编探雪诗。梅生属题万廉山所画《金园探雪图》。插脚都愁缁素改，打头稳与黑甜宜。墙东消息春如昨，结夏分吟伴酒卮。""酒人饮罢醉归来，一路霏香罨绿槐。畅好清游人小住，惺忪残梦句新裁。须眉老我炎凉味，肝胆输君磊落才。欲写心情互酬酢，虎头厨画漫相催。欲乞廉山作画。"其一注有"梅生属题"云云。而宋鸣琦《心铁石斋存稿》卷五有《万廉山明经为寿庭膳部画扇头山水题诗其上寿庭有作属予同和》："曾共盆梅写韵诗，堂堂春事去迷离。惜花惯喜窗前雨，爱客偏寻画里诗。座有好风闲更爽，身如明月醉都宜。君从桂馆骖鸾后，不为疏藤悕一卮。""万壑松声手底来，休论修竹与庭槐。尽多朋辈无心盍，似此丹青以意裁。泉果能清终有味，锦犹学制敢论才。邱迟蹇涩翻成懒，怕听当筵急板催。"应既是因谢氏之请而作，同时又是吴诗中"属题"云云的由来。宋诗卷下有注作于嘉庆己未年，更可证吴氏之诗和谢氏和诗都作于当年夏天。书年太守指李奕畴（1754—1844），字书年，河南夏邑人，乾隆四十五年（1780年）进士，历官安徽按察使、浙江巡抚、漕运总督。有政绩，善治狱案，多有冤狱被平反。

榴火槐云又一时，归田无计称支离。不求佛子安心法，惟和渊明饮酒诗。堆案书编闲里读，盍簪交味淡中宜。隔篱呼取容真率，感旧谈深不计卮。

咫尺东墙独后来，为贪棋局傍邻槐。颓唐酒户输强弩，烂漫诗

情见别裁。逋客倍添求友意，诸君各负济时才。壶觞有约须频集，莫待离筵五马催。时少甫、梅生将外任。

题荆溪张氏《余庆图》

【题解】本诗作时不详，当系嘉庆四年己未（1799 年）至五年间为荆溪张氏题画作。因卷四《〈横山丙舍图〉为秦小岘侍读题》诗后注有“此上皆己未年作”。故本诗应作于嘉庆四年。荆溪古称“荆邑”“阳羡”，即今江苏宜兴市。张氏为荆溪紫砂壶世家。

世外仙源境，天边处士星。芝兰佳子弟，松竹好门庭。土俗淳原古，村醪醉易醒。披图发深喟，久负草堂灵。

罗九峰少宗伯挽词二章

【题解】本组诗系嘉庆四年己未（1799 年）五月挽罗国俊作。罗国俊生平见卷一《罗九峰前辈六十寿》题解。

春台新望正峥嵘，白玉楼成忽此行。一纸诤言真史氏，公直史馆近廿年，时相议改《起居注》，公上书力争之得止。卅年清宦老诸生。恩缘特达心知感，病到濒危梦不惊。旧是玉皇香案吏，攀髯应得侍层城。

青松真见岁寒姿，肘后书能缔主知。温树不言公退日，春风微拂坐谈时。维桑谊重谁模范，旧雨情多怅酒卮。待表新阡惭陋笔，公曾以墓表属。抚琴空有泪如丝。

阿娇曲赠周春田纳姬

【题解】本组诗系嘉庆四年己未（1799 年）六月为周锷纳妾赠作。周春田即周锷，字莲若，号春田，一号听云，湖南长沙人。乾隆五十二年（1787 年）进士，历官四川学政，扬州、苏州知府。善画竹，尤精书法，著有《听云山馆诗钞》十卷。

强半年华锦瑟弦，眉痕初画月婵娟。水晶帘下从容问，不道冰心尔许坚。阿娇待字，年已廿六。

雨过天街绝点埃，渡江桃叶费诗催。香烧心字酬佳节，侬自荷花生日来。一作“莲房的的莲心苦，侬自荷花生日来。”

和周绮亭孝廉七夕立秋听雨绮亭时馆余家

【题解】本诗系嘉庆四年己未（1799 年）秋和周绮亭之作。周绮亭生平不详。

填桥乌鹊悄无声，雨点秋心夜几更。篱菊关情残梦醒，晓钟敲处报诗成。

七夕立秋集赵味辛舍人斋中次少甫韵

【题解】本诗系嘉庆四年己未（1799 年）七夕立秋日集于赵怀玉家中次吴树萱韵作。吴树萱《霁春堂集》卷十三有《七夕立秋赵味辛邀集销暑》：“大好团圞瓜果席，七月七日邀七客。鸥波亭长赵王孙，占得佳期首秋节。一叶惊飙金井梧，双星衔辔琼楼月。迢遥云汉乍迎凉，风露三更炎气歇。诗人狡狯恼天工，忌汝澜翻好弄墨。剪楸恰趁曝衣辰，迸叠新欢此良觌。岁时纪作合传观，欧阳赋手龙门敌。调冰雪盏续南皮，一点流萤上帘额。洗车雨后银河横，招商曲里浮云白。好对西风贺立秋，便指针楼吟七夕。却怜赋命秀才穷，一饭偏教犯重吃。家石亭亦于是日招饮。”即本诗所和原作。赵味辛即赵怀玉（1747—1823），字亿孙，号味辛，又字印川，晚号收庵，江苏武进人。乾隆四十五年（1780 年）高宗南巡时召试，赐举人，授内阁中书，后出为山东青州府海防同知，署登州、兖州知府，著有《亦有生斋集》五十九卷，续集八卷，并行于世。《亦有生斋集》卷十七有《七夕立秋招同吴树萱、宋鸣琦两祠部，谢振定、何道生两侍御，汪助教端光、戴比部敦元、万大令承纪集敦经悦史堂，沈侍御琨以疾不至》。

宋公首唱消暑席，小醉吟朋送主客。赵髯肯落第二义，乞巧迎秋占双节。辟尘幸有洗车雨，守拙无烦穿线月。酒龙诗虎翩然集，车声次第巷口歇。天公好事设云幄，费却天孙几螺墨。凉意沉沉下庭际，左觚右觥我惊觌。精羞大嚼白波卷，拇战争先各树敌。败仍强项汗流腕，胜乃轩眉手加额。我不负腹腹负我，技试妃青笑曳白。牛角箕弓了无虑，天上人间乐今夕。颓唐醉饱夜漏促，归来但觅槟榔吃。

中元邀宋梅生食羊辱示以诗次韵即答

【题解】本诗系嘉庆四年己未（1799 年）七月十五中元节邀宋鸣琦食羊的应答诗。宋鸣琦《心铁石斋存稿》卷五有《谢芗泉侍御招饮食全羊戏柬奉谢》：“挟策刚愁一饱难，束脩谁为借书看？上林牧后肥如许，博士牵来瘦亦欢。熟胛恰呼邻壁近，老饕休恃菜园宽。归来果触河鱼忌，儒腐虚劳供一餐。饮罢即得腹疾。”卷后有注云：“此卷后有入蜀途次约诗一卷有余，原稿遗失不复记忆，殊为惋惜，因附识于此。”说明该诗为其入蜀前最后一首。

瓶触从占退遂难，封侯都尉望中看。甘分一脔求知味，客到西邻得尽欢。荷叶馔余秋荐肃，韭花帖绘醉乡宽。生惭洞澼缘粗粝，净洗诗肠待菊餐。

题《细雨骑驴入剑门图》送俞青山之官蜀中

【题解】本诗系嘉庆四年己未（1799 年）题画送俞敬先入蜀赴任作。俞青山名敬先，生平不详。周锷《听云山馆诗钞》卷八有《俞青山敬先将之官蜀中，朱野云鹤年写放翁“细雨骑驴入剑门”之句以状其行，因题》：“石栈连云几折盘，青青石色到天看。剑南诗味从容甚，策蹇还同叱驭观。”“不敢孱懦说书生，壮志欣驰蜀道平。况值欃枪收井络，好看花发锦官城。”

阁道连梯容两趺，青天四合孤云孤。大巴小巴削且腴，插空双剑莹鹏鹕。密箐古树飞鼪鼯，连臂猿叫惊山都。骑者挥手负者徒，俞君荷戈方前驱。男儿堕地悬桑弧，兔园株守胡为乎？潢池赤子虎负嵎，正借长才宏远谟。我今放浪游五湖，白头吟望何其愚。杜老陆翁不可呼，栈道骡纲谁所摹？心驰汶（领）〔岭〕时长吁，君去好看八阵图，为问筹笔今有无。

章尧臣新婚

【题解】本组诗系嘉庆四年己未（1799 年）十月题贺章尧臣新婚而作。章尧臣生平不详。

霏香错红满金屋，卍字流苏动华烛。女床山畔紫鸾翔，人镜芙蓉证今竹。

五纹线晷小春迟，笔花飞梦光天墀。却扇诗成神电掣，胜诵坡公裙带词。

题法梧门《梅石心知图》

【题解】本组诗当系嘉庆四年己未（1799 年）为法式善题画作。《梅石心知图》应为钱大昕于嘉庆三年（1798 年）作。

文章殊契感苔岑，墨沈淋漓万古心。鸿爪雪泥同证取，紫芝眉宇水仙琴。

大字谁分八斗才，铸金绣像费新裁。广平作赋心如铁，不仅君诗清似梅。

和兰亭主人中秋即席原韵

【题解】本诗系中秋和礼亲王永恩之作，当作于嘉庆四年己未（1799 年）。永恩《诚正堂稿》中未见原诗。

西园秋正半，嘉树得新凉。宴锡蓬莱岛，诗成急就章。从容商月旦，俯仰感星霜。颇类南楼集，清谈趣转长。

题胡辅堂《黄叶山房图》

【题解】本诗系嘉庆四年己未（1799 年）秋为胡辅堂题画作。胡辅堂生平不详。

山外青山村外村，白云横卧古松根。我经三宿灵岩畔，霜叶萧萧夜打门。

题《湖山草堂图》送朱硐东之官晋中

【题解】本诗系嘉庆四年己未（1799年）秋为朱成题画送行之作。张问陶《船山诗草》卷十五有《题朱硐东成〈湖山草堂图〉》：“君山苍秀莫厘青，来往人间两洞庭。吴楚秋客都淡远，江湖清梦即仙灵。酒迎兰芷低头笑，诗让鱼龙掉尾听。拟谢尘劳携手去，夜堂明月共温经。”谢振定此诗中也有“君家太湖客在楚”之句，或是见张问陶诗后作，张问陶此诗作于己未年，本诗当作于同时或稍后。

人生读书非偶然，江山经历皆前缘。我于江南有夙识，别后梦里犹心悬。与君曾共栖霞宿，索题此图诺已愆。如怀良友劳寤寐，及觌面时翻无言。君家太湖客在楚，八九云梦供吞吐。秋风袅袅吊灵均，乌鬼家家寻杜甫。客中好客称第一，四海空囊何太苦。酒徒散尽忆乡园，何人更识湖山主。蓬心老守今摩诘，图为王蓬心太守所作。索画千金或不屑。为君貌取梦中山，范缓倪迂较清绝。周回三万六千顷，浸润心精颖若脱。墨痕淡扫双眼明，酒气淋漓十指出。君今抱图胜吹篪，日下绨袍逢旧知。借箸输边荷群策，折腰五斗同嗟咨。马曹拄笏意尔尔，晋祠碧水莹琉璃。藤舫看花又携手，主人醉我金屈卮。为君补作读画词，君去料理装潢资。就中山水画与诗，期尔千秋无尽时。

知耻斋诗集卷四[①]

台中丞出抚秦中，奏请以费西墉民部参幕府，作此代柬，兼寄方葆岩同年

【题解】本诗系嘉庆四年己未（1799 年）代柬寄费锡章并兼寄方维甸之作。因当年台布出任陕西巡抚，奏请以费氏入幕府任职，而费氏此前因坐事被降级留任，故谢氏有此以诗代柬之作。台中丞指台布，姓奇普褚特，正蓝旗蒙古人。乾隆六十年（1795 年）正月署军机大臣，嘉庆四年正月实授广西巡抚，八月调任陕西巡抚，嘉庆十年（1805 年）卒。费西墉即费锡章（？—1817），字焕槎，又字西墉，清浙江归安（今浙江吴兴）人，乾隆四十九年（1784 年）举人，嘉庆间官至顺天府尹，尝奉使琉球册封，因坐事降级留任，著有《续琉球国志略》《治平要略》《赐砚斋集》等。方葆岩即方维甸（1759—1815），字南藕，号葆岩，安徽桐城人。乾隆四十六年（1781 年）进士，历任御史、太常卿、内阁侍读学士、山东按察使、河南布政使、陕西巡抚、闽浙总督等职。诗文多毁于火，长女仲惠汇录余稿为《心兰室稿》二卷。

费侯美髯凝清眝，胸中吞却几具区。读书万卷一字无，熔耶溪铜归洪垆。少时逸气凌空虚，长杨献赋来天衢。声名一日彻上都，凤池雍容藻采腴。草麻遂直军机庐，欃枪在天虎负嵎。养痈几岁骄

① 本卷收编嘉庆四年（1799 年）至五年（1800 年）诗作，共收诗六十四题九十五首。

罴貙，台公请缨弯天弧。秉钺气欲摧朽株，莲花幕下谁相于。上疏请与王粲俱，纶音朝捧夕戒涂。走送无由牵征裾，我思君才今亮瑜。式借崎岖彰远谟，记共把酒谈孙吴。如引毛发吹湛卢，寄诗军门规匪谀。坚壁清野真良图，百夫守关扼千夫。何为棼扰糜饷糈，以逸待劳鼓应枹。封狼一一掣尾胡，胁从者宥首者诛。宁饰京观戕凋枯，我闻主人杰且儒。霖雨苍生时所需，得君赞画如水鱼。允有奇策安萑苻，又闻群帅多龃龉。负才见抑时睢盱，策彼覂驾由中孚。功成在和不可居，慎勿计算穷锱铢。我友葆岩貌若癯，坐谈侃侃中有枢。天方海外皆先驱，与君共事蛩附驉。此议倘可同商诸，鸱张豨突安足虞。我惭未荷戈与殳，抚髀揽辔空趑趄。二君幸保千金躯，功成饮至归来乎！云台之像期须臾。

和法时帆移居诗四首即次元韵

【题解】本组诗系嘉庆四年己未（1799 年）八月步韵和法式善作。此前法式善坐言事不当免官，八月自杨柳湾迁居钟鼓楼街。法式善《存素堂诗初集录存》卷八《自净业湖移居钟鼓楼四首》："卜居净业湖，方今十二年。日饮莲井绿，时踏松街烟。茶陵宅咫尺，细认慈恩砖。杨柳枕溪头，李公桥岿然。缅想怀麓堂，雒诵西涯篇。一龛梧竹声，春雨初娟娟。高卧北窗下，诚哉地不偏！栖息及子孙，广厦奚求焉。""我友徐翰林，作令去南粤。决然奉一身，万里山水越。老屋父所贻，未敢竟沦没。请我守旧庐，爱惜到林樾。更望先人祠，春秋祀弗阙。我闻心恻然，百年殊欻忽。得地艺花竹，有亭受风月。晨餐夕眠耳，何地不可歇。""家具虽寥寥，书籍检颇有。车载更人担，十日未断手。行路肆嘲讪，此故不覆瓿。我亦莫能解，但觉心□久。三间读书堂，环之以槐柳。废圃全治蔬，古□多蓄酒。好待说诗人，入林疑义剖。""浮生如逆旅，何憎复何爱。春届花生枝，云行山有态。譬比鸥鸟踪，漂泊莽海内。随风为去来，终日无滞碍。烟波适性情，笼槛非所耐。行逐把锄人，陇头习灌溉。安稳茅檐底，红日一窗对。"即本组诗所和原作。

大幕包群生，扰攘无岁年。吸清茹文墨，何能离人烟。祭酒方盛龄，平步登花砖。唉名二十年，囊橐终萧然。鹊巢暂鸠居，亦善增诗篇。怀新树扶疏，念旧竹婵娟。随安计易得，习静性匪偏。乐哉安乐窝，此外何求焉？

圣皇一海宇，文身变百粤。镜秋飞双凫，精神剧超越。托君敝庐一，忍令草莱没。君来及秋老，秋光满庭樾。买车载书籍，所幸百无阙。南荣理旧册，疑讹晰秒忽。有士走籍湜，有客谈水月。市楼铿霜钟，清吟略未歇。

闲居览人海，变态靡不有。青白炎凉眼，雨云翻覆手。相见易胶漆，弃捐等败瓿。惟君重然诺，一念能永久。松柏知岁寒，何问蒲与柳。镜秋念先人，享祀托良友。君谓分宜然，岁时奠椒酒。此义古所稀，精虔欲谁剖。

君诗淡如水，令我心乎爱。偶聆窈眇音，自有天然态。传神阿堵中，渺虑微尘内。雪鸿了踪迹，入世复何碍。倚冰笑若曹，障簏耻流辈。以兹诗更清，蛾眉绝粉黛。知有六经气，日夕相滋溉。善颂惭张老，心与古人对。

题《春明录别图》送张子白出宰

【题解】本组诗系嘉庆四年己未（1799 年）为张若采题画并送其出任镇番知县作。张子白即张若采，字谷漪，号子白，江苏娄县（今上海市松江区）人，乾隆五十五年（1790 年）进士，官甘肃镇番（今民勤县）知县，有《梅屋诗钞》。朱珪《知足斋诗集》卷十五有《〈春明录别图〉送张子白之官镇蕃》，张惠言《茗柯词》有《破阵子·拟辛幼安壮词送同年张子白之官甘肃》，当为前后所作。只是张惠言为嘉庆四年进士，其所谓同年，应是与张同为乾隆五十一年（1786 年）举人。

藉甚张平子，神交几许时。山川供古调，花月寄情痴。岂意相逢日，翻征送别诗。苔岑真趣洽，离绪上霜髭。

莫叹卑栖甚，情与赤子亲。斯人原骨肉，吾道耐清贫。镜影虚堂月，琴声万户春。古来循吏传，恺恻本天真。

移官主事自述己未十月廿三日

【题解】本组诗系嘉庆四年己未（1799年）十月二十三日谢氏重新被起用为礼部主事时所作。本诗北京大学图书馆藏道光二十六年诗集本上有墨笔批注：“想见□所特达之知。”下有墨笔批注：“桂玉竹篇，对之工稳。”尤维熊《二娱小庐诗钞》卷二有《谢芗泉起用礼曹，以纪恩自述诗见示，次韵奉简》：“门开阊阖晓云蒸，天路重纡缓步登。帝鉴久回寒谷照，臣心遥映玉壶冰。文章未足酬君父，出处何关畏友朋。只许大鹏闲六月，南华证取寓言曾。”“解嘲何必学扬雄，淡定能教心不蓬。仕路升沉原是幻，斯民好恶本来公。常钦赤棒宣威大，肯费黄金买赋工。今日九衢衔命出，傍人犹指鲍家骢。”“元戎十乘拥貔貅，西顾难纾旰食忧。尚采狂言怜贾傅，每嘉军纪肃条侯。三川蓬果犹群盗，七萃刍粮待运筹。未必书生无补塞，汉廷经国重儒流。”“玉堂清冷梦依然，记得题名在木天。几辈弹冠逢此日，两番释褐笑当年。部臣议照新进士例分部。箧中旧草霜生简，马上新诗雪命篇。亲故底须愁俸薄，霍情原只爱芝田。”

小春春气尚蒸蒸，帝命春台许暂登。九曲肠回全映日，一条衔换只留冰。心兼惶感来丹陛，语杂嘲诙对旧朋。不信南柯真是梦，玉堂乌府记吾曾？

啸傲湖山意境雄，三年不解怨飘蓬。书空作字羞殷浩，罗雀当门忆翟公。尽历冰霜争晚节，重施雨露费天工。只今狐虎威全敛，空听行人说避骢。

侧身西望万貔貅，庚癸频烦圣主忧。网漏长鲸稽就戮，数奇飞将未封侯。请缨空自闻鸡舞，赌墅何人借箸筹。旅进东曹惭报称，墨磨盾鼻羡风流。

厄闰黄杨亦偶然，计资重上大罗天。照新进士例分部。喜无狗监称知己，莫道龙钟笑暮年。半俸未应愁桂玉，一官那肯废诗篇。自公退食从容甚，料理菑畬旧砚田。

雪后初到礼部十一月十八日

【题解】本诗系嘉庆四年己未（1799 年）十一月十八谢氏初到礼部任职时所作。

心与天光一样清，昨宵糁玉悄无声。占丰喜作隔年瑞，乍见偏增双眼明。走马到官怀凛栗，随人画诺气和平。莫教作颂矜符应，万里禁寒动圣情。

题张子白《清溪别意图》即次其自题元韵

【题解】本诗系步韵为张若采题画作，因为其赴任甘肃镇番知县在嘉庆四年己未（1799 年），故本诗当作于其赴甘任职前不久。

钟情端自属吾徒，私语凭肩事有无。天上牛郎留旧恨，君家眉妩见新图。未闻打桨迎桃叶，岂以工缣怨蘼芜。计日鱼轩催就道，不应飞梦淀山湖。

送李墨庄舍人册封琉球

【题解】本组诗系嘉庆四年己未（1799 年）八月十九日李鼎元

被任为册封琉球副使至次年二月二十八日从北京出发期间所作。李墨庄即李鼎元，字味堂，一字和叔，号墨庄，四川绵州罗江（今德阳市罗江县）人。乾隆四十三年（1778年）进士，改翰林院庶吉士，散馆授检讨，改授内阁中书。嘉庆四年被任为册封琉球副使，奉命随赵文楷出使琉球，于次年二月二十八自北京出发，十月底回国，升任兵部主事，著有《师竹斋集》四十二卷、《使琉球记》十六卷、语言学著述《球雅》十九卷。历史上的琉球王国，位于中国大陆东方（中国台湾岛的东北方）、日本九州岛西南方的大海中，为一群岛。

经生穷经心自喜，图像麟阁偶然耳。谁令姓字留千霜，读万卷书行万里。锦江江水流奇文，天池飞下李将军。落笔山川助雄秀，眼中黄散如浮云。

圣皇恺泽周八瀛，册封又到中山城。文星照海海波靖，人生稽古斯殊荣。海外文章有殊契，五虎开洋筵利济。鳌背书声清且闲，我忆当年吕正惠。

十二日咏雪

【题解】本诗系嘉庆四年己未（1799年）十二月十二日作。

陡讶天连屋，平看地接尘。鹤翎相映茁，蓬户一时新。补辙风微导，皴山粉未匀。几人矜白战，豺虎尚西秦。

补和章子卿甫七夕立秋元韵四首

【题解】本组诗系嘉庆四年己未（1799年）秋补和章甫七夕立秋之作。当系当时未成，过后补作。章子卿即章甫，字子卿，号完素，安徽桐城人。乾隆四十四年（1779年）举人，补授浙江仁和盐场大使，升江西东乡知县，著有《如不及斋古文》《濠上迩言》《濠梁楔咏》《小嫏嬛诗钞》等。

天教仙子占先秋，银汉无声度女牛。万缕情丝浑未断，西风吹下十三楼。

月地清寒泣露华，堆盘瓜果自家家。欲知金气分明到，乍试针痕水上花。

多情白帝下层霄，故遣罗云护彩桥。一叶预传青鸟信，井梧偏记可怜宵。

拜祷银州意太迂，随缘乞巧向星衢。只凭洒泪萧萧雨，留得鲛绡几颗珠。

《横山丙舍图》为秦小岘侍读题

【题解】本诗系嘉庆四年己未（1799年）末为秦瀛题墓图作。秦小岘即秦瀛（1743—1821），字凌沧，一字小岘，号遂庵，江苏无锡人，乾隆四十一年以举人召试山东行在，授内阁中书，充军机章京，洊迁郎中，浙江温处道，浙江、湖南、广东按察使，浙江布政使，光禄寺卿，太常寺卿，顺天府尹，兵部、刑部侍郎等职，著有《小岘山人诗文集》《己未词科录》《无锡金匮县志》。《小岘山人诗集》卷七有《先大夫葬吾邑之横山，地滨溪湖，丘壑绝胜，将以他年筑庐墓旁，颜曰横山丙舍，先属曹丈友梅作丙舍图，若洲丈见而题之，即用其韵志之》："胜地同阳羡，何时却买田。人怀三亩宅，梦远五湖天。风木悲前事，烟霞缅昔贤。山有雪浪巷，宋蒋文忠重珍读书处。分明沙上鹭，招我石塘边。山近石塘桥。"

横山山形如屏障，斗斧横骑生气旺。前临曲水后崇冈，令我披图豁幽旷。白日风送蛟龙雨，漆灯荧荧照羊虎。高燥行营列万家，掖庭巡厉森千户。墓田守墓古所敦，粢盛洁奉如生存。有无贫富各以力，此事得失难具论。侍读此图非图茔，欲置墓田图所营。未及治田服官服，君亲为重田为轻。我有墓田不二顷，拜墓愆期缺三鼎。枳棘春蒙白石阴，蟾蜍夜冻青楸冷。十年宦辙愁漂梗，呜呼先墓何时省！君有代祀我并无，有田无田略相等。此上皆己未年作。

题尤二娱《鸥梦图》即次元韵庚申岁作

【题解】本组诗系嘉庆五年庚申（1800年）步韵为尤维熊题画作。尤二娱即尤维熊（1762—1809），字祖望，号二娱，室名二娱小庐、二娱草庐，江苏长洲人。乾隆五十四年己酉（1789年）拔贡生，授淮安训导，秩满后任云南蒙自知县。工诗，擅长于词，著有《二娱小庐诗钞》。《二娱小庐诗钞》卷二《鸥梦园图》："金沙港畔画桥东，十里扶阑菡萏风。身是莲胎香雪净，梦为神女水云通。两重罗袂浑飞白，一舸斜阳又闹红。岸上踏歌人竟去，想窥流影避惊鸿。汪丈莲亭适以观荷至桥上，知姬在乃避云。""绿水朱华一样开，南威西子各无猜。人偷膏碧为钗股，天与红香作镜台。鬓影尚牵齐女恨，韈罗应费魏王才。不因花是同根蒂，肯驾兰桡两度来。"诗题下有序："曲院风荷为西湖十景之一，余于嘉庆己未七月携莲姬为湖上游，寄榻可庄，淹留未发。时与姬泛湖船至镜香亭上徘徊不忍去，盖姬性爱莲，与是花固有癖耆，而余放浪水乡，犹有海客狎沤之想，其意趣常相合也。维时草薰日曦，残暑渐消，朱仪荣藻，实有逸目之观，短顾迟光，流盼甚乐，追维眷眄，未能忘情，因属顾容堂农部为图，并附二诗于后。"即本组诗次韵原作。

田田莲叶水西东，消受平湖十里风。青鸟信来仙乍降，白鸥盟在梦先通。眉开画笔山分翠，花护蓬窗肉映红。愧我曾游经半岁，未逢华袖耀惊鸿。

绿杨深处画船开，飞鸟游鱼见欲猜。打桨本非桃叶渡，浮家同上越王台。荷花桂子三生梦，翠羽明珠八斗才。出水芙蓉诗句好，披图疑有暗香来。

咏灯花二律

【题解】本组诗系嘉庆五年庚申（1800 年）正月初七或初八作。

兽炭重添玉漏回，银釭冉冉正花开。文心绚烂三更静，腊鼓丁冬几度催。乍启鱼缄添喜意，却从莲瓣试新裁。宵深莫讶春无迹，凭杖先春报早魁。

笼纱不受冷风侵，含笑应为伴苦吟。自吐珠玑饶紫气，了无枝叶本丹心。天开华盖芝浮焰，桂绽蟾宫月有阴。更向梦中传彩笔，香生万卷试幽寻。

送尤二娱令云南次船山韵

【题解】本诗系嘉庆五年庚申（1800 年）送尤维熊赴任云南知县时步张问陶诗韵作。张问陶《船山诗草》卷十五有《题〈滇游图〉送尤二娱维熊之官云南》："细路蛮烟万里行，杜鹃花里鹧鸪声。才人远宦增奇梦，小妇从游袖□情。徼外青山□底□。江南红雨镜中生。锦囊他日传新咏，几许弓衣修得成。"记作于庚申岁。即本诗次韵原作。

迢递南云惜此行，酒樽诗版带离声。论心正有千秋业，对面偏多万里情。骑象班春新长吏，裁花作句老经生。滇池不断双鱼信，惟盼来归政早成。

送萧云巢宰云南

【题解】本诗系送萧大经任云南镇雄知州时作，时间当在嘉庆五年庚申（1800 年）。

无计留君倍黯然，分符今始到蛮烟。麓山风雨三生石，滇海莺花万里天。共数鸿泥同旧梦，细看鹤鬓向离筵。双凫安稳随春去，凭仗鱼缄岁几传。

代黄枫亭题《陶然雅集图》

【题解】本诗系代黄枫亭题画作，时间当在嘉庆五年庚申（1800 年）。黄枫亭生平不详。

亭空静无暑，苇风吹满屋。载酒侍雅游，旷然畅心目。花香既宛约，燕语时往复。隔城好山色，窥我樽中绿。俯仰渺众虑，得趣胜川麓。愔愔玉笋斑，赏晰证先觉。拙才俪群彦，辕驹太局促。置身光霁中，快于理尘牍。卓哉营丘笔，吟情已盈幅！更颁公宴诗，如聆水仙曲。离情感鸿雪，逸兴逾竹肉。亲仁惬素怀，继声愧貂续。

题瞿远村《荷静竹深小照》

【题解】本组诗系题瞿兆駣画作，时间当在嘉庆五年庚申（1800 年）。瞿远村即瞿兆駣（1741—1808），字乘六，号远村，先祖为嘉定人，父亲迁居至苏州，为长洲人，经商致富。

径草盆松自剪裁，湘帘高卷不沾埃。西湖十里莲花水，移置网师园里来。君家有网师园，余曾游之。

鼻观微参静里因，鸥盟鹤侣亦天真。角巾雅是匡时略，试向桃源一问津。

鹿裘石室缅先型，绿竹清桐荫满庭。正好开尊留客处，何人为续伏滔铭。

骥子清才旧有誉，百城坐拥意何如？只应更倩龙眠笔，添写元方侍读书。忆郸亭也。

四月十六日邹莲浦员外招同人饮紫藤花下分韵得竹字

【题解】本诗系嘉庆五年庚申（1800 年）四月十六参加邹莲浦召饮集会时作。邹莲浦生平不详。

长安缁尘日鹿鹿，僦居那得子猷竹。每从招提问春讯，一草一茎意已足。枣花古寺陶然亭，遂与忙人当川麓。傍庐偶拓园十弓，便诩逸情占清福。树之朱藤易滋蔓，缭槛开屏红罳索。西宋东宋旧称最，痛饮花时费吟幅。往余盍簪有花朋，五日十饮相敦促。醉后餐花藉花卧，角韵千言竟神速。今年花事剧岑寂，无句酬花花亦俗。何期好客得邹阳，恰有闲庭供雅瞩。经旬再开樱笋筵，龙虎诗人集二六。入门天女一笑粲，璎珞万千缀云幄。座中臭味无差池，各各意气雄海岳。怀人在远怅蚕丛，谈空入元制龙毒。斑骓送影记缠绵，白牛露地谁超卓？兴酣移席就天幕，龙虬下瞰樽中绿。回香撩鼻易醉醒，为花乞言进毫牍。迩时苦旱麦穗短，密云不雨诗兴缩。举杯骚首欲问天，蜚廉蚀润何其酷。愿得花气蒸作云，顷刻滂沱苏万族。我今蜗寄槐树街，缘架蒲萄青满屋。绿珠敛袂亦窈窕，正待甘霖作膏沐。雨足颗熟可新尝，更为开尊及初伏。

题升旭宾寅《晴窗卧游卷子》旭宾以此卷见示，余意其为姑苏灵岩道中风景也，诗以录之

【题解】本组诗系嘉庆五年庚申（1800年）为升寅题画作。升旭宾即升寅（1762—1834），姓马佳氏，字宾旭，满洲镶黄旗人，举嘉庆五年乡试，历官员外郎、御史、右庶子、副都御史。二十一年（1816年），授盛京礼部侍郎，署盛京将军。后调刑部，召为工部侍郎，又调刑部。

曾到天平绝顶来，白云依约拥三台。天平山有上白云、中白云、下白云寺，所谓万笏朝天者也。于今又向园中见，万笏峥嵘面面开。

玉笋参差望转迷，天光一线透丹梯。白云寺有一线天，前人磨岩书“万仞丹梯”四字。画师渺虑留余地，好待诗人空处题。

题英梦禅画箑

【题解】本诗系为瑛宝题画扇作，当作于嘉庆五年庚申（1800年）。英梦禅即瑛宝，姓拜都氏，字梦禅，满洲正白旗人，大学士永贵长子，曾官笔帖式。年甫三十，以足疾辞，善书画篆刻，曾自镌印曰“天许闲人”。

疏林细竹澹烟横，写出秋光面面清。好在梦禅老居士，白云深处放歌行。

初伏日观洗象歌

【题解】本诗系嘉庆五年庚申（1800 年）五月二十九初伏日观洗象而作。明清时北京习俗，每年初伏在护城河内为宫廷所养的象洗澡。

闸河演漾城西角，伏日来看香象浴。云麾使者坐临河，校尉绯衣族旗纛。万人走观聚蝼蚁，八象峥嵘立山岳。从容贴耳赴中流，两岸冲波荡回洑。吸流入鼻迸满身，面面喷壶落飞瀑。象奴踞脊相手语，宛转回身就蹲伏。神龙见首不见尾，横卧沧波自伸缩。泅人鼓舞助威势，锯牙老象神尤卓。鸣钲登岸意态闲，次第列班入天牧。外藩职贡自何年，典重銮仪雄辇毂。会觇弧矢靖天狼，兽舞虞廷赓雅乐。

庚申六月九日与汪杏江、赵味辛、鲍雅堂、张船山集诗龛为李西涯生日，即用西涯“秋风吹芰荷，西塘凉意早”之句，分韵得芰字

【题解】本诗系嘉庆五年庚申（1800 年）六月初九与汪杏江等人同贺李东阳诞辰时分韵所作。汪杏江即汪学金（1748—1804），字敬箴，号杏江，晚号静崖，江苏镇洋（今江苏太仓）人，乾隆四十六年（1781 年）进士，授翰林院编修，官至左庶子，著有《井福堂文集稿》十卷、《静崖诗初稿》十二卷、《后稿》十二卷、《续稿》六卷，又辑《娄东诗派》二十八卷。赵味辛即赵怀玉，生平见卷三《七夕立秋集赵味辛舍人斋中次少甫韵》题解。鲍雅堂即鲍之钟（1740—1802），字论山，一字礼凫，号雅堂，江苏丹徒人，鲍皋之子，乾隆下江南，之钟献诗赋，召试第一，授内阁中书，乾

隆三十四年（1769年）进士及第，历充广东乡试副考官，升户部郎中。官京师时，与洪亮吉、吴锡麒、赵怀玉唱酬最多，法式善称为“诗龛四友”。著有《论山诗稿》《山海经韵语》。张船山即张问陶，生平见卷三《题宋梅生〈倚树山房宴集图〉》“船山”注。诗龛为法式善所筑，人所投赠诗句，皆悬龛中，后用为其室名。法式善当日所作诗为《六月九日李西涯诞辰鲍雅堂、汪杏村、谢芗泉、赵味辛、张船山、周西麋、宗杭集诗龛》：“诗龛虽移居，绕居仍清溪。暑雨积三日，溪水时平堤。红莲高两丈，挺身出青泥。年年六月初，赏花西涯西。釃酒寿李公，蒲笋杂黍鸡。今岁禅侣来，入门故事稽。论事每平心，未肯轻诃诋。诸客感前会，零落增惨凄。生者烟树隔，死者秋坟迷。我还语诸公，物我焉能齐。日暮散群雅，各就林间栖。李公墓已划，麓堂咏重题。照人西涯花，潭影深凫鹥。”

造物忌盛名，啖名乃为累。如何终古人，扰扰为姓字。西涯富文采，辱身全善类。才本斗山齐，望可韩欧嗣。茔葬待醵金，清节良不愧。伴食咏子规，绮语工訾刺。不知宽一分，民受一分赐。台辅尚肥遁，匡时复何冀。吾辈申公评，荐馨畅遐寄。所嗟土一丘，未有穹碑志！丰前而啬后，勤理互相值。临风怀乡型，忽下千秋泪。禁烟绵上寒，角黍湘中馈。古来直道行，所争匪名位。成斋门下士，一散如烟穗。岂意后来者，复有瓣香致。此日诗龛中，将诗换一醉。焉知后视今，不荐楚狂芰。

六月既望鲍雅堂、吴縠人、汪杏江、法时帆、赵味辛、张船山同集作迎秋之会分韵

【题解】本组诗系嘉庆五年庚申（1800年）六月十六日与鲍之钟等人聚会迎秋而作。法式善《存素堂诗初集录存》卷九有《立秋前二日同鲍雅堂、吴縠人、汪杏江、赵味辛、张船山集谢芗泉知耻斋迎秋》：“西涯修禊记前期，戊午立秋前二日约同人于西涯赋诗。又到西涯折藕时。山郭风光闲始觉，欲凉天气病先知。井梧不肯伤

摇落，驿柳无端赋别离。穀人、船山时赋驿柳诗甚工。更约斜阳衰草外，秋坟扫罢咏新诗。芗泉撰募修西涯墓引。”记作于庚申。吴穀人即吴锡麒（1746—1818），字圣征，号穀人，钱塘（今浙江杭州）人。乾隆四十年（1775年）进士，为翰林院庶吉士，授编修，后两度充会试同考官，擢右赞善，入直上书房，转侍讲侍读，升国子监祭酒。晚年主讲扬州安定、乐仪、爰山、云间等书院，著有《双忠祠》《凤凰山怀古》《观夜潮》《读放翁集》等。

谁共探秋信，诗豪并酒豪。好风送残暑，终日醉醇醪。抱蕊蜂儿茁，将雏燕子高。清光来斗室，消受独吾曹。

面面疏棂敞，容身一小舠。豆花新雨足，蝉响夕阳高。近市尘心远，敲诗险韵牢。更当崇晚节，佳会订题糕。

为王心香题《忆鹤图》

【题解】本诗系为王心香题画作，作时不详，当在嘉庆五年庚申（1800年）。王心香生平不详。

画图识面意如痴，消得风情绝妙诗。莫道乘轩多此辈，似闻清唳忆当时。浔阳送客愁为别，杜牧寻春去已迟。半偈细参观自在，层城空有梦相随。

题《诗龛图》，图为江秋史遗笔

【题解】本组诗系题江德量画作。诗中注有“三过扬州”之语，当作于嘉庆五年庚申（1800年）。江秋史即江德量（1752—1793），字成嘉，号秋史，一字秋水，又号量殊，江苏仪征人，乾隆四十五年（1780年）榜眼，官监察御史，著有《泉志》。

江南山色郁苍烟，绝顶孤松意邈然。写入诗龛助诗思，移情真是水仙弦。

三过平山堂下来，琴书强半委尘埃。摩挲缃素怆怀甚，一束生刍未尽哀。余三过扬州，哭于其家，稍为经理旧业，愧未能周也。

知有才名重玉京，墨痕留认石三生。峨眉山寺倾程盖，也似人间唱和情。秋史逝后曾示梦程兰翘同年云："前身皆峨眉，宜速归。"未几兰翘下世。

驿柳四首和船山韵

【题解】本组诗系嘉庆五年庚申（1800 年）和张问陶而作。法式善《存素堂诗初集录存》卷九有《驿柳诗四首次张船山检讨韵》，记作于庚申年。又《立秋前二日，同鲍雅堂、吴榖人、汪杏江、赵味辛、张船山集谢芗泉知耻斋迎秋》中有注云："榖人、船山时赋驿柳诗，甚工。"可证本诗作于立秋前不久。张问陶《船山诗草》卷十五有《驿柳》四首："驿楼潦草看春晴，烟柳条条绾送迎。落日渐收鸦背影，夜风犹乱马蹄声。青归古堠偏无雨，绿到穷边尚有城。曾是灞桥西去客，不堪重忆亚夫营。""旗亭何处挽征衣，攀折频年又十围。送别乍增中岁感，封侯曾见几人归。谁携短笛留三弄，不打群鸳许乱飞。恼我田园半芜没，映门衰影故依依。""一声羌管起斜阳，马上人人说故乡。官渡春浓千树雨，店门秋老万枝霜。征愁散漫凭诗卷，闺梦缠绵接战场。比似章台更憔悴，长条无语自成行。""远影蒙蒙散几州，不因离别已牵愁。英雄气动桓宣武，讽刺情深李邺侯。今我简书伤岁暮，当年春殿想风流。关山可有还乡路，蓬鬓相看易感秋。"即本组诗所和原作。

千树垂垂雨又晴，南舟北马费将迎。娥眉乍展春旗色，轩舞翻随堠鼓声。几许闲愁牵灞岸，无端长涕陨金城。怜渠宛转风尘里，尽送征人万里营。

当年九烈染春衣，指点邮亭翠几围。风笛自来凄欲断，星轺曾此送将归。山村过雨烟无那，酒店吹香花乱飞。画角一声人去远，啼莺镇日尚相依。

丝条低欲挽斜阳，绾我浮踪在异乡。记得荑生融湛露，那堪髡后饱严霜。谁家幽梦千山路，终日销魂万马场。安得风流似张绪，灵和殿里一行行。

烽烟计日靖秦州，送客关门动远愁。旖旎风姿怀孝伯，崭新壁垒忆条侯。轮蹄冉冉浮云掣，岁月堂堂逝水流。青眼看人忙未了，得知潘鬓易惊秋。

题朱野云《补留琴室图》

【题解】本诗系为朱鹤年题画作，时间当在嘉庆五年庚申（1800 年）。朱野云即朱鹤年（1760—1844），字野云，号野堂、野云山人等，江苏泰州人。清代画家，主要画作有《万卷书楼图》《庐山瀑布图》《黄山云海图》《王士祯石帆诗意图》等，摹绘唐宋名画成书十二卷。

浮家人海阅升沉，四壁萧然剩雅音。三宿尚增桑下恋，一椽空向画中寻。烟云供养神仙福，松石清高太古心。谁共移情到沧海，只应声价重鸡林。

七月七日汪静岩庶子招同人小集分赋七夕景物拈得穿针线

【题解】本诗系嘉庆五年庚申（1800 年）七月初七参加汪学金集会作。法式善《存素堂诗初集录存》卷十有《七夕汪杏江招同吴榖人、鲍雅堂、谢芗泉、赵味辛、张船山芥室小集，分赋洗车雨》：“洗车雨，天上来，眼中泪，心里灰。长桥宛宛云门开，尔车不行胡为哉？安得祝风吹雨行，银河倒泻玉垒城，洗车不如还洗兵。长安春雨贵如油，秋霖过多农夫愁，车上之尘盍少留。君不见，郎牵牛。”汪学金《静崖诗续稿》卷一有《七夕招鲍雅堂、吴縠人、法时帆、谢芗泉、张船山、赵味辛小集寓斋》，二人诗皆记作于庚申年。

詄宕星津霞翰翔，掏云银甲生奇光。吉庆花飞夜未央，彩缕风漾流苏黄。佩声锵到芙蓉院，兔月羊灯罢芳宴。中使新传七孔针，侍女重添五纹线。双星特开众巧门，裁云作锦劳天孙。参差向月尽目力，情丝宛转通丹阍。东邻有妇出幽咽，连爱相牵无妙诀。年年灯下纫征衣，砧杵千声满天拙。

题莲亭水部《读书秋树根图》，用縠人侍读韵

【题解】本诗系为人题画作，当系嘉庆五年庚申（1800 年）作。莲亭水部姓名与生平不详。縠人侍读即吴锡麒，生平见前《六月既望鲍雅堂、吴縠人、汪杏江、法时帆、赵味辛、张船山同集作迎秋之会分韵》题解。法式善《存素堂诗初集录存》卷十有《读书秋树根图》一首，记作于庚申年。吴锡麒诗集中未见本诗所和原作。

老树宜秋色，秋怀相对清。天高落清影，风定出吟声。何逊一官冷，阿连双眼明。经畬留世泽，此计足平生。

重建古墨斋歌

【题解】本诗系嘉庆五年庚申（1800 年）重建古墨斋时作。古墨斋在北京城内鼓楼附近宛平县署，原为明万历初河南内乡李荫为宛平县令时修筑，壁间砌有从地下发现的唐李邕刻《云麾将军李思

训碑》和《云麾将军李秀碑》。法式善《存素堂诗初集录存》卷九有《重建古墨斋歌》，记作于庚申。

北海碑颂凡八百，存者百一等球璧。我昔拜观岳麓碑，坐卧三日累窥测。义烈正直寿天地，风骨崚峋到波磔。每觉遒挺生奇姿，却喜纡徐有余力。当时碑版照四裔，万里奔驰荐金帛。后来貌取失子羽，剑拔弩张肆讥谪。岂知模范本兰亭，摆脱旧习着遗则。数传松雪乃私淑，犹难一代称巨擘。右军如龙北海象，此论庶几得其的。兹本旧传出良乡，幽州李秀纪懿绩。铁鉴成规柱础埋，浮沉几劫犹瓦砾。是非神物相护持，访古得来粤闽客。毡车辇致得李侯，嵌壁琳琅标古墨。昆山片玉凤一毛，累代传观叹啧啧。升庵弇州耳食耳，二李云麾只滋惑。更经废置阅沧桑，古藤古椿无颜色。传来摹本鸿胪翁，焕若神明发妙迹。猿臂铁弓信机括，帝孙云锦泯襞积。苏斋书翰今第一，视伏灵芝奚仲伯。先河后海溯渊源，燕瘦环肥孰丰啬？胡侯好古锐无敌，特砻乐石付镌勒。明珠累累三百余，堂庑一新还旧额。追魂那藉叶法善，作记宁矜黎瑶石。名流聚集歌落成，捶拓千本光简册。书中仙手人中豪，后视今犹今视昔。流传名氏信有缘，临风作颂三太息。

同人约游西山此下二十八首系《西山游草》，庚申冬初所作

【题解】本诗系嘉庆五年庚申（1800 年）九月初三与孙仲清、吴锡麒、法式善、赵怀玉、鲍之钟、汪学鑫、郭堃等人同游西山时作。诗中注“孙孝廉一泉为主人”，而吴锡麒《有正味斋诗集》卷十四有《九月三日孙一泉孝廉仲清招同人游西山》：“山心日在抱，人事苦胶轕。拄笏延朝爽，徘徊企天末。西来秋色深，愈碧烟一抹。佳招出意外，尘眼藉披豁。禅栖层岫通，樵路百梯达。斜阳上岩椒，远影落松栝。袅袅凉风生，浛浛白云活。平林叶渐脱，高垅稻先割。矫翅见飞禽，往来就空阔。行脚尚可能，幽怀寄瓶钵。”所咏当系同时同一事。

我家湘山麓，竟日餐山光。好风泠然来，百卉生奇香。廿载羁软红，怀之不能忘。一昨游吴越，云霞沁肝肠。只今奇绝处，入梦尤能详。侧身日西望，列岫云锦张。谈游逊精进，翻诿时事妨。素心惠嘉招，快于癣沃汤。同游得孙登，孙孝廉一泉为主人。不待宿舂粮。料理青布鞋，惭无古奚囊。

渡浑河

【题解】本诗系嘉庆五年庚申（1800 年）十月与人同游西山时作。浑河为桑干河支流，属永定河水系，位于山西省北部，发源于浑源县大仁庄乡清水沟村，先西南流，出山后进入河谷平原改东北向流，流经浑源、应县、怀仁县，于怀仁县河头乡新桥村附近汇入桑干河。

看山过石景，策杖渡桑干。源溯天池远，流分易水寒。板桥人彳亍，沙嘴石团圞。欲问陆雷迹，明时此河凡五决，陆时雍、雷礼相继修之，患乃已。苍茫夕照残。

由奉福寺登罗睺岭

【题解】本诗系嘉庆五年庚申（1800 年）十月与人同游西山时作。奉福寺今位于北京广外甘石桥西南栗园庄，为潭柘寺的下院，是远途香客去潭柘寺的中转站。罗睺岭在今北京市门头沟区，群峰环列，形势陡峻，是去潭柘寺必经之地。

石行疲荦埆，天际落山影。遥看僧帽欹，渐近招提境。入门笑欣然，煮茗供斋饼。扪腹刚一饱，振衣还引领。舍车就笥舆，盘辟极幽迥。舆夫哄争道，前踵压后顶。奇峰突当面，云是罗睺岭。脊分火焰削，嶂展冠帔整。凌空身倍轻，入险息全屏。蚁旋出九曲，长啸踞瘿颈。自逸人独劳，作歌志深省。

暮宿潭柘寺

【题解】本诗系嘉庆五年庚申（1800 年）十月与人同游西山时作。潭柘寺位于北京西部门头沟区东南部的潭柘山麓。

山深云不流，溪断径转复。炊烟袅孤青，未省何村谷。行行咽苍翠，步步换面目。隔林闻疏钟，飞鸟相尾逐。壁皴虎皮斑，篱编麂眼曲。洞然开山门，欢喧到童仆。众僧披袈裟，笑迎宛可掬。石笕咽泉声，古树净如沐。心香覆初地，不藉旃檀馥。自起支轩窗，全身入画幅。

千尺银杏行

【题解】本诗系嘉庆五年庚申（1800 年）十月与人同游西山时作。

黄云童童光动摇，白龙直上干青霄。不知盘根何地得泉窟，但闻谡谡天半鸣风箫。鸭脚叶密衣无缝，夕阳倒射紫烟重。三十余围百丈高，幂兀奇姿信天纵。傍有二枝更奇绝，子又生子同骨血。梧桐萋菶自特生，银竹清峭无柯节。一枝最小开生面，玉笋晶莹眼中见。似将孤挺追前修，翠羽戟牙贯双箭。我昔游名山，无虑数十百。古木参天亦时有，无此嶙峋好标格。想其大力相盘旋，精神完固金刚坚。放大光明尚清净，一一佛性通幽元。以兹正直无偏曲，如披清史钦前贤。斧斤不及天所怜，吁嗟此树无穷年！

延清阁

【题解】本诗系嘉庆五年庚申（1800 年）十月与人同游西山时作。延清阁在今潭柘寺东路。

层轩面幽壑，连天青一瓮。松风度岭来，吹醒诗人梦。仿佛流云中，群仙蹑飞鞚。

姚少师静室

【题解】本诗系嘉庆五年庚申（1800 年）十月与人同游西山时作。姚少师即姚广孝，幼名天僖，法名道衍，字斯道，又字独闇，号独庵老人、逃虚子，长洲（今江苏苏州）人。明朝政治家、佛学家、文学家，靖难之役的主要策划者，中国历史上最著名的黑衣宰相。朱棣靖难第三年，姚广孝留守北平，建议朱棣轻骑挺进，径取南京，使得朱棣顺利夺取南京，登基称帝。少师静室位于潭柘寺后山。

半山云气郁苍茫，一品僧犹剩此堂。暂许白衣同李泌，再寻黄石愧张良。谈空敢预皋夔业，侑享终嫌蟒玉装。至竟独庵少师自号。身后事，风声鹤唳久相忘。

寻龙潭

【题解】本诗系嘉庆五年庚申（1800 年）十月与人同游西山时

作。寻龙潭位于潭柘寺后山。

九峰环一寺，绕寺皆流泉。饮水寻其源，乃在山之巅。蹩躠支短筇，意颇轻孱颜。披榛踏沙砾，振步凌风烟。侧身觅危径，喘汗高双肩。得尺逾艰寸，足茧愁俄延。偶然选石坐，快比匡床眠。微闻人语喧，复恐后者先。樵歌半入云，树杪别有天。仓黄历诘曲，贾勇心转坚。仿佛见真龙，潭水何泓然。探之不盈丈，其脉通百川。元气相灌输，中有造化权。龙公亦解事，戛石锵筝弦。疲足娱心目，幽意特自怜。

坐龙潭溪石上题二绝句

【题解】本组诗系嘉庆五年庚申（1800 年）十月与人同游西山时作。

泉与石相悦，晴空作雨声。萧然满清听，知是石三生。

漱石复枕流，跌云坐空翠。惜不载酒来，一就老龙醉。

龙子引

【题解】本诗系嘉庆五年庚申（1800 年）十月与人同游西山时作。

神龙见首不见尾，徙宅而居付龙子。老僧豢龙龙亦驯，蛇服昂藏卧雕几。旃檀宝匣琉璃光，经身隐约身回翔。说法自吐广长舌，引领晏坐吞天狼。更闻尚羊到山谷，见者往往获奇福。金钱布施归阇黎，天龙一指来匍伏。龙中世族不可详，白莲王与青莲王。《孔雀经》有青莲花龙王、白莲花龙王。

猗玕堂

【题解】本诗系嘉庆五年庚申（1800 年）十月与人同游西山时作。猗玕堂位于今潭柘寺寺院东路。

咒龙人去后，时有苍龙吟。独坐此檐际，悠然生远心。团云饮朝露，足耐霜雪侵。颇忆万峰寺，山楼鸣玉琴。在西湖。

妙严公主礼佛砖颂三言

【题解】本诗系嘉庆五年庚申（1800 年）十月与人同游西山时作。妙严公主俗名茶伦，法号妙严，人称妙严公主，为元代元世祖忽必烈的女儿。相传妙严公主为了替其父赎罪而到潭柘寺出家，后终老于寺中。她每日里在观音殿内跪拜诵经，礼忏观音，年深日久，竟把殿内的一块铺地方砖磨出了两个深深的脚印，后人称之为“拜砖”。

鹦鹉王，骖鸑鷟。净名身，证金粟。普灯传，制龙毒。闻者聪，见者目。大愿船，无不足。仗经声，苏万族。猗妙严，慧根夙。厌金闺，轻绮縠。剪云鬟，参妙觉。八正心，三生福。礼慈云，开贝牍。五体投，双趺蹙。抱丹诚，废餐宿。转法华，乌鵵促。磨镜砖，留芳躅。旃檀熏，梅花馥。济渡风，心焉肃。破铁鞋，徒拘束。步金莲，徒龌龊。宣鸾音，动川岳。雷穿石，氂截玉。何生灭，无断续。志士心，常苦卓。慨吾生，空碌碌。

戒坛

【题解】本诗系嘉庆五年庚申（1800年）十月与人同游西山时作。戒坛设于戒台寺西北院，被誉为“天下第一戒坛”，位于今北京市西郊门头沟区马鞍山麓。

马鞍山前好山色，戒坛雄峙马鞍侧。碧宫绀宇争嵯峨，兹寺传流唐武德。锡名万寿正统年，鹅头和尚工谈禅。卓锡兹山倾万众，燃顶企踵输金钱。毗卢袈裟出宫制，三皈五戒申妙谛。戒神环侍优波离，缁俗各印安心偈。一瓶一钵经品题，左右羯魔阿阇黎。钟鱼梵呗自终古，此身不碍飞云梯。致身福地得清悟，便欲离尘此中住。却为仆夫催便归，回首白云点红树。

循马鞍山脊寻太古化阳洞

【题解】本诗系嘉庆五年庚申（1800年）十月与人同游西山时作。太古化阳洞，古称太古洞，也称化阳洞、庞涓洞。

天马腾入云，我乃拊其背。俯视垤众山，回翔有余态。身将飞鸟齐，气与孤云对。濒临千仞溪，知难未肯退。牵衣苦荆棘，拂袖了无碍。十笏开洞门，促膝可百辈。藤花幕已空，蛛网佛眉疥。老僧向我言，名超然。昔游记梗概。微茫智井中，乳窦缀珍怪。负嵎狮怒眸，嵌壁字倒薤。探颔狎坐龙，扪棱灿文贝。盘旋出空阔，石佛向人拜。无数罗摩睺，低首如受戒。一罅通窈冥，下衍卢河派。奇闻意欣然，缒幽实一快。惜不秉炬来，未了燃犀债。题壁爇寸香，自谓超尘界。孙庞迹已陈，鬼谷亦徒狯。遥瞻极乐峰，无路寄深慨。何当谢万缘，兹游庶可再。

戒坛古松歌

【题解】本诗系嘉庆五年庚申（1800 年）十月与人同游西山时作。

铜驼石马易消歇，不及孤松托名刹。燕都论松数慈仁，今让戒坛特第一。一松屈盘学老龙，作鳞之而光熊熊，横穿石槛石气封。一松苍髯郁四弹，鬅鬙委地趺跏坐。斜牵左股万针摇，性本圆通自婀娜。白松四出凌云端，各矜直节当高寒。三松斗奇宛相向，六丁呵护老弥壮。雨露栽培天所私，余子碌碌何多让。吁嗟此寺阅千霜，此松奕奕经沧桑！下有茯苓乞我尝，玉池清咽流天浆。松兮松兮慎自防，莫愿人间栋与梁。

皇姑寺

【题解】本诗系嘉庆五年庚申（1800 年）十月与人同游西山时作。皇姑寺位于今北京市石景山区西黄村。

皇姑殿前云欲愁，皇姑趺坐如比丘。眼空天地同浮沤，双眉蹙蹙何所求。当年瓦剌雄边陬，贡马启衅输前筹。白毛满地多离忧，正统中白毛生地上。大同烽烟驰急邮。司礼先生进奇猷，弥天孤注驱貔貅。王直伏阙不可留，卧辙更有阿潘流。欲以佛力回天旒，英皇赫怒鞭紫骝。老尼万死无一尤，黄屋蒙尘众所羞。魂随毳帐声啾啾，南宫返旆潜龙湫。犹现色身誓同仇，曹石遂擅复辟谋。手敕凄惋明恩仇，琳宫贝宇穷雕锼。顺天保明谁与俦，劫灰黯淡三百秋。空闻殿角鸣鸺鹠，试登高阁扬远眸。景陵郁郁惟松楸，已已北征图在不？

三山庵

【题解】本诗系嘉庆五年庚申（1800 年）十月与人同游西山时作。三山庵因位于北京市西山余脉翠微、平坡、卢师三山之间而得名。

一径松阴寂，僧雏自应门。僧名真修。山深增日永，地净觉身尊。五岳游谁遍，三车乐共论。茶香留小住，不敢问芳樽。

大慈寺观古梅和尚像

【题解】本诗系嘉庆五年庚申（1800 年）十月与人同游西山时作。大慈寺即大悲寺，位于北京市西山余脉平坡山半腰，三山庵西北一里的密林深处。古梅和尚曾任湖南宁乡大芙蓉山广化寺住持，后为北京大悲寺住持。

我过大慈寺，一僧老复聋。南荣曝山果，轩舞喧儿童。拾级上层阁，自在幽花红。巡廊意萧爽，古德钦奇逢。觌面宛旧识，秃顶疑坡翁。梅香清入髓，长髯拂松风。问之故无言，炯炯明双瞳。天然何色相，赞颂劳巨公。诗吻自消息，一一观会通。就中半途悟，前顾阿瑛。与后龚鼎孳。岂不慕禅悦，终焉愧冥鸿。延伫自太息，此身如蠮螉。

庵中夜坐和穀人前辈韵

【题解】本诗系嘉庆五年庚申（1800 年）十月与人同游西山时步吴锡麒韵而作。吴锡麒《有正味斋集》卷十四有《山中夜话》："人生能几度，山里聚朋欢。月到助松色，泉鸣升酒寒。快心夸阅历，茧足信艰难。唤起蛟龙睡，题诗更倚栏。"即本诗所和原作。

腊屐来今雨，灵山缔古欢。泉分双涧冷，月上万松寒。对酒一何静，清游如此难。钟声铿未已，觅句傍危栏。

怡情亭和时帆侍讲韵

【题解】本诗系嘉庆五年庚申（1800 年）十月与人同游西山时步法式善韵而作。法式善集中未见原诗。

兹亭踞山半，俯仰有余地。松风间泉石，红树破苍翠。纤纤露初月，下有横云睡。抚景惜清福，衔杯益深愧。缁尘试回首，相隔如梦寐。对床盛酬唱，不待诗筒寄。未知千载下，消得几回醉。

宝珠洞

【题解】本诗系嘉庆五年庚申（1800 年）十月与人同游西山时作。宝珠洞位于北京市西山余脉翠微山顶。

昔有海岫僧，施食称鬼王。落锡宝珠洞，万鬼相随将。一粥一饭得鬼意，桂芳之名动幽冀。黄金布地流涌泉，玉带镇山张高帜。辉煌祇园能几时，僧去鬼空人不知。怖鸽尚依花雨塔，胆瓶空插垂杨枝。我来芒屩踏层碧，古洞离奇嵌空壁。白章黑质故斑斓，雾隐云封常润泽。珠光宝气空绵绵，十洲三岛知谁边。生公说法不可传，鬼王端坐无香烟。

翠微山顶还望京邑

【题解】本诗系嘉庆五年庚申（1800 年）十月与人同游西山时作。翠微山位于北京市石景山区与海淀区交界处，为香峪大梁东南坡的山峰之一，北与香山遥相对应。

入山不见山，逐步露奇诡。一竿邛竹杖，扶我太虚里。平生望中山，迸入芒鞋底。俯看飞鸟闲，纵目极千里。东南涌层塔，烟霞变苍紫。半城明夕阳，溶溶如带水。遥知人海中，梦醒同一晷。吸云向丹崖，狂啸震山鬼。

摩诃庵

【题解】本诗系嘉庆五年庚申（1800 年）十月与人同游西山时作。摩诃庵位于北京市海淀区八里庄南玲珑巷，慈寿寺塔东边。

满地松阴满院苔，昔人曾此破云来。一声清磬晚鸦集，乞米老僧犹未回。

慈寿寺九莲菩萨像

【题解】本诗系嘉庆五年庚申（1800年）十月与人同游西山时作。慈寿寺位于今北京市海淀区玉渊潭乡八里庄，明神宗于万历四年（1576年）为其母圣母慈圣皇太后祝寿所建，清光绪年间寺废，仅留玲珑宝塔矗立在寺院的废址上。九莲菩萨原为释迦牟尼修行而未成佛时的称号，后泛用为对大乘思想实行者的称呼。明神宗生母李太后自称九莲菩萨转世，此像为其所塑。

顾复深恩天罔极，太平天子资佛力。慈容穆穆颁琳宫，直以夙因占香国。二百年来恒河劫，璎珞丹青净如拭。紫竹葱茏鹦鹉啼，九朵莲花好颜色。词臣载上瑞莲颂，尚有穹碑喷松墨。窣堵波明如铸铁，布地黄金几千亿。一瓯麦饭不可得，仿佛灵旗去深黑。

归途有病

【题解】本诗系嘉庆五年庚申（1800年）十月十四与人同游西山归途中作。

入山五昼夜，自喜占清福。行住坐卧时，诗料储满腹。胆酒意倜傥，风餐更露宿。萧然无世情，酒尽村醪续。便思骑长鲸，缀籍仙官录。天公惩饕餮，胸膈肆踦驳。偶经风峭寒，便觉气瑟缩。无功饭香积，毋乃神所謪。岂伊洗胃肠，换我一腔俗。平生健腰脚，未肯慎寒燠。苦乐较丰啬，食报何其速。急起驱疲车，归来觅芎鞠。

病少愈，同人见示西山诗，时方遣儿子南归就婚不暇作，率成一首

【题解】本诗系嘉庆五年庚申（1800 年）十月与人同游西山归后所作。

病到经旬句未成，债添儿女损诗情。山灵应笑忙如许，似否当年向子平。

孙孝廉一泉索游山诗因赠

【题解】本诗系嘉庆五年庚申（1800 年）十月与人同游西山归后，因孙仲清索诗而作，当作于十月底或十一月初。北京大学图书馆藏道光二十六年诗集本上有墨笔批注："孙绰有《游天台山赋》。"

一丘一壑共徘徊，凭仗尊罍次第开。偶以林泉联雅契，却因游赏见真才。诸天清磬随心定，太古闲云入梦来。各有吟情不相负，迟君掷地赋天台。

寄朗月方丈

【题解】本诗系嘉庆五年庚申（1800 年）十月与人同游西山归后所作，当作于十一月下旬。朗月系浙江长兴寿圣寺方丈。

虎溪三笑惬幽寻，鹤样形骸见道心。略领麈谈茶正熟，许参莲

社酒频斟。当窗树补营丘画，到枕泉流巨海琴。再宿已增桑下恋，别来一月事高吟。

立冬日集赵味辛亦有生斋中题唐子畏像

【题解】本诗系嘉庆五年庚申（1800年）九月二十一立冬日于赵怀玉斋中题唐寅画像作。法式善《存素堂诗初集录存》卷十有《立冬日赵味辛约同吴彀人、鲍雅堂、汪杏江、谢芗泉、张船山、戴金溪敦元亦有生斋消寒，即席次味辛韵》："霜气远林肃，寒葩色孤展。柳巷积潦冲，萝轩荒藓践。遂觉溪上风，到此吹亦善。刻烛偿宿逋，追呼终不免。境险造道深，心平出语浅。光景取现在，何事征故典。游兴托北邙，嗟谁糗粮辨！味辛约游北山。钟声断春水，幡影指秋巘。尘俗释无术，坐待山灵遣。在在有衡泌，勿笑渔翁湎。蒲芳更鲤肥，草堂浊醪饯。薄买阳羡田，清梦梅花葳。"卷下注作于庚申。唐子畏即唐寅，字子畏、伯虎，明代画家、文学家。

朔马嘶长风，越燕翔朝阳。人生各有托，居贱道亦藏。子年眷魏阙，黔娄乐潜光。清遁良所难，岩阿足襄羊。唐子吴下才，傥荡诗酒狂。声名动四裔，泛海求篇章。岂不振遄翼，蝉蜕久相忘。白云恋空谷，曲木无中伤。文士畅遐览，终名以为常。婆娑嘉树间，陶然飞羽觞。作达有真性，啸歌亦何妨。披图正清兴，风流殊未央。

集汪静崖庶子斋题《华严世界图》

【题解】本诗系嘉庆五年庚申（1800年）冬至或前后数日于汪学金斋中题画作。法式善《存素堂诗初集录存》卷十有《消寒集汪杏江芥室题〈华严世界图〉》："吾不通释典，难下华严注。间尝肆风诗，或弗碍禅悟。一无所依傍，自恐歧途误。入彼门径中，又怕为禁锢。惟有大智慧，百年齐旦暮。非想非非想，头头是道路。古月明至今，春花红几度。空山日静坐，历历悉其故。三界与四禅，渊然方寸具。万感幻生灭，孤灯耿去住。达人随遇安，何喜复何怒。天上验有无，舌间说名数。究竟意云何，吾但了章句。”所咏当为同时同事。

太虚双弹丸，摩荡流菁英。中处荷秉彝，橐籥输元精。浑浑障海波，积时窒虚灵。焚轮鼓空际，幻影交相萦。天倪日以漓，所亏惟一诚。畸人尚清净，泰定生空明。色相画诸天，理欲争缩赢。三车拔火宅，中有权与衡。观空破情界，了然无亏成。谁欤求放心，庶使梦者醒。

为僧人题印谱杨州水月庵僧笑溪庚申十月从一粟处寄图书一方

【题解】本诗系嘉庆五年庚申（1800年）冬为僧笑溪题印谱作。

镂铜如泥玉如冰，霏屑喷雾龙螭腾。五官并用极目力，使刀如笔笔有棱。庖丁解牛刃不顿，四顾踌躇得逸韵。精心一缕通九幽，五岳真形贮方寸。阿师放眼超六尘，补陀稽首完前因。锐入妙得精进法，落腕奕奕如有神。方圆因心是殊象，云垂薤倒列指掌。脱颖而出知者谁，观文或附鸿文垂。

题刘松坪太守《漫游图》

【题解】本诗系为刘墫题画作，当作于嘉庆五年庚申（1800年）九、十月间。刘松坪即刘墫，字象山，号松坪，诸城（今山东高密）人。乾隆二十五年（1760年）进士，改庶吉士，后由池宁太广道迁陕西按察使、江宁布政使。

天风吹松化为龙，作鳞露爪凌长空。云气盘纡落飞瀑，哦松一老明双瞳。知君自具封侯骨，琴鹤逍遥剧飘忽。万里路携万卷书，不似马曹空挂笏。海棕拂子挥岚烟，羽扇纶巾意洒然。中夜鸡声催祖鞭，何须蹑屩寻偓佺。

静崖词赠汪庶子

【题解】本诗系赠汪学金之作，当作于嘉庆五年庚申（1800年）十月消寒集会时或其后不久。

心静何太古，魏阙亦江湖。闲云不出山，时复弥九区。君才如沧海，万卷相委输。偶然契空王，胸次盘慧珠。更寻赤松诀，守一通天枢。衔樽每欣然，丘壑随所娱。秀句和彭泽，骎骎突髯苏。重赓归来辞，清怀良未渝。乃知静者机，力可仙佛俱。置身侣松石，面壁其良图。岂繄漫叟漫，全似愚公愚。美意自延年，不为莼与鲈。

鲍雅堂斋中消寒分赋饮中八仙得焦遂

【题解】本诗系嘉庆五年庚申（1800年）冬至前后于鲍之钟家中消寒集会时作。诗题原作《汪静崖斋中消寒分赋八仙得焦遂》，误。一则前已有《集汪静崖庶子斋题〈华严世界图〉》，说明当日在汪学金家集会时，所作是题画诗，法式善也有《消寒集汪杏江芥室题〈华严世界图〉》一诗可证，见前《集汪静崖庶子斋题〈华严世界图〉》题解。再则法式善《存素堂诗初集录存》卷十有《偕吴瀫人、汪杏江、谢芗泉、赵味辛、张船山、姚春木于鲍雅堂斋中消寒分赋饮中八仙，拈得汝阳王琎》："居高身益危，处热心独冷。迢迢花萼楼，大被承恩永。友朋结褚贺，山水爱箕颖。黄尘抗乌帽，古月抱秋影。香蚁浮樽迟，渴虹投涧猛。恨我非酒人，客中坐如瘿。犹得称顽仙，霓裳咏俄顷。"可证本诗是在鲍之钟家集会时所作，所咏非八仙而是饮中八仙。焦遂为唐朝长安布衣，以嗜酒善饮而与李白、贺知章、李适之、李琎、崔宗之、苏晋、张旭为酒友，并称"饮中八仙"。

古来以吃名，文章数扬马。期期与艾艾，忠谠兼风雅。说难固雄才，射虎真健者。岂其天下溪，一类吉人寡。焦公本拙塞，旷怀寄杯斝。初筵尚温恭，天真自陶写。浮白酒吻宽，顿嗓词源泻。从容吐玉屑，古今归一冶。融液去糟粕，陈言若土苴。胸涵一瓮春，麈尾不须把。醉乡有谈柄，仙籍天所假。何怪柴桑人，攒眉去莲社。

十二月十九日集汪庶子静崖芥室为东坡生日，座中凡十人，各和东坡八首共六十韵

【题解】本组诗系嘉庆五年庚申（1800年）十二月十九于汪学金家消寒集会时因苏轼生日而步其诗作。法式善《存素堂诗初集录存》卷十有《腊月十九日集汪杏江芥室拜苏公生日即为消寒会用东坡八首韵》，吴锡麒《有正味斋诗集》卷十四有《十二月十九日，坡公生辰，集汪静崖芥室，同用公集中东坡八首韵》，赵怀玉《亦有生斋集》卷十八有《东坡生日集芥室，销寒之集于是止矣，因纪以诗》《苏文忠公生日，同人集芥室，用东坡八首韵》，汪学金《静崖斋诗虚稿》卷二有《腊月十九日，同人集芥室，为坡仙设供，和集中东坡八首韵，兼寄南中同学诸子》。苏轼原诗和各诗都为五十八韵，而言六十韵，系举成数。

凛冽岁云暮，瓣香荐君蒿。翩然群彦集，不谢脂车劳。望古生

敬爱，顿觉寒威逃。三焦酌真一，溶溶如琼膏。饤盘供嘉果，聊比涧沚毛。灵兮庶停骖，何必黄楼高。

公灵秉文昌，神气无不适。生前累高名，岁犹拾橡栗。黄州见花发，未敢常州乞。岐亭与雪堂，息影太萧逸。扶来望高廪，诛茅筑斗室。顾复事吟咏，歌声蓬户出。君子本固穷，千秋岂所必。

我生癖好古，观象玩艮背。心焉契芝兰，目乃无萧艾。一编自欣然，动与古人会。三味相灌输，用以浇磊块。近偕嵇阮游，理阐仙佛外。虚与得妙悟，幽花吐丛荟。不信身命宫，果在磨蝎内。痛饮为文字，肯慕蓬池脍。

少年负豪气，狂态无比数。醉卧枯树稍，归来无醒语。汉江溯洞庭，午夜片帆举。走马长河岸，欻忽烟一缕。屐齿悬半岩，不借筇竹拄。风欺京口潮，笠破镜湖雨。科头拜阳侯，蘋藻不盈筥。埋轮效张纲，一官等尘土。岂知千载上，肮脏亦如许。

冻云卓灵旗，飘扬游八荒。举樽酹明月，终古遥相望。盍簪得十朋，强半鬓已苍。主人名父子，业衍箕裘昌。珍添烧尾鹿，饕笑踏园羊。百觞犒诗友，嘉会乌能忘。

我诗等俳玩，垩鼻资郢斫。幸偕多闻友，谠论致忠悫。倡和快同声，当筵落珠雹。笑齄各工妍，那敢捧心学。就中二君子，放怀寻五岳。道叶赍上爻，高情企踔荦。归田我计拙，惜别意先渥。攀留知几时，会送城西角。

公年四十七，置酒临江村。赤壁瞰鹘巢，笛声出前垣。曲进鹤南飞，云是李王孙。脉脉申雅慕，志在登龙门。岂知尚懿好，后有我辈存。招魂向大峨，斗酒兼盘飧。旷代渺相感，可与达者论。却笑障簏人，蒸尝托后昆。

兹晨溯元丰，六百有余年。忠孝秉高节，肯附青苗钱。学稼从老农，问舍复求田。矧其赴狱时，危于坐针毡。穷愁为玉成，素位钦昔贤。寿身与寿名，相距奚止千。

知耻斋诗集卷五[①]

朱孝女

【题解】本诗系咏汉阳一位终身未嫁以侍亲的孝女之作，当作于嘉庆六年辛酉（1801 年）。所咏朱孝女生平不详。

生我劬劳亲力竭，我与我亲共骨血。终身不字侍亲病，我与我亲共性命。我生之初亲盛年，我生之后亲华颠。敦诗习礼亲口传，膝下依依形影怜。父没母病吁苍天，视药视膳涕泪涟。十年曾未解衣带，忍令种玉求蓝田。慈乌返哺遂吾志，蓍簪练裙亦高致。直送阿母归重泉，一片冰心寿天地。犹托绢素图椿萱，孺慕终身意弗谖。涤研待续列女传，金针不绣双文鸳。吁嗟乎人生至性真如许，式谱白华意凄楚！春晖寸草无尽情，请视汉阳朱孝女。

吴烈妇

【题解】本诗系咏钱姓烈妇之作。当作于嘉庆六年辛酉（1801 年）。所咏烈妇生平不详。

---

① 本卷收编嘉庆六年至八年期间诗作，共收四十题五十三首。

钱家女，吴家妇，彩凤翩翩失其偶。吴郎砍桂入广寒，修文又向重泉走。凤随凰兮心似口，佩觿不解结缡纽。欲往从之，遑恤我后。麻衣如雪，百灵相守。郎之灵兮幸我牖，故衣示我脱尘垢。夜灯惨淡，凄风飗飗。仰屋一笑甘引首，兹时岂意名不朽。我怨郎前伫我久，夜台漫漫重携手。

题《泛湘图》送李鹤坪令清泉次时帆韵

【题解】本组诗系嘉庆六年辛酉（1801 年）十月，步法式善韵题画送李元沪赴湖南清泉担任县令作。法式善《存素堂诗初集录存》卷十一有《送李舒园元沪之任清泉》：“闻说清泉县，家家住翠微。月明无雁到，春暖便莺飞。烟绿不粘屐，水香多上衣。最宜斜照里，稳坐钓鱼矶。”“君今弹玉琴，声在衡州阴。九面青山色，三年赤子心。要期化顽梗，不必诩登临。如此称循吏，方知经术深。”记作于辛酉岁。李鹤坪即李元沪，字书源，号舒园，又号鹤坪，河南密县（今新密市）人。乾隆四十五年戊子（1780 年）举人，历官至靖州知州，著有《楚南草》《昆海联吟》。清泉为旧县名，现为衡南县。

唊名三十载，百里岂卑微。南雁此相迓，仙凫今载飞。花光醒别酒，柳色上征衣。牵我怀湘梦，湘山旧钓矶。

钓鱼台下路，骀宕坐花阴。共领阳春气，真传抚字心。吟情天外落，福曜望中临。珍重初言别，谈诗到夜深。

水榭鳞鳞屋，山村瓮瓮桥。平添千嶂雨，直下九江潮。磊落丹阳客，从容纸上描。矾头新去路，挥袂欲相招。

阿兄同宦处，送望倍情多。去住看浮梗，年华感逝波。寄怀蟫简旧，回首豸冠峨。独有维桑念，先声矢颂歌。

书赵恭毅公《世德诗册》后

【题解】本组诗系题赵申乔《世德诗册》后的跋诗，当作于嘉庆六年辛酉（1801年）。秦瀛《小岘山人诗集》卷十一有《题赵恭毅世德诗卷》："曩余奉朝命，岁纪在癸丑。舍人赠先集，携之赴浙右。盥手再三读，识公十八九。继登吴山麓，崇祠郁林阜。公去近百年，俎豆亦已久。旧社思栾公，残碑题岘首。傅芭喧神弦，焚香荐圭卣。今年岁在戊，复向京华走。访我宣武坊，舍人重握手。春风吹庭树，留连共杯酒。更出世德诗，属余题其后。化贪励廉洁，惩浇返淳厚。下令若流水，有孚自盈缶。诗乃项溶作，颂德不去口。千文集松雪，磊磊灿星斗。余本乡后进，之江忝职守。监司秩较卑，有印亦系肘。察吏别淄渑，观民辨良莠。或惧戎伏莽，或欸星在蜀。曷以称旬宣，曷以整网纽。荏苒四五载，扪己常自咎。所至仰遗泽，政迹我何有。窃闻地方蠹，奸胥丛弊薮。噬啮等豺虎，骚扰到鸡狗。欲壑填脂膏，比户括篓搜。官既弄股掌，民悉供蹂躏。苟非鹰用击，何由鸟斯彀。浙中庄一役最为民除害，余首请大府革除而痛惩胥吏之黠者。我言敢制公，当不弃敝帚。力微惭绠汲，才弱愧蚊负。作诗还舍人，附名庶不朽。"下有注曰："诗为恭毅抚浙时杭人项溶集赵松雪千字文作，恭毅曾孙味辛舍人藏之。"诗中有"今年岁在戊"，又有"岁纪在癸丑""荏苒四五载"，可见作于戊午年，即嘉庆三年（1798年）。诗注则说明《世德诗册》为赵怀玉所藏，赵怀玉于嘉庆六年（1801年）赴山东青州为官，由此可知谢氏本诗应作于其赴山东之前不久。赵恭毅公即赵申乔（1644—1720），字松伍，又字慎旃，号白云旧人，江南武进（今江苏常州）人。康熙九年（1670年）进士，历官商丘知县、刑部主事、浙江布政使、浙江巡抚、偏沅巡抚、都察院左都御史、户部尚书，卒谥恭毅。

公泽及十世，公名足千古。治行留清芬，莫如越与楚。我生嗟已晚，景仰劳肺腑。束发读剩稿，谓是古人伍。更闻诸父老，轶事略可数。苗民逆命时，毒矢贯强弩。负嵎踞天心，寨名。赵桓废超距。公发一矢书，群苗相鼓舞。缒险历虎穴，崩角快先睹。忠信孚豚鱼，兹岂矜耀武。居恒甘粗粝，客馔却珍脯。衡山使者来，媒蘖起樽俎。公闻亦坦然，泰定中有主。卒之荷天鉴，皎日照亭午。迄今赵公祠，蘋荐到翁姥。一路瞻福星，万家企霖雨。气本尚刚毅，意乃乐循拊。宽猛济以和，此乃牧民谱。感兹畏垒情，典型炳如许。拾遗纪口碑，用作楚风补。

立夏后二日雨后法时帆侍讲招同人游极乐寺、万寿寺、泉宗庙、圣化寺，饭于万泉庄，遍观长河诸名刹，得诗四首，次韵和之

【题解】本组诗系嘉庆六年辛酉（1801年）三月二十六日应法式善之招出游时步其诗韵而作。法式善《存素堂诗初集录存》卷十一有《立夏后二日时雨初霁，邀同人晨出西直门憩极乐寺，抵万泉庄游长河诸寺》四首："比方见山水，心目竞森秀。草木抱城郿，一雨万绿透。晴日苔矶明，远风麦陇皱。言招江南客，载酒娱清昼。僧寮极幽窈，酒村殊荒陋。食肉胜食笋，此言或不谬。""我虽不饮酒，颇爱交酒人。鄙怀借涤荡，烂漫存天真。矧兹一代才，各负千秋身。相逢复相得，终岁难其辰。清风林外来，吹动波粼粼。好鸟适和鸣，何知恋余春。""文士爱名誉，高人志澹泊。性情虽弗同，要都怕束缚。生长太平日，吾自具吾乐。停杯看鸟还，坐石待花落。委心任天迟，何事费穿凿。萧然退院僧，安禅胜行脚。""天公爱佳客，特为除尘土。农夫荷锄笑，昨夜得好雨。客皆江湖人，闻言忭且舞。我饱太仓粟，惭无毫末补。快际风日清，赋诗义有取。诸君田间来，曷以报田祖。"记作于辛酉岁，即本组诗所和原作。赵怀玉《亦有生斋集》有《立夏后二日，伍尧侍讲招游极乐诸寺，饭万泉庄，复过圣化寺小憩而归，即次原韵》。此次出游系法式善主持，赵怀玉、谢振定等十三人同游。极乐寺位于今北京市海淀区东升乡五塔寺东。万寿寺位于今北京市海淀区高梁河广源闸

西侧，原称聚瑟寺，建于唐朝。泉宗庙原位于北京市海淀区巴沟，是清朝皇家庙宇及园林，现已无存。圣化寺原位于万泉河西支巴沟河岸边，现已无存。万泉庄位于今北京市海淀区。

雨过无纤尘，万木发奇秀。湿云幂空际，似恐众芳透。盈盈萍锦张，喁喁鱼吻凑。柳花剧有情，回风舞清昼。客来聚兰若，微言破孤陋。心心印真味，一洗俗论谬。

连骑畏吾村，墓草怀昔人。是日与时帆先过西涯墓。争名肆积毁，既往好恶真。撮土为瓣香，惜哉砥柱身！逍遥皆吾辈，流连及芳辰。东雉接西勾，娟娟玩绿粼。望古切余慕，岂徒惜残春。

牡丹竞艳丽，风华自飘泊。只应青山云，不受利名缚。泉胡向人忙，鱼宁知我乐。同游十四人，襟尚特磊落。恰似云将偕，肯容混沌凿。还顾问遨头，居然事行脚。

从容半日间，洗我襟上土。置身蓬瀛巅，松风猛于雨。探奇领清奥，贾勇极飞舞。平生株守怀，借此双眸补。羡君有吟癖，妙语探囊取。谁赓大道曲，企脚谢仁祖。

题张船山为陆某画《寄梅图》

【题解】本诗系题张问陶画作，当作于嘉庆六年辛酉（1801年）。

姑射仙人不染尘，几生修到此花身。陆郎句共张郎笔，写出江南一段春。

送韩桂舲同年分巡岳澧

【题解】本诗系嘉庆六年辛酉（1801年）送韩崶往湖南巡视而

作。韩桂舲即韩崶（1758—1834），字禹三，号旭亭、桂舲，别称种梅老人，元和（今江苏省苏州市）人。乾隆四十二年（1777 年）拔贡，廷试一等，分刑部，升郎中，嘉庆六年任湖南岳常澧道，后升任湖南按察使，官至刑部右侍郎。能文，工诗，与潘奕、石韫玉、吴玉松、陶澍合称为“沧浪五老”。著有《还读斋诗稿》。岳澧指岳州和澧州，即今湖南省岳阳市和常德市澧县。

岭峤旬宣旧有声，斯人再出为苍生。镜无遁影神原湛，笔可回春政易成。天遣福星临梓里，地多香草称诗情。离尊几日增惆怅，乡梦依依伴去旌。

夏至日集春云书屋为销暑第一会，座中十四人，以题为韵分得集字是日谭兰楣、吴玉松得试差

【题解】本诗系嘉庆六年辛酉（1801 年）夏至参加消暑集会时分韵所作。谭兰楣即谭光祥（1776—1823），字君农，又字兰楣，号退斋，江西南丰（今江西省抚州市南丰县）人。乾隆四十九年（1784 年）召试举人，五十八年（1793 年）成进士，改庶吉士。著有《绛跗山馆集》《静吟室诗》《柽花馆诗》《听茶馆诗》等。吴玉松即吴云，生平见卷一《题吴玉松〈岁除游山图〉》题解。

炎风蒸火云，仰天自嘘吸。幸偕名侣游，能令暑威戢。扇影交槐阴，清言若绠汲。冰桦瓜果陈，燕毛序等级。卷波鲸吻宽，飞拇电光熠。嘉会岂偶然，两报星轺急。翩哉双凤翔，难可白驹絷！计当旌旆旋，吟草各成集。迟君与销寒，迭为牛耳执。吾辈淡宕怀，聚散何欣悒。岂繄慕阮嵇，萧闲性所习。跃跃申后期，弗笑囊底涩。

知耻斋销夏第二集赋得瓜五月十七日

【题解】本诗系嘉庆六年辛酉（1801年）五月十七日作者召集消暑集会时分韵所作。法式善《存素堂诗初集录存》卷十二有《集谢芗泉有耻斋消暑分赋蝉》："又听尔长鸣，原非诉不平。沙堤千万树，暑雨两三声。得气肯趋热，过枝仍饮清。凉飚虽未至，去住一身轻。""疏柳与长槐，柴门取次栽。若吟三叠罢，残梦五更回。风定鸟声在，月明秋影来。螳螂伺烟漭，高处莫教猜。"记作于辛酉年。

琢冰环翠盎，劈玉湛红瓤。不负彭亨腹，微闻蕴藉香。涨唇犀子迸，宜膈水晶凉。耐冷寻真味，吾生愧热肠。

黄山谷先生生日诗六月十二日吴山尊集同人于藤花书屋，为黄山谷先生生日，以集中六言绝句分韵得六字

【题解】本诗系嘉庆六年辛酉（1801年）六月十二日参加吴鼒组织的集会时分韵所作。当日为北宋著名文学家、书法家黄庭坚生日，即以其为主题，以其六言绝句分韵赋诗。法式善《存素堂诗初集录存》卷十二有《六月二十日涪翁生辰，吴山尊太史招集藤花吟社消暑》，记作于辛酉年。吴山尊即吴鼒（1755—1821），字及之，一字山尊，号抑庵，又号南禺山樵，晚号达园，安徽全椒（今安徽省滁州市全椒县）人。嘉庆四年（1799年）进士，官侍讲学士，著有《夕葵书屋集》《清画家诗史》《墨林今话》《耕砚田斋笔记》《画传编韵》《昭代尺牍小传》。

风流溯炎宋，瓣香向坡谷。先后啖盛名，春兰配秋菊。卓哉大峨仙，清气禀岳渎！涪翁擅奇警，妙技奏啮镞。苔岑联古欢，贝锦

听谣诼。世无清议人，谁与发盆覆？往时尚公好，饯腊吊玉局。苏斋与诗笼，吟稿牛腰束。匪惟重词翰，忠孝企前躅。吴君来北谯，雅负便便腹。太乙助光耀，脉望搜剩馥。西江浚诗源，蘋荐申尸祝。维时岁辛酉，季夏日二六。朋来海内英，馆假藤花屋。设位拜睟容，堆柈列冰蔌。名流共觞咏，俯仰心焉肃。先兹三日前，牲醴奠怀麓。冒雨畏吾村，未惜泥没毂。六月九日西涯墓祠告成，是日为西涯生日，同人祭告墓所，颜其堂曰“怀麓”，亦公志也。凌晨喜新霁，复此良会续。嗜好殊酸咸，古香无赢缩。旷代渺相感，兰言写心曲。莲香入馔清，藤荫落杯绿。烛影照须眉，师资宛在瞩。祖杜破万卷，句律应钟柷。岂无章蔡谗，难掩令名卓。望云送灵旗，脉脉志私淑。

送沈舫西出守泰安

【题解】本诗系嘉庆六年辛酉（1801 年）送沈琨出任山东泰安知府作。沈舫西即沈琨，生平见卷三《和宋梅生移居后喜雨原韵》注。沈琨《嘉荫堂文集》卷二有《告包孝肃公文辛酉冬十一月》“维年月日泰安知府沈某”，而《嘉荫堂文集》卷一有一篇系嘉庆六年五月初十的上疏，沈琨时任京畿道监察御史，说明沈琨出守泰安当在嘉庆六年。

沈侯髭须挺如铁，肠胃映日瀹冰雪。平生经传一瓣香，天下饥溺满腔血。少日才名扬马间，长杨赋就来仙班。鸡树雍容秉喉舌，蓬莱欲上风引还。一从郎省登台院，桓公骢马赵公面。封章朝上天亦惊，谏草宵焚志未变。我来买邻今几年，衔杯对月分吟笺。东山丝竹偶然耳，移情海上怀成连。迩来霪潦及京国，烟村涛涌鼋鼍宅。抚哺谁分宵旰忧，忍令吾民有菜色。十间广厦劳心旌，粥饼留香喷有声。振臂一呼聚群力，哀鸿到处全余生。汲黯出守实重寄，自是朝廷有深意。故人星散勿具论，有酒酌君且尽醉。君去登山小天下，崇朝霖雨彻万野。

王心香以素册索书，书未竟，为雨所浣，戏题册尾十二韵

【题解】本诗系因王心香索书而被雨污戏作，当作于嘉庆六年辛酉（1801 年）。

鸦涂三十年，楮墨不去手。秃尽千兔毫，往往享敝帚。那堪驭风行，借可循墙走。迩来腕力微，暗中若掣肘。袜材怀满床，索书等索负。持心学西家，自顾亦忘丑。君乃痴嗜痂，谓可垂不朽。忽驰梵夹来，落墨益颜忸。愁霖弥月余，雷电破窗牖。顿增屋漏痕，半幅苔纹黝。拙书为天怜，幸免六丁掊。晴窗试补书，还君备覆瓿。

七月二十一日陈石士斋中为销暑第五集同赋射雕行

【题解】本诗系嘉庆六年辛酉（1801 年）七月二十一于陈用光斋中第五次消暑集会时作。法式善《存素堂诗初集录存》卷十二有《陈石士用光庶常玉方希祖比部招同人小集即席咏茶菇》，又有《射雕行》："世间惟有弄笔苦，我愿掉头去学武。雕弓骏马驰平沙，紫塞看遍秋园花。大风猎猎平原起，我马向空鸣不已。一雕忽在云中旋，马蹄未到人心先。尔雕尔雕性太华，虎狼侧目鹰鹯忌。祸机已伏尔弗避，我终不忍伤此才。让尔矫翼天山来，追逐狐兔清群埃。血战归田两臂痛，腰间长箭全无用。敢矜百步穿杨中，高歌沉醉酒家楼。同辈少年皆封侯，我今不乐将何求。惟恨西南贼未灭，焉敢偷闲告驽劣。一片酬恩肝胆热，争挽昔年五石弓。豪杰果出兜鍪中。君不见将军射雕亦射虎，朝平奏还暮平楚。"记作于辛酉年。陈石士即陈用光（1768—1835），字硕士，一字实思，新城

（今江西省黎川县）人。嘉庆六年进士，授编修，官至礼部左侍郎。著有《太乙舟文集》八卷及《衲被录》等。

青天洗净罗云薄，快马如龙绕城脚。短衣虎视惊路人，一啸向天动寒廓。盘空飞出海东青，侧目下注如流星。百鸟欲避不得避，哀鸣戚戚难为听。放马弯弓巧相逼，饿鸱一叫出神力。霜毛落地奋欲飞，箭影入云寻不得。穿胸决臆非汝酷，汝独何为饱鸿鹄。精魂销散此一时，觜距锋暹曾肆毒。谁其射者羽衣郎，想见百步穿垂杨。图形麟阁那可量，速挽弧矢遮天狼。

答程澄江曹长小饭见赠之作

【题解】本组诗系和程澄江之作，当作于嘉庆六年辛酉（1801年）。程澄江即程世醇，字澄江，安徽歙县人。乾隆四十四年（1779年）充福建乡试副考官，五十四年（1789年）又曾典试陕西，嘉庆间任礼部郎中，后任山东学政。

磨蝎生涯孰与亲，空花泡影湛微尘。秋心已付无何有，春梦偏留未了因。恰共苔岑联雅契，肯容兰省着闲人。庭梧几夜西风急，燕侣栖迟只似宾。

地当无佛便称尊，野性疏狂道未敦。宋艳班香空写照，韩潮苏海愧平吞。多君豪宕珠生唾，怜我穷愁雀在门。惭负品题高月旦，于今清议几人存。

题沈舫西《观色观空小照》

【题解】本诗系为沈琨题画像作，当作于嘉庆六年辛酉（1801年）为其送行前后。

太虚无名有定位，色色形形满天地。英雄末路谈幻空，有托而逃盖其戏。迩来士夫多尚奇，欲以三教通一意。白牛露地竟何用，海上三山或未至。我思名教宁负人，谁为罪魁树之帜。如君堕地师孔周，见义必为心不啻。室无绿珠能点茶，坐有紫云同一醉。与人忧乐聊尔尔，自是雅人有深致。昨从画里参机锋，仿佛坡翁寄所寄。盍观于水溯渊源，盍观于山挹空翠。召父杜母何者是，养人养花可取譬。古来忠孝由血诚，此是人间真实义。

重九日李铁珊监督招同人泛舟二闸遂冒雨登九龙山

【题解】本诗系嘉庆六年辛酉（1801 年）重阳节受李铁珊之招同游庆丰闸，冒雨登九龙山时作。李铁珊生平不详。二闸即庆丰闸，为北京通惠河上五个闸口中的第二个，故称。九龙山原位于北京市朝阳区西大望路以东、百子湾路以南，今已不存。

微云作秋阴，佳约践重九。出郭极清旷，已足涤尘垢。把盏寻鸥盟，意得不在酒。涨痕蚀沙岸，风声送苇柳。溟蒙微雨来，圆纹破清浏。冲泥更兴发，一踞九龙首。虽惭落帽才，气已无部娄。山川意脉脉，似与达人厚。鸿雪焉可留，金台亦空阜。未知后游者，知我定谁某。

胡雪蕉同年索题《雪蕉图》

【题解】本诗系应胡永焕之求为其题画作，当作于嘉庆六年辛酉（1801 年）冬春之际。吴锡麒《有正味斋集》卷十四有《胡水部永焕自号雪蕉，因得元人〈雪蕉〉一幅，即代写照，属余赋诗三首》，编在嘉庆六年十二月至七年五月之间。胡雪蕉即胡永焕（1756—1805），字奎若，一字奎耀，号雪蕉，江西婺源人。乾隆五十二年（1787 年）进士，历任工部营缮司、清吏司、都水司主事，著有《龙尾山房诗存》六卷。

暑雨锄碧云，种此一庭翠。那知婆娑仙，雅有岁寒意。岁寒在家时，缚草护蕉根。岁归人不归，风雪空掩门。秋风纸不收，寒叶下三亩。潇洒两胎仙，肯共梅花守。画禅略可参，春雨一何早。持我冬心来，听雨四时好。

题赵穆亭水部《湖山清坐小照》即书榖人先生所题诗后

【题解】本诗系为赵承杰题画作。当作于嘉庆七年壬戌（1802 年）。赵穆亭即赵承杰，浙江杭州人，曾任大理寺司务。榖人先生即吴锡麒，系赵承杰继室吴映瑜族兄。

榖人祭酒我吟友，居停于君遇之厚。风清蜡屐擘蛮笺，日永龙槐酌兕斗。羡君意气凌秋霄，雅尚还恐鸥盟负。老船丘壑堆满胸，幻出烟云付消受。凸凹峰能辨髻眉，欸乃声疑出肩肘。翠岩红树吸白云，定有溪翁鱼贯柳。软红尘里时展看，令我翛然净尘垢。湖山好梦夜夜来，会醉新笃剪祠韭。固知此福关三生，祭酒先向画中走。与君屈指旧酒俦，能践兹约庶谁某？

嘉庆壬戌五月廿八日，同人以余与法梧门学士，贺虚斋侍御，祁鹤皋、杨蓉裳二农部俱于是年五十初度，聚而觞于正乙之祠，雅音引和，谈宴弥日，胜情盛举，余固不足以当之，第念四君于余皆同年，诸君子又皆以文章意气相洽，不约而同，斯亦曩昔嘉会中所罕有也，感而有作，用述鄙怀，兼以志良友殷勤之雅意云

【题解】本组诗系嘉庆七年壬戌（1802 年）五月二十八与法式善等同年五十初度时聚会而作。贺虚斋即贺贤志，字浚明，号虚斋，河北迁安人，乾隆四十九年（1784 年）进士，选翰林院庶吉士，后授吏部考功司主事，乾隆五十四年（1789 年）充江南乡试副考官，后出任镇江府海防理事、同知。祁鹤皋即祁韵士（1753—1815），字鹤皋，又字谐庭，别号筠禄，又号访山，山西寿阳人。乾隆四十三年（1778 年）进士，历任翰林院庶吉士、国史馆纂修官。杨蓉裳即杨芳灿（1753—1815），字才叔，号蓉裳，江苏常州人。乾隆四十二年（1777 年）拔贡，补甘肃伏羌县知县，以功擢知灵州，改户部员外郎，著有《翼率斋稿》十二卷、《芙蓉山馆诗词稿》十四卷。法式善《存素堂诗初集录存》卷十三有《五月二十八日，诸同人张宴于正乙祠为贺虚斋贤智侍御，祁鹤皋韵士、杨蓉裳二农部，谢芗泉祠部暨余作五十生日，芗泉即日成五古四章，余效其体》：“吾幼多疾病，五岁掖始行。六岁读陶诗，句读不能清。慈母抵严师，诫儿保令名。碌碌五十年，一事兹无成。岂惟门闾愧，奚以慰友生？乃逐诸鸿儒，列席引巨觥。山人杂藻客，鼓瑟还吹笙。”“百龄推上寿，吾已历其半。未来不可知，既往深足惋。人当壮盛时，弱者气亦悍。春秋六七十，精神渐散漫。四君禀同忧，才华称浩瀚。峨峨老成人，邦家作屏翰。吾方愧劳薪，犹复就

炊爨。”“玉堂职清暇，吾今黍四人。目昏手动摇，勉强负书笈。昨在瀛洲亭，双燕翩然集。欲去似识我，芹泥旋复拾。忽忆廿年前，清秘我独立。西北风雨来，海棠万花湿。燕巢遭倾覆，我曾为补葺。岂尔其俦侣，向我作悲泣。特我白头人，不能尔周急。”“槐阴古殿张，麦气四郊展。新雨被物深，远风出林浅。缠绵故人情，岂能一笑遣。恨我无酒肠，斟酌但茗荈。小谢诗先成，滔滔肆清辨。我方修官书，终日图经阐。吟怀久郁塞，敢不事研吮。来日幸方长，晚节期共勉。功业未可必，尤悔庶几免。”《杨蓉裳先生年谱》云：“五月，莫韵亭侍郎瞻菉、李沧云京兆棨，暨墨庄、船山诸同好共五十余人，以余与法梧门学士、贺虚斋侍御贤志、祁鹤皋郎中韵士、谢芗泉仪部振定俱五十初度，合觞于正乙祠，雅歌引觞，谈宴竟日。芗泉有自寿诗，余和之，存集中。沧云、墨庄作《五君咏》。”所载即此次聚会，所言自寿诗即此诗。正乙祠位于今北京市宣武区前门西河沿，是一座具有三百多年历史的纯木质结构古戏楼。

三龄学伊吾，十龄识奇字。因循四十年，未蒇平生志。取法得上中，尘羁损神智。逝波惊隙驹，伏枥嗟老骥。意中千万程，迢递何由致。回首受经时，潸然有余泪。

孤生岩畔松，棱棱露奇节。尔牧恋嘉荫，畴念忍霜雪。巷伯与缁衣，昔贤一腔血。体兹天地心，览古钦遗烈。木鸢肖鹏翼，蜩鸠计诚拙。旷然渺尚友，俯仰自欣悦。

堂堂百年身，荏苒乃过半。感兹来日长，如珠未受贯。壮怀企丘壑，隐忍割昏旦。鸿羽伤三摧，余兄弟五人今存二。梦绕湘江岸。何幸同志人，殷殷垂光盼。霓裳理清曲，酌我觞无算。

作朋侈三寿，雅谊古所敦。海内叙齐岁，公然五老尊。兹缘定三生，忘分为弟昆。愿言崇令德，肯负造化仁。数叶天地中，守中道斯存。嘉叙申续约，重之五百春。

六月九日拜西涯先生墓得十六韵

【题解】本诗系嘉庆七年壬戌（1802 年）六月初九拜谒李东阳墓时作。诗中有“五度为公寿”之语，本集中记载最早的李东阳生辰集会为嘉庆三年（1798 年），卷三有《六月九日为茶陵李文正公生日，先一日，法时帆祭酒招同人集积水潭拜瞻公像，盖西涯旧址也，是日即席口占》。

一从游西涯，五度为公寿。嘉集每先至，硁硁笃所守。去年困霪潦，未惮冲泥走。垣墉欣苟完，落之一尊酒。今年（钟）〔踵〕斯举，三物佐罍卣。肃襟来耆儒，诵祝感岷叟。新槐初吐芽，宿草自成阜。怅然怀往贤，誉士不去口。云胡伯道悲，狺狺致群嗾。啖名竞利齿，公然肆击掊。师死亦遂悖，意乃类烹狗。莠稂错中田，岂谓悔薪槱。遥遥二百年，舆评破丰蔀。终古土一丘，丹诚信不朽。九原起相质，知公然与否。

又次朱石君先生韵

【题解】本诗系嘉庆七年壬戌（1802 年）六月初九拜谒李东阳墓时步朱珪韵而作。朱珪《知足斋诗集》卷十七有《六月初九日法时帆学士邀予游极乐寺，遂至畏吾村拜李西涯文正公墓纪此》：“极乐吾熟游，兹游兴非偶。言寻先正藏，得自学士手。西郊畏吾村，大会寺之右。磊磊五代邱，祠堂奠樽卣。当年西涯公，文采麟凤掫。密勿宏正朝，用意良忠厚。清风五十载，不祀悲斗觳。丰碑失麒麟，耕垄夷部娄。学士求荒榛，前身十八叟。岂惟臭味同，稽古独尚友。我来吊九京，盖棺谁不朽。喟然古达人，一视彭殇寿。”记作于壬戌岁，即本诗次韵原作。法式善《存素堂诗初集录存》卷十三也有《六月初九日同人拜西涯墓毕，饭于极乐寺，朱石君尚书后至》《再和石君尚书韵》，记作于壬戌。朱石君即朱珪（1731—1807），字石君，号南崖，晚号盘陀老人，原籍浙江萧山，后迁顺天府。乾隆十二年（1747年），十七岁殿试为进士，选庶吉士，散馆授编修，充侍读学士，后历任福建、湖北、山西按察使，两广总督，吏、兵、户部尚书，协办大学士，太子太保，太子太傅等。著有《知足斋诗文集》。

伊古明道人，树勋信非偶。时艰尚匡济，借有回天手。西涯当秉钧，众正远朝右。苦心全善类，食报在尊卣。梧门倡雅怀，访古到荒薮。北邙冢累累，胡独于公厚。由来士尚志，譬彼雏仰毂。懿好荷同心，崇祠赍丘埁。矧兹扶杖来，峨峨盘陀叟。磨砻待鸿文，论定资尚友。拙才志私淑，浮生惴速朽。附名可千秋，何慕乔佺寿。

汲修世子谢饷绿葡萄诗，意在得种法，次韵奉答，用酬下询老圃之意

【题解】本诗系步韵答昭梿问种绿葡萄之法而作，当作于嘉庆七年壬戌（1802年）秋。《清代诗文集汇编》第五一七册《蕙荪堂集》有《谢芗泉祠部见赠葡萄诗以致谢》："入秋旬日雨较稀，葡萄宅畔生乳迟。笑余卞急早摘取，入口酸涩涎流颐。谢公种植得妙理，辛勤手树虬龙枝。呼僮灌溉有堂课，累累满架阴成帷。落实已足十分熟，遍饷朋辈盈盘匜。金刀落处碧霞乱，颗颗香脆甘如饴。颇怪同土味何异，始知物各有定时。秘方学得俟明岁，骊珠满斛征新诗。"即本诗所和原作。

植根欲深苗欲稀，清明五日入土迟。祭猫瘗犬以时致，草龙向天随指颐。删除繁冗宛籁集，兼旬璎珞萦卑枝。葛囊锁护象文褓，勿令锋雀窥重帷。溉之侵晨与昏暮，摘以筠笼倾漆匜。大珠小珠各风味，脆而不酸甘不饴。物情消息似佳酝，既多且有旨且时。为君

尽输秘密藏，来年报我琼瑶诗。

玉松编修见汲修诗，亦次韵以谢，仍叠韵走答

【题解】本诗系再依昭梿诗韵答吴云步韵诗，当作于前诗之后不久。

奇石蜜食古所稀，回语谓绿葡萄曰“蜜食”，《克食果谱》云“兔睛此种是也”。博望未采来何迟。兔睛无核耻酸子，曾从果谱观朵颐。丁年卜宅剩嘉种，云自上苑分孱枝。三时溉剪倍心力，独当西面张翠帷。终朝百禽肆馋吻，秋深落实难盈匜。今岁闲庭书大有，小摘带露如琼饴。走送良朋共清味，绿珠乍迸骊颔时。凉州刺史匪所愿，赚取风人与咏诗。

东阁雅集纪事用柏梁体应乐云主人属

【题解】本诗系嘉庆七年壬戌（1802年）应乐云主人之嘱而作。法式善《存素堂诗初集录存》卷十四有《乐云道人招同人集水阁小酌》：“神仙有窟宅，那容尘客觌。翛然古梅花，前生冰雪涤。云中举手招，遂自忘疏逖。一时平台客，各各蒙赏激。秋阴激远空，石声响残滴。万竹共一绿，藓花不可剔。酒气杂白云，纷纷起峭尘。我惭蕉叶饮，诗思复枯寂。散步柳砖边，洗耳听风笛。”记作于壬戌年。乐云主人姓名不详，曾编辑医书《净缘一助》十六卷，又曾赠法式善“雪月书窗”小玉印。

十二碧城东复东，仙源玉洞何玲珑。庭花陆离香雾浓，略约一道明彩虹。白龙露地飞惊淙，琼楼郁纡千户通。蚁穿九曲劳神工，绿珠满架宜纱笼。陂陀奥衍石磴重，西山屏障开葱茏。流云入樽樽

不空，邹枚在座谁酒雄。渴虬放吻吞尧钟，各各意气凌华嵩。雨中去住忽异踪，烛树夜照酡颜红。娇狞紫凤朱靥融，么弦细管飘兰风。催人莲漏声丁冬，曲终奏雅神溶溶。鲰生丘壑横在胸，梦到钧天欣所逢。酒醒觅句惭陋庸，持用疥壁污绮栊。

题李墨庄《归槎图》

【题解】本诗系嘉庆七年壬戌（1802年）为李鼎元题画作。《归槎图》当系施邦镇所绘，反映的是奉命出使后泛舟归来时受到迎接的场景，现藏重庆中国三峡博物馆。当是因李鼎元奉命出使琉球归来而为其所作。《存素堂诗初集录存》卷十三有《李墨庄自琉球归，出〈泛槎图〉索诗》，记作于壬戌年。

长风破浪万里客，才名远镇蛟龙宅。剑佩雍容书在胸，人道前身李太白。和光清望一品衣，龙节英簜扬天威。风人采风舌人舌，压装不载廉石归。归来浩荡吞海云，针楼杀贼摧狂氛。青天一握山一发，日近长安朝九阍。身世微茫寄帆叶，大勇若怯心妥贴。侯封博望何重轻，他日济川具舟楫。

题龚瀛桥《罗浮清梦图》

【题解】本组诗系为龚瀛桥题画作，当作于嘉庆七年壬戌（1802年）。龚瀛桥名仕达，湖南善化人，生平不详。陶澍有《明府胡竹塘光瓒、龚瀛桥仕达、贺霖圃懋春邀游丞相祠堂，遂谒惠陵，晚归有作》诗。罗浮为山名，在广东省东江北岸。《龙城录》载，隋开皇中，赵师雄于罗浮山遇一女郎，与之语，则芳香袭人，语言清丽，遂到店中共饮交谈而醉。醒后发现睡在一梅树下。后以罗浮梦为咏梅典故，也用以比喻好景不常，人生如梦。

冰雪聪明契窅冥，众香国里见娉婷。只愁月落参横后，翠羽啁啾不可听。

月向花间特地寒，空空色色静中看。羡君一梦犹清绝，不作南柯蚁子官。

平阳范氏三世节妇诗仿古乐府

【题解】本组诗系咏平阳范氏三代节妇之作，当作于嘉庆七年壬戌（1802年）。平阳为今山西临汾。

三世孤颂王太夫人也

藐姑山头松荫茁，中有积寒太古雪。愁茧缫丝丝不绝，范氏一门三伟节。妾入门，夫远别，尊章含饭和泪血。夫归来，夫永诀，兰桂双生更催折。四十年来双齿啮，三世孤雏膝下列。博得天边纶綍恩，下报重泉妾力竭。

剪爪甲颂吉夫人也

黄鹄东南飞，宛颈悲独宿。四月呱呱声，余生此顾腹。老姑含泪餐野蔌，何忍求甘茹（梁）〔粱〕肉。一缕香，祈姑福。一腔血，留似续。鸡骨支床姑妇哭，碎我掌上珠，二竖何其酷。乳姑哺孙营半菽，伤姑搔背双爪触。剪除爪甲泪溢目，君不见盖棺时十指秃。

授指环颂王太孺人也

冰在心，环在指，妾有双闱何敢死？灵膏手煎姑病已，孝妇之膏丐邻里。姑病在床夜十起，两姑继逝妾何倚。附身附棺属毛里，斑斑血泪妾容毁。痛夫不见趋庭鲤，书声琅琅心自喜。特科首荐天所酬，苦节必昌信其理。吁嗟乎三叶孤孀岁五纪，他日鸿名照青史！

丰台吟草壬戌冬十一月作

【题解】本组诗系嘉庆七年壬戌（1802年）十一月至北京丰台验收租赋而作。

初到马神庙

【题解】本诗系嘉庆七年壬戌（1802年）十一月至北京丰台验收租赋途中作。

驻马尘衫拂，迎门一瞽僧。寒风催掩户，孤月罢然灯。鹊认鸱头宿，沙从佛髻增。村醪沽未易，薄醉亦何曾？

野坐

【题解】本诗系嘉庆七年壬戌（1802年）十一月至北京丰台验收租赋途中作。

野坐天为幕，沙痕逝水流。片云相与伴，千亩不成秋。认柳畦分罫，量沙晓唱筹。旷观心自得，借免市声咻。

小憩龙泉寺

【题解】本诗系嘉庆七年壬戌（1802年）十一月至北京丰台验收租赋途中作。龙泉寺在北京西山凤凰岭山脚下。

稍觉尘氛净，编篱即寺门。粥鱼终日寂，花树几株存。鸟梦谐铃语，茶香当酒温。佛颜金粉落，相对了无言。

过李庄

【题解】本诗系嘉庆七年壬戌（1802年）十一月至北京丰台验收租赋途中为记李庄洪水之事而作。李庄位于北京丰台西南。

出门日东升，归来日曛黑。道逢荷蒉人，黧面有饥色。踞地相与言，去夏此水国。浑河初决时，千村轰霹雳。弟妹相劝逃，仰屋心独惕。陇麦已摧残，数椽良可惜。汝去我姑留，以身殉此宅。长絙维树腰，冒雨坐屋脊。眼看东垣颓，泪珠迸胸臆。回肠饥火烧，双饼救余息。难定重归来，泥沙满床席。敲火烹榆羹，团圞暂一吃。颇闻西家村，十口漂无迹。我闻心鼻酸，不待此言毕。瞬息幻沧桑，天意渺难测。世无神禹神，谁为拯饥溺？白沙积如山，何由返阡陌。作歌志惨凄，旁皇已数夕。

过段家村口号

【题解】本诗系嘉庆七年壬戌（1802 年）十一月至北京丰台验收租赋途中作。

不为寻诗到此来，每逢村墅一徘徊。茅檐土舍都新葺，忍看沙堤白骨堆。

原田有成河港者骷髅相望，凄然有作

【题解】本诗系嘉庆七年壬戌（1802 年）十一月至北京丰台验收租赋途中作。

数家茅舍冷无烟，望里沧桑事隔年。正忆西陲尚烽火，谁知白骨遍沙田。盲风辞向瘿榆搅，怨魄空凝卵石圆。试诵国殇与天问，啼乌髡柳亦凄然。

附厂民人呈验契券

【题解】本诗系嘉庆七年壬戌（1802 年）十一月至北京丰台验收附厂民人租赋契券作。

符券纷投暂驻车，百年耕凿野人家。余生幸免归鱼腹，片纸相将证犬牙。官印旧钤文黯淡，漏痕新涴字麻沙。已还赵璧增珍惜，归路微闻笑语哗。

重过新庄

【题解】本诗系嘉庆七年壬戌（1802 年）十一月至北京丰台验收租赋途中作。

入望前村每每田，沙风吹岩化为天。老农见惯头如雪，犹说今年胜去年。

榆树行

【题解】本诗系嘉庆七年壬戌（1802 年）十一月至北京丰台验收租赋途中作。

马王庙前有嘉树，廿载栽培饱风露。浓阴入夏得清凉，过客寻春屡回顾。滔天白浪满地愁，连云麦穗随波流。自倚盘根敌水势，能留余荫当高秋。老僧仰树三太息，摘叶炊糜计亦得。霜时叶落剥树皮，经年寸割为疗饥。皮尽肉寒刚露骨，售向东邻亦钱窟。十日炊烟知树恩，炊烟又断掘树根。树神夜向马王泣，只恐根尽伤残蛰。马王垂眉向苍天，我今再岁无香烟。

大风效辘轳体

【题解】本诗系嘉庆七年壬戌（1802 年）十一月至北京丰台验收租赋途中作。辘轳体为杂体诗名，作此体者须作五首五言或七言律诗，将第一首起韵的第一句全句，分别置于其他四首押韵的四个位置中，在第二首为第二句，在第三首为第四句，第四首为第六句，第五首为末句。绝句则依次用在第一、二、四句上，三首为一组，或用在第一、二、三、四句上，用在第三句文字可以微调，四首为一组。第一首的首句和最后一首的末句相同，几首诗如辘轳旋转而下。本诗只有一首，当系同行诸人合作，共享句应为“远树走风声”，本诗为其中第三首。

风倚沙为势，鱼龙气尚腥。冻云混沙雨，远树走风声。履亩魂尤惕，催租计暂停。关门愁亦入，呵冻寄诗情。

惠园主人招集晞阳楼即题《晞阳楼雅集图》

【题解】本诗系嘉庆七年壬戌（1802年）参加乌尔恭阿召集的集会而作。惠园为郑王府内花园，嘉庆七年时的主人为爱新觉罗·乌尔恭阿（1778—1846），初名佛尔果崇额，乾隆五十九年（1794年）袭爵，诏改名，号石琴主人，著有《石琴室稿》《易水往还稿》。《晞阳楼雅集图》为王霖作。王霖字春波，号雨苍，南京人。曾任浙江按察司照磨，善画山水、人物、佛像、花卉。

主人电目光四溢，冠冕诸王今第一。玉楼十二无点尘，竹荫槐阴各蔼吉。主人好客兼好书，六经子史皆菑畲。邹枚暇日侍毫牍，蓬岛逍遥乐只且。城上远山送空翠，楼头写出荆关意。九天飞瀑下重峦，流向亭中作巴字。清言引醉颜未酡，秋光朗映金叵罗。三耦张侯释全算，十不失一心手和。式金式玉古无比，诗情画理清入髓。姑射仙人冰雪姿，海上琴声如在耳，梁园之会安足拟。

次韩城太傅赋别诗元韵二首

【题解】本组诗系嘉庆八年癸亥（1803年）二月步王杰赋别诗韵而作，当作于初八后不久。法式善《存素堂诗初集录存》卷十五有《韩城相公归里，奉次留别原韵》，记作于癸亥岁。韩城太傅即王杰（1725—1805），字伟人，号惺园，陕西韩城人。官至东阁大学士，嘉庆七年辞职归乡，晋太子太傅，在籍食俸。著有《惺园易说》《葆醇阁集》等。

心劳补衮戴恩深，一疏归田重士林。皎皎白驹去空谷，萧萧华发谢朝簪。人中宋璟临轩目，海上成连太古音。见说烽烟靖关陇，莲峰蹑屐可清吟。

廉让真窥善者机，迟行帝许趁春晖。两朝柱石心无怍，一代程模士所依。台鼎联镳光祖席，二月八日大学士九卿公饯。莺花满路护征骈。昆仑派远殷私淑，报答虚惭寸草微。先君壬午乡试出公门下。

再叠前韵二首

【题解】本组诗系嘉庆八年癸亥（1803 年）二月再步王杰赋别诗韵而作，当作于前二诗同时或略后。

黄河太华仰高深，投老今看返旧林。白首魏徵陈宝鉴，清时疏广谢华簪。盈门桃李无私谒，出口宫商有正音。一自天章重归橐，御制送行诗。载赓千首短长吟。

福备全争造化机，禁门扶杖拜宸晖。长生药自彤墀锡，寿世心还黼座依。函谷仙云春盎盎，卢沟官树马骈骈。远猷计日来丘壑，不侈丹经契洞微。

知耻斋诗集卷六[①]

盘山吟草

三河道中望盘山

【题解】本诗系嘉庆七年壬戌（1802年）秋游天津盘山途中作。《存素堂诗初集录存》卷十四有《望盘山用芗泉韵》："昨年游西山，爽气轩客眉。今莅蓟州城，万绿仍我随。五朵芙蓉花，盘盘天际垂。是谁张翠屏，隔断黄尘吹。当有古仙人，狡狯空中为。隐秀入骨髓，新黛生肤肌。力厚不旁贷，情孤无定姿。澹烟明镜开，秋影疏帘披。安得荷锄来，结屋山之陲。松下劚茯苓，胜采天台芝。"记作于壬戌年。当系用本诗之韵而作。三河指三河县，位于今河北省廊坊市，地处京津交界地带。盘山位于今天津市蓟州区西北。

泼空涌苍翠，化工胡尔为。想当洪荒时，滔天沉四维。劫风荡沙石，变态呈诡奇。至今溟涬中，凸凹生涟漪。巨灵仗飞剑，手展蚩尤旗。放出朵朵云，莲瓣纷葳蕤。回环护紫盖，四面光陆离。我来及清秋，秀色横列眉。十里雄顾盼，盘盘有威仪。昔人名以盘，

---

① 本卷收编嘉庆七年（1802年）至十四年（1809年）期间诗作，共收七十九题九十五首。其中嘉庆七年秋游天津盘山时所作，谢氏曾编为《盘山诗草》。

斯义不吾欺。

述梦

【题解】本诗系嘉庆七年壬戌（1802 年）秋游天津盘山途中记梦之作。

我闻三神山，可望不可即。昨梦蹑屐游，畅然快胸臆。水石流笙簧，千溪输一碧。玉宇凌丹崖，琼楼嵌青壁。松风泠然来，梨栗落巾帻。涧回峰转低，树古云犹滴。缥缈各洞天，仙源渺何极。

千相寺

【题解】本诗系嘉庆七年壬戌（1802 年）秋游天津盘山途中游千相寺作。千相寺即千像寺，位于今天津市蓟州区盘山风景名胜区的盘山园陵东，属乾隆行宫“静寄山庄”。

支筇向东冈，苍松引前路。野人献秋梨，渴吻沁甘露。微闻樵竖喧，新声类温故。寺门收远青，塔尖失回顾。契真洞已封，洗钵人何处。千相不可求，山光自朝暮。

古中盘

【题解】本诗系嘉庆七年壬戌（1802 年）秋游天津盘山到达古中盘作。古中盘，位于天津蓟州区盘山后山，少林寺西北，嶕峣峰正南，位于华盖、莲花、比卢三峰之间，居中盘。唐代在此建寺古中盘，康熙年间改称正法禅院，御书额“门外一峰”，乾隆皇帝为大殿赐额“般阿精舍”，并赐题寺额“慧因寺”。现遗址尚存康熙诗碑一通。

篮舆偃仰入林际，日射回崖互亏蔽。举头触石石欲堕，时有莓苔拂冠髻。须臾掀身踞石巅，俯视垠堮负威势。郁曲正愁无路通，古寺轩开扫阴翳。地兼旷奥森画屏，天放苍茫小幽蓟。毗卢作枕九峰面，紫盖童童此根蒂。老僧坐我五松堂，消受岚晖作真谛。更闻疏磬响遥林，天在山中有殊契。

东甘涧

【题解】本诗系嘉庆七年壬戌（1802 年）秋游天津盘山到达东甘涧作。东甘涧位于盘山中部。

寺门当路辟，山向寺中青。四壁封蛛网，憨僧有旧屏。

西甘涧有蒲团石、斗笠松、拜佛、石童子

【题解】本诗系嘉庆七年壬戌（1802 年）秋游天津盘山到达西甘涧作。

苔纹织团蒲，孤松不戴笠。举首瞻前峰，石童排云立。

天池石

【题解】本诗系嘉庆七年壬戌（1802 年）秋游天津盘山到达天池石作。天池石即天井石，在东甘涧观音庵南岭上，上刻“天池”。石上有一深一尺八寸、碗口粗细的小井，用手将水掏出，立时即满，并不外溢，四时不枯。

片石带云蟠，一泓湛空翠。欲就掬天浆，恐惊老龙睡。

万松寺

【题解】本诗系嘉庆七年壬戌（1802 年）秋游天津盘山万松寺作。万松寺为盘山最大的庙宇，原名李靖庵，因唐初名将李靖曾在此居住而得名，清初改称“卫公庵”，康熙年间又改称“万松寺”。

拾级上层嶂，苍松来攫人。盘旋惑前路，松若偕山奔。威风互低昂，瘦虬争嶙峋。欹横挺奇势，幂地无朝曛。悬崖气阴森，巉削出画皴。遒枝罥茑萝，蒙茂云影屯。寒翠染衫袂，翛翛无点尘。斯须好风来，天籁空中闻。古调协宫徵，使我清心魂。纵横历百折，橐驼西向蹲。佛屋衔层碧，俶诡罗秋雯。万松青一色，护此龙象尊。磨砻费天匠，变幻如鬼神。路阻舞剑台，西望空逡巡。

天成寺

【题解】本诗系嘉庆七年壬戌（1802 年）秋游天津盘山天成寺作。天成寺旧名福善寺，又称“天成法界”，位于盘山中部，寺正面为翠屏峰。

溪衔落照送澄晖，一道天城辟翠微。泉响冷随樵径出，岚光环抱寺门飞。老僧收果无忧税，吟客抄诗却忘饥。独向翠屏寄痴恋，掉头啸咏欲忘归。

翠屏峰

【题解】本诗系嘉庆七年壬戌（1802 年）秋游天津盘山翠屏峰作。翠屏峰位于盘山天成寺北，峰下有古塔辉映。

塔语郎当鸟声乐，凌空翠黛横如削。画屏清峭露天光，净洗苔痕气磅礴。西日倒射炫金碧，大李将军无此作。六丁六甲具神力，手挥月斧供雕琢。天衣荡漾无襞积，圭珽稠叠去廉锷。却疑正士立朝端，威望崇严著謇谔。元气淋漓自蟠际，直以宁静兼淡泊。三盘精神本完固，此峰创格极超卓。我来俯仰增契慕，似共三生践夙约。何缘遂初脱尘鞅，他日重寻更信宿。

由乱石村过报恩寺遗址

【题解】本诗系嘉庆七年壬戌（1802 年）秋游天津盘山途中过报恩寺遗址作。

人行溪涧中，山与人俯仰。叠厂吞古云，笑语众山响。樵人踏歌来，荷薪如负襁。惆怅布金场，石幢卧烟莽。

上方寺

【题解】本诗系嘉庆七年壬戌（1802 年）秋游天津盘山上方寺作。上方寺位于盘山上盘嶕峣峰东，沐浴在万绿林海之中，人称“上方幽谷”。

落落上方寺，幽奇目一新。眠云蟠邃壑，欹树隐高雯。石丈来延客，山蜂解趁人。嶕峣俯窥视，相送意相亲。

云罩寺

【题解】本诗系嘉庆七年壬戌（1802 年）秋游天津盘山云罩寺作。云罩寺位于天津蓟州区盘山挂月峰山崖上，是盘山地势最高的庙宇。唐代道宗大师兴建，原名“降龙庵”。明代重建，敕赐“云罩寺”。

寺向云中矗，云从寺里生。到来空万念，环视得全清。鸟道诸天接，边墙夕照明。天风吹不断，下界有鹰声。

定光塔

【题解】本诗系嘉庆七年壬戌（1802 年）秋游天津盘山定光塔作。定光塔即定光佛舍利塔，在盘山挂月峰顶，因智源禅师曾藏佛舍利六十颗、佛牙一具于塔内而得名。

为山几千仞，高下各有权。浮图切天半，更与山增妍。兹山秀逸了无比，挂月一峰幻苍紫。山根仰止尊且严，搢笏垂绅古君子。欲往从之在霄汉，鸟飞不到愁双趾。积慕生爱心逾坚，羊肠诘屈穿云烟。振衣直上了无际，忽闻铃语心超然。老僧指点破重碧，北有长城东碣石。三河练带光纵横，万古沧桑几陈迹。故应慧眼兼天眼，无尽佛灯照除夕。

盘谷寺观《拙庵和尚遗像》

【题解】本诗系嘉庆七年壬戌（1802 年）秋游天津盘山盘谷寺时作。盘谷寺位于盘山万松寺东，居盘山之中。因寺在青沟之上，原名“青沟禅院”，后由康熙赐名。清初智朴和尚创建，抗日战争中毁于兵火。拙庵和尚指智朴禅师，字拙庵，俗姓张，扬州人（一说徐州人）。原为洪承畴手下的一名高级将领，松山、杏山之役战败后，不肯投降而只身潜逃，后在盘山青沟寺结庐出家，与康熙皇帝诗文之交甚深，著有《盘谷集》。

太行之阳有盘谷，韩笔当年志高躅。济源山乃移蓟门，袭美传讹亦不俗。老松呼风吹袂凉，峭壁排云借天绿。重关叠锁幽且清，一带溪光如峡束。拙公初来开山时，虎豹丛中拜经（祝）〔咒〕。至今青松红杏图，名流题咏传巨轴。雪泥鸿爪无长留，我辈来游亦清福。四世衣钵难自存，幸有遗风守拙朴。却珍重器出佛牙，未肯金椎破羚角。载瞻古貌披吟髭，秃管题名向边幅。莲社胜情知几人，画饼充饥等一哭。

青峰寺

【题解】本诗系嘉庆七年壬戌（1802 年）秋游天津盘山青峰寺作。青峰寺在盘山双峰下，旧名重峦禅院，有乾隆题联："万壑泉声，广长传妙谛。千峰云影，空有现真如。"

地踞青杨峪，门临舞剑台。压棚山果熟，面水野花开。树古刚存骨，碑残剩有苔。夕阳满前路，牧唱出云来。

盘龙松歌

【题解】本诗系嘉庆七年壬戌（1802 年）秋游天津盘山时作。盘龙松原位于盘山法藏寺东，后与法藏寺焚于战火。

盘山万松无寸土，法藏一松更遒古。根蟠巨石破石腹，宛转游龙依卧虎。鳞甲参错护苔藓，蝉地屈铁意伛偻。石幢支肘有神力，回枝突出折腰舞。自南自北性所便，纡余揖让相周旋。忽焉西向开华屏，苍髯低拂环翠亭。有时天气来谡谡，龙吟不似丝竹肉。传闻此树五百年，鄂公手（值）〔植〕金刚坚。老僧辟地思剪伐，道人示梦得舍旃。老物信有鬼神护，不第拳曲全其天。有美斯爱爱斯传，作歌赞颂谁其〔镌〕。

双峰寺

【题解】本诗系嘉庆七年壬戌（1802 年）秋游天津盘山双峰寺

作。双峰寺位于盘山双峰下，旧名重峦禅院。

山势已中断，孤云撑两角。应门几树松，石笋特中卓。仿佛三神山，飞泉迸天乐。兹寺始贞观，借为毅魄福。桓桓尉迟公，曾此司将作。仁言特恺悌，如不忍觳觫。览碑心蠹然，狼烽尚秦蜀。

题漱枕山房赠吴衣园前辈

【题解】本诗系题画赠吴裕德作，当作于嘉庆七年壬戌（1802年）。法式善《存素堂诗初集录存》卷十四有《宿枕漱山房和衣园题壁韵》："村转疑无路，云中见数椽。我来秋宛在，久坐意悠然。溪月到楼上，篱花落枕前。客怀有何属，且抱石头眠。""愁来作诗易，老去结交难。独尔青山色，偏容白发看。石花连水绿，松叶到门寒。不有任安在，谁知杨仲相？"又有《吴衣园裕德约游盘山》《宿接叶亭得诗三首呈衣园并索载轩、墨庄、芗泉、廉堂、船山、山尊同作》，记作于壬戌岁。吴衣园即吴裕德，字绍闻，号衣园居士，顺天大兴（今属北京市）人，乾隆四十三年戊戌（1778年）进士，由庶常授编修，曾任《四库全书》总校官。

买山端为爱兹山，漱枕从容一味闲。架有奇书容我读，壁多酬咏待君删。低眉古佛轻前劫，换骨真仙此大还。莫问升沉付尊酒，匡床终日对孱颜。

送鲁子山太守之安徽

【题解】本诗系嘉庆八年癸亥（1803年）送鲁铨前往安徽任宁国知府时作。鲁子山即鲁铨，生平参见卷一《甲寅嘉平月既望，梦楼前辈招同朱白泉、鲁选堂为焦山之游，夜半与白泉泛舟金山，坐玉带桥玩月，及晓而归，适曾宾谷都转以游山不果诗见寄，次韵答之》题解。

鲁恭治绩喜光前，荐最金门不次迁。传柝宵中探虎穴，分符天上得龙眠。风清渤海民无莠，官到江南望似仙。

帝训亲承在由旧黄堂重理七条弦

【题解】本组诗当系在前诗后再送鲁铨之作。应是鲁铨调任宁国知府时曾得嘉庆皇帝召见，所以有“帝训亲承”之说。诗中有“别酒何辞一再沽”句，说明是再次相送。鲁氏为江苏丹徒（今江苏省镇江市丹徒区）人，故诗中又有“一麾难得近乡关”“衣锦还过浮玉山”等句。黄堂指古代太守衙门中的正堂。

当年风引隔蓬壶，屈首花封愿未符。一自鸣驺光五马，却教篮仕羡双凫。及门幸有二千石，别酒何辞一再沽。若到北楼应怅望，谢公头白傍依乌。

政治时和趣亦闲，一麾难得近乡关。吟鞭好指宛溪水，衣锦还过浮玉山。同榜几人迎召杜，书生素志切痌瘝。桃花潭畔班春去，多少新诗手自删。

送唐陶山刺史之海州

【题解】本诗系嘉庆八年癸亥（1803 年）送唐仲冕往海州任知州时作。法式善《存素堂诗初集录存》卷十六有《西涯小集饯陶山之任海州，兰士野云即席作图，余为题后》，记作于癸亥年。海州位于今江苏连云港市区南部。

我别江南已草草，别久喜君书上考。迟君期月君始来，见面互诧须眉老。念昔理剧心大劳，推诚于民民不扰。政美无救长吏贫，狱清差免上官恼。刚克柔克信有权，此义于今知者少。经生治行窥一斑，怪君百忙事文藻。提律酣战未肯降，投赠故人盛诗稿。即今出刺海东州，吟鞭笑指田横岛。与君话别西涯祠，鹧鸪声声聒林杪。萧寺暂开花下尊，鸿泥共印雪中爪。独怜臭味无差池，颇信平生耻温饱。勖哉致身良独难，行矣令名期善保！

题梧荫纨扇便面

【题解】本诗系题扇面之作。作时不详，当在嘉庆七年壬戌（1802 年）或八年癸亥（1803 年）。梧荫姓名、生平不详。纨扇为细绢制成的团扇，便面为古代用以遮面的扇状物。

翠荫垂垂却有情，金萱花发护雕楹。西风莫漫欺纨扇，识得秋心是旧盟。

端阳前六日，陈澉浦明府自吾楚寄示诗文并致君山茶，拟酬以诗未果，逾月作此奉寄

【题解】本诗系嘉庆八年癸亥（1803 年）五月底或六月初答谢陈澉浦寄示诗文和君山茶而作。陈澉浦即陈玉垣，浙江澉浦（今浙江海盐县）人。嘉庆七年（1802 年）为巴陵知县，曾主持修《壬申巴陵县志》，著有《集翠轩诗集》。

君山抱波八百里，佳茗钟灵数株耳。居人旁搜惟取盈，异地借才聊复尔。谁欤知味别淄渑，耳食纷纭乃溢美。陈侯飞舄临洞庭，自矢澄清照湖水。示民以信无饮羊，于野不惊有驯雉。社前火前官焙香，活火新煎独色喜。赏奇遥忆长安人，题缄斜印巴陵字。雄文

丽句相伴将，婪尾花时到燕市。春色真从湖上分，不比逾淮橘化枳。木瓜载咏觇远情，浇我胸中旧书史。岂知邻翁征子钱，特与先生破诗垒。报章缓颊亦已痴，诺责惊心每为耻。迩来当暑烹露芽，白毫光放绿云起。一枪一旗风最清，舌本余甘日移晷。未应沙溪乱壑源，借涤烦襟胜醇醴。得陇望蜀非所期，饮水思源故其理。软红十丈扑面来，何似湘江数鲂鲤。作歌远寄洞庭君，撩我乡心自兹始。

寿纪晓岚先生八十

【题解】本组诗系嘉庆八年癸亥（1803 年）六月十六日贺纪昀八十大寿作。纪晓岚即纪昀（1724—1805），字晓岚，一字春帆，晚号石云，号观弈道人，河北沧县人。乾隆十九年（1754 年）进士，入选翰林院庶吉士，历任左都御史、兵部尚书、礼部尚书、协办大学士，以太子太保、管国子监事致仕。著有《纪文达公遗集》。

斯文模范仰鸿裁，抉汉擎云万象该。只手借开图籍运，寸心全受古今才。但钦刘向编摩旧，未觉张苍齿发催。平格自征仁者寿，金瓯雅望属三台。

青松白鹤倍精神，畴与裴公比甲辰。天锡耄年酬上德，帝隆恩礼首儒臣。官当槐省文明地，诗是荷花清净身。廿载龙门依独坐，自惭埏埴待陶甄。

竹枝歌

【题解】本诗系咏春之作，当作于嘉庆八年癸亥（1803 年）或九年甲子春。

勃姑夫妇喜相唤，街头雪泥即渐干。已放游丝高百尺，不应桃李尚春寒。

菊影四咏

【题解】本组诗系秋末咏菊之作，当作于嘉庆八年癸亥（1803年）秋。

华灯晃漾照觥筹，透出黄花别样秋。谁向东篱摹小像，却愁墨晕费双钩。白衣坐对浑如醉，翠袖来拈不可求。昨夜月明三径寂，玉阶朵朵篆云流。

秋容一幅露天真，高士逃虚幻此身。当暗淡时无俗韵，句又作“从冷澹中参静悟”。越模糊处有精神。何来雾障迷香国，曾傲霜花忆旧因。悟彻柴桑清意思，肯随红树斗三春。

瘦影朦胧稍觉肥，一番写照尚依稀。酒鳞泛泛清如许，蝶梦蘧蘧是也非。晚节敢矜全用晦，余光暂借欲流韡。只应小隐罗含宅，不遣旁人艳赐绯。

澹到无言眼倍明，画屏窗纸得余清。鹤翎带露临朝旭，松鬣含烟弄晚晴。色本是空谁寿相，虚能生白寄幽情。亭亭独立原无愧，老圃秋容孰与评。

辑书目偶成

【题解】本诗系编辑书目时有感而作，当作于嘉庆八年癸亥（1803年）。

半生（薄）〔簿〕领误居诸，下直归来始读书。敢道百城能坐拥，平分一半是蟫鱼。

甲子人日儿子兴峘自伊阳书报去冬得一孙男因成二十韵

【题解】本诗系嘉庆九年甲子（1804年）正月初七收到次子兴峘得子喜讯而作。兴峘即谢兴峘（1780—1838），字紫亭，号湘帆，别号季实，湖南长沙府湘乡县人，谢振定次子。伊阳即今河南省汝阳县。

迎年试辛盘，剪胜循旧轨。偶然萃嘉宾，清言忘日晷。檐前喧鹊声，嵩南到双鲤。署名儿子峘，平安已足喜。心知贺岁函，姑置楸枰几。展观眉乍轩，幸哉子有子！掩函心自维，未敢折屐齿。吾家起陈留，生申以为氏。东山逮叠山，风流照江沚。楚宗本豫章，书香缉兰芷。我亦诵先芬，手泽犹在纸。鬓丝变缁尘，过时悔知耻。何意毓孙枝，复在嵩高里。书从人日来，庶几副人理。溯流仍寻源，报本宜返始。能者抱经籯，不然荷耒耜。树德日务滋，岂为营膴仕。祖武不足绳，父鹄复何似。宅相倚外家，或者异豚豕。一笑且衔尊，他年避诗垒。

二月二日李氏婿得一外孙仍次前韵

【题解】本诗系嘉庆九年甲子（1804年）二月初二收到女婿李家茂得子喜讯而作。

人生似续情，万辙同一轨。谁其无负兹，三万六千晷。今春乐融融，书报趋庭鲤。占梦叶弄璋，开尊志燕喜。七种嚼菜根，诗笔横棐几。花朝访春还，忽讶呱呱子。宅相征前诗，粲然复启齿。明珠出东床，何似乃舅氏。汝家系犹龙，世德溯湘沚。堂堂湘洲公，词苑馥荪芷。绵延守遗经，科名偿故纸。钦彼儒素风，曾鲜瓶罍耻。阿翁佐泗州，跌宕无何里。不琢等大圭，美报信其理。彼啬此则丰，孙谋自今始。汝父亦朴诚，且图为贫仕。声传雏凤清，有秋托良耜。何当晬盘期，双雏试比似。敢希天上麟，莫诮辽东豕。谁欤孙仲谋，斩新建壁垒。

题文筠川德布《清秋紫塞画箑》

【题解】本组诗系题文德布画扇而作，当作于嘉庆九年甲子（1804 年）。文德布生平不详。

班马明驼入汉关，千村红树万重山。行人却忆前朝事，指点边墙夕照闲。

苍凉画角送秋声，写出刀环梦里情。就里雄心文与可，前身或恐是班生。

题李载园《濮阳骑驴图》

【题解】本诗系为李符清题画作，当作于嘉庆九年甲子（1804 年）。李载园即李符清（1754—1808），字仲节，号载园，广东廉州府合浦县（今属广西壮族自治区北海市）人。乾隆四十二年（1777 年）拔贡，后充四库全书馆誊录生。著有《海门诗钞》《海门文钞》，又有画作《濮阳策蹇图》《西川海棠图》等。

尘沙历碌鬓眉端，策蹇归来一宰官。笠影鞭丝泥滑滑，烟村山郭路漫漫。马曹挂笏神偏逸，驴背裁诗字亦安。记取花骢催上道，肯忘风雪万家寒。

张桓侯古井歌

【题解】本诗系嘉庆九年甲子（1804 年）典试陕西途中过张飞故里见古井有感而作。张桓侯即张飞，张飞古井位于今河北省涿州市西南忠义店村张飞庙内。

独阜巍然道傍起，龚石犹题古井字。辘轳不转井无水，居民尸祝如畏垒。蚩尤战血蒸紫云，涿人竞说三将军。纸钱麦饭走相送，岁时未断香氤氲。过客徘徊不能去，想象张侯鼓刀处。屠沽将相亦偶然，负鼎分肉亦一据。楼桑村边五尺桑，风尘谁识汉中王。与人一心有终始，绝胜鸟尽悲弓藏。

中元日次平定州见上冢者有感

【题解】本诗系嘉庆九年甲子（1804 年）典试陕西途中，七月十五日于平定州见上坟者有感而作。中元日即农历七月十五日，旧时道观于此日作斋醮，僧寺作盂兰盆会，民俗则有祭祀亡故亲人等活动。

陌上人家送纸钱，衣香人影亦凄然。颓唐老我缁尘里，不拜松楸二十年。

十六夜宿寿阳和昌黎韵

【题解】本诗系嘉庆九年甲子（1804 年）七月十六日夜宿寿阳

时步韩愈诗韵作。韩愈原诗为《夕次寿阳驿题吴郎中诗后》："风光欲动别长安，春半城边特地寒。不见园花兼巷柳，马头惟有月团团。"

乍拂征尘客梦安，山城雨过作轻寒。柝声断处披衣起，独对当空月影团。

晓发寿阳用昌黎韵

【题解】本诗系嘉庆九年甲子（1804 年）七月十七日晨从寿阳出发时用韩愈诗韵作。

才脱征鞯梦未安，平明策马又冲寒。西山四面苍岩合，天隙圆光似镜团。

发寿阳绝句

【题解】本诗系嘉庆九年甲子（1804 年）七月十七日离开寿阳时作。

绝顶耕田山破碎，乱流啮石水支离。惟余唐魏遗风在，载咏山枢蟋蟀诗。

绵上行

【题解】本诗系嘉庆九年甲子（1804 年）七月过绵上时作。春秋时介之推隐于绵上山中而死，晋文公遂以绵上之田作为其祭田。

策马绵上田，心踞绵山巅。思烟旧台渺何处，但见夕阳一抹横苍烟。有龙矫矫失所托，五蛇从之复何乐。蛇脂已干龙入渊，一蛇隐忍填沟壑。焚林大索岂人情，抱木而死声铮铮。土人禁火尚寒食，鹤翎探灶谁敢撄？我思从亡效忠本臣职，割股餐君意恻恻。要盟白水良可羞，燔骨青山终过激。辞禄自殒诚骇闻，犹云未敢贪天勋。母也何辜罹惨劫，坐令萱堂白发同焦焚。吁嗟乎亦知爵赏等尘芥，忍彰君过昭母隘！中庸之道民鲜能，匪孝匪忠只全介。亡身及亲非遇穷，畸行乃可惊愚蒙。至今高义动桑梓，捐躯负气犹遗风。白鸦悲噪神所倚，拊木谁识文公屐。百日积薪一日焚，行人莫怨妒泉水。

平阳道中

【题解】本诗系嘉庆九年甲子（1804 年）七月过山西临汾平阳尧帝都时作。

见说尧封在此间，涓涓平水夕阳闲。人行古道深于瓮，天近高原认是山。击壤歌惟传父老，藐姑仙久厌尘寰。桔槔声里西风急，惆怅康衢泽省悭。

途中遇先大夫生辰

【题解】本诗系嘉庆九年甲子（1804 年）九月二十四日其父生日时作。

廿四年来恨，椿帏及九龄。客中游子泪，天上老人星。纸陌输悲悯，村醪荐德馨。无闻空白首，何以慰重冥。

望华山

【题解】本诗系嘉庆九年甲子（1804 年）九月过华山时作。

划出三峰信有神，摩空高掌气嶙峋。千秋玉女仍盘髻，百丈莲花绝点尘。拟上层崖餐沆瀣，惭无佳句问苍旻。平生屐齿幽寻惯，奇秀应知此最真。

初入张超谷口号

【题解】本诗系嘉庆九年甲子（1804 年）九月进入张超谷时作。张超谷在华山毛女峰东北，后汉张楷居此，楷字公超，故名，又名雾谷、雾市谷。

溪流水响潺湲，两岸悬崖护石门。记取十年游两岳，置身泰华是君恩。乾隆乙卯岁以视漕江南得登泰山，今岁典试秦中复登华山。

别华山

【题解】本诗系嘉庆九年甲子（1804 年）九月离开华山时作。

高秋独立莲花顶，怀古茫茫有所思。汉畤秦封千载事，白云红树十年期。河分两界天如划，人在丹梯梦亦宜。泛石三生吾欲问，再来筋力肯云疲。

双渡访何兰士昆季至其书室

【题解】本诗系嘉庆九年甲子（1804年）典试陕西途中访何元烺、何道生兄弟时作。双渡今名两渡，位于山西省灵石县。何兰士即何道生（1766—1806），字立之，号兰士，山西灵石人，乾隆五十二年（1787年）进士，历工部主事、员外郎、郎中，迁御史，后出为九江知府、宁夏知府。其兄何元烺（1761—1823），原名道冲，字伯用，号砚农，别号良卿，乾隆五十二年进士，改翰林院庶吉士，著有《砚农集》《方雪斋诗》。

三月登堂约，因瞻玉树林。德门双渡里，旨酒故人心。地萃中条秀，香知万巷深。尘途清趣洽，海上有瑶琴。

题王给谏仲乾《枣香书塾授读图记》后

【题解】本组诗系嘉庆九年甲子（1804年）题王仲乾记图之文而作。王仲乾生平不详。

枣花香远近，花里读书声。不愧春风座，真全棣萼情。青箱宏旧学，白简慎嘉名。看取千秋业，谁高月旦评。

不殖学将落，名言尚典型。树人同树木，传道在传经。卷轴金籯策，芝兰玉砌馨。披图怀手泽，老我泪泠泠。

朱野云《祭砚图》

【题解】本诗系为朱鹤年题图作，当作于嘉庆九年甲子（1804年）。

桃符缅缅万家屋，人海声中轰爆竹。索逋客散马脱闲，守岁诗成蛇赴壑。山人拈香烧华烛，为即墨侯致汤沐。良田每每庆有秋，豚蹄报赛辑景福。侯兮醉饱神果灵，当筵自坦便便腹。忽来虬髯中书君，跌宕凌空恣剥啄。云何秃我千兔毫，坐领苾芬玷尸祝。元香太守复申申，尔本顽然觍面目。繄余植身重圭璋，磨顶放踵胡太酷。楮生黧面同怨咨，侯自无言气肃穆。山人眉笑谓三君，顾我尝学断斯狱。师克在和交有功，四友同文匪异族。我生真宰穷幽搜，粉本一一借川岳。诸君蕴藉兼风流，佐我临池濯尘俗。流传吟吻生奇香，照耀千秋贱球珏。烟云供养将无同，称耐久朋侯所独。温而能厉恭而安，策勋第一理亦足。三君莞尔无异词，相视莫逆倍肫笃。馂余浅酌心陶然，胸中万壑千岩矗。明年大有知频书，四友德馨聚一轴。

题一粟上人袒胸清坐小照

【题解】本诗系题僧一粟上人画像作，约作于嘉庆九年甲子（1804年）。诗中有“与君再见长安街”句，说明作于典试陕西期间。

与君相见北高麓，骏马蓊云骤平陆。竹径莲香西子湖，公然意气雄川岳。与君再见长安街，明珠剖蚌无纤埃。自言宝相觇南海，更采金花向五台。五台南海细商榷，不及环中寻妙觉。三载长椿坐隐心，虚白吉祥去雕琢。老我无能洞佛臆，策精进心助神力。白牛露地战群魔，不把桃花作饭吃。无尽眼观无尽身，迩来枯木回阳春。袒胸示我安心法，念我湖山旧主人。

送李沧云夫子南归步留别元韵

【题解】本诗系嘉庆十年乙丑（1805 年）步韵送李棻南归作。李沧云即李棻，字沧云，江苏长洲（今江苏苏州）人。乾隆三十七年壬辰（1772 年）进士，历任四川学政、奉天府丞，曾于乾隆四十二年（1777 年）任湖南乡试副考官，谢氏即于是年中举。著有《惜分阴斋诗钞》十六卷，其集中未收本诗步韵原作。

白社青山约，银章紫绶身。松筠森气象，台阁伟经纶。年甫悬车届，官参内史巡。翩然归思发，怅此别筵频。买棹追张翰，抽簪拟郑均。元精还浑噩，离唱见温淳。忆昔升堂早，惟余问字亲。经传湘浦月，宇庇曲江春。樗散滋培切，胚胎顾复真。鱼枯资活水，羽弱送高旻。朽质惭迂钝，箴言荷浃沦。某在翰林时，保送御史，意不欲就，公再三劝勉，至今感愧。一从纠谬激，宁免去官贫。谓丙辰年事。信脚游南国，关心尚北辰。丁巳游吴越还至都。重来縻廪粟，再出负江莼。太华轺封返，先河执礼新。去岁奉使秦中取得士系执小门生礼进谒。自怜鸿爪雪，难步马蹄尘。完璞征全福，居安识静因。轻装书满载，寿相笔如神。瞻岫云舒卷，观爻道屈伸。蓬门呼鹤子，隐几待龙宾。蓬岛壶中日，桃源洞里人。士元行最报，虎观通守在楚屡权大郡。公雅况殊伦。谓湘芷文孙。石友联酬唱，鸥翁洽笑嚬。盆缫园客茧，锜荐大夫蘋。愧矣庄荒陆，怀哉塌下陈！临风赓下里，梦远太湖滨。

胡蕙麓将之任蔚州，为余言兹州之胜，因作此奉送，即以志别

【题解】本诗系嘉庆十年乙丑（1805年）送胡逊出任蔚州知州作。法式善《存素堂诗初集录存》卷七有《胡惠麓逊郭虚堂两大令饭弥勒院，出西直门，游极乐、大慧诸寺，访畏吾村李文正墓，归诸诗龛，备叙端末，诗以纪事》，卷二十一又有《胡惠麓蔚州书至，述桑干河汩书帖一箧》，记作于乙丑年。吴锡麒《有正味斋诗集》卷十四也有《胡惠麓明府逊古墨斋诗并序》。胡惠麓即胡逊，字蕙麓，江苏武进（今江苏省常州市武进区）人，生平不详，著有《蕙麓诗存》四卷。蔚州即今河北省张家口市蔚县。

西涯高会我识君，隽谈蔼若春空云。古墨斋中有雅集，诗吟佳句清且温。政成去作蔚州牧，旧雨牵襟开离尊。君言此地擅佳胜，群山围绕如大环。桑干西下日东注，沃野万顷何畇畇。苦莜作酿满瓶瓮，碉堡连栈雄雉垣。宣大当年盛烽燧，此间避世真桃源。风人得兹山水窟，怀古浏览清心魂。新诗百篇自抒写，传诵日下叶篪埙。有时感旧怅鸿雪，梦中还到畏吾村。

乙丑又六月十七夜宿极乐寺

【题解】本诗系嘉庆十年乙丑（1805年）闰六月十七日晚宿于极乐寺作。

廿载遨头鬓已苍，今宵暂宿国花堂。闲看月色诸天静，坐领蝉声一树凉。槛外竹风能醒酒，梦中诗句亦生香。不须更问安心法，世上轮蹄底事忙。

陶季寿招集陶然亭次时帆韵

【题解】本诗系嘉庆十年乙丑（1805 年）应陶章沩之召参加集会步法式善韵作。法式善《存素堂诗初集录存》卷二十二有《陶季寿招同人小集江亭》："冲水车声似放船，苇塘烟湿佛炉烟。寻巢秋燕惊时晚，避俗闲鸥占地偏。今日山光容我看，他年诗句定谁传。柴桑家法沅湘客，倘许前贤让后贤。"记作于乙丑年，即本诗次韵之作。陶季寿即陶章沩，字季寿，湖南宁乡人，嘉庆年间官凤台（今山西省晋城市）知县，著有《嘉树堂集》。

本是心如不系船，平闲虚阁受风烟。一天秋向杯中堕，半日闲容我辈偏。月旦深谈千古业，风骚流派几人传。颓唐自愧无吟兴，试共衔尊辨圣贤。

《词林典故》书成恭纪二律

【题解】本组诗系纪《词林典故》书成而作。《词林典故》系乾隆九年（1744 年）重修翰林院落成时，命掌院学士鄂尔泰、张廷玉等纂辑，十二年（1747 年）修成八卷奏进，乾隆皇帝作序。嘉庆九年甲子（1804 年）续增至六十四卷，嘉庆皇帝作序。本诗当作于嘉庆作序颁行后，应在嘉庆十年乙丑（1805 年）。

玉堂数典际昌辰，中秘琅函特地新。从古勋猷归翰墨，清时雅颂集儒绅。钱经万选光华烂，鉴纪千秋次第陈。私幸观成参点阅，瀛洲学步愧逡巡。

源流洙泗足探寻，学海观澜意倍深。天予清华高月旦，人犹耆旧眷苔岑。不求温饱原非志，无负科名及自今。云汉昭回瞻睿藻，储才励品圣人心。

恭和御制重华宫书福原韵

【题解】本组诗系嘉庆十一年丙寅（1806年）正月初四和嘉庆帝诗作。清仁宗《御制诗二集》卷十七有《新正四日重华宫茶宴，诸王、大学士及内廷翰林等以书福联句，复成七律二首》："重华开笔月嘉平，考训钦承永不更。申义联吟备五福，敷韶设席品三清。建中敛锡昭无外，保极绥和念守成。内省自求在好德，临民图治凛持盈。""赐福苍生管敬持，先皇手泽感长贻。钦哉成务唯几也，能者受中自养之！建极式敷守彝训，念征允协沐恩慈。渥承昊眷覃臣庶，染翰龙笺焕砚池。"记作于丙寅年正月初四，即本诗所和原作。重华宫始建于明代，原为乾西五所之二所，弘历成婚后入居，被封为"和硕宝亲王"后赐名"乐善堂"，登基后升为宫，改名重华。

簪缨环卫玉阶平，阊阖宏开岁籥更。锡福宜春鹓鹭集，挥毫称意海瀛清。心殷笃祜恩先沛，庆洽同文化自成。元气淋漓光五色，万方沾被兆丰盈。

九天奎藻喜亲持，余庆新从秘殿贻。共仰云章钦倬彼，愿将福履遍绥之。墨花带润蒸佳气，茗碗分香荷圣慈。霖雨苍生臣励志，赓歌欣傍凤凰池。

玉润亭同年以司马分发山东作此奉送即题其《闲云出岫小照》

【题解】本组诗系送玉润亭分发山东为其题画像作，当作于嘉庆十一年丙寅（1806年）。玉润亭生平不详。

蕊榜同登记往因，东风拂袂怅离群。共嗟迹滞双凫久，新喜符从五马分。老我开尊谈旧雨，几人平步到青云。送君展骥康庄路，邹鲁弦歌次第闻。

闲云出岫快峥嵘，触石无心是此行。畅好岱宗凌绝顶，伫知霖雨到苍生。清勤久著诚能动，盘错曾经政易成。更喜霓裳同咏客，登龙先拜李襄城。李膺，襄城人。时李书年同年方为山东臬使，故云。

题谭希斋声元广文《秋园匏系图》

【题解】本诗系为谭声元题画作。当作于嘉庆十一年丙寅（1806年）。谭声元，字希斋，湖南茶陵人，乾隆四十二年（1777年）举人，历官安乡教谕、靖州学正、永顺府教授，著有《知守堂文集》。广文即儒学教官。

灌园聊自适，人意澹于诗。见说星精降，天上有匏瓜星。何惭腹负为。藤阴棚密密，秋实子离离。寄语沧浪客，江湖五石宜。

访赵象庵舍人于紫云新院约共游山丙寅春作

【题解】本诗系嘉庆十一年丙寅（1806年）春访赵松雪时作。赵象庵即赵松雪，字象庵，号菊隐，易州（今河北省易县）人。官中书科中书。紫云新院位于今北京市海淀区万寿山后。

东风搓软垂杨线，金碧楼台眼中见。院在万寿山后。幽人在官一味闲，逸情收入别庭院。壁间尽写游山诗，似与山灵结殊眷。百车运米悄不喧，鼻观清晨紫霞咽。舍人在山有坐功。客来沽酒意欣然，樽前乱点桃花片。游山先问山主人，君作遨头我其殿。

苍雪庵即宝藏寺

【题解】本诗系嘉庆十一年丙寅（1806 年）春游苍雪庵时作。苍雪庵位于今北京市海淀区青龙桥街道金山山麓。

桃花隔溪红如滴，数点苍松落山腋。车声辚辚客到门，山僧煮茗汲寒碧。东轩小坐开蓬窗，百里苍茫入几席。天风泠泠吹袂寒，想象三更暑如涤。几人习静此流连，剩有吟笺满墙壁。一丘一壑太古心，不许钟声破岑寂。

暮登红石山顶望昆明湖

【题解】本诗系嘉庆十一年丙寅（1806 年）春游红石山时作。红石山位于北京市万寿山顶，昆明湖位于今北京市海淀区颐和园万寿山下。

夕阳红到山，看山有余力。猱攀樵径深，颇谓无奇特。忽然眉宇间，荡出玻璃色。万柳盘绿云，一镜透空碧。咫尺三神山，可望不可即。昔我登韬光，坐领湖光夕。翩然跨鹤人，助我一声笛。几疑天壤间，无复此清格。岂知踏春游，好景意良得。徘徊下重崖，寒鸦报曛黑。

景帝陵

【题解】本诗系嘉庆十一年丙寅（1806 年）清明时过景帝陵咏

明英宗、明景帝史事作。景帝陵即景泰陵，为明景帝朱祁钰之陵，位于今北京市海淀区玉泉山北麓。

荒垣一带气萧索，行人徙倚金山脚。杏花未吐红可怜，辽鹤不归叫寒雀。六飞仓卒离金城，龙虎台前军夜惊。毡帐闻歌血泪溢，社稷为重君为轻。翠华重返唐家岭，南宫倚树无留影。灌铁不传鸿宝函，赐金还下中书省。禁中夜半开重门，玉殿传呼拜旧君。碧血已见淋东市，黄袍犹涴旧啼痕。奄奄一息自悲哽，西宫更比南宫冷。斧声烛影至今疑，瓜蔓豆萁都不省。清明时节酿花天，官吏能来送纸钱。日斜人散山寂寂，输与狐狸自在眠。

普觉寺

【题解】本诗系嘉庆十一年丙寅（1806年）清明时游普觉寺作。普觉寺位于今北京市昌平区十三陵镇。

松阴夹重门，泉声满佛屋。游鱼待朝餐，衔尾听钟粥。桫罗森开张，五体似投伏。铁马响丁冬，竹畦惨寒绿。何来一片云，倦就闲阶宿。恬然古先生，备此烟霞福。

别院看竹次兰雪韵

【题解】本诗系嘉庆十一年丙寅（1806年）清明时游普觉寺别院步吴嵩梁诗韵作。兰雪即吴嵩梁（1766—1834），字子山，号兰雪，晚号澈翁，别号莲花博士、石溪老渔，江西东乡新田人。清代文学家、书画家，有“诗佛”之誉。乾隆四十九年（1784年）高宗南巡时，吴嵩梁应召赴金陵应试，时年不到二十，诗稿已有数百首。嘉庆五年（1800年）举人，授国子监博士，旋改内阁中书。著有《香苏山馆全集》五十七卷。

千个万个十弓地，戛玉声中失晨醉。青鸾扬翅下闲庭，寒光飞上佛眉翠。难得故园煨笋尝，逸情偶尔参濠梁。青士风流不可忘，何必兰芷怀清湘。

退谷

【题解】本诗系嘉庆十一年丙寅（1806年）清明游退谷亭作。退谷亭位于今北京卧佛寺西北樱桃沟中。

闻昔北海翁，结庐傍三辅。羝羊悔触藩，进退两无补。翛然三径深，自谓学老圃。樱桃花正红，游客日樽俎。有梦到春明，无勋费经诂。北海所著有《五经翼》《春明梦余录》。回首几沧桑，啸歌亦良苦。人去亭已空，山灵欲谁主。惟有石上泉，盈盈照今古。

樱桃沟听泉

【题解】本诗系嘉庆十一年丙寅（1806年）清明游樱桃沟作。樱桃沟位于北京市卧佛寺西北，是两山所夹的溪涧。

游情飞动苍烟瞥，却憎游尘满面缬。石丈揖我为少留，坐破溪云叫清绝。忽闻水调间笙簧，石不能言寄泉舌。浊缨何意濯沧浪，一掬清甘荡烦热。我生自具山水缘，谁令郁郁悲井渫。几年猿鹤怨空山，白首冯唐笑迂拙。从今虽无二顷田，春韭秋菘吾意决。

五华寺

【题解】本诗系嘉庆十一年丙寅（1806年）清明游五华寺作。五华寺遗址位于北京市海淀区香山卧佛寺路北京植物园内。

闲云出寺门，寺古无篱藩。山僧莳花罢，不知花寒暄。松风谡谡来，吾欲枕石眠。有客贾余兴，虎洞寻泉源。

石寿寺

【题解】本诗系嘉庆十一年丙寅（1806年）清明游石寿寺作。石寿寺今已不存。

杏花作意约春住，万琲珍珠红一树。山桃满院娇欲然，移根云自东四墓。花阴深处便成蹊，老僧甃径身涂泥。闲闲十亩无余地，半是花畦半菜畦。

松堂

【题解】本诗系嘉庆十一年丙寅（1806年）清明游松堂作。松堂位于今北京海淀区香山团城演武厅附近，原是焚香寺旁的小敞厅“来远斋”。石敞厅为近百株白皮松包围，“松堂”之名由此而来。

白龙拏云云欲堕，就地却向苔茵坐。微风一过龙亦鸣，晴空突作骤雨声。四时不易苍翠色，千树雍容有标格。虚堂阴生白昼寒，火云六月安能干。满径苍烟自飘忽，杈枒行马相周环。我来薄暮停游屐，无数寒鸦驻深碧。何时携琴一再来，弹破晨光露华滴。

玉泉山湖上

【题解】本诗系嘉庆十一年丙寅（1806年）清明游玉泉山作。玉泉山位于今北京海淀区颐和园西。

胜侣谐胜游，行行复止止。况当风日佳，无处着尘滓。玉泉天上来，趵突迸三嘴。石栏放雪涛，其音中宫徵。出山流更清，盈科进未已。幻作碧玉光，平铺知几里。只觉三山云，飞飞入镜里。不缘荇藻深，净可数鲂鲤。闲鸥梦未醒，那知日移晷。平生远游踪，占尽东南美。即境探幽奇，一一略可指。岂意西子湖，仓黄忽到此。霜髯照清漪，嗟哉吾老矣！

由界湖桥至镜桥

【题解】本诗系嘉庆十一年丙寅（1806年）清明游颐和园昆明湖作。界湖桥位于颐和园昆明湖内外湖与后溪河的分界处，是西堤最北面的桥梁。镜桥位于颐和园昆明湖中部。

西山酿出万泉液，四十里湖如熨帛。平田每每错烟塍，一堤划破两湖碧。内湖外湖气复联，六桥空洞输沦涟。禽鱼未欲分门户，赤鲤白鸥时往还。界湖两面澄澜会，人影凌空落天外。已寻桑苎过垂虹，又见京江横玉带。镜桥骀宕湖中央，我来四立光苍茫。少鬲仙人渺何处，金银宫阙遥相望。一波一澜有清意，况复万顷涵空翠。此身真拟置蓬壶，一片澄心照天地。

答秦小岘京兆二绝句京兆有“不遣云郎捧砚来”之句，作此奉调

【题解】本组诗系答和秦瀛作，当作于嘉庆十一年丙寅（1806年）。秦小岘即秦瀛，生平见卷四《〈横山丙舍图〉为秦小岘侍读题》题解。

几年清节照潇湘，爱日严霜总擅场。见说鬓丝为忧国，闲情犹复到云郎。

缁素难逢笑口开，镜中花影一裵回。而今渐觉风华减，只有侯芭载酒来。

丙寅六月尤水村居士寄示诗集，附以《石铫图》，咏读梦楼先生五古一章，凄然于怀，余固因梦楼识水村者也，今梦楼下世已五年，而水村以脚疾不出门又十年，亦无缘相见，爰次梦楼韵寄水村，今昔之感知有同慨尔

【题解】本诗系嘉庆十一年丙寅（1806年）六月收到尤荫所寄诗集与《石铫图》，读集中所附王文治诗有感而步韵作。《石铫图》又名《东坡石铫壶图》，系尤荫据其收藏的宋代周穜赠苏轼石铫壶而绘。画成后曾赠袁枚、罗聘、谢振定等多人，后来又有人索画，故实际流传有多幅。

君居慧日泉，诗肠沁甘露。寄将云海吟，借示安心处。石铫披旧图，尽汇名人赋。就中摩诘诗，深情宛相遇。怀哉京口游，恸矣西州路！临风泪潸然，苍凉独四顾。人生重知音，何者来住去。当年命千秋，绵邈托豪素。岂意人琴亡，莫挽江河注。羡君乐天全，

粥鱼共朝暮。无脚位轻安，此疾匪天锢。何时访半湾，梦中欲飞渡。

《停琴伫月图》为蒋比部锦桥题

【题解】本诗为蒋云宽题画作。当作于嘉庆十一年丙寅（1806年）。蒋锦桥即蒋云宽（1765—1822），字锦桥，又字牧叔，湖南永明（今湖南省江永县）人。嘉庆四年（1799年）进士，选庶吉士，改刑部主事，后迁山西道监察御史，擢户科掌印给事中。在任勤政勇为，弹劾不避权贵，有直声，曾揭露河工积弊，多有建树。著有《瑞萼堂集》、《近游杂缀》及《台垣存稿》等。

三径无热客，七弦有正声。飞鸿去飘忽，曲尽尘虑清。衣露悄将湿，桐阴满地生。皓然此心静，何知亏与成。

思元主人招游大觉寺八月廿四日

【题解】本诗系嘉庆十一年丙寅（1806年）八月二十四应裕瑞之召同游大觉寺作。法式善《存素堂诗初集录存》卷二十四有《八月廿四日樊学斋道人招同谢芗泉、徐星伯松游大觉寺过海甸别墅小憩》："劳生安得闲，得闲亦其偶。联骑出郭门，秋光遂我有。荒水晴一陂，名园广十亩。寒蛩晴壁叫，老鹤孤丹守。小坐意飞动，选胜凭栏久。悠然山在心，何必杯到手。"卷下注云作于丙寅年。思元主人即爱新觉罗·裕瑞（1771—1838），字思元，号思元主人、樊学斋道人，豫亲王多铎五世孙，和硕豫良亲王爱新觉罗·修龄次子。历任散秩大臣、镶白旗蒙古副都统、镶红旗满洲副都统等职。著有《清艳堂近稿》《萋香轩吟草》《樊学斋诗集》《东行吟钞》《沈居杂咏》。大觉寺又称西山大觉寺、大觉禅寺，位于今北京市海淀区阳台山麓。

我生百无求，看山乃其癖。拄笏追马曹，岚光荡胸臆。有客招我游，心驰应传檄。抽身簿书间，径理烟霞策。卅载老缁尘，游情故未释。因人事易成，无岁无游迹。大房俯摘星，大房山有摘星陀最高。三盘踏摇石。盘山有摇动石。探奇肯辞遥，缒幽时请益。每当别山灵，入梦还历历。兹寺我旧经，牡丹初破的。泉声枕上流，竹露云中滴。塔影倒龙潭，松髯落冠帻。藤花罥高林，绣幕分萝席。今来及清秋，抚景增奇特。有如温故书，触绪耐寻绎。况觇霜叶红，烂若云锦织。流光弹指余，叹逝怀古德。前游时一峰僧偕行，今已物故矣。胜果穷冥搜，残碑出断甓。卓哉贤主人，济胜了无匹！望尘间逡巡，学步愧盘辟。研露挥霜毫，琢句灿球璧。萧然遗世情，未知谁主客。骥附欣嘉招，鸿泥纪畴昔。独惭蚓窍鸣，难与黄钟敌。

丙寅九日招吴种之先生及吴玉松太史，杨旸谷、陈梦湖二比部，吴春麓仪部、黄左田中允、包礼堂孝廉、李实园明府，及玉松子蔼人、旸谷子暄恒、左田子初民，及儿子兴峣、兴峘看菊崇效寺，归集知耻斋，以韩魏公“虽惭老圃秋容淡，且看黄花晚节香”二句分韵探得容字

【题解】本诗系嘉庆十一年丙寅（1806年）重阳召集友人及二子于崇效寺看菊后，以北宋名相韩琦诗句分韵而作。吴种之即吴贻咏，字惠莲，号种芝，安徽桐城县人。乾隆五十八年（1793年）会元，殿试三甲，赐同进士出身，选翰林院庶吉士，散馆改吏部主事，著有《芸晖馆诗集》《种芝堂诗文集》。吴玉松即吴云，生平见卷一《题吴玉松〈岁除游山图〉》题解。杨旸谷生平不详。陈梦

湖即陈廷桂，字子犀，号梦湖，又号花谷，和州（今安徽和县）人。乾隆五十三年（1788年）中举，六十年（1795年）中进士，授翰林院庶吉士，历任刑部主事、律例馆纂修、员外郎、云南及江西副考官、湖北安襄道按察使、陕西按察使、太仆寺少卿、奉天府丞兼提督学政等职。著有《历阳典录》《滇程日记》《豫章行记》《沈阳于役记》《江汉行程录》《秦三绝录》等。吴春麓即吴赓枚，字郭虞，号春麓，安徽桐城人。嘉庆四年（1799年）进士，以翰林院庶吉士充实录馆纂修，改授礼部祠祭司主事，升郎中，后任山东道监察御吏，著有《吴御史奏稿》二卷、《惜阴书屋文集》四卷、《诗钞》十四卷。黄左田即黄钺，字左田，又名左君，号壹斋、左庶子，安徽芜湖人。乾隆五十五年庚戌（1790年）恩科进士，历仕乾隆、嘉庆、道光三朝。著有《壹斋集》四十卷。包礼堂、李实园生平不详。崇效寺位于今北京市西城区白纸坊附近。韩魏公即韩琦，所选诗句出自其《九日水阁》："池馆隳摧古榭荒，此延嘉客会重阳。虽惭老圃秋容淡，且看黄花晚节香。酒味已醇新过熟，蟹螯先实不须霜。年来饮兴衰难强，漫有高吟力尚狂。"黄钺《壹斋集》卷二十有《丙寅九日芗泉夫子招集知耻斋看菊，以韩魏公"虽惭老圃秋容淡，且看黄花晚节香"分韵赋诗，命钺为图，钺得虽字》："天公成就邠老诗，年年风雨重阳时。不顾黄花逞颜色，一任泥□东篱姿。吾师爱菊广艺菊，嘉种一一标黄瓷。先期召游崇效寺，及暮归赏渊明卮。我时冒雨最先至，薄寒欲衣羔羊皮。人声雨声互相乱，花气酒气酣淋漓。须臾众中我大醉，攲倒更比花支离。眵昏醉眼眩红绿，仿佛有月明花枝。出门登车□僵仆，两手仰赖人交持。可知四海尽兄弟，不用咏叹良朋虽。尔雅每有虽也。况兹同乡又同谱，本若遰雁行肩随。朅朝酒醒问儿子，时初民侍行。惭愧不出思自笞。画图阄韵事皆忘，尔时狂语知为谁。急涂此卷当悔过，醉人恕否从吾师。"

城南寺僧多菊农，题糕节届纷游踪。一叶一花自珍惜，瓦盆走送非恒供。虚堂位置称萧逸，谓资延寿娱幽悰。今岁重阳会风雨，未谐远望登高峰。古刹嘉名爱崇效，招邀旧雨支吟筇。冠者六七童五六，一家机杼何雍雍。冒雨来看未及放，清芬满院寒云封。天怜拒霜有正色，假以膏沐无妖容。黄白朱紫各异态，苇阑万本争鲜秾。更凭高阁恣远眺，西山积翠收千重。归来闲庭亦芳媚，萧条四壁环花墉。南赵北积相比较，都中莳菊者以赵象庵、积庆亭为最。小邦鄙陋惭附庸。幸兹佳节集佳客，何辞对此倾千钟。射覆分曹劝花隐，寻芳冥索攒蝶蜂。揣摩未离文字障，解人发难夸奇逢。树帜争先引大白，鲸吸一消磊块胸。雨余月上剧清旷，宾既醉止犹温恭。一堂五代成雅集，即此可敌万户封。韩公佳句字二七，当筵分韵谁敢慵。冲泥踏月各归去，诘朝吟垒推雄锋。

题《西窗画雨图》为野云鹤年、溉夫本、涤垒文新三朱君作

【题解】本诗系为朱鹤年、朱本、朱文新题画作，当作于嘉庆十一年丙寅（1806 年）。朱鹤年字野云，生平参见卷四《题朱野云〈补留琴室图〉》题解。朱本（1761—1819）字素人，号溉夫，自署竹西，江苏扬州人。朱文新，字涤垒，朱本之兄。兄弟于 1761 年至 1819 年间同游京师，三人都以书画名家，被称之为“长安三朱”。

日下三朱子，挥毫各有神。画传三祖派，墨洒一家春。花气熏长昼，心源绝点尘。只应留异代，烂漫见天真。

题法源寺画社册子野云、涤垒、溉夫三朱子与浮山张水屋、漳州蔡研田、钱唐董小池、嘉定严香府、长洲黄榖原、太仓王梅亭、泾县吴八砖、代州冯若臣销夏于悯忠寺，各有画聚为一册

【题解】本诗系为朱鹤年、朱文新、朱本等人题画册作。当与前诗作于同时或稍后。法源寺位于今北京宣武门外教子胡同南端东侧，原名“悯忠寺”。张水屋即张道渥（1757—1829），字水屋，一字封紫，号竹畦，又自号张风子、骑驴公子，山西浮山县人。历任广西河池、直隶蔚州知州，画、书、诗称三绝，著有《水屋剩

稿》。蔡研田即蔡本俊，福建漳浦人。大学士蔡新之子，乾隆四十六年（1781年）进士，历任刑部主事、郎中，南宁知府等职。董小池即董洵（1740—1809），字企泉，号小池，又号念巢，浙江山阴人，擅诗词，通经学，并善医，工篆刻、书画，著有《小池诗钞》《多野斋印说》《石寿轩印谱》。严香府即严钰（1742—1821），字香府，号宝庭，嘉定（今属上海）人，工山水画。黄縠原即黄均（1775—1850），字上琓，号縠原、縠源、香畴、墨华居士、墨华庵主，元和（今苏州）人。著有《墨华庵吟稿》。王梅亭生平不详。吴八砖名美九，生平不详。冯若臣生平不详。

人海铁才天所植，笔底云烟寄高致。得闲果能一味闲，尽洗俗缘益神智。长安轮蹄太纷纷，六月珠汗搀尘氛。冰柈羽扇了无益，触热客至心如焚。屏喧避地计良得，（祗）〔衹〕园本是清凉国。谈玄瀹茗怡心神，况兼能事驱笔墨。解衣盘礴意洒然，匡床兀坐人中仙。从容放腕具佛力，石田南田谁后先。绿荫下堕入砚席，万壑千岩蟠寸册。花光竹荫纷陆离，定觉清风生两腋。诸君画法参禅宗，脱离火宅真神功。何人长日试披览，绝胜刘褒图北风。

口占送两儿子就学于京师丁卯岁通州粮署作

【题解】本组诗系嘉庆十二年丁卯（1807年）初春送子读书时作。

废学经今逾五旬，去冬二十七日后儿辈遂撤学。琴书结束及初春。篆开官印刚逢吉，坐入春风更向新。负米未应劳汝辈，惜阴真欲愧前人。试将心界驱鸿鹄，学海苍茫许问津。

玉树堂前授读时，当年先大夫课余兄弟于此堂。天空海阔夜灯知。摊书口诵澜翻熟，点笔篇成日上迟。余少时每课艺成，眷真毕始早餐。拙宦了无长物在，传经难遣老怀痴。叮咛锐志勤稽古，记取高堂鬓已丝。

送费西墉给谏使琉球丁卯

【题解】本诗系嘉庆十二年丁卯（1807 年）送费锡章出使琉球作。

同君宦京国，十年对门居。出户辄相诣，高论时起予。屋角丁香花，春来云锦铺。君家花亦盛，照耀明绮疏。咫尺我两人，小酌成清娱。嘤嘤树间鸟，隔巷常相呼。往者警川楚，帝命申天诛。君从召虎行，急装别斯须。我作送行诗，谈兵鸣湛卢。君行采葑菲，一一合券符。功成遂归来，还复掩朝裾。诗筒与茗碗，蝶梦同蘧蘧。自我来通潞，箕斗司乘除。朱墨日萦绕，契阔情未疏。昨岁中山王，稽首乞建储。天子慎遴才，利涉惟中孚。君乃与其选，麟凤出九衢。锡之一品服，冠带逮僮奴。告我趋王程，吉詹二月初。殷勤出素册，索诗如索逋。君行实壮哉，忠信狎龙鱼！鲰生句酸涩，得之奚为乎？君言素心友，豪迈无我如。愿写靡及怀，持用骄天吴。我羡君此行，昂藏真丈夫。东南好山水，隐约生吟须。衣锦西子湖，父老争睢盱。挂席五虎门，鲸鳄为前驱。乾坤具端倪，轩豁呈画图。翠岛不知名，放更凭南车。大波掀巨鳌，腾踔凌空虚。君方坐针楼，谈笑意纡徐。出其险怪笔，雕镂万象俱。诗成山万重，姑米迎前旟。峨冠渡天桥，神威慑舳舻。正笏述恩纶，盘石奠一隅。传译声谢悃，戴德浃顶趺。礼成设华宴，珍错无留余。王孙各妩媚，妙舞登氍毹。犒之绮丽词，珍若千琼琚。屈指日长至，风信协樯乌。归帆卜安稳，赤舄怀硕肤。试捡陆贾装，奇文压髯苏。辎轩盛著作，陈之为典谟。我生富胜情，恨不追步趋。清风颂吉甫，臆揣兼心摹。来岁及花时，迟君酒一壶。快听海外谈，胜读齐谐书。

七月之杪，胡黄海学博、吴玉松编修、黄依宣大令过访潞河官舍即事四首

【题解】本组诗系嘉庆十三年戊辰（1808 年）七月底因胡翔云、吴云、黄洙过访而作。黄洙字依宣，安徽歙县人，乾隆五十五年庚戌（1790 年）进士，历任内阁中书、肥城知县。

砌草参差绿，庭花取次开。晚凉残暑退，新雨故人来。话旧惊霜鬓，谈深送酒杯。诘朝鼓游兴，阴霁不须猜。

石坝频来往，吟情尔许悭。如何佳客至，真得片时闲。二水明层阁，群峰隐大环。稍闻新雁过，尘虑已全删。

载泛胡卢渚，来寻李氏园。莲香留曲院，树影罨前轩。遗墨低徊认，亭额多故人何兰士所题。翔禽下上喧。凄凉感华屋，时园主人新逝。坐对欲忘言。

旧学惭知耻，新题相在斋。内书室额。官贫谙米贵，心苦向人谐。（梁）〔粱〕稻千村获，帆樯万轴排。今岁漕运甚迟滞。清言竟今夕，昨梦尚仙侪。

病中即事口占示儿子己巳岁

【题解】本组诗系嘉庆十四年己巳（1809 年）病中绝笔。

如此风光滟滟春，闭门高卧剧伤神。尽收药饵惟清坐，别运玄机借至人。撒手悬崖无我相，生天成佛或前因。平生未省皈依法，白社攒眉误已频。

幻境偏从梦里寻，曰归容易且沉吟。支离怕见家人面，请祷聊安汝辈心。旧雨升沉经几劫，浮云身世愧长簪。只应了却书香愿，杏苑新莺载好音。

谢兴峣补遗一首

【题解】本诗见于谢兴峣跋中，谢兴峣于道光十四年（1834年）出守四川时，见《蜀志外纪》记载乾隆四十一年丙申（1776年）湘山精舍扶乩一事，言有仙女降坛赋诗，自称蜀女吴氏，字碧莲，年及笄，随父任之全，未字而殁，葬于湘山洗钵岩。词甚凄惋，见者异之，请再次韵。女仙又赋一律，飘然而去。翌日，群少年求墓于洗钵岩前不得，邑乘亦阙，不可考。清湘俞明府为作传，一时题咏甚多。其中有其父谢振定的一首佚诗，系还在湖南时作。

粤峰缥缈横青天，湘水泠泠凄鸣弦。巫峰千里云绵绵，灵风梦雨来飞仙。惊沙走笔何翩翩，吟魂杳窅凌苍烟。自云埋玉湘江边，东风何处思华年。怨魄天涯悲杜鹃，二十三丝惊四筵。有客临渚怀芳荃，青山怪石意拳拳。碧沼幽香抚遗编，曹娥碑次鲛绡传。琵琶声断红珠涟，珊瑚铁网迷重渊。他时银管真珉镌，置身玉鼎秋华巅。我生吊古沅江壖，美人芳草遗真诠。呜钦东海呼成连，萍踪邂逅幽丝联。词坛白战供清研，读君佳传清且妍。碧城迢递哀婵娟，阁笔浩叹迴云軿。翔风凄冷吹归船，漫空雪点飘花残。我醉长歌君扣船，回首春山空惘然。

知耻斋文集卷上[①]

复初抚军书

【题解】本文当作于嘉庆五年庚申（1800年）春，为回复初彭龄之作。初彭龄（1749—1825），字绍祖，号颐园，原籍山东莱阳，乾隆十八年（1753年）迁居即墨。乾隆四十五年（1780年）进士，授翰林院编修。乾隆五十四年（1789年）任江西道御史，后历官工部侍郎、云南巡抚、刑部侍郎、内阁学士、兵部尚书。其于嘉庆四年（1799年）五月出任云南巡抚时，云南省盐政腐败，盐价昂贵，少数民族纷纷暴动反抗盐官、盐差，故本文当系初彭龄于五年正月向谢氏咨询相关事宜后谢氏的复书。

正月日得阁下所惠书，领悉拳拳之意。迩春深想太和元气盎然胸中，敷之皆四境之福也，企羡奚似。

① 《知耻斋文集》正文为三十八篇。湖南省图书馆、上海图书馆所藏嘉庆二十五年本文集前，有吴云《诰授朝议大夫礼部员外郎前翰林院编修江南道监察御史谢公墓表》、秦瀛《礼部员外郎谢君芗泉墓志铭》，及贺长龄填讳的《诰授朝议大夫赐进士出身礼部员外郎前翰林院编修江南道监察御史芗泉府君行状》。天津图书馆藏道光二十六年本在文集前有曹振镛《序》、刘大观《知耻斋文集序》，文集上册后有谢邦镒的无题跋。另外，国家图书馆藏道光十八年本文集前有王梦庚的《重刊知耻斋诗文集序》。文集卷上、卷下原各有目录，分类列出各篇标题。卷上收"书"六篇、"议"一篇、"序"十七篇，共二十四篇。

仆去十月，蒙恩旨起用，需次仪曹，当即具谢折，兼陈时事。而是日有部员不妄条陈之敕适下，折遂留中未发，其事或稍稍行之。仆惟其言之得行，少裨苍生之万一，即身自废黜可也。况重荷特达之知，拔之数百废员中者哉！是以归计暂辍，冀一得当以报。但才庸识陋，未知究竟何如耳。

阁下下车之始，刻贪墨，锄奸慝，料鹾政，奖贤良，数月之间，风驰电掣。又得相国书公共事，志同道合，宜其不负所学，而有功于滇民甚巨也。乃虚衷下问，远及刍荛，迂拙如仆，何足以知当世之务，而忘形至契，不可无以塞阁下之命。故略述所闻，惟阁下裁登焉。

盐归民销一事，仆于徐学生寄书内，举晋省事相商，而阁下适先行之是矣。顾有不可不防其弊者，仆闻之晋人曰，教匪之兴，由于盐课之归地丁也。始农中丞以签商之难，又蒙古引盐杂出，民受其累，故奏请更张之，而商人囤盐尚多，骤闻命下，虑积货难销，又有地方官之逼迫，不得不贱价售之。游民狯胥居奇垄断，潜行置买，而徐散之楚、蜀、秦、豫犬牙相错之境，遂大获厚利。邪党勾引连结，致为祸阶，此事人未之知。故事有利于一时而其害在数十年之后者，诚不可执一论也，故补告之，俾阁下善其后图焉。大奸之去，如距斯脱，诚为快事，然其重利交结，羽翼实多，似亦宜稍为留意也。

至旌别淑慝，是乃大吏要务。而知人之难，振古如斯者，何也？富贵功名，人之所必争，而大吏司其权。于是乎环而伺之、巧以尝之者，不一其人，人不一其术，如大吏殖货贿而苞苴进，好声色而佳丽进者，无论已。至于文章经术，廉洁循惠，大吏守正者之所必尚也。而嗜好有所偏向，黠者得中之寖入焉而不觉。是故有问奇字者，有献颂言者，有诡廉者，有贿循者、谗者、誉者、微言庄论者，交错于其前，情伪微暧，其变千状，一人之耳目心思，焉能周览之而洞悉之也哉？孔子曰：“众好之必察焉，众恶之必察焉。”故察吏者，安民之实政，而不可不虚以审之，慎以出之也。仆窃谓官吏之不趋风气者，其人必良吏也，次亦不失为悃谨。而一省之中素号能员者，其言尤不可信，惟善用之其事、其地而不使之与黜陟进退之权，其庶矣乎！

近闻猓黑滋事，殆由前任督抚酿成之，仆亦不知其情势。然天下之物，苟有知觉者，未有不乐于拊循者也。昔鄂西林先生平楚苗，恨苗民逆命，痛剿之，或扬尸遍树杪，行之数年，迄不能服。后巡抚赵公单骑往谕之，苗素信赵公，遂出降，更数十岁无苗患。况猓黑之性，其犷悍少逊于苗民者乎？迩姜度香制军办镇筸事，大为可法，愿阁下之师其意也。

凡兹臆论，未免代斫越俎之诮，姑以发阁下之一粲。其所未尽言，嘱云巢面述之。余愿为国自爱，不宣。

与唐陶山书

【题解】本文系劝慰唐仲冕之作，当作于唐仲冕官江苏吴江时，约在嘉庆元年丙辰（1796 年）。文中有“迩来巡城”之语，当指谢氏乾隆六十年（1795 年）任巡城之职，开头有“元旦”之语，可见作于正月。唐陶山即唐仲冕（1753—1827），字云枳，号陶山居士，世称唐陶山。原籍善化（今湖南长沙），后客居山东肥城县（今肥城市）。乾隆五十八年（1793 年）进士，历官江苏荆溪等县知县，海州知州。主编有《嘉庆海州志》，著有《岱览》《陶山集》等。唐当时有归隐之意。

振定顿首陶山六兄阁下：

元旦煦斋面奉手书，想新祉迪吉，福逮苍生，并审聪听㧑谦，大有昌言答拜之雅，能勿令人钦服？

至改图之说，再四思维，断乎不可！窃谓安命与立命，二者迥殊。安命之学，中人以下皆能之。若夫豪杰之士，大有过人之才之识，其必有所以立命者，而成败利钝固不足以扰其中也。居恒读古人书，动以天下为己任，一介之士，苟存心爱物于人，必有所济。况县令亲民之官，诚易达而惠易周，试经纶之才者，宜莫先乎此，奈何欲舍而他适乎？如云舍难取易，舍险就夷，慕清贵之名，辞利济之柄，天下国家曷赖焉，天之所以生贤者之意又何取焉？素位而行，无入而不自得。立命之要，其在是矣。江左大吏颇多清正，三代直道之公，其不能尽泯也。恩纶新沛，独无鸿博之科，殆天之所以宏陶山之大业而不欲其安于暇逸也。

省前来书云："不要一钱，即不吃不着，毫无补于负累。"此似有一廉了事之意。振定记王朗川先生有云："清者，官箴之始，犹贞乃女德之基。妇人无淫行而欲詈翁姑，压夫子，诟谇妯娌间，殆于不可。"又闻汤文正任潼关时答同列云："无所取于下，亦无所应于上。交际之礼不过寻常帛物四事，合而思之，一介不与，然后可一介不取，清去其刻，民用以和。清畏人知，同僚不忌。"豁达如陶山，其当不河汉余言。

振定迩来巡城，初亦浪得廉名，人望而畏，非任重致远之道。今且尽吾力所得为者，不急赫赫之功，不博矫矫之誉，以息谤忌，于此中历练一番，殆亦仕学一贯之旨。惜同志者不同方，不能朝夕与居，相与讲明而实践之也。吴江陆朗甫中丞刊有《切问斋文钞》，近始得读之，大有裨于修己治人之道，陶山其能速觅而细读之耶？中丞倘有他文集，亦望觅寄。他如金文通公之《俟之息斋集》，沈冠云先生彤之《果堂集》，计甫草孝廉东之《改亭集》，王寅旭先生锡阐之《困亨斋集》，皆近在贵辖，搜罗较易，陶山固不能辞其责，幸勿以为不急之务，膜外置之也。

余愿为民社自爱，不宣。

与李啬生书

【题解】本文系乾隆六十年乙卯（1795 年）作。信末有"顷奉巡视东城之命"，说明奉命不久。李啬生即李保泰（1742—1813），字啬生，浙江宝山（今属上海）人。乾隆三十五年庚寅（1770 年）恩科举人，四十五年庚子（1780 年）进士，未仕，曾为扬州府教授。著有《啬生居文集》。

月之六日，东亭比部处得所寄书，审所以忠告善道之意，至周以摰，非足下不能言，且不肯言，仆益自喜相信之不谬。越二旬，信又至，知足下冷况如故，道体平康，人非有品不能闲，窃为足下喜也。

仆再来之缘，失之意外，初亦颇自讶，既而知天之所以玉于成，其微妙不可思议也。仆拙于理财，善于挥霍，就令锋车三四出，必不能易贫而富。又闻衔怨者有借端中伤之意，本性戆直，不能阿顺取容，必起而相争，争则两虎之角，必有一困。自惟气焰权智必不能有以相胜，即胜矣，而骏驳之骤驰，风帆之迅驶，其能无危者机乎？足下远大之期，所以舒居者郁纡之志，而不知迩来之仆齐得失，外荣辱，涣然若春冰之解于池而溶溶自适也。

都下同年生自鼎足全折，晨星剩耀，仅与颐园、东冶数人往来，其余乃至不相闻问。榜运之有隆替，其信然乎？

世兄英英露爽，远到者不矜捷驰，自是可喜事。仆自十岁习举子业，阅十有八年成进士，当时颇以为迟，及今学殖荒陋，百不如人，乃叹古人科名忌早达之论为不欺，实大者声自远，亦顾其自信者何如。抑得失迟速，固有数焉，操乎其不得遁耶？

古文迩复得十数家，愈难其求，以百五十余年之久，天下之大，人才之众，而托于精卫衔石、愚公移山，区区之一心，亦尽其力所能为者而已。足下倘有所见，幸时抄录见示，以佐未逮。

至仆居处如常。顷奉巡视东城之命，戴星出入，自矢冰兢，剔弊摘奸，闻风者稍为敛迹，庶几少资历练，以免迂儒无用之诮，而不肖之心亦几几乎涤除净尽耳。

因便布复，草草不备。

与段若膺书

【题解】本文系嘉庆二年丁巳（1797 年）南游吴越见过段玉裁后作。段若膺即段玉裁（1735—1815），字若膺，号懋堂，晚年又号砚北居士、长塘湖居士、侨吴老人，江苏金坛（今常州市金坛区）人。乾隆举人，历任贵州玉屏、四川巫山等县知县，引疾归。

长于文字、音韵、训诂之学，同时也精于校勘，于诸家小学是与非都能鉴别选择，是徽派朴学大师中杰出的学者。著有《说文解字注》《六书音均表》《古文尚书撰异》《毛诗故训传定本》《经韵楼集》等。

振定顿首启懋堂先生足下：

仆耳熟先生名久矣。昨过黄荛圃，知先生侨居于此，仓卒得一见，略聆绪论，意先生非今之人也。

仆少读书，矜强记，不求甚解，乃至目无古人。后稍稍自悔，又复贬抑不屑，如东坡所云“上可陪玉皇大帝，下可陪卑田院乞儿”者，而其中实无所得也。溷迹缁尘十有余载，学问日益倒退，惟爱才之念日益挚，见人之贤于我者，无不敬也。闻人之笃于古者，惟恐其交臂失之，而无不心焉藏之也。先生之好古也深矣，仆已相知恨晚，而先生性情之真，于觌面焉得之，其亦有天幸耶？

仆窃谓古人之所流传于终古者，其心理同也，有同乎其同者，有同乎其不同者。文以载道，此同乎其同者也。文生乎情，此同乎其不同者也。六经为载道之文，亦秉情酌理之文也。三代以还，言文者推《左》《庄》《骚》《史》，而不相为袭。秦、汉、唐、宋以迄于今，代有名家，而衷于道者传焉，情之至者亦传焉。然道或可假托，而情不可以伪为。《左》《庄》《骚》《史》以及历代名家之文，其亦言情而已矣，情达而道在是焉。仆尝以此相天下人，观天下立言可久可大之故，多吻合者。《易》言：“修辞立其诚。”拾古人之糟粕，而自以为得，殆叩盘扪烛之见者耶？其外乎道以言情者，抑又不足道也。先生貌睟而学邃，意远而论醇，仆意其必有进乎此者，愿先生之幸教以豁厥蒙也。古文采询之任，亦深望之于先生，倘有所见闻，并祈缮小册见示，仆竭萤照以衍绪余，谅先生或矜之也。

与徐凤辉书

【题解】本文系嘉庆二年丁巳（1797年）南游吴越期间作。徐凤辉即徐斐然，字凤辉，号敬斋，浙江归安（今湖州市吴兴区）人。辑有《国朝二十四家文钞》二十四卷、《今文偶见》四十八卷。

月杪扁舟拜访，未遂所怀，矮篷中促管数行，借达鄙意。回首小长芦，如海上三山，可望而不可即，怅企奚似！

顷奉到手书及《什一偶存》二册，披诵再三，不忍释手。把卷怀人，与闻声相慕者为倍切，审先生学行兼优，其生平嗜古之笃，又如玉断马牦，石穿山霤，宜乎其沉浸酞郁以成此不朽之盛业也。

仆弇拙性成，承六代先芬之后，少从先兄元亭学为古文辞，心窃好之而苦于法之太密，后入都获出程鱼门先生门下，与当世士大夫游，略闻绪论一二，与先兄所授有合有不合。盖先兄专心此道者四十余年，薄有名于日下，自以为知希我贵，屈县令以终。仆近汇其所存稿若干篇，将刊以问世。因思天下之大，人才之众，其好学深思，心知其意如吾先兄者，当不可胜数。窃不自揣，欲广为发潜阐幽之计，采访一时遗佚好古之士之文编为一帙，以存昭代化成人文之备。稍稍求之，日积日富。时随园主人亦有采选古文之举，偶相见邗江，闻仆有志于此，遂举其家手抄名人文集二百余篇，悉以见赠，曰："余老矣，想不能竟厥事，今以此为托，愿君之无欲速成也。"仆年来益不敢少懈其志，计现获名人已、未刊之文约三四百家，更期十数年成此书，其有专集大集盛行于时者，从约取焉。盖抄文非选文也，尽吾心与力之所能为，以与先后文人相质于冥冥漠漠之中，如是焉而已。至斯文之传与否，又何必私度之而预计之哉？且夫文章者，天下之公器也，彼亦一是非，此亦一是非，其间同与不同之故，则在乎心得默识，无庸以口舌争，以俟千秋之论定，此亦息谤止怨之一端也。

仆尝谓文以载道，实文生乎情，而又行之以浑浩之气，佐之以奇伟之才，从古作者不出乎此，先生其以为然乎，否乎？先生斫轮老手，仅存稿卓然可传，其《今文偶见》一书，急欲得而读之，恐先生之以仆为操选政而不顾忌乎？珠玉之在前也，故略为述其区区始事终事之意如此。

辱示书目，仆所未得者十之五六，若架上所现存者，愿借抄之为祷。人还，匆匆不尽。

答李啬生书

【题解】本文系复李保泰作，当作于嘉庆元年丙辰（1796年）罢官后。

振定顿首问啬生大兄同年近安。

秋杪得手函，捧诵十数过不能去手。知吾足下之所以相期，与振定之所以自处，议殊而理一，非知我之深，爱我之笃，不能为此谆切详至之言也。

振定少时误以程子玩物丧志之说，于史学甚疏。迩来悔闻道之浅，翻绎诸史，切而求之，颇有会心。窃以古人建功树名，皆其平生之学问经济，足以涵盖于一切，而偶然适逢其会，举而措之，故能乘时利用，自致于不朽，而固有幸有不幸焉，则非人力之所能为也。夫淮阴不得国士之目，武侯不遇三顾之知，与饿殍、农夫相距不咫尺耳。留侯、邺侯投之所向，而自然符契，不可谓非天也。而贾生治安之策，宣公奏议之陈，贾让言治河江，统论徙戎，皆不得施之于用，是岂其暗于识哉？亦其时则然也。且天下固有无用之用者，如管宁、郭泰、孙登、陶潜之流是也。彼其初心，非徒自适其适而无意于人世者，出处之故盖难言之。昔孔子周流，心未尝一日忘天下，而其自许曰："用之则行，舍之则藏。"孟子传食诸侯，不以为泰，而其语人曰："穷则独善其身，达则兼善天下。"圣贤之抱负可包乎今古，而不能与天地争治乱之权。浮海居夷，其不得已之苦心，为何如耶？况夫矫矫自好之士，自揣其致主安民之术，万不逮孔、孟氏，而顾虚与委蛇，与人俯仰，徒丧其守而无济于物，以贻后之识者诮让之资，吾知其必有所择矣。于是遁世不悔，令天下后世知为士之重，不可以位縻，不可以势夺，而世之知进不知退、知得不知丧者，犹可惕然而知所警愧也。然东汉士高节义，而遂生清流之祸。北宋道分洛蜀，而致酿党锢之机。至于东林几复遥制朝权，君子自为务异而小人从，而媒孽之为一网打尽之计，其害乃及于国家，尤不可以不慎也。然则一龙一蛇之道，莫如用晦，和光同尘，知白守雌，非夫人之本心然也。今力不能如卜式之助边，复不能如士稚之击楫，亦惟顺时履正，聊以卒岁而已。若夫昏夜乞怜，以侥幸于苟进，扪心自问，或不至此，足下亦或谅之耳。因来书切至，故略申其所见如此，希教而正之为幸。

儿子学业未至，勉强逐队观光，点额而退，令其自愧耳。其与尊世兄诚不可以道里计也。兹因刘厚田漕使之便，率函布候，愿珍重，不宣。

邱氏非左氏后驳议

【题解】本文系重新被起用，补为礼部主事后作。《清实录·仁宗实录》卷一载：嘉庆九年（1804 年）十月，山东巡抚铁保与礼部堂官纪昀发生关于左丘明后嗣之争。铁保依据《左传精舍志》奏请设立肥城邱氏为五经博士，纪昀对此提出质疑，由此引发一场争议，最终由嘉庆皇帝否决。谢氏本文即为反驳纪昀之作，应作于嘉庆九年十月的论争后不久。

盖闻宗法废而姓氏之原紊。三代以前姓与氏分为二，战国时以氏为姓。及秦灭六国，子孙皆为民庶，人各氏其氏，而姓氏之失于此始。两汉姓氏学不甚著。魏立九品中正法，设簿状以备选举，遂专以门荫相高。至李唐重八姓，而姓氏之论乃盛行，大抵以地望、五音、字体为主，援引附会，犹相沿矜尚门第之遗风焉。

论姓氏者，皆原于《世本》《公子谱》《风俗通义》等书，其实亦不外乎《左传》“因生赐姓，胙土命氏”，及以字、以谥、以官、以邑之说，后乃推而广之，至三十二类。如以乡、以亭、以技、以事、以次、以族、以凶德、以吉德诸目，类益繁，论益密，而穿凿支离，不可究诘，其势则然也。

自宋以来，姓氏书轶遗略尽，即唐林宝之《元和姓纂》，仅仅附见于《永乐大典》中，固未为全书也。且其书奉唐相李吉甫之命所著，只二十旬而成，断难洞悉源流，具臻美备，故于国姓无定论，于自姓不知所由来，已见讥于郑氏渔仲。博雅者当不其然，而乃奉此以为姓氏之金科玉律也，可乎哉？

《风俗通义·姓氏编》固久轶，然亦附见他书，其所载邱氏为左邱明之后尚见于《广韵》，实非无据，不得泥《姓纂》所不载而疑之。即所据《广韵》云：“邱氏惟河南之邱，为左邱明后。”河南与齐鲁邻，何以知其与肥城之邱毫无比附耶？至左氏精舍出于故老之流传，历代守土者祀之，或亦有所秉承。如以邱堂叙文鄙浅，断为非汉人笔，则邱堂固不以文名者，当东汉之时，焉能尽天下之人而笔势全归于醇古也耶？

夫姓氏以谱牒为据，谱牒以墓地为据，左氏墓在肥河乡都君庄，又名衡鱼村，其地名、里数既与《魏书·地形志》、唐《元和郡县志》、宋《太平寰宇记》吻合，又其子孙世守邱墓，聚族而居，相传已七十余代，虽其详不可知，要必不始于近时，岂有逆料其后必有博士之设，而预冒一祖以为之地乎？如以邱氏非左氏之后，能尽逐其子孙于异地，而令其别立一祖乎？左氏而不立博士则已，左氏而立博士则舍守墓之邱氏而谁与归？

且夫谱系之难详也，杨子云之于晋杨侯，司马子长之于程婴，沈休文之于沈子嘉，白乐天之于白乙丙，文人袭讹往往有之，断不能于千百载后一一而是，正其真赝。故邱氏之祖邱明，亦犹叔氏之出共叔，皮氏之出樊皮，员氏之出伍员，其子若孙既有所受之，似宜因仍其旧也。

我朝为左氏设奉祀生，以肥城邱姓主之。盖因宋祥符初封瑕邱伯时，已有令邱姓承祀之举，亦如东野氏为伯禽第三子，得以奉祀周公，是皆据邑乘之所胪，允大吏之所请，酌古准今，类非臆断，何得竟议其误耶？

案《古今氏族谱》以邱明为左史倚相之后，而明《方氏通雅》所载："单姓邱者，不尽出于毋邱。"引孔平仲《杂抄》云："左邱明本邱姓。"李太虚言："湖州人有发古冢得碑者，纪南朝邱迟为左史邱明之后。"王元美驳之，亦不知邱明之确为左姓。又言孟奇亦有邱明不姓左之说。据此则邱明为左史倚相之裔，与邱氏为邱明之后，昔之人亦尝言之不尽，出肥城邱谱之杜撰矣。

尝谓考古之士与其以意轩轾，毋宁慎言。其余如啖助、赵匡谓《左传》非邱明所作，或以为六国人作，或以为出于子骏，或以为出于三晋辞人之手，亦不过姑存之说，不能撤左氏学官之立、西庑之享，其即疑以传疑、信以传信之微指也欤？

要之考宗族则他人不如其子孙之审，核情事则悬揣不能比守吏为详。《左传》一书，瑕瑜不相为掩，然其有功于《春秋》，则古今人无异辞。汉建武中曾立李封为左氏博士矣。李封非左氏后也。有能世守其墓者，则以之奉祀也宜，即以之袭博士也亦无不宜。不然，据残阙之书而欲更邱氏世世所奉之祖，是乌足以服子孙之心，又乌足以垂百世不刊之令典也哉！谨议。

江南乡试录后序

【题解】本文系乾隆五十三年戊申（1788 年）出任江南乡试副考官时，为《江南乡试录》所作的序言。

乾隆五十三年，岁在戊申，乡试届期，礼臣以江南考官请，上命内阁学士臣胡高望往典试事，而臣振定为之副。窃臣楚南下士，学识疏庸，乾隆四十五年中式进士，恩选庶吉士，五十二年散馆钦授编修，奉职甫一载，旋膺宠命，畀以抡才重任，抚衷循省，感惕难名。谨随同臣高望星驰入闱，寸诚自矢，殚二十余昼夜之力，录士如额，择其文尤雅者恭呈御览。

臣例得附言简末，臣敬惟国家设科取士之意，非谓谐声缛采以悦耳目而已。将以明体达用，备异日任使之效，故通经学古者尚焉。而所谓通经学古，又非徒襞绩剿袭以为能也，必将探事理之源流，证学术之醇驳。至于得心应手，和以天倪，则又本诸性情之微渺，而从容酝酿以出之。作者诚难，衡文者其何敢苟焉以将事耶？我圣朝光昭文治，久道化成，山陬海澨，涵濡教泽之伦，莫不佩实衔华，以蕲于古之立言者。况名邦巨川之秀，天地之大文也。江南襟江淮，带河泗，震泽巢，洮滆涵，演迤丽矣。于山则为钟、为茅、为黄、为霍，地肺天柱，八公九华之胜，雄浑淡远，献秀供奇，不可名状。是岂待雕镂藻绘而然者哉？其积之也厚，其融结变化也无方，生其间者，固宜其沉浸乎典籍，含濡乎道真，炳炳麟麟，以仰副圣天子之旁求也。不然，而朝华之采、轮辕之饰，是犹部娄潢潦，而妄拟渊渟岳峙之观，何可得耶？

钦惟我皇上厘正文体，一归清真雅正。迩来科场例更，经钦定仿朱子限年分经之法。自戊申科直省乡试以《诗经》始，诚欲俾儒生鼓吹六籍，一扫陈言，所以培养而化道之者，至优且渥。臣与臣高望恭禀圣训，兢兢遴择，义取衷诸道，辞取本诸经，其浮伪怪诞者弗录焉。用以觇其底蕴，而临民服官政之实用，即于是乎在。夫浮筠照乘之珍，山辉而川媚，彪外弸中不可掩也。他时即所言而见诸实用，由今者为拜献之先资，则庶几臣与臣高望之寸心，所借以上答简修进良之至意于万一云。

国史馆纂修、翰林院编修臣谢振定谨序。

陕西乡试录后序

【题解】本文系嘉庆九年甲子（1804 年）六月出任陕西乡试副考时，为《陕西乡试录》所作的序言。

嘉庆九年夏六月，礼臣以陕西乡试考官请，上命臣谢振定贰编修臣李宗昉行。臣南楚庸材，由乾隆四十五年进士滥厕词垣，曾襄典江南试事，洊历御史，巡视南漕。寻于巡城任内以公事夺职，仰荷圣恩，录用主事，待罪春曹，效乏涓埃，于今六载。兹复蒙宠命，校士三秦，戴德星驰，载惶载励。入闱后，殚虑和衷，得正副榜士如额。例宜进呈试录，臣谨序其末。

臣闻古之立言者，与立德、立功并期于不朽。夫夫人有言，非夫人而能不朽也。有能立品真而为天下树其鹄，绩学邃而为百代正其趋，是皆天地之灏气奥衍磅礴，托乎人以言宣之，故能光焰烛万古，泽施被无穷，足以感发善心，箴惕邪志也。八股之于言，代圣贤而言之，其为品与学所见端也奚疑。

我朝设科取士，越百五十余年，教泽之入人也深，故士之圭璧自好者众。陬澨荒遐，各抒所得，以光景运。况地居四极之上游，夙称英杰荟蔚之薮者哉！

臣谨案：吴公子札之观乐也，于《豳》曰："乐而不淫。"于《秦》曰："能夏则大。"秦中土厚水深，生其间者，类质直劲悍而尚气概，声音之道与性情通，此其验矣。昔人谓宜导之于善，俾其笃仁义，奉上法，则果敢之资，皆进取之才也。矧《西京经术》著美千秋，迁固二史，横渠二铭，士林之闻风兴起者，绎绎乎其未有已也。往岁莲匪蔓滋，烽桴告警，负耒横经之士，荷戈殳而切同仇。及大比之期，间有萦情守望、趑趄不前者矣。是科恭值天兵绥靖，四野晏如，一二潢池遗孽，喘延岩窜而不敢出，于是髦俊观光者，于于焉其来至五千余人，为近科中所未有。

臣等晨披夜校，不敢执一偏之见，以核士人一日之短长。惟是衷诸理与法，以审其趋尚之不歧也。验诸才与识，以观其蕴负之不凡也。能自道其所得者最焉，其剽裂襞绩、浮伪怪妄者不得与也。《书》不云乎："无反无侧，王道正直。"孟子曰："经正则庶民兴。"诚以言者心之声，士者民之表，约《六经》之旨以成文，必能明圣人之道，以消邪慝之心，作忠义之气，而其品不端、学不醇者，未之有也。如是以上溯古人立言之旨，储朝廷他日有用之才，庶几辟雍钟鼓、棫朴菁莪之雅化，不得擅美于前也夫。

礼部仪制清吏司主事臣谢振定谨序。

募修明大学士李文正公墓碣祠宇序

【题解】本文系嘉庆五年庚申（1800 年）六月为募修李东阳墓祠而作，其事由法式善等人倡议。李文正即李东阳，生平参见诗集卷三《六月九日为茶陵李文正公生日，先一日法时帆祭酒招同人集积水潭拜瞻公像，盖西涯旧址也，是日即席口占》题解。

自周官冢人、墓大夫之职久无存，而丘垅兆域之禁令度数茫然无为之主者，甚至侵盗及枯骨，而狱讼日繁，其或古墓为田，松柏为薪，啾啾然衔夜台之泣者，所在皆是也。

前明相国李文正公，吾楚茶陵人也，而世居于京师。公有子先卒，故无嗣。见《尧山堂外纪》。自曾祖逮其身若子凡五世，皆葬畏吾村，《怀麓堂集》有《告墓文》可考。历岁久，无过而问者，又无丽牲之石，遂轶其处。振定旧闻公墓在长河北何太监墓侧，后法梧门祭酒数过其地，访得之，在今大慧寺西三十步许。太监墓在其傍，与所闻吻合。祭酒为之记，且质之大兴翁覃溪先生，固凿然可据者。方文正之没也，贫不能具葬，门人故吏醵赙之乃克葬。见《楚宝》。曾几何时，而墓前石碑至为土人盗售之，碎以和盐，见《瓦釜漫记》。信可悲也已。

嘉靖初，麻城耿尚书定向为赎其旧宅，置专祠焉。见《帝京景物略》。万历中，宛平方公从哲封其墓，见金会公书中。同时又有王进士文迈者重封树之。见《池北偶谈》。而我朝广济金会公检讨有致新城王文简书，于文正墓三致意焉，并属其转告黄冈王昊庐先生，其辞尤婉而多风。书见《居易录》。是文正身后之事，前之君子数数念之，稍稍经理之，而惜乎未竟其功也。

夫有明孝宗、武宗之世，权珰焰炽，毒及缙绅矣。文正以一身系天下之重，弥缝匡救，委曲而保全之，其有功于士林甚巨。至其风流文采，照耀人寰，尤前代宰辅中所仅见。而其藏身一抔之土，荡然为耕烟牧雨之场，此在行路之人，犹将为之凄怆而太息，况乎冠冕人伦，巍然居士大夫之列者，其忍耳闻之而坐视之也耶？

今其墓地属浮屠氏，是宜请于典土者，而敛值为之偿，以次封崇之，碣表之，更得建祠或墓屋三数间，庶几好事者岁时蘋荐，以妥乡先贤之灵，以垂之永久。维时法梧门、萧昆田二先生首其议，同人任其事，思以成耿公、方公、王公、金公诸君子之志，属振定识其缘起，以遍告夫当世士大夫之乐与人为善者。庚申六月叙。

送赵介山修撰出使琉球国序

【题解】本文系嘉庆四年己未（1799年）八月底或九月初为赵文楷出使琉球而作。赵介山即赵文楷（1760—1808），字逸书，号介山，安徽安庆府太湖县（今安徽省安庆市太湖县）人。嘉庆元年丙辰（1796年）状元，由翰林院修撰仕至山西雁平兵备道，著有《石柏山房诗存》八卷。

皇清统一海宇，中外归心，声教所讫，与天地同其广大。属在外藩，琛赆络绎。蒙古四十九旗土谢图汗、科尔沁、厄鲁特各部，而外如暹罗、苏禄、荷兰、南掌、缅甸、西洋英咭唎诸国，莫不鹈鲽来庭，恪共职贡。盖仁德之孚被也百余年于兹矣。然国家定鼎之初，首先输诚归顺者，莫如朝鲜、琉球、安南三国。朝鲜岁三贡，琉球间岁一贡，安南二岁一贡，其继世袭爵例皆请于朝惟谨，天子亲遣使臣册封之，视诸国有加礼焉。而琉球距京师尤远，有巨海之隔，使者乘气开洋，率以夏至后往，冬至后还。其间台飓不时，鳌呿鲸掷，涛惊岛怒，针楼柁碇，寄命神祇，安危之机悬于俄顷。故奉使命者非第取其才达而望隆，又必其忠信有德行者，乃克胜斯任而坦然也。

嘉庆四年，中山王世子以袭封请，闽抚臣以闻。秋八月，上特选修撰赵君介山为正使，中书舍人李君墨庄副之。筮以次年三月就道，赐一品冠服，礼部具节币，兵部具传符，工部具仪卫，奉中山王新印以行。斯固儒生稽古之荣，而桑弧蓬矢、有志四方者之所有事也已。

旧例使臣既奉命，无请假者。修撰家有老母，念去出使时尚远，愿得一归省，丐掌院学士陈情上达。谕曰：“母子情最切，第于使期无误，何例为？宜速之归，以遂厥志。”修撰闻命后，束装遂行，窥其意若不容须臾缓者，修撰亦孝矣哉！

余尝读《小雅·鹿鸣之什》，多燕劳群臣之词，君臣上下欢欣和乐，何其盛也！《皇华》《四牡》文采蔚然，其所云“每怀靡及”、曰“将母来谂”者，皆王者体其情而代为之言。兹修撰之孝上格九重，而圣天子孝治天下之心，曲体人情，无微不至。《小雅·皇华》《四牡》之义何以加兹耶？从此公廉勤慎，移孝作忠，群黎百姓遍为尔德，修撰之所以报国家者正未有艾，是亦《天保》答君之义也。且夫忠孝之至可以感天地，质鬼神，孚及豚鱼，虔动海岳，心之所秉者，诚则无乎不格。然则修撰此行，其自天祐之而吉无不利也，奚其疑？

余于修撰有文章知己之契，故为之序其事以壮其行。至于辞华风采，照耀海邦，咨询谋度，足称天朝柔远怀小之意者，修撰能自得之，余知之素矣，不复言。

送赵亿孙赴青州郡丞序

【题解】本文系嘉庆六年辛酉（1801年）送赵怀玉赴任山东青州海防同知作。赵亿孙即赵怀玉，生平参见诗集卷三《七夕立秋集赵味辛舍人斋中次少甫韵》题解。

天下士之集京师者，人人思有所以自见。其上者致君泽民，卓然树奇勋伟伐，人之望之如景星卿云之丽霄汉也。如嵩、华、泰、衡之不可仰而攀、俯而临也，其次则科第之荣、爵位之显，又其次则拥丰资、走形势者，皆足贾誉于一时，以震耀庸俗人之耳目。舍是数者，人弗贵焉。

吾友赵君亿孙为宫保、尚书恭毅公玄孙，累叶通显，而家业且中落，萧然无尺寸之借势位之凭也。弱冠时有闻于其里，及来京师，一时贤士大夫无不乐与之游。其未谋面者，无不熟其名，而以不得见为憾。君其何修而得此哉！

初以召试授中书舍人，澹于宦情，里居垂十载。其与礼部试凡六，而终艰于一第，回翔薇省者久之，既乃仅仅得佐郡青州以去，是岂君之初志也耶？

君故豪宕自喜，善诗古文辞，其相知最切者，无不愿君出门下以为快，君顾夷然不屑。每试时，客有以为言者，辄婉谢而峻却之，虽屡黜不悔。君之所以终于不第者以此。

昔恭毅公清风伟烈，炳于史册，其由县宰跻六卿，所如多龃龉，公惟孤行其是，善养其浩然之气，卒以成不世之令名。今君既负殊才，又能不苟且以就功名，于是而叹世德之源远流长，固未有涯涘也。君行矣，青州为恭毅之弟编修君视学驻节处，郡人立祠祀之，至于今不绝。意君下车时，入庙而敬念祖泽之留遗，必有怆然生感忾乎如见者。是行也，禄足以养亲，又得请急归省太公于家。太公年臻大耋，固健饭无恙，为人子之心，其亦庶可以少慊。而余有进焉者，君不以得第重，即更不以郡丞重，则君之所以自重而为人所重者必有在，尤愿君之无变其初也。志吾之志，行吾之行，急百姓之命以承祖烈，以遂吾生平不敢苟且之心，将郡丞且以君重矣。而凡科第爵位之赫赫者，乌足动其胸也哉！

于时维莫之春，同人治酒肴话别，皆各为歌诗以送。余因援古人赠言之义，述旧德以勖其将来，抑见吾辈相交之素，固在此不在彼也。

送曹复堂归汉阳序

【题解】本文系送曹善归汉阳作，作时不详。曹复堂名善，生平不详。

学问之道，以果志得之，以因循败之。近世学说文家盛行，涉猎者多，贯通者寡，神明乎其中而具有心得者为尤寡。匪惟其力不专，抑亦好自矜尚者之过也。

汉阳曹子复堂为学士木欣先生裔孙，先生固以经术湛深大有名于时者也。复堂少习举子业，不得售，遂壹力篆、隶、八分，凡古今金石文字，必购求精玩之。久而其诣弥进，乃有名乡邑间，继且有名省垣，犹抑抑不自足也。乃浮大江，下金陵，北溯淮泗，至于东鲁，遂至于京师。遇好古之士，无不躬先请见，见必互质所长，博而参之，约而守之，大要以不趋时好而轨于古者为依归，可谓业精于勤，能友天下之善士者矣。其初至京师也，主萧昆田先生家，间出所作示人，翁覃溪先生一见深许之。不数月，而求书者踵至，一时公卿大夫誉之如恐不及。复堂其何以得此于诸君子耶？毋亦其用志不纷，虚以受益，乃能得之于心，应之于手，故实既至而名自归之也。顾其为人朴而挚，无名士习气。又以淡泊宁静自守，无脂韦梯媒之心。余之所以重复堂者，实在于此。

复堂谬以余不失所守，愿执弟子礼。余自惟生平过简直，不能下人，又以怠故，弗克底于道。观复堂之所以自立与其不自满假之怀，良自愧也已。

今复堂归矣，余力不足以张之，庶几哉毋隳厥志，毋变厥初，而惊于外则学行日益远且大！木欣先生之遗绪流徽于是乎不坠。若余之委心任运一无所就者，固不足法也。于其行，乃书此为赠。

赠郑简香征君序

【题解】本文系嘉庆二年丁巳（1797 年）南游吴越时赠郑勋作。郑简香即郑勋（1763—1826），字书常，号简香，浙江慈溪人。早年拜师于蒋学镛，习《毛诗》《春秋》，得浙东学派之风。先祖郑溱即有藏书，高祖郑梁、曾祖郑性，均为藏书大家。其二老阁藏书百余年，乾隆五十一年（1786 年）藏书楼遇火，嘉庆初又遇兵燹，藏书散佚颇多。郑勋意欲重振二老阁雄风，极力物色和搜罗二老阁流散之书，或购回，或借抄，历经十余年，方积书二千余卷，又别建“二砚窝”以储之，遂成著名藏书家、刻书家。

余访古文来浙，闻浙东之能以读书世其家者，曰慈溪鹳浦郑氏，其二老阁藏书亦与范氏天一阁名相埒。余尝得《寒村先生集》读之，其趣真而味永，出入于庐陵、震川之间，而持议著论则一以南雷黄氏为宗，盖真能不负其师传者已。而先生之曾孙简香以孝廉方正就征至省垣，访余于南屏之万峰山房。余亟问所谓二老阁者，故无恙，而其所藏书半轶于四库采辑写本还真之日。后又不戒于火，半为护火者夺去。虽有存焉者，仅矣。余惟业成而背其师，数典而忘其祖者，皆斯道之蠹也。

郑氏得南雷之传，表章师法不遗余力，藏书至五万余卷，珍而守之者数世。至其遗佚也，皆非意计所及，岂天之忌于多藏耶？抑凡物之聚散固有数焉存乎其间耶？顾吾见夫世之蓄书者矣，或插架琳琅以为观美，传之子若孙数十年，不一披读。即读矣，不能心通其意，与不读者同。兹由简香上溯之至秦川公，凡七世，皆以诗古文鸣于时，其渊源信有自来，近世占毕家所未有也。且简香生七日而孤，其母氏张育教之十有八年，乃能崭然见头角，延先人之清芬于不坠，是藏书虽亡而实不亡，为可幸也已。

先大夫之言曰：“苦节之后必昌如嘉种，然在溉植之而已。”简香有志之士，其将以先大夫之言为左券，故序而赠之。

赠严生策勋序

【题解】本文系嘉庆六年辛酉（1801 年）赠严钟铭之作。严策勋即严钟铭，字策勋，乾隆五十三年（1788 年）举人，幼孤，四上公车不第，课徒养亲，著有《三柳堂诗文集》，又曾辑《滁志摭遗》及《来安县志稿》各数卷。

严生钟铭，余戊申典试江南乡试所得士，性愿悫而苦志于学，屡上春官不得志。辛酉下第后，愿留都门励业图再举。既而念母綦切，至终夜不能寐，日来告余曰："钟铭归矣。钟铭之从事，皆吾母冯孺人教也。钟铭八岁而孤，吾母年方廿九，尽鬻嫁时衣饰，为择师授读焉。钟铭性最鲁，每塾归，吾母燃灯以待，责覆诵昼所受书，不成诵则立加鞭挞，无少恕。已而涕泗交横曰：'汝父以苦学至疾，未遂厥志，吾愿汝之成汝父之志也。今胡乃若是？'及学为文时，归呈课艺，视师所抹勒过甚，亦如前。是以钟铭少时望寝门则栗栗而惧，迄今思之，觉依依有余慕也。今吾母年七十有六矣，往时官为请旌之举，吾母力辞不许焉。钟铭未得寸进以奉母欢，又远离膝下，其何以自慊。钟铭归矣。"

余闻之肃然曰："贤哉母也！是以慈母而兼严父之事矣，而生之性情之至抑又尚焉。"古人得微禄以养亲，则捧檄而色喜。生之留为其母也，然古人不以三公易一日之养。生之归亦为其母也。以彼衡此，则生之归也，其信不失其赤子之心耶？是心也，扩而充之，其用不竭。计生更阅数年，例得为令，有父母斯民之责，能推此心而善用之，勿姑息以养慝，勿亟誉而自善，以此为循吏、名臣，于太孺人之教，思其庶可无负。生归，其益务读书，以裕他日致用之具，即以尽菽水承欢之乐。区区一第，乌足以溷其胸中耶？

生行矣，吾无以张之，遂书此赠行。他日萱堂称觥，持此以寿太孺人，或亦欣然而眉翥也。

双节堂赠言序

【题解】本文系为《双节堂庸训》所作序言，作于嘉庆八年（1803年）至九年（1804年）之间。《双节堂庸训》为清代良吏汪辉祖教育子孙的家训，又名《双节堂赠言》。

古来忠孝节义之事以人传，或以文传，文传即人传，人传亦文传也。余尝采辑本朝名家古文，窃究乎所以必传之故，以为文以载道而生乎情者，其文必可传，至于人之可传者，大要不外乎忠孝节义。然有奇行焉，有庸行焉，二者皆秉天地之正气，而所处之时与势有不同。故夫舍生取义，杀身成仁，其计画无复之断断然必出乎此，遂爓然与日月齐光，人之震企之而心慕之者，未尝不津津然乐道之也。若夫日用常行、饮食男女之大端，其境苦，其虑危，安之乎其心而蹈之若常，瞬息如是，百年亦如是，是非有得之于素定者不能，而世之人每易视之。故奇行易，庸行难，传奇行易，传庸行难。

萧山汪君龙庄为其太夫人两节母乞言，每有所得，即寿之贞珉梨枣，建双节堂以庋贮之，于是双节堂之文若诗遍天下。余往岁游浙西，尝登其堂，受其集而读焉，琳琅彪炳，应接不暇，浃旬乃卒读。龙庄犹以为未足也，又索余言，余心诺之，而实无以易乎人人之言之也。抵胥江时，于赠袁绶阶序附及之，卒未得专词以复。比余归京师又数年，龙庄子孝廉继坊、次拔贡生继培先后来谒请益力。龙庄旋邮书来责前诺，勤勤恳恳，意肫而语挚，若不得文不止，且惧其不及见者。弇拙如余，何所必需而求之数数，至阅六七年而不倦耶？毋亦以余之文朴而不谀，为足以信今而传后耶？於戏！此乃其不匮之孝思也。

余谓天下事，未有不难而可传。夫安贫守贞、奉姑训子者，天下之庸行也，报德罔极之怀，抑又夫人所宜自致也。两节母日慎一日，罔负所天，以二十余年之精神，聚而致之龙庄之一身，以克有成立，龙庄锐志显亲，积三四十年之力，以求之天下之人，至老而弥笃，乃能集天下学士大夫数十百人之心思才知，以道其实而存其真，其难也如此，欲无传也得乎？霤之穿石也，牦之截玉也，二曜之丽天而久照也，无在不本乎诚。诚故不息，故动物而又得修辞立其诚者，托诸笔墨以揄扬之，以垂之无穷，其不倾人之肺膈而油然生感者，未之有也。惜余文不足以逮此。第观夫天下之人之言，一一如其心所欲出。盖二母之节与龙庄之孝，自有其足以千古者，固不徒借《赠言》为轻重也。

《赠言》初、后集共五十卷，石刻，凡十册，续致者又不一而足，是其精心果力毕具于斯。余固乐夫有志者之必成也，顾余从事古文之役垂二十年而其书未竟，皆畏难之心误之。书此质龙庄，且志余愧。

纪村卫氏族谱序

【题解】本文系乾隆五十八年癸丑（1793年）春为《纪村卫氏族谱》所作序言。纪村属河南省郏县。

癸丑春，卫生珽抑斋计偕至都，携《族谱旧序》来谒曰："我族自前明瞻淇公叙谱牒，历百余年矣。户丁日蕃，侔于赉实，生虞其远而失纪也，愿合族力重修之，丐先生之光以言。"

余浏览《旧序》竟，进而告之曰："谱，孝思也，以正系尊祖收族，重吾亲所自出，厘吾亲所自分，姓所同而辨之，不可不严也。故姓与氏有别，古者因生赐姓，胙土命氏，氏或以字、或以伯仲、或以官，各不同。自司马氏承秦项丧乱之后，姓学久紊，统书曰'姓某氏'，先儒尝讥之，故由数千百年后而追溯乎得姓受氏之先，其必有所征也，无征则不信。昔郭崇韬拜汾阳墓，识者哂之。狄武襄不受梁公像，君子韪之以志信也。卫出康叔，受氏于周文王之第八子，信矣。然大夫不得祖诸侯，自仁率亲，等而上之，至于祖已名为轻，况其远者乎？至《旧谱》推本汉长平侯以来，相传之谱与《史记》《汉书》不合。抑又非在别子继别之数，固皆可存而不论。第以六世戚单，犹有系姓弗别之义，胪其凿确可据者，则断自迁纪村之许一公。地以人传，亦人以地传也。由歙而泾，而桐陵，而巢，而湖广，支分散处者，略可稽焉。且纪村之卫，自宋南渡迄今，五百余年，虽显者无多，而弦诵不绝，惇朴淳谨之风尚有存焉者，卫之明德远矣。昔人有言曰：'子孙贤，族将大。'子孙之贤在于读书明理、敦本务实而已。其贤者引绳削墨，相率而为善，则不类者耻焉。耻心生而善气旁溢，上可以备国家之用，下可以树乡里之型，亢宗之道于是乎在。君家修武子产之治行，敬仲之经术，白玉、叔室之文雅，文节、正节之贞义，炳于竹素，果能善自取法，吾知其必有继轨于往哲者。若夫述祖德，崇家教，仿合食之规，筹睦族之法，则生与贤宗人之责也。《诗》曰：'孝思维则。'

余将更观其成焉。”

卫生矍然曰：“先生之言固生宗人志也，请书之册以示宗人之合志者。书成以弁简端，以传之世世。”

金台话别图序

【题解】本文系嘉庆三年戊午（1798年）秋为《金台话别图》所作序言。金台原位于今北京市朝阳区中西部，古称黄金台。

余于江南人有夙缘，盖尝三至江南矣。自公卿大夫及韦布之士，相知契者不下数十百人。有志行洁芳、望之生敬畏者，有以古相勖、箴言日闻于耳者，有文采风流不可一世者，约之得十许人，皆时时往来，寤寐间而不能去。近乃得吾顾君星桥、罗君两峰二君者，皆少以文艺名天下者也。其齿皆长于余，而其贫略相等。余素弇鄙，拙于世故之应求，故顾君官京师二十余年，罗君来游几三十年，虽耳熟其名，或岁时一投刺，而踪迹甚疏。自余放废后，数数相过从，乃知二君之性情真挚，迥有出于人世炎凉之外者，而后悔其知之晚也。

岁戊午秋，顾君方出守高州，罗君倦游还扬州，乃觞之知耻斋以志别。维时秋气乍清，秋阴满庭院，枣实纂纂然垂户牖间。座客有谭湘琴、恽南田者，亦江南人，亦新知，皆一时之秀，相对怡然，未知何者是客。酒数行，相与赓送行留别之章。飞觞角韵，绰有余欢，不知漏声之已三严也。南田复约三日后再叙，咸谓兹夕雅集，不可无以识岁月，属湘琴为《金台话别图》，而余序言其端。

余惟二君者，能以文艺名天下者也，以素所企慕之人，幸辱新知，一旦皆匆匆散去，其离绪不可以言尽。且古人不朽之业，二君皆已自择之而自得之矣，又何俟余言无已？则请以“忧道不忧贫”之言进。夫京师者，人才之薮，而势利之所为炫而相竞者也。以二君子之才之望，宜不至于贫而竟以贫，顾安之若素，且数十年于兹。而数十年来，金张猗顿之徒，倏然与浮云俱变灭者，曾不可以数计。余因愿二君者之固而存之，以善厥终，以重吾道也。

夫不以繁华易其操，不以空乏累所守，仕隐虽殊，其趣则一。出者资苍生之福，处者增丘壑之重，所以无负天下之盛名者，其或有取焉。语云："行百里者半九十。"天下人仰望之深，则其相责也倍切。千秋之事以身任之，殆难为影缨纨绔者道。意二君其或不以余言为迂也哉！

余尝属罗君作《面壁图》，罗君问所志，曰："余取其坚忍而精进也。"罗君为之三太息。今余之所以赠二君者，亦若是焉已矣。行矣各自爱，过大江南北，有交旧相问讯者，幸即以此示之。

江亭话别图序

【题解】本文系嘉庆五年庚申（1800 年）六月为《江亭话别图》所作序。图系朱鹤年为纪周春田门下士送其出任贵州学政聚会场景作。

嘉庆五年夏六月，吏部郎中周君春田出视贵州学政，行有日矣。其门下士共集城南陶然亭话别，诸君谓余与春田厚，约与偕。微雨既霁，凉风载清，草木青葱之气，荡襟而爽目，若不知有别离之感也者。座客朱野云即景绘册，诸君赋诗纪事，属余序其端。

余与春田自麓山同砚席，迄今二十余年，既同官京师，月无三数日不相见。于其行也，固不可已于言。披图而流览之，窃意校士之道有可通于画者，即以品画之言进。

今夫画之为道也，意定于笔先，神游乎象外。烟云变动，水木清华，不规规焉求其逼肖，而苍秀之气，自溢于楮墨间，由其品高而识伟也。校士之道，舍品与识曷取哉？今天下人才众矣，而言品与识者盖寡，何也？读书止为科名也。科名之念切，梯媒之术工，其所以求富贵利达者，皆取资于《六经》之糟粕，童而习焉，终其身无他慕焉。其幸而得也，脂韦以求全，贪纵以适志，于天下之利病、国家之经猷无与也。其不得者，则又趋利喜事，至放僻邪侈而不顾，呜乎！人才之不古，若而士风日靡也，岂细故哉？然则造士之法，莫要乎令其知所以自重。欲其知所以自重，在乎上之人有以重之，隆之礼以养其望，泽之古以扩其胸。望尊则品立，识远则器宏，所谓以文章报国者，将于是乎在。彼画称能品者，随物赋形，不失累黍，令见者诧为真焉，斯已矣。若夫神妙之至，则视乎其人之性情焉，识量焉。以性情识量取士，焉往而不轨于正也哉？

黔中士气近鲁朴，习染未深，其施教应易。春田前典河南试，所取多端士，吾知此行必不徒求之词章藻缋之末也。他日辅轩之暇，展册读画，其庶有味乎斯言。

是日与集者七人，姓氏不具书，各有诗。

养云楼诗序

【题解】本文系为甘立猷《养云楼诗钞》所作序，作时不详，因文中提到同官翰林、御史，当作于嘉庆初年。

余与西园甘君为同年进士，又同官翰林、御史，数数相过从觞咏，意翕如也。西园累世以文章政事显，自以传家清白，不敢坠厥绪。其志量经济，隆隆然、奕奕然而未有已。

西园固不仅以诗鸣者，一日出所为诗示余，且以序属余。受而读之，其情肫以挚，其树义醇以正，伦常之间三致意焉。不以钩章棘句为古，以钵肝刿肾为深，乃能如人人意中所欲出，何其有得于《风雅》之遗也！

夫人生数十寒暑，与世相周旋，惟性情为不可磨。喜怒哀乐之故，有天籁焉。古之立言者，善道其性情之真，无端而怆然以悲，无端而怡然以愉，胥托于音以发之。于是体人情物理之微，貌风月山川之状，纬之以学识，鼓之以才力，得之心，应之手。是岂徒求悦于庸耳俗目，以自炫其所长哉！而后之䌷绎讽诵之者，或相与欢欣鼓舞、慷慨太息，穆然如见其为人。美斯爱而爱斯传，其亦得失寸心之契之有以感之也耶！

西园之诗与其性情相符，其非务以悦人耳目也明矣。且集中诗自庚戌以后，波澜老成，骎骎乎日进于古。余意西园他日得志行道，一官一集，当更有进乎此者，西园仍不仅以诗鸣也。

渡平吴翁六十寿序

【题解】本文系应吴敬恒、吴念恒兄弟之请为其父吴宗泽所作寿词。文中有“丙寅十月”之语，说明作于嘉庆十一年丙寅（1806年）十月前。

泾县吴生敬恒、念恒兄弟先后来都门，从余游者数年，士大夫交誉之。一日胪其尊甫渡平翁事略，跽而请曰：“敬恒等不才无似，久滞于京师，今且归，无以显扬其亲。丙寅十月为吾父六十初度，丐先生一言为寿。”

余乃进二生而告之曰：“世俗之所为寿者，非古也。悬弧之辰聚族戚，置酒高会，舄巾杂沓，酣畅号呶，借以博一日之欢，于先王教化风俗之大宜若无毫发裨，而士君子顾相循而弗之废，何也？《伐木》之诗云：‘笾豆有践，兄弟无远。民之失德，干糇以愆。’夫觞酒豆肉至微也，顾兢兢焉获咎于朋友故旧是惧，况其大焉者乎？又况其迩焉者乎？今有人焉，家门雍穆，油然各有孝弟之心以相接，喜至而无怒，让至而不争，鬼神锡之嘉祥和平于以受福，由是祝难老、颂维祺，非特士君子所乐道，将使俗化敦庞，太和洋溢，道斯民于仁义之途者，莫大乎是。如是以云寿，岂侈也哉？”

泾县隶今宁国府，本古宣州地，六朝时王志为宣城内史，民有争田久不决者，父老相戒曰：何忍负王府君德政耶？讼者感悔，请置所争地为闲田。今郡守鲁侯，余门下士也。余尝询兹郡士民贤否，兼以古人广教化、美风俗之义相勖。比得报，述吴翁之贤。其事亲也爱敬有加，其睦族也任恤无匮，其处乡里也好义急公，孜孜如恐不及。二生之所述不谬矣。

夫孝，上德也，亦庸行也。至于族则远也，至里闾，而邑，而郡，抑又远矣。翁能推其所以事亲者，兼及里、闾、邑、郡，由迩暨遐，允足以尽孝之量，吾知邑之中薰其德而善良，必无有以险健之词，烦有司之听，可知也。宜鲁侯之称道之也。

二生为余言，其所居在茂林之荆里，宗祠旁有荆树，自宋至今，枯而复荣者数，里因以名。此与汉田氏真事绝相似。又翁初生时，其大父锦然公梦有人遗红灯，书“麟趾”二字者，遂以为乳名。岂翁之得于天者固独厚耶？然亦惟翁之立身行己承先志而笃孝友，乃足称其初生之祥而感召于草木。二生其益敦本励行，殖学弗懈，思贻父母令名，以为乡里之望、邦家之光。吾知翁之庆，绵绵乎其未有艾也。

陈松岩先生八十寿序

【题解】本文系嘉庆十年乙丑（1805 年）五月贺陈松岩八十大寿作。

余少时侧闻郡中陈松岩先生学问古谊，为时辈所推重，心窃志之。乾隆庚子岁，余与先生子月查同登进士第，后又重以婚姻之好，得闻先生生平事尤详。嗣自月查官河南，恭逢国庆，敕封先生为奉直大夫，林泉颐养，备福辑荣，于时先生行年八十矣。

嘉庆十年五月二十日，实惟览揆之辰，余谊当一言为寿。切惟古人以立德、立功、立言为三不朽，必其有卓然可传者以取信于人，人美斯爱，爱斯传矣。余既熟悉先生行事之详，殷殷然切美且爱之思，又乌能已于言？因撮举其大要，厘然有征者，得三可法焉，为先生寿：

盖宗法之废也久矣，人不能以祖考之心为心，数世之后，若路人焉。一本之谊谓何？先生性笃友爱，其收宗合族也，重修家庙，能任人所不能任。既蒇工，神示吉梦，晚年更得一子，名之曰赉英，以符梦也。且于大宗子之流离者还之，小宗子之屯踬者振之，其他子弟之孤孀失所者，为安集而筹措之。是以郡中人称敦宗谊者，必归先生。其可法者一。

先生早岁意气豪迈慷慨，至老不衰。有豪右凌孤寡而夺之产者，先生毅然白当事质还之，邑人称快。又善岐黄术，苏人无算，贫者捐药饵，病既愈，不以功自居。其遇人未尝徇人以词色，然赴人之急若恐不及。即素所憎恶者，必尽力维持之乃已。是以郡中人称仗义好仁、缓急可恃者，必归先生。其可法者二。

世俗之言读书者，曰求科第焉耳。得第后不更求树立，其究也不免为庸人。先生为诸生时，痛其先人之屡踬场屋而已，亦不售于时也。乃奋志教子弟，严立课程，无寒暑或间。月查既成进士，次君亦列贤书，先生顾而乐之，不以为足也。遇有小过辄督斥之，勿少假。及月查屡宰大邑，权郑州刺史，吏肃民和，子弟之随任者毫无怙侈骄奢之习。而先生每书来，犹时时以清、慎、勤相戒。是以郡中人言善家教者，必归先生。其可法者三。

夫其所可法者，皆其可传者也。世之为寿言者，类皆铺张扬厉，骈四俪六，工于颂祷之词，而无当于其实，乡里之传观雒诵者，何所感发而取则焉。若先生之行事皆出于至性之诚，然无取乎矫饰以贾名也，故余之持以寿之者，亦惟质言之以著其真而所以不息，则久克享期颐之征，即于是乎在。月查以是言晋于先生，虽于嘉言徽行不免挂漏之讥，然皆先生所体诸身而慊于心者。试一展览焉，如共人细谈旧事，意动神飞，受之且无怍色，其庶几欣然进无算爵，而谓余言之非谀也。

学博李绣麓先生六十寿序

【题解】本文系乾隆五十八年癸丑（1793年）贺李绣麓六十寿辰作。

桂阳李子其文以庚戌岁贡成均，袖所作诗文来谒，恂恂执弟子礼甚恭。越三年考满，试学博归来，别为其生父绣麓先生乞寿词。余以其文晨夕过从，得知先生懿行之详，遂不敢以不文谢。

先生少颖异，好学，未冠食饩于庠。后因棘闱六荐不售，乃援例为学校官，今二十余年矣。余惟古先王于学行饮射、养老乞言之礼，选士、出征、受脤、献馘之事皆在焉。又有师保、司乐、乐师、大胥、小胥、太师之属董其务，有三年、九年、小成、大成之期。观其化士以故安其学，亲其师而师道尊。汉置博士，治经秉师说，尺寸不敢逾。张禹之论文，戴凭之夺席，皆博士也。其时服官、定礼、制狱之事，无一不本于经。孝武时立天下州郡学官，其后顾兴废靡常。至宋庆历中，州郡之立学乃遍。熙宁中，学官归中书门下选，当斯任者，陆九龄、范文正、陈师道、胡安定之流尤著。故后世言学校者盛称宋。历元及明迄我朝，而制益大备，士之出于学者，蒸蒸驾汉、宋而上焉。然则学校之设，其非徒校艺修文之谓，其谓经术行义诲导诸生，有躬问学、端矩镬出入不悖所闻者，庶几敦本立教以移风而易俗焉。自夫学者兢兢以文艺为重，学官借束脩之仪以苛求其弟子员，弟子员亦遂终年不诣学宫。非学使者按试不一面，甚至俎豆（修）〔佾〕舞之事，取市井胥侩杂充之，情与意不相孚，安在其能讲德而考业也。

今先生之司铎也，历安乡而辰州，而茶陵，而安化，所至辄有声，士多亲之。去之日，弟子员祖道送者每数十百人，非其德艺克兼有以感发乎士心，其乌能如是？先生少失怙，中岁居母丧，哀毁如礼。厥后每岁时祭日，必洁馔致飨，飨必凄怆流涕，家人仆妇辈皆感动泣下。居恒以义方训诸弟子侄。又尝立义学，教族之子弟，置田若干，岁收其租，入以赡廪给，且以奖励夫就学之有成者。其待里人也恭而有礼，鼠牙雀角之争，得片言立解。其穷乏告贷者无不应有，疾痛者无不佽其医药而周恤其饥寒也。《周官》：司徒以三物六行教万民而宾兴之，其六行曰“孝、友、睦、姻、任、恤”。如先生者，殆兼之矣。以此试士〔林，端士品，其相〕率而歆感也奚疑？顾吾乡六十三州县中不乏聪颖特达之士，得如先生者，数十辈以风厉而倡导之。吾知楚材志美行，有媲于菁莪芹藻之休焉，惜余之不尽知之也。

抑又闻先生世以儒为业，曾祖某牧忻州有惠政，先生皋比著述之余，复孜孜晨夕不废举子业，至老不衰，将以昌经术、明政事者报圣天子养士育才之至意，其志未可量也夫！

欧阳母周太安人五十一寿序

【题解】本文系乾隆五十八年癸丑（1793年）七月初应欧阳青田之请为其母所作祝寿之文。

癸丑岁，安仁欧阳青田以廪膳生贡成均来京师，其人倜然有远志，而循循于规矩。间叩所学，皆厘然其有绪。一日来言其本生母周太安人以某月日寿五十有一，乞余言书之屏幛，且言："予之就业太学也，固太安人意也。太安人生予兄弟五人，予以仲子出嗣伯父正儒公、伯母侯太孺人。后侯太孺人之节孝，邑侯申诸大吏，大吏闻诸朝，既已仰荷恩纶颁绰楔矣。太安人之嬍行，里鄗称之一辞。曩者四十之辰，邑侯谭公尝为文以寿之，愿先生之更征其实也。"余惟青田至性惇笃，知太安人之荻训綦勤，其所由来者渐矣，何可以固辞？

太安人毓德名门，于归象翁先生，凡妇职所当然者靡不尽。其天性仁慈，好善乐施，阃以内肃然，阃以外翕然，邑侯谭公序之详矣。论者谓太安人富而好行其德，以为贤于须眉，为巾帼中所仅见是矣，而未窥其心也。妇人之道，正位乎内，故古之述贤媛者，以德不以才，其不得已而以才著者，则所遇〔之〕奇也。《家人》之六二曰："无攸遂，在中馈，贞吉。"《坤》之六（二）〔三〕曰，地道妻道，而归于"含章可贞"，岂其欲自有所表见以博一时之称誉也哉！太安人之懿徽卓卓，太安人之不得已也。所天不吊，中道弃捐，志有未申，事有未遂，不得不毅然以身任之，扩厥志而蒇厥事焉。妇道之正，于是乎备矣。

安邑旧有学，无明伦堂，象翁先生曾首倡修之，其乐善之怀已见一斑矣。先生即世后，太安人战兢惕厉，日以坠夫子之令闻为惧。邑中有义举，靡不首先力任之。族戚有贫乏者，靡不赒其急而称其意也。城南有起凤楼，形家者言以培阖邑文风，太安人捐资庀材，合众美而乐成之。至于修宗祠，建书院，置家塾，义田若干亩，刻布丹桂籍若干卷，尊师重道，教子成名，所费不下数千金，皆象翁先生遗志，待太安人而既厥事，所谓无成而代有终者，其不在兹也耶？

余闻象翁先生病革时，太安人与诸子环侍床侧，先生喟然曰："吾生平行事不自知，其何若所自信者，惟不敢刻薄居心以为尔子孙计。倘诸子中能读书明理，得有成立，吾其含笑于九原矣。"时太安人涕泗交颐，率诸子拜而颔之曰："谨受命。"嗟夫！此太安人之所以克承其志者也，（上）〔土〕之信者美禾，流之方者孕玉，借令先生而在，其不外此而别求远图也，彰彰明矣。

今太安人年方半百，其后此德且弥隆，子若孙蒸蒸日上，余乌能测其所至？昔司马氏记怀清台一事，迄今艳称，顾其后嗣之克家与否，不少概见。以视太安人种德之远，裕后之光，含宏演迤，历有明征，其相去又曷可以道里计耶？于时长君心田力持家政，不替家声，情田、福田、经田诸昆季肆力诗书，有声黉序。余俱不及晤接而即青田例之，意其英锐之气，隆隆直上，必克光大其门闾，以上慰太安人之心者。

太安人帨辰在秋七月朔有十日，恭逢圣天子寿寓延洪，恩榜叠开，他日青鸟南翔，借报广寒消息，其贤于八琅之璈，紫鸳之献远矣。

余即青田所口述者，次而胪之，不敢以腴词进，所以达青田将母之意，且以与里鄙称道之言互相质也，于是乎书。

知耻斋文集卷下[1]

西涯雅集记

【题解】本文系嘉庆三年戊午（1798 年）六月记李东阳生日集会而作。西涯后称积水潭，是李东阳生前居所附近的一个水潭。

明李文正公居第在西涯，因号焉。今二百余年轶其处。嘉庆三年，国子监祭酒时帆法公参考《怀麓堂集》及他书乃得之，谓当在今德胜桥东南汇通祠前，所谓积水潭者。时帆居亦近西涯，其所指证故不妄。覃溪翁先生复核之，尤信。

文正之生在六月九日，时帆喜西涯之有其地也，欲以是日集同人为文正寿。大兴令章君石楼、宛平令郭君虚堂闻之欣然，届期夙治具，即西涯故址张苇寮，悬文正公遗像其中，来者各再拜致瓣香焉。先一日集者十有六人，次日集者二十有六人，再至者六人。

余楚人也，时帆以文正故楚产，属余贰主焉。序以齿，略礼文，去留惟所便。时帆出文正墨迹数轴，云覃溪先生所藏，属以供文正像前者。座客环观之，赞不置。时积庆亭携所蓄澄心堂琴来，为余鼓《平沙》一曲，淡泊淳古，尽飞鸣止宿之趣，泠泠乎如身在潇湘明月夜也。其拂素吮毫而作画者四人，笪绳斋布垣庐及所来径。马秋药绘水，增草树。谭湘琴写隔岸柳色，又益石，风驰雨

---

① 卷下收记五篇，跋一篇，传一篇，墓表一篇，墓志一篇，祭文三篇，诔一篇，哀辞一篇，共十四篇。

骤，瞬息而成。罗两峰后至，支颐观之，即是日雅集图也。荷香冉冉，与草木葱茏之气，沁入心脾间，遂命酒酌绿阴深处。客有去者、住者、对景画箑者，行而吟、默而思者，碧筒交错，蝉响互更，陶陶然忘日之悠以长焉。醉而归，约翼日再集。而余以是夕病暴下，次日几不克至。及午，梅生过余，促偕来，来则留者尚十许人。两峰方捉管蘸墨，补图中人物、苔点。梅生索与文远皋弈，负者偿以诗，弈适平，亦不作诗也。旋共把酒临风，尚羊四眺，观桥洞石龙狰狞赑屃状，至日夕乃去。时帆属余纪其事。

余于文正生平出处之际，既别论之矣。独念文人学士之旷世相感者，渺不自知其何心。时帆以文正之故倡此举，而诸君子次第来集于兹，以觞以咏，相与流连，慨慕若不谋而合焉，知文正之不徒以文采风流重也。西涯以地传，实以人传矣。自兹更数百载后，好古之士慕今日之雅尚，或有传其名，览其地，俯仰低徊，穆然如见其为人。至于愈远而愈彰者，则是日之会，岂偶然也耶？余以放废之余，归计未得，得与斯集，固不胜桑梓典型之感。然与诸君子都下栖迟，闻声相慕，或有不得一见者，似亦有数存乎其间。若夫仕隐殊趣，合离靡定，明年此会，来者为谁？是又异时举斯会者，所当览山川景物之胜，而慽然增感者也。

游焦山记

【题解】本文系乾隆五十九年甲寅（1794 年）十二月南下巡视南漕时游江苏焦山作。

乾隆甲寅岁十二月，余视漕河至京口，日与荷畚锸者伍，时时眺焦山在白浪中，蓊蓊如翠球，然辄神慕之不得往，即金山咫尺间亦无由得至。

月既望矣，工且蒇，梦楼先生夜过访，约余翼日游焦山。待旦而行，朱观察白泉适至，相与联骑出城，越北顾，抵象山。门人鲁选堂亦来，刺船竞渡，而梦楼已先至，笑指一僧谓余曰：“此诗人借庵也。”余揖之导游焉。

山周环不三里，自麓及颠，逶迤几五里许。颠有两峰，别峰庵在其右腋。登江天亭西向望，别有二小山附之，又各不相属，所谓松寥二山者也。中途凡三四憩，所至景辄易，惟半山大士阁最扼其胜，焦公洞在其下焉。比归，仍径半山，人皆科头解衣带，各选石或藉地坐。梦楼白须拂拂，与朱履相辉映。白泉、借庵娓娓谈玄理，故不甚解。选堂独不见，寻之乃在古桧树下，摘叶细嗅。余方踞磐石上，跃起语白泉曰：“此一幅天然画也，盍腹其稿归，待异日补成之乎?”众皆以为然。遂还过海云堂，观《瘗鹤铭》新旧碑及周古鼎，复酣饮海月楼中，酒竟月未上，入借庵禅室，见诗卷外无长物，乃草一诗赠之，醉后亦不省作何语。

及舟，余与白泉锐意溯月游金山，舟子有难色，久乃解维，亚帆剪江上，往还计八九折乃达。月色江光，曲尽其妙，橹声轧轧，与来雁声相互答。风豚拜起，时远时近。更命酒酌柁楼，扣舷叫绝，以为尘世间无此乐也。醉既剧，口喃喃不绝吟，顾旋吟旋忘，忘亦不甚惜。听丽谯鼓，或四或三无定响。遣人扣水月山房门无应者，沿廊而左至玉带桥，趺坐风露中，酒亦遂醒，皓魄澄心，直欲前无古人矣。已闻桥下砯轰震荡声，愕视无所见。从者曰：“此老鼋也。”露气侵人，江天欲曙，老僧达本延客入楼中，以茗果献，并述其平生好游状，语未毕而童仆鼾声出庑下。起而归，归而为之记。

游上方山记

【题解】本文系嘉庆八年癸亥（1803 年）八月游上方山后所作。上方山位于今北京市房山区境内。

太行为天下之脊，起晋之泽潞，南趋宋卫，西走中条，东北尽乎居庸，绵绵延延，亘数千里。山随地易名，而郁勃雄秀之气，独会于京师，所谓西山者是也。其附畿辅称名胜者，莫著于大小房山，上方山则又房山之最胜者也。

癸亥秋八月，休沐之暇，余与同志曹给谏定轩、法洗马梧门、张通政雨舟、何太守兰石、郭考功可亭、赵舍人象庵、朱山人野云，及定轩子文学泽香九人者往游。度桑干，而西而北，树色山光，引人入胜，洒洒然如脱靮之骥，脱鞲之鹰也。至次楼村，宿刘文学潜夫之怀德草堂，距山尚一舍，越晨问道所繇，徐进士竹崖、阎孝廉致堂，及潜夫之叔炳文皆愿往，又益四人焉。

驱车至孤山口，舍车而骑。时黍稷方刈，荞麦初花，锦绣参差，一重一掩。问天开寺遗趾，仅一碑露立麦田中，勒薛禅、曲律皇帝旨二通，末纪虎儿年月日。盖元延祐三年丙寅岁宫中赐田券也。绝数涧，马蹄锵乱石中，山势忽陡矗，若路几尽，则接待庵在焉。仰山巅有圻划处，露天光一线。僧云："由此中可达。"群相顾骇叹，以为天辟奥区也。

啜茗罢，又舍骑而徒，沿枯涧行，身虱两崖间，石或立或卧，皆危磴无纡步矣。有岭曰"发汗"，尤险巇，一步一喘息，五步一坐，顾后来人面，青、赪、黝、白无正色。得数武坦夷处，曰"欢喜台"。台故久废，不可名其处，西望冠几堕。行一山如驼峰突出霄半，竹崖曰："此摘星陀，乃上方绝顶也。"又从万木丛中指示数楹缀悬崖，若巢栖然，是为百步云梯，屈曲低昂。又二里许，乃至梯。梯左压千尺岩，右临千仞谷，仰视辄战栗。旧列石柱缳铁锁，行者挽之以升。碑志明司礼监冯保所置。盘折历三百余级，级刚容半跌，汗溢筋驰，惴惴然虑后陟者之难乎继也。级尽即上方寺，老僧瀹茗，出黄精饷客，息乃定。抚垣槛下瞩，心转惕，但见石漫漫如白沙，即顷所来径也。

折而西北，过款龙桥，石槛若铁色，盖山气蕴蒸使然。渐进抵山门，大书"兜率禅林"字，松桧荫翳，寂无人声，苍翠中山寺错落如置棋。日已曛，次文殊院，视前所望若驼峰者，乃在殿角，饮食坐息，若与之俱也。

诘朝，出院后老圃，杂花草木不可识，往往如南中海棠则随处有之，令人想见花时色香风味之佳。一垂丝杨柳，拂拂出松柏间，绿阴下覆观音阁，其下有泉汩汩涓涓，则大士杨枝水也。出殿门，古柏数株皆苍蔚，内有古藤穿柏腹而生，肌理相连属，而枝叶各异。藤身视柏三之一，土人目为寄生蒲萄。东过兜率寺，寺居山正中，为七十二寺总汇处。群山拱之若大环，殿后壁书《佛说四十二章经》，笔法颇媚劲，题为冯保书。保固不以书名，想当时托迹宦门以邀显达者，不知出谁氏之手也。

东出狮子崖，望龙虎峪古松，黛色参天，闻往时有议采为内殿栋梁者，以道险难运致得全，山中人呼为松王。左探望泉，沸若珠，掬饮剧清冽，毛骨为爽。右为一斗泉，相传华严师卓锡时，龙先宅于兹，师檄驱之，龙尽吸山泉以逃，师飞杖落其尾，有水一斗，泉以此得名。泉嵌石屋中，其上为斗泉岩，高数十仞，广倍之，檐突出数丈许，空洞受天光。柏松承石罅，时露根而下垂，若瘦虬之舞云际。石附壁隐起，有若芝者，若箨笋者，若朵莲者，若蜂房燕垒者，若古篆籀者，若丈六法身者，皆钟乳凝成，千态万状，俶诡离奇，疑真仙之所宅，余屐齿半东南名胜中罕见其比。僧又言："每盛夏时雨集，岩溜注石涧，如水晶帘，微风扬之，作笙竽巢和之音，故又名水帘洞。"流连久之，差不悔其来。已去，辄回顾。

稍南，忽见丹崖翠壁，窅窱崄岈，出于断壑之间，草树穴石而出，多茂荫，又一天然屏障也。南为尊圣殿，殿后有石如砥，小如虎丘千人石，亦可容数十人。人坐其上，笑语声出前岩，高下长短唯肖，作燕、晋、吴、楚语亦各肖，试之他处则否。盖对面为斗泉岩，岩虚受声，故响辄应。同游者以为与山灵对语，取同声相应之义，目为声应石，不妄也。

少焉，白云起南山，蓬蓬冉冉，趋摘星陀，陀渐隐，绕岭而北，绵绵如弹絮，逼人衣袂，不可以久留。乃由曲径达普贤院，坐阶石玩菊，亦不问老僧为谁。下此度虹桥，忽闻夹涧作雨声，又如瓶笙声，循声求之，乃石上泉也。泉有二源，分流两壑中，皆会于兹，过此则伏流不复见矣。

晨餐后，西出听梵桥，至观音殿。门外有老梅一丛。壁间有山水画，为南宋人龚开笔。开山水师二米，兹画独用金碧钩勒，有大李将军之遗风焉。时野云山人方倡为摘星之游，行者、居者各半，小沙弥为导。披灌莽，攀危崖，略有樵径，草茸茸封之，谛视乃敢步。不二里雨作，有自崖返者。及阎王嶂，雨益密，行益窘。逾时至半山为小摘星，导者曰："从此上不三里，径无岐，不需导也。"乃挥袂而登。野云口中作邪许声助气力，险乃逾于前，石枳足硁硁有声。于是或蟹行，或猱行、蚁行、蛇蚹行，胸腹率倚石角。每至奇秀处，辄举头长啸，神为之王。过此则铁锁崖，益峻削，巨木梯之，铁絙引之，大抵亦司礼监所置，游者倚为性命。顷之，雨少息，云纵横作态，前行者隔数武窅不见。独坐崖石上，四顾无人，飘飘乎有凭虚御风、翱翱尘表之意。因忆昌黎登太华，缒书为诀。王元仲游莲峰，起烟为信。论者以为好奇之癖，余谓不奇不好，不癖不奇，山川之奇，必有与吾心相符契者。古今人同不同，未可知也。

已而笑语声落霄汉，始疑为灵异，继乃知为同行者先至。竭蹶从之，云水满襟袖。山势亦逐步换形，更折而南，若无所位置手足者。从者大呼曰："至矣，至矣！"则见先登者数人，箕坐于庙荣，心乃慰，气嘘嘘与云缕相荡漾。视山半树如莲鄂，四方上下，灵气往来，古所云呼吸通帝座者，今乃身亲之也耶？

陀巅方广不十寻，庙三楹，以石为瓦，额书"峻极"二字，为显亲王题。旧有僧居之，负瘿樽下汲，毙于虎，今所存惟黔突及水瓢瓦器数事而已。陀无多草木，前有一榆一枣，枝叶四布。后有古柏双歧，如交肘坐石次，皆高不及丈余。盖由罡风震荡，土膏不腴，岁久拳曲，别饶古貌耳。南向有石几，置铁香炉一，花瓶、烛奴各二，惟瓶缺其一，或以为羽流斋星之具。燕蓟人谓摘为斋，故陀以斋星名，然不及手摘星辰之说之为雅。

倏而天光下逼，俯仰混茫，仅阶前盈尺地，数人者尚羊云中，如游鱼之噞喁水中而不见水也。同人出铤墨磨阶石，云液所融，津津如露泽，乃题名庙壁，旷然有云海荡我心胸之叹。

俄而风回云卷，旁漏曦光。绀碧陆离，阴阳捭阖。烟螺翠髻，垤立拳露。麦畦菜町，望若无际。乃觉人世间浮沉变态，于此境可观其会通焉。循旧径而下，草树沾濡，步步作蹶蹶想，视登时难且倍。野云谓宜以坐代步，乃以掌据地，蹲踆下移，如尺蠖之屈伸者然，盖又以尻行矣。

还过小摘星，僧雏偃卧方觉，引手西指云："此为云水洞。"道潦水满不可入，惟怅望太息而已。更下二小陀，骈立俯峙，为摘星之别派，子又生孙，故风度略相仿。然无路可通，终古罕有登焉者。

归而小饮，酒力出两踝间。复冒雨寻华严洞，以杖扣石钟、石鼓，渊渊有太古音。坐洞口听雨声淅淅，视登陀时意气弥畅，若余勇可贾也。

翌日下山，复过怀德草堂，主人治具软脚，兼引观前后院山石，窍透玲珑，多太湖灵壁之秀，谓得之江村高氏园。余闻金元时辇致赵宋艮岳石，多委弃于道周，此其是耶？

闻村西五十里有西峪寺，亦曰“云居”，为涿鹿北一古刹，遂往观焉。至则梵院潭潭，佛貌庄严。顾僧无可与语者，惟客寮、翠竹、清泉娟娟静好。寺后有石浮屠，四角置石幢刻铭，为唐人梁高望、宁思道、王利贞、王大悦所书，犹有颜、褚遗则。其别院亦有唐碑，纵横在污潦中，不可逼视矣。

舍而东行五里许，为石经山，又曰“白带”，即所谓小西天也。其上有五井七洞之胜，井即地凿完石如巨瓮，深广各丈余，湛溢不知所自出，冬不冰，夏不涸也。洞贮梵经石刻十二部，计千余版。自隋僧静琬创之，历辽、金工乃既。意以佛法历劫后，经犹借此石以传，畸士锐行，令人慨想。洞门锢以铁，无敢启。惟穴石零落，版角字有漫灭者，则游人手泽摩挲之所致。明邑令某强启之，版溢，不可复位置，乃别开一小洞庋之，董思翁题为宝藏洞。

寺当层岩间，布置疏朗如村落，下洞二，上洞五，惟雷音洞最巨，今曰声轮洞。不封锢，方广各五十步，四壁嵌《法华经》石碣，计百四十六方，滑静如绿玉，书亦遒韵，非苟作。中踞佛座，旁挺四楹，皆就洞石琢成，外有露台可眺远，廊间石碣林立，为游人好事者所题名，读其姓氏，百无一二知者，可悲也，抑可畏也。

傍崖立铜佛像，金粉剥落。迤东有石亭，又有洞曰“火龙”，可通山巅。今镂木龙据洞口，或言洞故有异，设此拒游者云。

山上有五台，台置白石小塔，刻梵偈，为唐金仙公主笔。

当元明时，寺称大盛，内官修之，水部董之，攻木攻石，不知几何时碑碣可考也。今守寺仅一僧，香烟阒寂，栋宇飘零，梵刹之盛衰，故有数存乎其间耶？问所谓岫题草者，僧与野人皆不知。

翌日别主人言旋，便道游戒台、檀柘，再宿而归。二寺余所曾游，别有记，不具录。

兹游也，竭数日之力，茧足汗袒，不可谓不劳。然此数日中，悦心、快耳、娱目之境不一而足，且足以供无尽时梦寐想象之趣，亦不可谓不逸。同人各有诗，余为之记，欲令后之游兹山者，知吾辈旷远绵邈之怀，得乎山而不仅在乎山也。

登太华山记

【题解】本文系嘉庆九年甲子（1804年）与李宗昉典试陕甘期间于九月登华山后作，定稿于次年正月十五。

嘉庆甲子秋七月，余奉命典试秦中。道出平阳，极目西望，有山焉，磊磊落落，出没乎烟云浩渺之中者，心知其为华山也。阅数日，绝黄流，渡潼关，距华不四十里。循凤凰山南麓，而北而西，搴帷肆览，目与神谋。及华阴，而三峰露爽，仙掌高招，灵气之往来，乃缔结于余怀而不能去。比至西安，数数问华山之胜，人无能言者。试事蒇，言于方葆岩中丞，中丞言："经华者数矣，有登览之志而羁于官，弗克果，愿未知何日遂。"言已觙然。

时九月，阴雨绵旬，十七日北还，泞潦尚尺许。阅二日，过华州，日影穴云出，山光承睫，乃与芝龄太史约，同宿玉泉院。夜坐山荪亭，听泉声疑雨，乃为文祷岳神，乞二日晴，期必登。而华阴令何君适来，余问道，何有难色，言："数十年来宦此土者，惟毕弇山先生一至巅，战栗不能下。前邑令某饮之药如醉，裹以缯毡，乃徐徐缒下，复以药苏之。"其事与昌黎投书绝相类，余亦有戒心，姑诺至青柯坪，量其力之能否而休焉。何退，语人曰："是必无至理，惫矣，行自返。"

越晨，红日满窗檽，大喜过望，急起促僮仆，愿行者三人，芝龄亦欣然。各舁山舆，复数人左右绳引进。道出张超谷，岚气滃然，夹岸石壁如铁墉，泉淙淙不绝响。里许则下而步，纵横出乱石堆中，已得少夷地，又舁行，如是者数。至五里关，道者出肃客，茗罢又行。行率由涧中，遇怪石梗道，遂无径，人穿石腹中行，缒舆出石背，乃得度。又二里许，见悬崖镌擘窠字曰“上方”。舆者言真仙蜕骨处，往有锁可攀，今锁绝。又有厉禁无复至者，盖希夷峡也。又言有唐公主飞升处，亦无路。稍折而南，为娑罗坪。旧有祠，久圮，惟门横铁狻猊一，望所来径，渺不知何处。又前过道院，出所携瓶酒，与芝龄各尽一瓯而去。

道中瀑布落危崖间，声色俱佳，过此以上，泉亦不复见矣。又数里为十八盘，螺旋上，顶与踵摩。石壁间往往有字，漫灭不可辨，亦不暇辨。

日晷已正，贾勇而前，见数树历落出云端，至则青柯坪也。坪方广数十笏，山行此最坦。蹑石砺东，道院十许楹，入少憩，视酒瓶，罄矣。邑令先人置饼饵，为犒归计，食少许。出后院中，见西峰全壁，如天然屏幅，一望无垠，妥贴苍茫，光芒万丈，徘徊间冠几堕。迤南有白凹处，则辛酉岁大雨，坠石一片，土人言当坠时，声震数百里，道者焚香、鸣钟鼓、诵经乃已。余闻之，壮气为慑，而游志转坚矣。问舆夫，已归。倚杖行数百步，圜石卓道周，题曰“回心石”。沿缘过此，隔溪见崖壁镌“当思父母”四字，字各丈许，咄咄动心目。此乃攀铁锁初程也。锁卧于石，试缘之，琅琅然有宫徵音。面壁行，率以锁为命，左手持锁定，移右武，右手持锁定，移左武，无敢哗。锁左转则面左，锁右转则面右，皆随山转移，惟有高无下耳。折而东，氿泉出石罅，漫溢途间，幸石润而粗砺，能留足，一失足落千丈涧矣。得稍可驻足处，一仰视，见层崖划开，逗天光一线，有磴如梯，凡二百余级。人蚁游其中，或级一坐，或三数级一坐，及十级，未有不坐者。计五六十坐乃达，是为千尺幢，实不第千尺也。迤而北，又一崖斜出，如蟹筐之半，仰不见天日，蹬略如幢而峻，磴不及足者，因石隘处横短彴，两肘恒支壁，穴壁衔容指尖，指穷引以铁杙，率不敢下顾。顾辄股栗，是为百尺峡，实不第百尺也。

峡尽为天门，有石方丈，可伫眺，或名曰“云台石”。又东北行，宛转出二仙桥，逾龙背石，小坐俯渭岩，眺山外诸郡邑，历历可数。径虽迂，是皆可杖行者。

稍东有铁狮猕，疾首蹙额坐石床上，曰“猿见愁”。又有山如车軨，人跰辟及軨腹，趣暗出，曰“车箱谷”，是皆可扪壁行者。

倏而峰回路转，旷若无涯，悬霤中分，嶄然而下，其直中绳墨，若晦之新出于耜，高且逾千尺，是为“老君犁沟”。按华山不以伯阳显，大约山溜湍急，久而成蹊，后人附会之以为犁沟也。或又谓老君超凡之地，脱离尘垢，故名义似驯而实鄙矣。

沟势益陡削，始而援锁就磴，继乃一步一匍伏。翘首前行者，或若猱升，若蚓蟠，若蜗缀于壁而不可脱，稍眩，视身惝恍不自适，若将坠然，其实则危坐磴上耳。磴尽得平阜可展坐。有黄冠长揖请曰：“此去北峰数十武，盍少驻?”众闻之喜，历坡陀数重乃至，所谓云台峰也。祠穴奉神龛，依山而屋，高可眺远。喘定，题名祠壁出。

循岭而南而东，有崖上峻下削，行者右耳着崖，若壁听，曰

“擦耳崖”。又过阎王碥、阎王峡，皆蚧行。又西曰“铁牛峡”。又南为“日月崖”。崖如垣，旁有赤白圈，高可三十仞，锁立，垂鑱石为梯，不及寸，手与足并力乃得上，曰“上天梯”。北折为金天洞，金天像居石腹，冕旒侍从皆具。又有洞曰“三元宫”，曰“瑶池”。每岁三月赛神，远人毕集，率饮爨于兹，无常居，故无典祀者。逾此，则乱石槎枒。

诘曲而东，有石坊，曰“升岳御道”，为汉唐以来封岳旧迹。自西而南，遥见长剑一道，光黝然，斜倚半霄，修数百丈，广仅尺有奇。旁两山夹道相向。是时霜气乍清，漫山红叶，青黄相间，辉映绚烂。而是岭中出，如神龙腾起锦浪间，昂首强项，势不可留。四顾彷徨，知此为必由径，乃蹒跚即之，则石脊也。加斧凿，略具磴形，栏以石，骨锁于栏，栏圮者植铜铁杙。顾左右皆千仞壑，窅然不见底。设遇罡风震荡，虽贲、育无所施技。是日喜无风，鞠躬进，五体并用，得寸则寸，得尺则尺，较幢若峡若沟尤难焉，是曰“苍龙岭”。《水经注》所谓“搦岭”者是。

既度岭，有巨石冠岭端，曰“龙口”，又曰“通天门”。老杜诗“箭筈通天有一门”，及昌黎投书处，皆在此。

更上里许，穿石洞折而下，身倚洞脚，反身据洞巅，如鹰隼之下攫，突而惊而起也。境虽险，幸少缩，故游者不难之。稍进有古松隐巨石旁，涛声在树，石圆而削其半，曰“将军面”。松旧有五，

曰“五将军”，今仅存其二矣。

又迤北百余步，则金锁关在焉。旧名宗土祠，为三峰之麓。三峰如莲华，至此莲瓣始分，群峦奔赴，环而卫之。登三峰者于此判途，右出为西峰，左出为南峰，又左则东峰与玉女峰所由道也。

时导者引而右，路稍平，腰脚既惫，亦觉不易。又数里，平陂不一境，泉涓涓流，不遑审原委。倏而西峰道人来迎，问峰远近，曰：“不三里矣。”掖而前，过玉井，在崖半，未能掬饮，询十丈莲如船藕，皆愕然，谓五百年一开。又有二十八宿潭，亦不能名其处也。道有坊曰“西峰顶”。又越数岭，或坡，或陀，或坂，皆多石少土。松阴四合，日曛黑始及西峰院。低徊灵境，心旷神怡，如梦蘧蘧，不知身与世之何以忽忘也。入南簃坐，松风谡谡然，若奏钧天，意天阊密迩，神为之肃。道人治具，蔬果馎饦皆精洁。数出院中望月，但见清光一片，在万峰苍莽中，院前后固不见月也。探怀中王履《游山记》与芝龄共阅一过，旋亦就寐。道人以高寒故，出袈裟为覆足，瞬息间鼾声雷动矣。

辨色兴盥，谒斗母宫。韩道人引登莲花顶，巨石如浮龟出莲叶上，名曰“肺石”。中断处有斧劈痕，陟其背，北度天桥，观守身崖，心且栗且喜。徐行松林中，倚松四顾，觉此中别有天地。闻水帘洞在峰腰，不克往，水涸亦无帘。还望有与此峰对峙者，则南峰、东峰也。

循麓下，坐院东荣，道人出纸素求题，为书联幅，记来游岁月。又摹兹山之性情气概，书“直方大”三字，属道人镌于岩。既饭，晤张道人，问其年，曰：“六十五。”询山中人，实百岁有奇。微重听，颜童而须鬓略白。闻其善琴，匆匆行，不得一聆，怅然。

已而同韩道人之南峰，过千尺坂，观巨灵遗迹，刚二尺许。跨石梁度，有壑特邃，闻雀声如栗留，剧清越，乃知传所云“青柯坪上无鸟声”者，非笃论也。

草露未晞，步步踏松根，如天然磴，横出山腋。突有石崖，西俯而虚其左，崖石如层波演漾，或作云若芝形，苔藓萦之，古秀可爱。旁镌字数行，云是杨椒山诗及李于鳞题名处，剥蚀不可辨。是为陈希夷避诏岩。侧身行，顶与崖触，急趋而下，乃反在南峰之半，见岳祠未入。南峰道人先引登仰天池，云：“此华岳绝顶。为落雁峰，故一片石也，平而敞。上有池三，大者五六尺，深不及仞。水淡碧清泠，若不可测。传有龙潜其中，虽旱不涸，涸则赤地数千里也。”席石坐，四望无障碍，河、洛、渭如指掌，脉络贯通，日映之，溶溶如银汞，因忆李青莲谓此间呼吸之气，可通帝座。

洪荒以来，登于斯、览于斯者，不知其凡几也。知难而退、半途而废者几人。百年之后，能详道其姓氏者，复几人哉？古今人心迹，同不同未可知，然能至是巅者，意气之盛，类必自命不凡，不知其终且同归于尽，可慨也！

峰背有赛华山，气象亦㠑兀。少北为三公山，如列鼎，道人指视三公之麓，隐隐一峡如卧剑，直接峰脚，曰：“此形家所谓金线葫芦也，为华山之脉。”又远指终南、秦望、太白、武功诸山，森森如儿孙卫立。近指玉柱、毛女、香炉、白云诸峰，皆在肘腋间，若拜伏舞蹈于白帝之前者。

天风凛凛，不可久留。乃下谒岳祠，威仪特壮，盖即往时镇岳宫之遗而重新之者也。北出祖师殿，迤东为南天门，旁有石台曰“聚仙”，可瞰南峰背。全真岩在其南，传为贺老养静所。突檐下覆，穴壁施铜柱，置板裁容趾。又缀锁为桥，悬度乃抵崖，朱书三字在人迹不到处，亦倜诡境也。余时趺坐台端，望松鬣迸石罅如一缕云，心慕其奇，惫不能自振，并东峰亦不及上矣。

岳东、西、南三面皆削成，无阶可缘。唯北面鸟道百折而上，俯览之，其中实洼也。玉女峰隐其中，而实附东峰之背。东峰峻不可下，乃南度细辛坪，由坪东转，行小石峡中，磴道亦崎岖。视疃与峡，此为坦途矣。坐玉女祠门，东峰为之屏，彩虹一片，石瓣槽分，陆离如瓜棱然。聚足升为玉女殿，殿东角即白马峰，顶石亦如龟。视西峰少杀，广可万人坐。问所谓玉女洗头盆，指石上圆坎为证，径围三尺许耳。余环顾石上如臼者三四，皆可容水数斛，不能定真赝，然与《集仙录》所载“峰有五石臼”者吻合。稍南有罅焉，相传下与黄河通。唐玄宗曾祷雨、投简于此。殿东有洞颇湫隘，曰“仙人洞”。峰东北隅有悬岩衺出，可览仙掌真形。盖东峰之西北面也，掌欹斜模糊，黄、白、黑三色间之，歧出如指，惟拇指剡上下靡。窃意太古来石脂凝成，如洞中人物笋阜之类。若指为巨灵所擘，圣绩神工，陶镕万象，殆有不可以理测者在耶？

北行为出山计，意少纾，道人尾送犹未已，遇险辄左右维持之，至金锁关而别。寻旧径下行，下视登较易，浏目旷览，如理旧读书，雅足补益胜概，然胆怵者倍以为难。余盖得力于坐以代步之法也，行行且止，不忍遽去。

还至半山，见废垣上石碣文隽雅可诵，余偃卧石床上，属芝龄录稿。归至青柯坪，黄日衔山，暮霭纷集矣。舆夫集异舆如来时，惟不须引绳。及玉泉院，漏二下，见者道无恙，或骇异太息，余唯唯而已。

余惟夫兹岳居西方之位，秉收成之权，于令为秋，于卦为兑，其于义也为刚为断，是天地清肃之气之所聚而钟也。昔人云，华山如立。余游天下名山多矣，其壁立万仞，绝无依傍者，惟华为然。综其端方正直之概，率以险见奇，以奇萃秀，人世间委琐龌龊之状，良不足语于斯。余以骁征旅人，置身绝顶，获领兹趣，微岳之灵不及此。继自今兹山真面目，宛在胸中。其何以荡涤佚志，求无愧于清夜者？惟山灵实默鉴之。爰记其所自得者笔之册，不厌周详，俾时时览之以自警。

记成于甲子冬十有一月，脱稿则乙丑正月上元日也。芝龄太史者，李姓，宗昉其名，淮安山阳人。又有山阴人巡检冯浩者从，宜并书。

重修坐粮厅东署记

【题解】本文系嘉庆十一年丙寅（1806 年）十二月至通州任坐粮厅厅丞重修坐粮厅东署后作，时为十二年春。

国家岁漕东南米粟四百余万石，联舸挽运，由石坝以达于京师，置满汉坐粮厅二员总其事，受代以二年，事至繁、任至重也。厅署在通州西南隅，凡百九十余间，除厅事吏舍外，旧分东西二宅，汉厅居其东。

嘉庆丙寅岁十有二月，余奉命来莅任，见夫为堂为室，栋宇倾仄，上漏下濡，往往借椽杙为支拄。每当朔风（饕）〔号〕夜，梦凛心惊，惕惕乎日在岩墙之下也。及考诸梁楣题识，乃雍正三年重修，盖逾八十年于兹矣。余惟夫前之履斯任者，非不图居室之安无覆颓之患也。衙署岁修之费，例只百二十金，仅足谋寝室数间之庇。议及全局，则力有所不赡。又以公赜仆仆河干，一岁之中，曾不得以少休。是以八十年间，阅数十余人，而不能果斯举也。

越岁之春，圣驾诣东陵，警跸出通州城中，州牧以请修署前二坊告，遂与绥之台君议，筹支养廉二千金，分十年楚厥款。咨部，得行事。既蒇，乃命梓人料东署全修之值，曰："可五百金。"余毅然从之，首修三堂内外十许楹，凋敝既久，材率更以新，间有体势钩连不能遂已者皆易之，兼及庖寮马厩，总二十三间。向之圮者兴，仄者立，漏者完，二阅月而工始竣，费乃千金。余始愿不及此也。

既落成，仓帅萨公偶过，见而诧之曰："勇哉君乎，顾能猝办此乎？"余应之曰："匪勇也，求心所安也。往余寓都中二十余年，俸入未丰，卜居十徙，僦屋之资，岁且二百金有奇。今来于此，夙夜在公，诚不敢视为传舍。顾谋二载安居之地，损半年稍腆之廉，于己无伤，而于后人则有裨，其何惮而不为？且始者梓人议值较俭，后乃渐为增，隐迫以箭筈，必发风利难泊之势，其机则使然，天下事类如斯耳。此外书室若干间，卧室及后房若干间，实以力绌罢役，仅仅借补葺为苟安计。余之志则未慊也，后之君子其庶有以成之焉。"萨公笑曰："然君之勇，梓人实成之。"遂书之壁以为记。

梁溪诗冢图咏跋

【题解】本文系嘉庆八年癸亥（1803年）见贾崧所携《诗冢图咏全集》有感而作的跋。

丁巳岁，余至自胥门，友人方台山、陆铁箫为余言，无锡顾晴沙先生选刻《梁溪诗钞》既竟，贾生素斋拾其余为诗冢于九龙山之麓，一时名流咸往会葬，属余文纪之。余方匆匆北还，未有以应，仅为诗送贾生，其稿亦随佚。

越六年，贾生至京师，过余知耻斋，以《诗冢图咏全集》见示。剪烛卒读，叹其用心之挚，宜诸君子津津乐道之，言之不足而长言之也。余因是有感焉。人心一小天地也。大者经天纬地，葆德敦仁，树勋猷，弥陷缺，为千古不朽之人尚矣。次之著书立论，阐明理要，力求为有用之言，以上承既往，下垂之无穷，是皆非可袭取而伪为也。至于陶写性情，吟风弄月，镌模品汇，藻缋山川，文人之境遇不一，故言之欣戚顿异。其间矢口成音，骋妍搜秘，抚时感事，寓物摅怀，兴观群怨之旨实在于斯。顾伊古来词客骚人无虑万数，美斯爰，爰斯传，不过千百中之什一耳。其光焰万丈、江河万古者，虽怨家仇子不得而拉摧抑灭之，此天地之心即在人心也。执选政者如法司，然得其情而已矣。因其可传者传之，非厚于此而薄于彼也。其权衡之允、去取之严，即所谓求其生而不得，则我与死者皆无憾之意也。

今晴沙先生甄诗而登之梨枣，势不能不删繁而屏秽。贾生收其遗以还之太虚，意或在乎用晦以全名，一以永其传，一以悲其志。若是者，皆不忍人之心也。体天地之心，复存法外之仁，质诸九原，信可无恨矣。夫其所必存者，乃其所自得也。其碌碌无奇不可必其存者，乃累累然而归之于冢。天下之为诗若文而待冢者，吾不知其几千万亿。操觚家倘不以是冢为足恃，其庶几有惕然汗、奋然起者乎？爰书之以质贾生，亦以自警也。

蔡贞女传

【题解】本文系嘉庆九年甲子（1804 年）典试陕西其间为蒲城蔡姓贞女所作传记。

贞女姓蔡氏，蒲城里民女也。幼字米氏子。米氏子故贫，业贾，客贾死，女闻之恸。父母议更婚，女益恸，乃猝之米家，拜事舅姑如妇礼。或劝之归，女曰："命也，吾无还理矣。"又六年，米氏子丧归，女抚棺恸几绝，及夜自刎死。蒲之人义之，字之曰"德昭"。

旧史氏曰："中庸之德，盖其难矣。"古先圣王道德齐礼以壹风俗，奇特之行不少概见，何也？其民气淳也。后世易以政刑，民免无耻，而天性之良不至澌灭殆尽，所赖一二忠臣、孝子、义士、节妇相与维持，亘古于其际焉。至于匹夫匹妇慕义自矜、一意孤行之死靡悔，如贞女之于米氏子者，揆之中庸之道，似稍稍过矣。顾其从容就义，阅六年之久不变，何所利而为之，何所学而能也？是可感天地而泣鬼神也。

《礼·曾子问》篇："女未庙见而死则不成妇，归葬于女氏之党。又未婚而女死，若夫死皆服齐衰，既葬而除之，葬则归矣，服则齐衰矣。"而于更嫁无明文，亦无厉禁，此先王顺人情之所宜而不责人以所难也。明熙甫归氏著《贞女论》，以为："女子许嫁，父为主，己不得与知。未嫁而死其夫，非先王之道所以立廉耻之防。"其立论似为近正矣，而余尝疑之。窃谓制礼之意，顺人情之所宜而不责人以所难者，此圣人不得已之苦心也。而遂以此概论之，奇特之行，则不必其然。夫女子许嫁，笄而系之以缨明有属也，示无二也。纳采也，问名也，敌体之分定矣。名分已定，夫死而遂背之，乌得以己不与知谢哉？且未嫁而为夫死，死于名义之所存，非死于情欲之所感也，廉耻之防，毋乃太早计乎？且夫女子之未嫁，无以异乎人臣之未仕也。草莽士不委贽而遭阳九之厄，未可责以必死也。而天理之自然感发乎人心，涧阿布衣之士，不惜捐躯命以徇之，下至巾帼之俦，输忠尽节者亦往往而有。后之论者将义之乎，不义之乎？臣道也，妻道也，即中庸之道也，夫亦曰名分之故也。然则未嫁之妇守贞以全其志，至视死而如归，岂非女子中奇特之行，处夫妇之变而不失其正者哉？

夫死者，人之所难也，历久而不变其初，又难之难者也。圣人不责人以所难，而奖其所甚难，其将哀其志，鉴其诚，旌表之以示民无二之意，是非亡于礼者之礼欤？或曰朝廷旌表之典以示劝也，劝民以死，毋乃伤天地好生之仁乎？是又不然。天地之所以生生不已者，恃有此理也。三纲斁，五常驰，而生理绝矣，何贵乎有生？且死而可劝，则乱臣贼子贪生幸免之徒宜绝迹于天下矣。余故谓割股疗亲，未婚守节，皆出乎至诚，即天地间浩然之正气，可风示之以传之不朽者，故于传蔡贞女而发其意焉。

萸江陶公墓表

【题解】本文系嘉庆十年乙丑（1805 年）为陶必铨所作墓表。萸江陶公指陶必铨（1755—1805），字士升，号萸江，湖南安化人。清代诗人，学者。方志上说他“性格奇伟，慷慨任侠，刻苦自励。家贫而不废学，喜藏书”。但在科举考试中却屡试不中，以授徒终老。后因其子陶澍而显贵，获赠一品官阶。著有《易经抉微》《春秋汇览》《安化县志》《萸江诗文存》等。

公讳必铨，字士升，姓陶氏，湖南安化人也。所居濒茱萸江，故号“萸江”。其先世自江右吉州来迁于此，代有隐德。父寅亮公性纯笃，有还遗金事闻于时。母李太安人梦吞桃实而诞公。幼敏慧，好学如成人。及补博士弟子员，益殚心经传。既又从长沙余存吾太史、湘潭罗慎斋鸿胪游，业益进，试辄冠其偶。先后受知于学使者泰和姚雪门、昆明钱南园二先生。二先生固皆以振兴文教、公慎廉明称者也。公为文务沉思独往，宗天崇大家，不屑时趋，为诸生几三十年，屡荐不获隽，终不易所学，且以此训其二子。

及庚申科乡试，与其长君同入闱，同荐同出第九房。比揭晓，长君得附解，而公以额满遗，论者谓科名关乎运数，其信然也耶！抑亦稽古之报，不于其身，于其子孙，造物者之乘除消息，固有不可测度者在耶！

初公为诸生时，见义无不为。值俭岁，有饿殍死者，公倡义募棺槥葬之，或费缩，则躬任虆梩畚筑之役，不以为瘁。又尝葺学校，订族谱，修邑志，率以实心力任之，人亦信其诚悫。每徒步纠资，乡里间立集。至今安邑之言急公好义者必首公，而公顾不自以为功也。居恒尚气节，重然诺，胸中豁然无畛域。里居时周困济急无虚日，见人有一善之长，孜孜称道之，不绝于口，常自以为不及。至意所不可者，必面折之，雷抨电激，风驰雨骤，事过复恬怡如故，人亦谅其无他心，故无怨之者。有族子偕匪人游，诱之博，公直前痛惩之，后遂悔悟改行，涕泣踵门谢。其刚方正直，诚能感人，类如此。

长君之以计偕来都也，公谕以不得第宜益奋于学。又虑客居无书，引新城王尚书每月三日购书琉璃厂事，戒以勿惜旅资荒学业。长君以是益厉志，阅岁成进士，为庶常，盖秉之庭训为多云。已而长君请急归省，岁余，公数促之来，谓："受朝廷官，不宜家食，且异日为明体达用之材者，在此行也。"岁乙丑，长君散馆入高等，授编修，誉且隆隆起。惟时念力不能迎养，辄望云太息，余数慰藉之。而公竟以是年病卒于里舍，年仅五十有一，乡里中识与不识无不为之咨嗟而凄怆，是非有道之士，乌足以致此？

长君既得问，戴星而奔，濒行，手状略示余，又言："公性情心术，大致与余同。"谆谆以隧道之词请。夫以余之弃拙迂直，不合于时宜也，人方以为怪，而长君顾若有取焉，则公生平之所自树立与其所教人者，可知也已。

公有著述若干种，余未获亲展诵，故不书。其子姓世序及生卒月日，兆域之方向，别具于铭状中者，亦不复书也。

卢孺人墓志铭

【题解】本文系嘉庆八年癸亥（1803 年）为蒋云宽之母所作墓志铭。

太孺人姓卢氏，苏州人。原任常州府通判、再补保定府通判蒋瑶川先生之侧室，刑部主事，前翰林院庶吉士云宽之母也，以子贵封太孺人。

通判君嫡配蒲安人无子，先置侧室刘氏。官常州时，太孺人来归。蒲安人既逝，乃敬事刘氏如嫡，门以内无违言。刘素羸，太孺人任劳，典家政条理井井，中馈旨蓄常裕如。随宦凡九年，务以节俭自持。通判君所以得清白吏名，而生人产不至大匮者，实惟太孺人之力。通判君既乞养归，太孺人事姑何太安人既愉且恪，养志承欢，逮姑殁如一日。通判君以侧室二张氏各生一子，曰云安、云容。太孺人视之恳恳剧剧，无异己出。已而太孺人生云宽，二张氏亦抚鞠周至，内外交贤之。通判君之殁也，云宽年才十龄耳。太孺人故读书明大义，所记古人嘉言懿行，率口授之，复延师督课之。入塾时，每潜立牖下，听书声朗朗辄喜，否则愀然不乐，俟其归，纠责无少恕。迨拔入成均，太孺人虑不复求益，更遍访名师，闻岳麓书院罗慎斋先生，当世通儒也，乃千里具资粮，命云宽从之游。岁时寄药物助其勤，于是学日益进，见闻日益豁。云宽戊午、己未乡会试联捷入词林，泥金报至太孺人，愔愔如常时，惟焚香告通判君灵前而已。及改官刑部，太孺人谓是可以行其好生之德，寄书相慰劳，且以小心谨慎勖之。然云宽陟屺之思不能自已，谋陈情归奉菽水，先以意质太孺人，太孺人手札谕之曰："汝父乞养时，汝祖母年七十有六，后享年八十有四。吾老健尚冀追步汝祖母之年，汝必欲归侍，待如汝父告养之年未晚也。"云宽得书少慰，而不谓太孺人之遽卒也。

太孺人生平性俭约朴素，若贫家妇，独喜施予无倦容，其善事不胜书。殁之日，里党中孤寡、茕独、颠连而无告者，莫不涕泣嗟叹，思慕之而不能忘也。卒于嘉庆癸亥年二月朔日，年七十。生子一，女三。子即云宽，女皆适名族。孙二人，女孙三人。某年月日葬于某山之阳。

余与云宽同官京师，云宽丐余铭，不敢以不文谢，谨据状书其事。铭曰：

继郁仪兮耀芒，森五嗢兮煌煌。秉塞渊以淑慎兮，孚德心其孔庄。荷天报之特赢兮，穑有秋而福穰丹。凤翙兮朝阳，衍先芬兮登玉堂。移司白云兮慎以祥，觇慈教兮允臧。挥银管兮流香，胪幽石兮贲崇冈，历无尽兮贞厥藏。

祭李文正公墓文

【题解】本文系嘉庆七年壬戌（1802年）六月李东阳诞辰时为其所作祭墓文。

维嘉庆七年，岁在壬戌，六月朔庚子，越宜祭之辰戊申，后学谢振定等谨以牲醴香楮之仪，致祭于明赠太师、华盖殿大学士、吏部尚书李文正公之庙，侑之以文曰：

斯文未坠，代有正宗。曰韩曰欧，胜朝则公。青田青丘，开国两雄。文运中屯，伪体乃丰。七子未出，谁起颓风？扶将骚雅，公柱其中。郡举神童，族称孝子。七十三公，慕如稚齿。饮可百觚，以严训止。佩觿一编，桑榆味旨。中和之气，文行同轨。坦履道贞，吉辞章美。初事孝宗，为文学臣。明良一德，遂秉国钧。武宗失政，太阿授人。徽立中朝，圭棱嶙峋。豺鸮吞声，国有凤麟。阉党竟诛，国法以伸。方阉横时，韩谢去位。子舆濡滞，尹士潜议。悻悻去国，非大臣谊。顾命在耳，先帝重寄。旧学较亲，回翔尽瘁。调护元气，保全善类。况公求去，凡十余章。天变宜畏，公奏皇皇。国本宜建，公言堂堂。公焚谏草，直不自彰。外人不知，柱史固藏。别本流传，足补佚亡。公在春官，玉尺铜律。度材审音，百不漏一。与善思谅，论文语质。公所取士，华称其实。单词片长，汲引恐失。千秋业伟，四海才出。公事四朝，清德皭然。秉枢当要，历十八年。盎无余粟，郭无瘠田。相公归林，坐只一毡。宾筵卖文，以佐酒钱。扬清廉贪，闻者兴焉。式庐表里，况其祠墓。畏吾村边，巍然封树。新庙落成，几筵孔固。匪私于公，名德昭布。骑箕明神，降崧初度。公灵倘来，鉴兹诚悰。尚飨！

祭栗园家兄文

【题解】本文系嘉庆十二年丁卯（1807年）八月十七为其三兄谢振宁所作祭文。栗园家兄即谢振宁（1748—1807），字立阶，号栗园，一号枫亭，邑优廪生，乾隆四十二年丁酉（1777年）举人，五十二年丁未（1787年）科挑二等，署祁阳、新宁等县教谕，实授清泉县学，以教谕管训导事，例授文林郎。

嘉庆丁卯岁中秋前一日，同怀弟振定在潞河官署惨闻栗园九兄凶问，恸切若痴，匪夜匪昼。越三日，乙酉宜祭之辰，乃设位于庭，陈香帛，致酒肴，呼吾九兄之灵魂，哭而告之曰：

弟别吾兄二十有一年矣，溯丁未计偕之岁，聚首对床仅数阅月耳。已而得司铎以去，至于今不复面，岂知握手一诀，竟成千古耶？痛哉！

兄之没在五月三日，陛侄寄信至都，兄逝已百日。犹忆六月之初，夜梦中见吾兄与愚谷兄偕行，彼时既寤，独心讶之。迄今思之，实其魂之远来相告也。未几而杨刚亭侍御来，得兄三月八日书，虑事周详、缠绵恺恻如往时，字迹庄劲如往时。刚亭复告以貌日益丰腴，饮食起居如往时，胡为乎后月余而病，病十余日而遽溘然以逝耶？痛哉！

回忆玉树堂中与吾兄共寝食，同课诵，枕经葄史，志气如云。皇府坪落星园中与吾兄除夕烧羊，秋宵听榜，决策制胜，飞骑搴旗。长安道中与吾兄冒露餐风，渡河击楫，逆旅惊寒，麻衣带雪。诸情事忽忽如昨日，胡吾兄之弃我如遗，不我少需耶？弟有未了之愿三：一请封诰，一置公祭田，一母茔改卜。吾兄心知之，颔许之，胡吾兄之不助我果此志耶？吾兄有未了之愿一：寿载增三。子方奋志于胶庠，胡院试将届，吾兄竟一空此局耶？泣思共乳兄姊凡八人，而今仅存四姊与弟，四姊又远在乡陬，有疑谁为之晰，有过谁为之规，事有得意谁为之喜，事有蹇患谁为之戚耶？家纷谁为之纠督，犹子谁为之抚恤耶？今已矣。

顾影只零，抚心增痛。回头南望，内顾多忧。羽翼全伤，而扶摇为之不旺。肱折臂残，而通体为之不振者，其势则然，无足怪者。闻吾兄之病也，始以疮疥，终以偏疽，血气既衰，筋脉不畅，主药者之得其理与否，皆不可知。胡吾兄之濒危而害及腹心，受此困楚，曾无为之灼艾而分痛、燎眉而煮药者耶？

吾兄训导清泉凡十有八年，清之人钦其学业之醇深，又乐其循循善诱，横经问字，略无虚日。今及门之士，其祝篑而洒泪者不知几何人，其执綍而失声者不知几何人也？惟是茕茕四子，更事未深，饭殓附身能无愆乎仪，素旐还湘能弗震其魄？饰终之礼，丰俭攸宜，弟亦不能悬揣之而遥断之也，痛哉！

吾兄寄信每岁不过二、三，独去冬历今春，四阅月而书五至，其眷恋之情愈真，其训诲之词愈挚，若言之惟恐不尽者，孰知自兹以往遂成绝笔，无复只字片词相觊于五千里外也。箴言犹在，敢不敬遵。职守所羁，奋飞无计。数年后亦当求数亩之宅，为归田之计，其愿所当了者，仍当独力了之，而不敢少懈。至教子读书，视侄如子弟，生平拳拳之诚，硁硁之信，吾兄亦可相质证于九原也。

香心一瓣，云旆遥临，肴酭维馨，式饮式食。

弟振定率子侄等谨告。

康家沟告文

【题解】本文系嘉庆十三年戊辰（1808 年）三月康家沟支河堵塞时所作祷告之文。康家沟位于今北京市朝阳区中部偏南。

维嘉庆丁卯之岁，圣天子命疏张家湾运河故道，塞康家沟支河。月惟冬仲，畚筑聿兴。越明年，戊辰春三月，而厥工未蒇，或有言老鼋潜居其下者。礼部员外郎兼户部坐粮厅谢振定有监河之责，虑役人之煽于浮言，或作而不力也，乃以樽酒、豚肩投诸康沟之浒以饲老鼋，为之文而告之曰：

盖闻天地之道，以生物为心，尤愿庶物之冯生者，各安其所而不相为陵侵。是故蠕者濡沮，飞者巢林，走者趋山，潜者宅深，凡赋形而负气者，无不含乐意以愔愔。嗟汝鼋乃介虫之长，识应异乎虾鳅，宜其以生以息，托巨壑以优游，何为是偷安跧伏，不长虑以远谋，冀借润于升斗之水，遂寄窟于康家之沟。

彼康家沟者，乃张家湾运河之泛出者也。曩者大雨时行，涓涓一线，疏未及防，刷而日变。夺大溜于正河，驶旁趋而似箭。虽舟楫之暂通，实阽危之屡见。圣天子谓张湾之济运，阅五百年于兹。何康沟之直下，承捷径之旁驰？乃命因运河之旧，筹疏凿之宜，取回环以善蓄，障急湍之旁支，用以纾亿万漕艘之丁力，而商帆贾舶亦不致于少疲，涓吉度工，实阅有时。汝鼋而有知也者，固宜近迁于沽淀，或远徙于海湄，岂甘眷恋于立涸之泽，相与观望而迟疑。

振定奉帝命以督运，体圣恩之时育用诞，告汝以沟渎之不可狃安，运道之必宜浚复。汝鼋其引类以速迁，勿冥顽而罔觉，不然将命彼鳖人籍以利镞，抉汝肠，糜汝肉，坼汝甲，歼汝族，汝虽欲侥幸以偷生，难逃乎天威之昭肃。荐汝豚觞，用兹汝勖。汝其行哉！勿淹信宿。谨告。

邹朴斋封君诔

【题解】本文系嘉庆八年癸亥（1803 年）为邹朴斋所作诔文。邹朴斋生平不详。

乾隆甲寅之冬，余视漕至京口，与王梦楼前辈游。凡京口之贤人君子皆耳熟其名。邹君朴斋其著也。梦楼之言曰："一切众生在天壤间为同气，有能养育之，教诲之，于物与我皆有裨也。朴斋之于吾乡，孝友允敦，于善靡不为，其懿行不可殚纪。大要秉慈祥为念，笃其实而不居其名，其始得于善根者深耶！"余闻而心仪之。已而，朴斋之叔子文琠来官于京师，数数相过从，恭谨淑纯，又勤于厥职，益信其渊源有自。

嘉庆壬戌四月，文璵闻其父丧，鸡斯徒跣，仓黄南奔不需时，未遑致词遣哀。而人之自京口来者，备述朴斋既没，乡邑士大夫下逮侩甿，无少长咸咨嗟太息，含泪颦眉，殷殷然其不能以少释。呜呼哀哉！其果何修而得是耶?

越岁癸亥，文璵邮寄吴祭酒榖人、洪编修稚存所撰志传见示，其胪实也详，与余所闻无异辞。余惟人能力善不怠，其必有怡然自得于中，而行其所无事者，斯仁寿之符也。独善兼善，则曷有异辙哉? 朴斋潜德屏荣，匪矜闻达而年跻大耋，福裕后昆，其一腔恻隐之心，与天地通矣。夫实以诔华，文因谊著，余切有感于斯人榖好之公，而生荣死哀者之不可以义袭而取也，爰为之诔曰：

黔雷宰运，瓯臾聚丸。吾胞吾与，厥义孔安。云胡戚戚，障箎为欢。倏焉物化，尔名已瘢。铄兹哲人，函夷秉粹。亲以仁率，锡类曷匮。痌瘝饥溺，用惕乃志。自邑自郡，及乎邦国。有子象贤，克阐厥德。救灾恤赈，劳谦罔忒。受祜自天，以引大年。慕义如渴，老而弥坚。阳春溥博，广厦万千。怡情薖轴，智周神全。我闻积善，必有余庆。义范德华，笔所未竟。福寿康宁，既昭响应。委弃寰尘，乃全尔性。呜呼哀哉，式籍曩昔！载重素封，毋盐利济。孔氏雍容，好行其德。汗简炳踪，由今视昔。有其过之，却荣厚志。遭遇匡时，履信葆光。植义如滋，阴德耳鸣。不求人知，岂繄市惠。图报而施，英英华誉。远迩布昭，松心竹筠。人钦后凋，天不憖遗。丹旐飘摇，里闬宗戚。雨泣风号，呜呼哀哉！人亦有言，达士徇名。惟君积行，无忝所生。避名名随，月旦协评。尔芝尔兰，尔荄尔萌。缉之有耀，守也惟诚。仁以为任，负荷匪轻。匪轻伊何，保赤腹顾。缉耀伊何，友贤永祚。守笃黜浮，式贞汝度。呜呼哀哉！

少微暗耀兮，耆硕斯恫。典型犹在兮，口碑以同。闻名慕切兮，好恶之公。矧哲友之遗言兮，式协余衷。累嘉德以陈词兮，慰令子之悲悰。伟金焦兮嵸巄，浩海门兮日浴红。托豪素兮扬兰风，词有尽兮思无穷。呜呼哀哉！

王梦楼先生哀辞

【题解】本文系嘉庆七年壬戌（1802 年）五月底为哀悼王文治而作。王文治生平参见诗集卷一《王梦楼前辈用焦山韵成长律见赠，依韵奉答》题解。

梦楼先生之没也，在嘉庆七年四月之十有二日。余之闻先生之没也，在五月之二十日。时余方卧病，为之惊叫眩掉，泪涔涔堕，不能休，病又增剧焉。阅十日少间，乃为之位而哭之，不知百端之何以交集也。

余十三四时闻先生名，辄慕之。比官京师，先生已归休林下，不得见。偶于友人所见先生片纸只字，乞取之以为珍。乾隆五十九年，余奉命视漕淮南，督艘至京口，乃得执后进礼，踵门求见先生，一见如旧相识，因相与定交。余驻淮南四阅月，先生渡江过访，往返以十数计。凡人有一艺之长，未尝不心为仪而眉为翥也。凡先生之好友、高弟子，未尝不先容称道，引而进见之也。其濒江名胜之区，未尝不与偕游，游未尝不欣然先至，快然以忘疲也。

洎北还别先生，谆谆以千秋之业相属。嗣后音问，率岁三四至，辑之，今裒然成巨册。比余罪废再南游，先生交益密，且语人曰："谢公虽黜，益足增吾辈之重。"余恧然有愧乎其言，遂相与登北固、焦山，流连数日而别，其岁寄书犹曩时也。

今岁二月，其子通判君来，得先生去岁三月寄余手书云："足下当海鹏敛翼之时，得究心千古之业，俯视尘浊，真如野马吹空，苍狗幻影，当自有乐其所乐者。某远在数千里外，不为公惜，且为公庆。"又谬奖余古诗，其于律体诗则极陈源流之异，与夫生平所致力之端，为余诗痛下针砭。余读之惕然以感，惶然以惭，惴惴乎恨不得即时命驾，相与上下其议论也。时余有棘闱之役，不得觅寸晷作答，孰意先生此书即先生永诀之言也。呜呼痛哉！

先生之文，名播瀛海内外，三尺之童无不知有先生者，先生诚可以不朽。余独惟夫诗澜之溃也，媒心贾巧以求媚乎人，人其弊至牛鬼蛇神不可方物，温柔敦厚之旨，盖几几乎息。先生乃砥柱中流，恪守前贤矩矱，自汉魏六朝迄三唐两宋，一取诸醇雅以为宗。后生小子之能学伊吾者，无不因其材、牖其明而轨之于正，是以先生虽宏奖风流，而于论诗特严。今先生逝矣，海上之琴愔愔如在耳也。童颜朱履，謦咳应山谷，殷殷如在目也。千载而下，庶几仿佛想见其为人也。

至于了去来得解脱，熊经鸟伸，参补造化之义，吾乌能窥先生之涯涘也哉？爰缕述旧游，以摅余悲。其辞曰：

征海外之文心兮，扬盛名于清秘。骖上驷而骋康逵兮，宦万里其犹寄。既脱履于尘羁兮，昌词坛而树帜。虽慕才之若渴兮，卓谭艺而守粹。秋月涵清兮，春山盎翠。其人与文兮，实无二致。期我千秋兮心所愧，和墨写悲兮涕交泗。

补　遗[1]

皇上八旬万寿赋谨序

【题解】本文见于清董诰等编辑的《皇清文颖续编》卷四十八，作于乾隆五十五年庚戌（1790年）八月十三，系为乾隆皇帝祝寿而作。

皇帝陛下御宇五十有五年，道洽时丰，澍衍泽覃，福应骈臻。秋八月朔十有三日，恭逢圣寿八旬之辰，率土祝釐，欢动天地。先期呼土克图、各蒙古回部王公及安南国王，前卫后藏诸属国土司、生番等，觐光行殿，云合飙驰，万方鳞萃。皇哉，胪赞之上仪已！臣蒙恩备员史馆，幸际皇图巩庇，辑祉圣躬，纳禄延洪，祚齐霄壤，鹏蜂之鸣，弗能自辍。窃以称功容成曰颂，正乐曰雅。班固云："赋者，雅颂之亚，所以宣上德而抒下情。"臣未敢僭拟经训，任质撰赋，胪列环舆王会之盛、皇帝德福之隆，而推极于祈天永命之本，积成二千七百余言。极知谫弇，无当作者，顾指事敷陈，必核厥实，不敢捃拾浮辞，庶几形容万一，传信乎无极。臣振定谨稽首顿首以献：

有康衢老人祝天子寿，观于王会，过东观史氏而言曰：盖闻夏

① 《知耻斋诗文集》在正式刊印之前虽然经过了两次整理，但并没有收齐谢氏全部作品，也可能是重新编辑时有所删削所致。本次整理共辑得赋一篇，文十二篇，赞三则，跋文四则，对联一首。

后氏会玉帛于畲山，成周张奕羽于爻间。汉置九驿之令，唐传师古之图。彪彪麟麟，光于缥素。〔叶〕矧我皇帝控八埏，协六符。寿寓绵延，亨荷天衢。梯山栈壑，傧于鸿胪。辕歌壤咏者，齐万喙而喁喁。吾子润色太平，宁嘿而已乎？

东观史氏曰：夫人倾耳阳阿，不若金声玉振者之集大成也。铏羹，不若登当哜胾者之饫大烹也。叟实觌观乎盛典，曷弗扬榷以详称？

老人曰：唯唯。岁在上章，毕月维申。天子万年，庆典聿遵。蜺旌鹤盖，溢郭溟阓。则有畿甸岳牧，陪京世臣。朝逾铁岭之麓，夕过金台之垠。临淄泰岱之藩镇，太原云中之领军。白马则来从东雒，青牛则至自西秦。度吴根与越角，修职贡于扬州。击三楚之飞汰，溯九江之上游。或迸黔蜀，或豝闽瓯。绡纨綷縩，赤幢绛驺。缅珊珠之百八，翙翠羽之星眸。别有�冲边徼，葱岭岩疆。赫探伯克，辟展驻防。呷野马之湩酒，披天鹅之绒裳。自北自西，沿哈密而抵敦煌。东南则琉球鸟了之帅，暹罗大库之良。缆掌老挝之属，朝鲜三韩之乡。凸齵冒耏之缅酋，睢盱呷嘔之番羌。莫不趯�蹩㣯，次第而来享。〔叶〕至若交趾革賨，新册国王。五章吁易，搏颡归降。〔叶〕舞随队象，炉捧栈香。帆勾漏之海，趡富良之江。〔叶〕诏逵涂以供帐，给茗荈与酒浆。庬庬浩浩，趯趯趪趪。骉缨蹀鞚，萃于滦阳。軿温泉之滵溢，閜罄锤之雄冈。焕离宫之绵亘，擎栈巘以郁葱。〔叶〕于时五十一旗，四部游牧之盟长汇宗普宁，恒河沙数之大众〔叶〕后先毕集。引脰延肮，尔乃攋地。毛㦖天产，万夫跬，千辂輚。包以夏�之积壿，裹以吴绵之细软。粘纸标签，排档陈件。天山献其鹿皮，滇海输其猫眼。烂番锦以霞红，皑賨布其雪卷。如意指挥乎天花，宝珞庄严乎梵典。缀赤水之珠成林，削和阗之玉为瓣。其他颇黎、玳瑁、象齿、犀贝之属，坌填于户限。既酌受以享忱，其橐帘而返者尚不可胜算。于是光禄视膳，虎夫行爵。剖甘瓜瓤，擗鲜羊臛。扇尧箑之厨，弹舜弦之曲。〔叶〕爰有倀子眩人，骋材娱目。〔叶〕吐火山楼，放灯河泊。熛铁铗以飞烟，泛铜荷而跗萼。钧天砰訇，箫管具作。仙童羽衣，眉青瞳绿。〔叶〕遏行云以响流，琅缑山之笙鹤。味任并陈，颁斌迕错。万目狝狝，欢腾踊跃。是时銮跸尚驻乎山庄也，乃束绸杠，纡朱幰。彗洒尘清，箕舒云卷。扬蕤乎瑶亭之乡，置顿乎石槽之馆。环西虎与东龙，拱宸闾其未远。盖圣节先期，旬有五日，而翠葆旋乎西苑矣！天光日申，大横庚庚。帝车内指，至于神京。俯玉街之詄荡，徇曝献之舆情。披绮谢之斑华，伟般尔之所营。仿真形于五岳，栖仙竖于岩扃。橘罫幔亭，木公金母之属，森稽拜于云屏。亦有鹫香云晻，昙雨花滚。鱼山梵呗，响达璇庭。盎黴尊以湛冽，舞斑彩其娉婷。幻鱼龙之曼衍，摹野墅之盈宁。盖三十里而近，而寰宇之大观于是乎毕呈。越日辛酉，觜舍腾芒。有寿星见于丙位，太史候之南郊，其占曰寿昌。是日也，湛露湑鬵云覆，银汉澜澄。金飙爽遛，辉庭燎以向晨。洞掖门之纡衺，端黼座于太和，屹圭量于左右。序二九之鹓班，灿四距之蟒绣。罗宗室与远藩，首上公及钧轴。〔叶〕次逮卿尹庶僚，潗湁奔凑。凤罣匀排，屏息敛啾。属属然，愔愔然，曾无俟乎指画而口授。少焉华鲸喤，猛簴吼。炉烟导前，扇篁拥后。天颜睟穆，盈庭稽首。〔叶〕乃有元臣，嵩呼拜手。进而扬言曰：臣闻五十有五，天地之数。〔叶〕乾元用九而天则昭，八卦小成而变化具。〔叶〕八而八之，其策万有一千五百二十，愿以为我皇寿。罗元恺于彤墀，植大椿于禁囿。布神策乎泰元，赞嘉符其孔楙。皇帝曰：俞哉！其自亲王、郡王、贝勒、贝子、公、将军文武各臣众、外藩王，皆赉予其从厚。〔叶〕受贺礼成，晶日方昼。川映山辉，苞宇纳宙。鹄列鹭俟者，莫不心醉目眙，意溢而辞漏。况夫扶骀挈稚之氓，誉髦书升之秀，口沫乎讴歌，臆倾乎瞻就，又乌能以殚究哉？斯会也，八帙积筹，万方在宥。晷纬扬晖，斗枢膺佑。自有书契以来，阅万千年而一觏者欤？

老人之辞未终，东观史氏畆然振容曰：盛哉乎兹辰，所谓凡有血气莫不尊亲者矣！抑蒙有进焉，愿广所未闻。且夫仰测苍旻，不徒日月星辰之文。俯察坤仪，不徒果谷卉植之蕃也。观岱者必陟其巅，观海者必于其澜也。试与子溯源竟委，温故知新，以上窥圣治之大原焉。粤稽朱果凝祥，白山启庆。翼翼绳绳，圣以继圣。太祖奠辽沈之基，太宗制松杏之胜。扬九宇之威棱，世祖龙兴而受命。肆肇造我丕基，溯得统为最正。越圣祖之莅祚，参亭育而靡竞。三孽翦而滇闽安，六巡举而淮海定。阅六十有一年，而元气敦庞，融洽乎万姓矣。世宗受之，四聪达听。端揽乎乾纲，而薄海内外，如桴腾而响应。皇帝世德作求，终日乾乾。单心宥密，顾諟在天。圜坛绀殿，必躬必虔。春祈夏雩，夙夜惟寅。侑渎告岳，悬榖文骍。斯有虞氏之类帝而禋神也。宗庙有翼，僾忾无斁。作堂纪恩，用阐灵绎。四诣留都，升馨视涤。全韵成诗，绳武奕奕。斯殷商氏之思成而鬷格也。躬耤劭农，绀辕省岁。蠲漕者再，蠲赋者四。其有偏灾，振贷不翅。明训载申，鸡雏入绘。斯姬周氏之怀保而康乂也。河探盐泽，流为鄂敦。若淮若济，真源攸分。清黄交会，提屹言言。浙海三亹，塘石鱼鳞。咸秉睿断，鳌柱奠坤。斯夏后氏之决川而涤源也。准戎犁庭，封卫拉特。天方曼曼，都丸献馘。趱拉促浸，摧碉铲岃。武功九成，靡坚不克。则禹之格有苗，汤之享氐羌，无其伟绩也。天章奎画，纵笔所如。文成千数，诗四万余。七阁罗珍，十鼓镌华。〔叶〕贝经浩帙，译以国书。则陶唐之巍焕，周王之为章，逊其华萼也。省方展义，五台天津。登嵩陟岱，六莅南垠。匪遨匪逸，念切痌瘝。则同律修礼之旧，陈诗纳贾之制，不足云也。至若经筵讲义，释奠躬亲。五经轮试，棘闱展恩。予晋衔以锡类，许微眚之自新。勖英胄以勉学，旌孝子与顺孙。梁川礿陆，王道平平。挂弧负橐，戍卒征人。孱老茕鳏，唅喁至仁。综六籍而量囊辙，胪万牒而证前闻。美矣大矣，靡有伦矣。敛时五福，锡厥庶民。宜其洪算天齐，六幕咸宾者也。然犹宵旰敕几，持盈保泰。视六合为一家，既共球之毕荟。念奔走以偕来，旷庶官其畴代。乃诏彼重臣，分员遴派。勿怠乎封圻，勿弛乎营队。道府丞倅及各将备，酌傔从其二三，节冗繁于行迈。屏祥瑞以弥钦，惟成功于殿最。所以敬民事、警旷废也。顷者庬吠偶闻于畿南，侩胥触法于吴会。匿魑魅于光天，惟大僚之玩懈。惩之惕之，曾不少贷。匪靳锡乎覃恩，庶永昭乎箴戒。大法小廉，翕嘘橐籥。顺气昭苏，氤氲旁魄。叟徒知陆孱浸航，蟲裔鞁霅。九宾殷陈乎万乐，〔叶〕而不知宸衷之所乐，惟在雨暘时若也。叟徒知谷动神音，山鸣秘响。亿兆焚香以载路，而不知岩廊之究度，惟在民安耕凿也。且叟独不鉴于古乎？自昔旋复之提，亭品群形。钧环毂运，以奠万灵。是以君有五期，积算亿龄。羲炎轩辕，尧舜禹汤，皆百年而有羸。降自嬴刘，迄于元明。上下二千余祀，纷禅继其代更。非不殚服炼，祈长生，祀泰乙，礼云亭。而年跻八旬者仅得三帝，若梁武、宋高之抚区宇，元世祖之一环瀛。或惰窳以贻悔，或偏安以隳成。或应运以创大业，治犹未底乎绥宁。匪大年之难遘，实荐德之未馨。垂祉储禧，天其默眷，以徯乎圣人。法天行健，如日之升。五世一堂，纯嘏备膺。叙《洪范》之九畴，钦耄念于八征。以觇天人之䜣合，而皇帝乃谦尊而弥光。蒙尝佩绎乎睿训，故能约略其大纲。然亦犹捧土而益乎嵩华，握蠡而测彼渤溟也。

于是康衢老人捧额拊手，咿呀哄咄，忼然为间曰：鄙人戴高履厚，拘墟轧芴。敬聆庄论，划然若晰。虽六五而四三，曾不足以少匹。愿仰京秭之云晖，咏鸿庥于世世。〔叶〕

察吏八则

【题解】本文见于《皇朝经世文编》卷二〇，作时不详。《皇朝经世文编》是清末编纂的一部类书，实由江苏布政使贺长龄的幕僚魏源编辑。道光五年（1825 年）开始编辑，次年冬成书。全书共一百二十卷，收录六百五十四位作者所著两千二百三十六篇文章（一说为两千二百四十一篇），所录每篇不过三五百字，言简意赅。本文又被收入徐栋编辑的《牧令书》卷二十三，题为《饬吏八则》。徐栋，河北安肃人，道光二年（1822 年）恩科进士，曾任陕西兴安府、西安府知府，后在工部任职。《牧令书》成，由同治帝应江西巡抚丁日昌奏请于同治七年颁发各地。

一、州县官宜辨其品。庸陋无能，刚愎自是，固不可以牧民，而专意逢迎，应酬周到者，必非认真办事之人。如果实心实力为地方兴利除弊，其视缺之繁简无二也。虽僻壤小邑，必有应办之事，即日夜勤劳，犹恐不给，何为孜孜于世故周旋耶？但办事认真，未能随俗附和，则长吏同寅鲜不以为迂拘，甚且相与讥刺之、排挤之矣。故众恶众好，不可不察，而访察臧否，在各道府尤亲切，宜有责成。

一、州县宜节其用。除署中修膳、日用应酬外，本道本府有规礼，有摊捐项，有帮贴项，有一切解费、册费、考棚费，多者万余金，少亦不减五六千金。州县养廉俸银不过千余金，而费用如许，是从何来？上司能设法筹划，为之省去费用，庶责其廉而罪其贪，于势为顺，于心为安。

一、州县宜禁其奢侈。俭以养廉，亦以端化，自是作吏之要。近来外官舆服仆从之盛，饮馔应酬之丰，虽较前稍减，而积习未除，为害不小。祛贪污，杜亏空，似必于此塞其源，还淳返朴。在大吏倡之，更易为力。至官僚幕友终日晏饮，或与仆吏辈昼夜聚赌，恬不为怪，此风尤宜痛惩。

一、州县宜养其廉耻。州县官纵不自爱重，未有不顾体面者也。上宪视属吏无论贤否，皆等之隶卒，吏风所以日下。凡有宪札，事无巨细，辄以参揭套文重加申饬。连文屡牍，严示而不信行，无怪州县官一切皆视为具文。此其弊在书吏幕友率意签行，上司所不及察。至于上宪差提委员，徒滋烦扰，殊乖政体，似宜斟酌。

一、州县仓谷勿轻准借粜。每年春借秋还，直是官吏家人借此分肥，毫无实惠及民。每次禀请借粜，司房使费甚重，挪移亏空，弊窦多端。惟荒年发赈，万不得已，然且昧心染指，比比皆是，何怪民间之盗贼纷纷也。

一、州县利弊宜责令指陈。何事当兴，何事当革，不妨各抒所见，缕悉上呈。大吏借以觇牧令之才识，知地方之情形，因而措施得当，旌别有权。在实心任事者，可得所禀承。即有意见，长者亦从兹鼓励，或者不致任意废弛也。

一、州县勿轻更调。官不久于其任，虽敏才未有能裨于地方也。如上宪谦冲恳挚，使贤良吏得以尽心利济，岂必急急于迁擢乎？用才奖善，不窒自新之路，不开躁进之门，大君子当有灼见。或有案件差错，札调来省，最足滋累。或实缺州县，借端赴省，夤缘干求，最为恶习。即有司官逢五、十日必上衙门，似亦烦琐。有事不妨每日求见，无事则朔望可也。

一、州县毋任欺罔。凡牧令事无轻重，必由道府转申，中途阻格，累月经年。且紧要事必与首府、首县商通办理，往往变幻失真，串谋蒙蔽，上司殊难觉察。而外州县必有坐省家人，与院司吏役及首府、首县家丁勾通探听。凡大宪语言喜怒，升迁降调，事未举而通省皆知，弥缝夤缘，无所不至。此贤否所以难辨，而错置未易允当也。若使事可径达，机不外泄，则属吏之志可通，而上宪之柄不摇矣。

南省公余录序

【题解】本文系嘉庆十年为梁章钜所撰《南省公余录》所作的序言。梁章钜（1775—1849），字闳中，又字茝林，号茝邻，晚号退庵。祖籍福建福州府长乐县（今福建省福州市长乐区），生于福州府城。嘉庆七年（1802 年）进士，授翰林院庶吉士，嘉庆十年（1805 年）任礼部主事，道光年间历任江苏布政使、甘肃布政使、广西巡抚、江苏巡抚等职，官至署理两江总督。著有《浪迹丛谈》《文选旁证》《三国志旁证》《论语集注旁证》《孟子集注》《退庵随笔》《师友集》《归田琐记》《枢垣纪略》等。《南省公余录》共八卷，系其任礼部主事期间作，主要记录、考证关于礼部的典章制度和有关掌故。南省即礼部别称。

余由翰林改官御史，左迁礼郎，窃喜兰省清华与词垣相近，毫无升沉之感也。既而充仪制司掌印，日坐天泽堂，簿书期会，亦复日不暇给，而同事之往复论议者，率皆待治之官书公牍，欲求一从容谈艺、素心相对者，不但无此暇，亦即鲜此人。未几，而福州梁君茝林亦以散馆到部，执后辈礼相见。余素耳君名，既获亲炙，更如旧相识。余初入礼署，于故实多所未谙，而君则于判稿余闲，专以考究职业为务，随所遇而敷以文辞。每得一条，辄以余为可与道古者，殷殷相质，不特余获稽古居今之助，实有同官老辈所未及详者。乃不数月，而条举件系，裒然成帙矣。余读而喜之，题其卷端曰《南省公余录》，怂恿付梓以广其传，而君未之许也。

昔前明泰昌中，有上海俞汝楫所撰《礼部志稿》，同官皆不能举其名，即历来藏书家亦未有著录者。君独从翰林院衙门借得《四库全书》稿本，浏览一过，摭其梗概，以入此书。其见闻之博，心力之勤，同辈咸叹为不逮。而君方淡于进取，遽以微疾乞归。余知君素无宦情，初改官，即洒然以去，复出之期尚不可定，而此书则不可不力成之。闻君之归装，尚携《礼部则例》《科场条例》《学政全书》三部，以备途中省览。人谓君于此官未能恝尔，余谓君于此书未能忘情也。君年力方壮，复不倦于丹铅，他日拓成巨编，还朝相质，余尚当操笔从之，而先述其缘起，以为息壤云。

嘉庆十年岁次乙丑重阳日馆愚弟湘乡谢振定拜书。

湖山朱氏族谱序

【题解】本文见于1923年所修湘乡《湖山朱氏三修族谱》，作于乾隆四十九年甲辰（1784年）。湖山朱氏谱首修于乾隆五十一年（1786年）。

溯涟湘而西二十里，有地曰湖山，逶迤平远，土厚而水深，其中类生磥砢英多之材，余每过而心仪之，何幸朱氏聚族于斯而钟其秀也！甲辰，余北上，候朱浯同文至其家，适其族首言扬聘贤董修家谱将竣，余得悉其世代儒素，志行醇谨，夷坦有古人风。继而聘贤请序于余，余曰："是孝思也，抑慎重事也。谱牒所载，皆宗族祖父名讳，孝子顺孙目可得而睹，口不可得而言，所以生其爱敬之心，等其亲亲之杀者端于是乎在。第晋魏以来，士大夫矜以门第相高尚，于是而冒引滥入，颠倒舛错，至坌午不可稽，宗支紊、谱法沦矣。"

按：浯家世自江右而楚南，而潭，就其可之者，则以通公为断，厥子大广徙潭而湘之湖山，支分派别，迄今二十余世，何其渊源井然也？顾吾闻陶靖节先生之言曰："同源分流，人易世疏。慨然寤叹，念兹厥初。"范文正公之言曰："宗族于吾固有亲疏，然自祖宗视之，皆其子孙，固无亲疏。"推是意也，心祖宗之心以为心，所谓元者，善之念长也。元德克全，而一元之气遂融融盎盎于隆平宇宙间。今湖山朱氏，秀者士，朴者农，忠厚之泽引而愈长，将见仁让之风、孝慈之义庆衍祥流，垂裕百代。湖山灵秀之气，不更有所钟而光大其门闾者乎？抑余方有厘正家谱之志，以北上未果，嘉朱氏克成敦睦之雅意也，于是乎言。

翰林院庶吉士谊愚弟芗泉谢振定撰。

文炳公八十寿序

【题解】本文见于湘乡《萧氏续修族谱》。文末标“乾隆四十一年岁次丙午”，因乾隆四十一年为丙申年，乾隆五十一年才是丙午年。本文应作于乾隆五十一年（1786 年）正月。

河盘九曲，出碣石而称雄。玉耀连城，孕蓝田而更贵。人言松柏不产培塿，世说山川能兴云雨。从来食禄必归积善之家，大抵成仙原属修身之士。华居祝嘏，既荐币以承筐。画锦张筵，咸历阶而拜手。

恭维文炳姻翁先生，殷宋支分，兰陵望重。门风环丽，汉宫赐履之声华。宗老精忠，梁世呼传之苗裔。胜衣对客，器自别于常儿。毁齿知名，门讵书乎凡鸟？嗜缥缈之旧业，勉副传薪。馨指擢之逸才，勤思式谷。既而东观英流，世咸推乎郭泰。西京太学，人尽景乎刘陶。先民之遗矩犹存，庸行之潜修益笃。高堂馈食，洁瀡瀡以娱亲。东道班荆，结珩璜而赠友。同功之茧，九族分温。续命之田，六姻借润。平崎岖之道路，砥已庆于百年。便厉揭以桥梁，碑永镌夫众口。以故宽能逮下，王裒之僮约宁苛。和以与人，扬子之客嘲可恕。奚烦冯谖市义于薛中，不类赵宣仅愿沾恩于桑下。此又逢源之泉，既注兹而挹彼。恒春之树，复自叶以流根者也。耳所得闻，指不胜屈。兼以人称嘉耦，室有同心，则李老孺人实为先生元配。幽娴纫佩，幼早奉厥女师。香茗裁篇，长不烦乎姆教。勖翱翔于凫雁，克相外庭。咏和乐于关睢，深娴内则。有无黾勉，鸿妻宛宛以如宾。甘旨辛勤，陶母殷殷而对客。无如卢家金碗，犹在人间。嬴女琼箫，久归天上。值先生八旬初度，丁年玉树，跪斟延寿之杯。亥字铜山，笑听长生之曲。而先生以为畴能赠我，须破末俗之拘牵。假以遗余，毋蹈时流之剽袭。庶几并提存没，令阃德之偕彰。极叙生平，俾余怀之稍慰。先生之庶室唐孺人，德亦相副，眉亦能齐。弦续鸾胶，琴瑟式赓乎静好。丸和熊胆，诗书遂发其光华。分鹫鹭之一毛，翩然映日。剪虬龙之片甲，蔚然成云。会食皆龙，不羡荀家之八。趋庭是凤，竟逾薛氏之三。伯若仲既天府策名，叔与季亦英年竞爽。燕山五桂，最夸第一之枝。万石诸郎，均擅无双之誉。此固义方禀夫庭训，抑亦内助式是母仪也。况复头角崭然，兰芽馥若。诸孙鹄峙，共舒梧竹之华。群幼鸾停，大得风云之气。所谓根深者叶自茂，亦征积厚者流弥光。先生则年登耄耋，视听不衰。齿近期颐，神明自湛。摩挲画阁，或负旭以钞书。矍铄晴原，每临风而杖却。洵世间之人瑞，直地上之神仙。

兹者序当首祚，三山之鹤驾非遥。节届上元，千载之仙筹咸介定也。里既同乎桑梓，情切登龙。戚更托夫葭莩，分宜称兕。乃驰驱半载，初停骢马之行。奈浮沉一官，再附绣衣之列。故人书来四千里，幸圣朝仁寿之泽，远被吾乡。大椿春纪八千龄，晋豳风眉寿之觞，还期异日。迹虽阻于西笑，曲仍奏夫南飞。聊诠次生平，谬冠锦屏之颂。亦比合声偶，窃居乘韦之先。遥知鹤算鸿畴，辉增海屋。即卜龙章凤诰，庆集德门。

乾隆四十一年岁次丙午孟春月中浣三日，前任江南道监察御史、翰林院编修、加三级纪录五次，姻家眷弟谢振定撰。

桦美公讳逢琏七秩寿序

【题解】本文见于《湘乡凌氏三修族谱》，作于乾隆四十八年癸卯（1783 年）秋。

癸卯之秋，友人来谒余，言上湘巡司凌君桦老先生漠漠浑浑，不求闻达，家居勤俭，出入质朴。年登古稀，戚谊李元瑾、李志梗、王隆沅、郭万修诸君思为制锦，道扬盛美，请文于余。

予曰：河间望族也。江表风流，共推国器。剑南才俊，群慕儒行。以至赠金感德，治水遗迹，名贤接踵，不一其人，先生殆其流亚欤？经纶纵未著于世，即家政可以想见其为人。《诗》云："如山如阜，如岗如陵。如南山之寿，如松柏之茂。"固可为一诵也。虽然，天之福其人，非寿无以永福之享，非富无以益福之精，故《洪范》五福，一曰寿，次即曰富，求之季世，兼此者实难，而先生庶乎近焉。

先生弱冠时，早为其尊人和衷公器重，大小政俱归先生手画，家故饶裕，蓄积益厚，兴创益宏，盖堂构焕然一新矣。且家训整肃，尚朴毋华，尚约毋奢，其子弟令各守一艺，不许衣纨绣，以故其令嗣夙涉温和，均恂恂成令器。长君胜拔、仲君廷拔不刚不柔，处己待人，悉由厚道，为克家肖子，而三君儒拔蜚声太学，设天假之年，定当为羽仪之望矣。而且森森兰砌，举有瑶环瑜珥之目，然则勤俭质朴，固其卓卓大者，况其他芳躅未可殚述哉！

夫湘山之秀，涟水之湄，先生之潜德幽光，即先生之食报未艾也。余惟撮其尤者表彰之，爰寓书遥祝三觞，盖以先生之积德推而广焉，寿以永富，富以益寿，且将庆大椿而受多祉也。是为序。

贺母邓孺人八一寿序

【题解】本文见于贺钰龄等主修湖南常宁《贺氏五修族谱》（1930 年）卷四之二，作于嘉庆五年庚申（1800 年）正月。

拔萃贺君愚庵，同学年友也。岁庚子，余谬主双蹲书院讲席，愚庵时偕族侄允启年兄相过从，气宇轩昂，襟期洒落，有岳峙渊渟之概，询属麻阳司训元献老先生嫡派。王父相如公为文学彦，笃行君子，脍炙人口。尊翁拔千先生英姿卓荦，早列成钧。世德相承，家声赫奕，窃心器之。既又闻其堂母邓孺人为文学绍文先生长女，《内则》《女史》娴之甚熟，于归后孝养倍至，王母唐大孺人称为佳妇。无何，拔千先生壮岁捐馆，仰事俯育，孺人以身肩之，且躬自操作，旦夕经营，遂至素封而田园日广，堂构日新。因而勤捐赈，减佃租，设义渡，建神祠，吉祥善事，难更仆数。予欲一道扬其休而未有发也。

去冬，愚庵邮寄余书云：“庚申新正，为孺人九旬开一诞辰，族戚制锦为寿，丐一言以晋觞。”兼袖其乡先辈曹序庵太史曩所作寿文见示。夫余自离词馆归部曹，扬历十余年，久旷笔墨，何能道孺人万一？况孺人淑德，曹太史已详言之，余何赘焉？余心仪孺人日久，又重以愚庵之请，乌容以不文辞。

余惟妇人无外事，故礼详问视，诗议酒食，不幸而陨，厥所天藐。兹未亡人能奉甘旨，抚遗孤，如两髦仪特之誓、和丸画荻之风，固已无惭妇德。他如燕翼贻谋，修举废坠，使毕生事业巍乎焕乎，此在男子犹难言之，安望得诸裙钗中？非分之不可干，实才之有不逮也。乃孺人自分镜后，奉姑嫜以孝，以妇道为子道，是曾、闵之行也。待弱息以义，以母道为父道，是燕山之谊也。至于广置田庐，厚施功德，男子所不能为者，孺人为之裕如，古称丈夫女，何以过此？

今孺人年臻耄耋，令郎既策名天府，望隆乡邑，龙孙亦翩翩竞爽，都书服古，定当蜚声艺苑，主盟骚坛。曾孙辈又嵩生岳降，如兰茁琼阶，桂蟠玉砌，将来黄封紫诰，报答春晖，曷有艾耶？是孺人以德运才，因以德基福而获寿，亦即在是。宜族戚欢欣鼓舞，思颂祝于无已也。且孺人登高年，享大寿，犹童颜鹤发，康强无恙，其受福尚未有涯，其获寿亦未可量也。行见进延龄之酒，奉百岁之觞，直指日事耳。

余不佞，倘得告归旋里，从诸君后跻堂称觞，则诚区区所深愿者。爰书以复愚庵之请，并以志向者道扬之思焉。

尹老孺人六秩寿序

【题解】本文见于《湘乡冠曹胡氏五修族谱》，作于嘉庆十一年丙寅（1806 年）正月。

盖闻天有女星曰嬀曰婺，二者互相辉映，以焜耀于无穷。人之得钟其灵者，必作闺中之秀，大著母仪，共金石以不朽。兹于胡母尹老孺人征之。

孺人为万禄先生之长女，余族姊丈为仁先生之亚配也。为仁先生赋性瑰奇，倜傥有大志。孺人终温且惠，淑慎其身，与余姊氏黾勉同心，情逾姊妹，佐家政咸敦妇道，内外无间言。故其始也，共举梁鸿之案，而琴瑟钟鼓洽其欢。其既也，独兆玉燕之怀，而麟趾螽斯衍其庆。由是巽一索而继以震，震一索而继以坎，坎再索而继以离，离再索而继以艮，艮则以三索终焉。盖积善之家，和气致祥，其所由来者渐矣。无何，白玉楼成，为仁先生顿应绯衣之召。孺人与余姊氏，以两未亡人抚此诸孤，几费恩勤，俾至成立。越十二年，余姊氏亦赴会瑶池。孺人矢志益坚，画修母之荻，和柳母之丸，独力撑持，以母道而兼父道，以内职而摄外职，增光先绪，丕振家声。古所称昌而炽、寿而臧者，意在斯乎？意在斯乎？迄于今，淑媛二者皆配名门，丈夫子鼎峙。长君舜昭，为人刚正廉直，有陈太邱、王彦方遗风。合族推为户首，敦伦纪，植纲维，奸邪者不敢售其欺。近又捐资纠众，大修义举，以略试其济川之材。虽奋志芸窗，未获展鹏程于九万。然观光利用，已得援例而入成均。次君参化，性情行谊与难兄真堪伯仲。季君永修，潜心力学，日起有功，行将干青云而直上。此皆克体孺人之慈训，故后嗣蔚起，尤彬彬儒雅，大喷书香，足以慰为仁先生燕贻之谋，而不负余姊氏期望者也。

兹丙寅之春，为孺人六旬设帨佳辰，其族望冠曹先生琢七律二章以颂之。其首章曰："寿域宏开岁月赊，三千桃宝正含葩。长生不让西王母，难老应追萼绿华。操矢柏舟人罕比，筵登麟脯孰能加。且看坤道安贞吉，鹤算绵绵福自遐。"其次章曰："天开泰运映春阳，共庆金萱茂北堂。贞静幽闲垂范远，德言功貌历年长。璧池初焕瑶池彩，阆苑还飘上苑香。更羡凌霄舒健翮，名高三凤振南湘。"韵既成，邮寄示余，并嘱余染翰为之序。余思自古名家，首推尹吉，诵《都人士》之什，一则曰"彼君子女"，再则曰"彼君子女”，则知孺人之芝根醴源，积德昌后，行见纶音下贲，旌表门闾，福履之绥，方兴未艾也。余难远宦，未及跻堂称觥，而瞻言雪柏，偕仙果以长芳。仰止鹤山，与蓬莱而永峙。亦惟望女星之遥焕，备述阃型，用侑寿筵之一觞云尔。是为序。

嘉庆十一年丙寅正月之吉，翰林院编修、江南大主考、年家姻侍生谢振定拜撰。

维南公传

【题解】本文见于《谢氏大宗族谱·咸丰癸丑谱》。文中有“辛酉冬杪”之语，当作于嘉庆六年辛酉（1801 年）冬。谱修于咸丰三年癸丑（1853 年），当系依之前旧谱照录。

叔祖维南公讳顺衡，叔曾祖汝生公仲子也。幼聪颖好学，有远志，为定父凤书公所钦仰。定父尝谓定兄弟曰：“吾族维南叔者，其容仪之整肃，性情之诚朴，才识之远大，他日不凡器也。”长困童试，遂甘恬退，规规矩矩，不随俗俯仰，人咸敬惮之。邑绅士张正笏先生为叔祖父母五十寿序，有“饱收太平景色，视尘容拔出百丈外”云。

公甫三龄，汝生公弃世，一一唯母陈孺人命是行。家颇裕，一切轻财重义者难屈指数。一日兄以急告公借田五十亩售外，分厘未偿，绝不形诸言色。析爨多年，人视为邻居者，公终以兄弟亲之。祖山被侵占者，讼用百余金，山归公管，费独用不派。族党来京师者，皆啧啧称道于弗置。

定滥竽京职，未获亲聆训诲，每于自公退食，想叔祖懿行芳徽，惓惓不忍忘。辛酉冬杪，定兄振宇自清泉官署寄赞叔祖遗像曰：“于惟翁之盛德乐且康，潜而未见，暗而弥光。宜逍遥乎尘表，乃楚楚其衣裳。须眉甚古，气象甚苍。不羡金紫，渊默静忘。君不见终朝驰逐利名场，蹉跎岁月枉茫茫。谁似乃翁寿而臧，消此南薰之日长。”赞叔祖母黄孺人曰：“贤哉此母，勤俭是持！秉性温惠，貌亦柔慈。钗荆裙布，裘帛匪资。生甘儒素，遗像如斯。教成机杼，孟母风期。服宜于夏，为絺为绤。勖厥子妇，以身示之。”定展读之下，因忆所得闻于族党，暨定兄弟得诸定父所示为不凡器，其钦仰为不虚，以为之传。

礼源公配谢孺人传

【题解】本文见于湘乡《坪壤彭氏三修族谱·卷十九·事实志·传》，作时不详。

母系余族祖修职郎谢讳兴亮字帝相之长女，太学生彭公讳冠定字礼源之元配。赋性端重柔顺，不苟言笑。自幼母丧，事父循循有礼法，组紃葅醢，皆极精洁。

年二十归彭时，翁修职郎愿学公年近七旬，奉养极孝。事后姑陈太君谨执妇道，定省视膳，未尝一日少衰，姑亦爱之甚笃。处妯娌最和谐，其夫子兄弟至老始异炊，而财产不析。夫子总家政数十年，仗义轻财，好宾客，母备酒馔不少缺。一生德、言、容、工，无不惬夫子意。夫子或因他怒有移，只俯首受，妯娌、邻嫱咸服其德性之不可及。生子五，皆泽以诗书，俾勉上进，每就傅应试，必亲营便身之物。

自为女及为妇、为母，俱际福盛而勤俭自持，中馈纺绩，日夜不辍。身衣裙布，口啜菜根，取洁而已。即年过五十，每有肥甘，犹止供姑及夫，余则啖幼子童孙。惟好赈恤乡族贫穷，戊戌岁饥，夫子施米赈济里党，更为加详以补未及，日所余便给乞丐，全活孔多。己酉岁，其长子柄安议倡义谷，不胜欣奖，即许捐谷，硕成其美。年五十五，得失血疾，历五日而殁，坦然若睡云。

吟伯公传

【题解】本文见于1947年黄家葆、黄家鹏等主修《湘乡篢口黄氏四修族谱》（敦本堂）第二册（子集中），作于乾隆末年。

黄公吟伯者，吾邑俊杰士也。性聪颖，质端重。自为儿时不乐嬉戏，长能肆力于学。文宗金陈，字祖颜柳，而其嗜好尤在声律。天才排奡，目空一世。花晨月夕，吟咏不辍，长言短章，俱成绝调，故自号曰“吟伯”。迄今读其遗编，尤令人景仰于不已。昔贤谓有第一等襟抱、第一等学识，斯有第一等雅量。春风风人，夏雨雨人，横逆之来直受不报，如彼海阔天空，任尔鸢飞鱼跃。古来可语此者，叔度一人，而不图于公遇之。夫基积则日崇，源导则日浚。公笃于名教，根诸所性，而勤自修治，日常苦不足。以故根本茂盛，发见不穷。当高堂无恙，曲承欢心，孝养弥笃。及庭帏尽力之余，推之以恭兄友弟。花萼楼前，埙篪奏焉。江州几上，甘味分焉。至其本之以教从学，崇敦朴，惩虚伪。忠孝节义之行，无日不反复劝勉也。苟且贪污之事，无日不痛切规戒也。一时出其门者，多所成就。士君子出则股肱帝室，利赖民生。处则引掖后进，薪传勿替。维公其庶几焉。抑吾闻之，不知其人者，观其后世泽绵远，奕禩流芳，强半由祖德积累所致也。

公寿七十有八。配左氏，享寿九十有四。子二，孙十。曾孙则以名魁虎榜纪其数，亦于公不冤一民，自知其后必昌、高大门户之意。玄孙则芝兰斯馨，芳丛雅艳，共计有百余人。他如六代、七代，叠见林立，难以枚举。其中掇科名、取青紫者将不乏人，不可谓不盛矣，人而如公可以传矣。

余滥博头衔，谬厕国史。公同宗齐焕谒选北来，挑灯夜话，语公事实甚详，因请传。余固乐得而志之。

赐进士出身、翰林院编修、充国史纂修官、原任京都南城察院加三级纪录八次，芗泉谢（镇）〔振〕定顿首拜撰。

梁公定梅母刘孺人墓志

【题解】本文见于四川绵阳2012年版《谢梁氏族谱》，当作于清乾隆后期。

尝思根深者实自茂，源远者流自长。我族祖梁公讳定梅，字子魁，派演吴西，产育湘南，与吾谢氏桃林、花桥原共一本，自康熙年由楚来川。存心公直，持家勤俭。生居三台王家沟，死厝射邑龙龟寺。妣氏刘，湘乡县巨族，从夫往蜀，温惠淑慎，敬戒无违。所生男七女一。殁于斯，葬于斯。窃恐世远难稽，蒙业而安者，或忘一代木本水源之思，因念年湮罔据，勒石标名，永垂千秋俎豆馨香之所。故历叙由来，以志不朽。

中己亥恩科举人、庚子科进士、钦点翰林院庶吉士，族玄孙谢振定拜题。

吕公万萃传赞

【题解】本文见于同治三年《湘乡白龙吕氏支谱·卷首下》，作时不详。

吕公玉珍，讳万萃者，湖南武冈人也。性豪爽慷慨，尝习胶鬲、端木之业，而宽厚朴真，未尝以刻覈待人。比长，遍游名区，遇不可于意事辄引而去之。康熙初至湘乡白龙里，遂驰负担，躬畚锸，营生畎亩间，于是广辟阡陌，富饶甲乡。与人晋接，惟谈家常。然酷嗜风水，虽蜡屐几穿亦无倦容，所至闻屟蹑声，曰："此吕公来也。"相见大欢，班荆道故，殷勤款洽如初识，其诚笃类此。寿至八旬。子三，孙十一，皆强干果毅，绰有家风。赞曰：

湖之南，有武冈。产伟人，直且刚。居涟溪，止湘乡。富而朴，廉而臧。邦之彦，家之光。

湘乡谢振定敬撰。

汉辉公配蒋孺人

【题解】本文见于《七帐张氏七修族谱·像赞》，作时不详。

妇德之隐，惟以节彰，而贞节之苦，其德弥芳。如孺人之淑范，洵可表倡。方夫存也，鸿案相庄。及其没也，志此冰霜。教子以母道兼父道，持家惟理阴摄理阳。柏操松茂，节寿全双。谱兹懿迹，奕叶炳光。

《萋香轩文稿》所收跋文四则

【题解】《萋香轩文稿》系爱新觉罗·裕瑞所著，共收文稿二十余篇，取法式善、杨芳灿、张问陶、吴鼒、谢振定评语。裕瑞字思元，著有《思元斋集》，内含《萋香轩吟草》《樊学斋诗集》等，自嘉庆七年至十七年间（1802—1812）陆续自刻行世，而《萋香轩文稿》未列其中。

法梧门诗序

超淡冲穆，东坡之后，惟归熙甫能之，青田尚嫌叫嚣也。琴韵霞鲜，即自道其诣耶？

张居正论

公私之际，真有快剑寒犀，劈分两界，手段如此，论人不为俗眼瞒也。

卢沟晓月记

境超，人超，思超，笔超，《诗品》云“俯拾即是，不取诸邻”是也。强学古人以为肖，似徒向木佛求舍利耶！得此自在神通。

赵普论

秋水太阿，高台明镜，有功名教之文。

题山东曲阜孔府前堂楼联

【题解】本联见于山东曲阜孔府前堂楼，位于前上房之后，作时不详。

守道不移金鼎重，居身常抱玉壶清。

附录一　序跋[1]

吴云跋

【题解】本文系嘉庆十九年甲戌（1814年）七月谢氏门人吴云作，原以后记形式置于诗集后，无标题。吴云生平见诗集卷一《题吴玉松〈岁除游山图〉》题解。

先生以诗古文辞享盛名，顾未经手定，捐馆前一日，命其二子以遗草付云任校订之役，时己巳五月十四日也。云问学謭陋，辱承遗命，梦惴惊魂，终恐有负诺责，藏诸笥中，时一翻阅，殆将五年于兹。其古文一册，谨拟汰去代人酬应之作数篇。至古今体诗二册，属方铁船水部以丹笔标识，复穷十数昼夜之力反复谛观，存如干首。他日刊布，用慰艺林想望之众心。若其诗之性灵超卓，才力苍雄，绝去雕章琢句时习，海内巨眼当有定论，非门下士所敢仰窥涯涘而妄置一喙也。

嘉庆甲戌七月廿九日门下士吴云谨记。

---

① 因为写作和刊刻时间不同，各本序跋数量和编排位置略有差异。共有序四篇，跋五篇。其中王龙文所作《湘乡谢芗泉先生知耻斋集序》系最后一篇，因拟刻而未成，所以没有收入书中，系本次整理搜集所得。

刘大观《知耻斋文集序》

【题解】本文系刘大观于道光九年己丑（1829年）冬应谢兴峣之请而作。原置于道光本文集前。刘大观（1753—1834），字正孚，号松岚，山左临清州（今属河北省邯郸市）邱县人。乾隆四十二年丁酉（1777年）拔贡。初仕广西永福县令，官至署山西布政使。工诗善书，著有《玉磬山房诗集》十三卷，《文集》四卷。

余与芗泉先生皆悬弧矢于乾隆癸酉，齿相同也。先生丁酉领乡荐，余丁酉由选拔，出身不同而同也。余以朝考异等出宰粤西，先生以进士登词馆，中外悬殊，入仕版不相同矣。先生以侍御忤首揆休官，余以道员劾巡抚褫秩，是出处进退又相同也。先生耽吟咏，笃知交，爱游览而尚气节，觥觥然不与众俯仰，余生平稍稍近似，是性情亦相同也。其不能相同者，先生有记性兼有悟性，经史过目辄不忘，余差有悟性而不能强记，年十四，日课十行，终不能成诵，此资质不同也。先生长子入翰林，以散馆文字不谐于显贵，改为选人，宰宝丰，调固始，两邑绅耆父老称岂弟君子。次子以縢录得叙宰官。余年七十始举子，越两年又生一子，今尚在髫龄，入蒙馆读书，是得子迟速不相同也。先生年五十有七遽归道山，经纶事业百未展舒其一二，而余今行年七十有九，迄未闻君子之道，是后死者偃蹇蹉跎而负愧也。

先生门下士黄大司农钺位跻正卿，为辅弼大臣，多建树。吴侍御云抗疏劾权贵，直声满天下。今皆告老归林下，越八旬无恙。或曰："天何啬于其身而丰于其门墙士耶?"余曰："不然，先生未竟之志，惟两君继之。两君所行之事，惟先生倡之。是天之啬此丰彼固自有在。"余所万不能及先生者。又余尝游华岳，乘筍舆，涉横流，踏乱石，转数十折而抵松柯坪，手握铁绠，陟千尺幢，又转数十折及百尺幢，一山中断接以危桥，度桥而登云台峰，夜悬星斗近眉睫，如可仰探而掬于掌握之中，斯时意兴颇自以为豪，而苍龙之脊，左右无攀援，瞻顾徬徨，遂尔中止，抑何懦欤？先生则过通天门，叩金锁关，坐三峰之麓，古松着风，谡谡然若奏钧天之乐，其豪情坚力为何如也。由是观之，余于先生其天渊矣乎！

今先生令嗣果堂刊行《知耻斋诗文》，征序于余。余曰："先生以学问经济传，诗文其余事。然先生之诗文即先生学问经济之见端也，若遂足以尽先生，譬如见凤之一毳，麟之一趾，遽以为知凤麟，是何异群瞽摸象，各以为得象之所以为象，岂其然哉？"

余垂老荒废，睹是集，振触数十年事不能自止，爰即余襟臆所感而发以为序。

道光九年岁次己丑冬仲八十老人松岚刘大观。

谢兴峣跋

【题解】本文系谢兴峣于道光九年己丑（1829 年）至十四年甲午（1834 年）间所作。原作为后记，置于道光本诗集后。

先大夫通籍以来，由史馆而台谏，而春曹，所至尽心，无敢旷职。惟性耽书史，办公之暇，辄手一卷，不绝呻吟。偶作诗古文词，皆以抒写志趣，不欲以辞章表见也。故平时随作随弃，稿本不完。迨己巳岁捐馆后，峣、峘等痛先大夫之志未伸，而性情学术恒流露于楮墨之间，遂检书笥中废纸残篇汇钞成帙，并于知好家访录唱酬之作，阅两载而得文三十八篇，古今体诗四百余首，质之玉松、云汀两先生编订付梓。计平生所著仅存十之三四耳，松岚先生所谓凤之一毳，麟之一趾，固非虚语也。峣因刊本既成而手泽之未全，实子职之阙憾，爰谨识此以自谴云。

男兴峣敬记。

曹振镛序

【题解】本文系曹振镛道光十年庚寅（1830年）秋受谢兴峣之请而作。原置于道光本文集前。

文以载道，诗以理性情。世之业操觚者，镂冰刻脂以标隽巧，轧茁吊诡以诧神奇。骤而观之，非不露颖齿牙，摇眩耳目。实而按之，或往往不概于道，不根于性情，则虽绘句绨章，连篇累牍，其言之也必不工，而传之也必不远。

芗泉先生于余为同馆前辈，自词林迁谏院，文章风节著闻于时。巡视东城之日，豪家奴乘飞车而骋，呵之不止，执而焚其车于衢，同官掎摭之，坐是夺职。仁宗亲政，起先生补仪曹郎，寻理七省漕务。差甫竣而遽殁，人皆叹其获特达之知，而不克尽展其抱负，为可慨也。迹先生之为人，立身介而不阿，任事果敢而无回挠。其发为诗古文，不屑屑沿袭规仿，兀岸排奡，与古大家相抗衡。惟其见道之深，得性情之正，浸灌之于义理，而日精研磨之，以诣力而日进，故其所著述迥异时流，有必传于后无疑者。先生足迹半天下，使轺之所经，客帆之所指，与夫公余退食游屐之所攀跻，若上方、田盘之邃，泰岱、华顶之奇，金焦、北固、兰亭、禹穴之名胜，经丘寻壑，凿险缒幽，举胸中磅礴郁积之气，震荡激越，境屡变而益雄，盖尤得江山之助焉。

先生尝欲网罗当世文集，甄录成编，蔚昭代之巨观，与史乘相表里，海内之士想望其书之成而惜乎其未竟也。

令子果堂继声翰苑，出为亲民之官。今年秋以保荐来京师，手先生遗集，请一言弁首。果堂余门下士，而先生之行谊余昔所钦佩也。援笔序之，用以志老成典型之感云。

道光十年岁在庚寅秋九月既望新安曹振镛。

谢兴峣跋

【题解】本文系谢兴峣于道光十四年甲午（1834 年）七月作。原置于道光本诗集后，十四年本即已收入。

道光甲午岁，兴峣出守叙郡，读《蜀志外纪》，载乾隆丙申湘山精舍扶乩一事。言有仙女降坛赋诗，自称蜀女吴氏，字碧莲，年及笄。随父任之全，未字而殁，葬于湘山洗钵岩。词甚凄惋，见者异之，请再次韵。女仙又赋一律，飘然而去。翌日，群少年求墓于洗钵岩前不得，邑乘亦阙，不可考。清湘俞明府为作传，一时题咏甚多。先大夫题有七古云：

粤峰缥缈横青天，湘水泠泠凄鸣弦。巫峰千里云绵绵，灵风梦雨来飞仙。惊沙走笔何翩翩，吟魂杳窅凌苍烟。自云埋玉湘江边，东风何处思华年。怨魄天涯悲杜鹃，二十三丝惊四筵。有客临渚怀芳荃，青山怪石意拳拳。碧沼幽香抚遗编，曹娥碑次鲛绡传。琵琶声断红珠涟，珊瑚铁网迷重渊。他时银管真珉镌，置身玉鼎秋华巅。我生吊古沅江堧，美人芳草遗真诠。呜钦东海呼成连，萍踪邂逅幽丝联。词坛白战供清研，读君佳传清且妍。碧城迢递哀婵娟，阁笔浩叹迴云軿。翔风凄冷吹归船，漫空雪点飘花残。我醉长歌君扣船，回首春山空惘然。

王梦庚《重刊知耻斋诗文集序》

【题解】本文系王梦庚于道光十八年戊戌（1838 年）作。原置于道光十八年谢兴峣督刻本文集前。王梦庚字槐庭，号西躔，浙江金华人。嘉庆十八年癸酉（1813 年）拔贡，历官四川川北道、灌州知县，两署太平同知，著有《冰壶山房诗钞》。

自来不朽之业有三：立德、立功、立言是也。顾德蕴于中，非言不显，功著于外，非言不传，是言之所系大矣。诗文之道，所为亘古今而不朽也。第底蕴不深则浮而寡实，风骨不坚则卑而易靡，元气不充则隘而未宏，纵复镂金错采，戛玉铿金，鞶帨绣焉耳，轮辕饰焉耳，讵足语于立言之道哉？兹读芗泉先生诗文集而益信焉。

先生以拔地倚天之才，茹古涵今之学，凡所吐属，莫不恃源而往，本诸和顺，发为英华，其刚健中正之气时流露于语言文字之表，有令人不敢蔑视、不可亵玩者。信乎有德之言，非浅学所能袭取也。

尝谓古人无意为诗文，不求工而工不可及，今人有意为诗文，欲求工而工每转逊，无他，以言为言而功与德不能本末兼赅也。溯自祖龙惨厄，丘索荡然，而《书》有古文、今文，《诗》有齐、鲁、毛、韩，不仅如《易》之以卜筮获存者，此即文与诗之并传千古也。文盛于史而班马郁其宗，诗流为骚而屈宋扬其烈。自是汉魏艳为六朝，苏李变为三唐，韩柳挽文体之狂澜，李杜开诗家之奥窔，宋、金、元、明源流分合，其足以阐扬道德，抒写性情，号称不朽者，必其人之足以不朽者也。

先生由史馆而谏垣，而典试，而巡漕，直声震天下。今即其诗文读之，严气正性，足以配道义而维纲常，慑奸顽而振颓懦，虽与日月争光可也。所传毁飙车、惩豪奴一事，特偶露其端，而岂足以尽先生之全量哉？读是集者深思而寻味之，知立德立功胥于是乎在，不仅语言文字云尔矣。

果堂太守因旧刻漶漫，属校雠其亥豕，重付剞劂氏，爰缀数语，以志仰止，序云乎哉！

道光戊戌九月既望后学金华王梦庚谨识。

谢邦鉴跋

【题解】本文系谢邦鉴于道光二十六年丙午（1846年）七月

作。原置于道光二十六年本文集上之后。

先大夫乡贤公当乾隆朝以翰苑典试江南，旋由柏台巡瓜仪漕务，嗣以毁权贵家违制车被同官掎摭罢职。仁庙亲政，特起擢用，未竟厥施，赍志以没，朝野惜焉。

后二十余年，世父果堂以裕州牧入觐，今上召问曰："汝即烧车御史之子乎？"天语殷拳，称叹再四。世父出以告先君子并以勖邦鉴曰："先臣劲节，上荷两朝之眷，凡为谢氏子孙者，宜如何感激图报乎？"嗣是世父擢守成都，因公解组。先君子铨尹安溪，未抵闽而中途弃养。时邦鉴奉讳归湘，世父自蜀入吴，泛游江淮，从兄弟邦锦、邦鳞亦各应官江左。

岁乙巳，邦鉴幸捷春官，亦以县令签发来此。乃得于世父修省问之礼。世父勉以世受国恩，必当矢勤矢慎以毋坠家声。邦鉴敬聆之下，且悚且愧。因家藏《知耻斋诗文全集》锓板日久，剥落残缺，爰命邦鉴趋公之余，校雠补缀，以公当世。工役既竣，敬附数语，以志岁月云。

道光丙午秋七月孙邦鉴敬识于金陵寓斋。

谢霖跋

【题解】本文系谢霖于光绪十六年（1890年）所作的跋，原置于光绪十六年本诗集后。谢霖（1851—?）原名嗣湘，字运生，号小湘，谢兴峣孙。

曾大父乡贤公乾隆朝官谏垣，慷慨犯权贵，骨硬名天下。当时为仁庙所器，卒后宣宗尝追叹焉。是以烧车御史之名，至今士大夫犹啧啧称道。生平所著诗文入《知耻斋》者才什之一。是书为霖大父果堂公守成都时所刊，世父吉人公宰高淳时复加修辑，见者无不奉为泰山北斗。板存湘乡宗祠，久不行于世，求于霖者无以应。霖寄籍金陵，光绪乙亥举于乡，倏忽十余年，祖武未绳，愧甚。顾念先人手泽不敢湮没，由是取板来陵，漫者新之，阙者补之，差尽报本之忱，抑慰士林先睹为快之意云尔。

时光绪十六年七月日曾孙霖谨识。

王龙文《平养堂文稿·湘乡谢芗泉先生知耻斋集序》

【题解】本文系王龙文于光绪三十一年（1905年）为准备重刊《知耻斋集》所作的序言，但重刊未果。

尝读列朝实录，至仁宗睿皇帝即位之四年，天子既扫秽除慝以收政柄，置奸相和珅于法，用激扬朝士大夫之标高洁己不为珅屈者，死者赠恤，生者擢叙于时。吾邑芗泉谢先生以主事起用，寻迁礼部员外郎。先是，先生以翰林官御史，珅方贵，用事潜窃威福。其妾弟乘违制车以出，横甚，都人争避之。会先生巡城遇之，捽之出，鞭之，火其车。珅衔焉，假他事削先生籍。当是时，薄海内外识与不识，竞相称曰“烧车御史”云。盖先生之名章矣。然先生坐是沉废者累年，后虽再起，卒亦不竟其用，当时后世交惜之。迄今海外纂史者，推言中土名臣，谓乾嘉之际止先生一人。呜呼！先生之悫怀劲骨，声施夷裔，有如是哉！用是知是非好恶之公，不绝于人心，不闲于异国，有志者可以自奋矣。

夫自古权贵柄阿佞幸炀灶，君子欲格以正议，裁抑之使轨于道，是犹以一蒉障江河，反噬之瘈，甚者且婴显诛，其戍远地、落谪籍者，犹薄惩也。西汉王嘉之狱，徒以其劾董贤耳，正直若龚胜，犹不能置一喙以伸其屈，况琐琐者邪？此孔光所以昵比于嬖臣而大为世诟也。彼和珅之旷贵，非一朝夕之故矣。党徒鳞遝，请寄为奸，权倾朝廷，中外无敢讼言其失者。不为势劫，显与抗拒，唯先生与通副钱公沣、御史曹公锡宝、博山令武公亿耳。诸公既志不得遂，又不幸前卒，独先生晦养泉石，粹然自得，天若留其身以睹公论之大明也，岂不懿哉，岂不懿哉？

方先生之焚车也，祸几不测，先生宁不知之？然卒毅然为之，不少瞻徇者，诚不忍苟焉偷处富贵以夺吾心之所安，而重有负于吾君耳。呜呼！以先生之因直见罢，既罢复振，与夫当日之朝坐宴，与久安要近者较，若少有祸福穷达之异焉。由今日观之，昔之叨秽以致通显飨厚利者，不旋踵皆粪土耳。而先生之名行志事，光乎日月，铄乎夷夏，羶行所被，奢谀立懦，百世而后若有余馨，以彼易此，孰得孰失，君子于是乎知所抉择焉。

先生生平疏草不具存，其他诗文皆可见先生之志节。

龙文幸生先生之乡，慕先生而心向往之。人之求先生集者，时或于龙文焉取之，爰谋诸其族裔，广为印行，以风天下。盖先生以“知耻”名其集，即孔孟论学之要旨也，读者盍先内自讼邪？

先生玄孙嗣曾侃侃自立，有节概，庶几能世其业者。

光绪三十一年乙巳孟秋月谷旦邑后学王龙文谨撰。

附录二 墓志·祀典[1]

诰授朝议大夫礼部员外郎前翰林院编修江南道监察御史谢公墓表

【题解】本文系谢氏门人吴云作，底本编于文集之后，校本编于诗集之后。

乾隆癸巳，云佐湖南学使褚筠心先生幕，时公始入学，读公文，重之。越十有五年，戊申，公主江南乡试，云得出公门下。都人士盛传其事，而公故爱云，赏花命酒必召与俱，一文一诗成，辄令商榷，侍左右者垂廿年。洎病卒之前一日，犹命二子兴峣、兴峘汇所作诗文稿付云手。呜呼！公之于云，知之深而畀之重，何如哉！其孤屡以表墓之文为请，曷敢辞？

公谢姓，讳振定，字一斋，号芗泉，系出会稽，其后由江西吉安迁湖南之湘乡。祖如浑，恩贡生。父再诏，举人。皆以公贵，赠如公官。妣刘氏赠恭人。公兄弟五人，次居季，生有异禀，十岁读《十三经》，弱冠为诸生，试辄冠军。乾隆丁酉举于乡，庚子成进士，改庶吉士，散馆授编修。越七年，改江南道监察御史，寻巡视南漕。事竣，巡视东城。当是时，权贵某方得志，势张甚，家奴飞车骋于衢，猝遇公，隶呵止，不可，状且横。公怒，立毁其车，奴逸去。无何，有同事者劾公，竟落职，嘉庆元年三月十八日事也。

---

① 集中原收有墓表、墓志、行状各一篇，《崇祀乡贤录》一篇。另有法式善所作墓表一篇，系本次整理收集。

公性故好书兼好山水，遂出都，遍览吴越诸名胜，益肆力于诗古文，而捆载百数十年名公遗集以归。四年九月，上特起公为部主事，补礼部仪制司主事，迁员外郎，奉命理七省粮务，驻潞河，勾稽出纳，裁诸陋规。会天津漕船火，公仓皇赴救，祷于天，忽桅折，击所焚船两截，火遂息。其筑康家沟坝堤，及开果渠、温榆河，尤尽心力，而公亦自是病瘁不支矣。

呜呼！公为御史，勇于任事，转以果敢见罪。其再起用应诏，陈时务数条，在仪曹风议崭然。及理粮务，剔厘丛弊，卒之病且困，而以身殉。综计生平，言论设施俱抑郁而未尝厥志，至于笃嗜古学，思欲网罗当代文章为一书，丛残摭拾，亦徒托诸空言，此则长逝者私憾无穷，而门下士所为怆恨而三叹者也！

公配周氏，有贤德，封恭人。子二：兴峣、兴峘。兴峣，举人。兴峘，太学生。女一，适李家茂，官洛阳县尉。孙男二：邦钧、邦鉴。孙女二人。

公生于乾隆十八年癸酉五月四日，卒于嘉庆十四年己巳五月十五日，年五十有七。两充江南、陕西副考官，官翰林时与修国史。尝以未得视赠公含敛，孺慕终身。与诸兄同学甚友爱，性好施，葬比邻胡氏七槥，抚其女如己出。其诸细行不具书。诗文共若干卷，云将悉心校订付刊，以完后死者诸责云。

赐进士出身诰授奉政大夫山东道监察御史前翰林院编修门下士吴云顿首拜撰。

礼部员外郎谢君芗泉墓志铭

【题解】本文系秦瀛所作，当作于嘉庆十四年（1809年），底本、校本皆编于吴云墓表后。

嘉庆元年，监察御史谢君芗泉方巡视东城时，某公为满洲大学士，权方盛，其妾弟与其家人乘违制车哗于道，过者辟易。君见而擒讯之，其人恃势无状，君立毁其车，治之如法。无何，有劾君者，竟由是罢职。

君湘乡人，讳振定，字一斋，号芗泉。其先由江西吉安迁湖南。祖如浑，恩贡生。父再诏，举人。两世皆以君官赠朝议大夫。妣刘氏，赠恭人。生君兄弟五人，君其季也。少颖悟，十岁已读《十三经》，善属文。弱冠为诸生，名籍甚。乾隆四十二年举于乡，四十五年成进士，改庶吉士。寻以父丧归，复丁母忧。五十二年散馆，授编修。五十三年，充江南乡试副考官。五十九年，改江南道监察御史，巡视南漕。事竣，越五月，署兵科给事中，复有巡城之命，以毁车事落职。君遂出都，遍游东南诸名山水，大肆力于诗古文，学益进。嘉庆四年九月，上特起君为部主事，补礼部仪制司主事。九年，充陕西乡试副考官，迁员外郎。十一年，授通州坐粮厅。逾年而病，以十四年五月十五日卒于京师，年五十有七。

君勤于职业，务持大体，其视漕瓜仪也，粮艘因风阻不能发，君默祷于神，风转，尽得济。请于朝，建风神庙。自后君渡江辄得顺风，京口人有“谢公风”之称。及为坐粮厅，时仓务丛弊久，君裁革陋规，诸所措注，不激不随。会夜半火发于漕船，甚炽，官民多束手，君亲赴救火，遂息。性慷慨，好谈时务，其由废员起用主事时，尝应诏条陈数事。居平与人议论，觥觥岳岳，不屑苟同以徇俗。而于诗文尤笃嗜，每以古学衰歇见侪，辈中有能为古文者，辄手录其文而存之。余向未识君，君罢官后游杭州，过余，余觞之湖上，始与论诗。既见余古文，乃大推服。其后余自粤东入为卿贰，得常与君聚，以是深识君之为人。方望君仕宦益进，更有所施于时，而不幸遽没，是则可悲也已。

君娶周氏，太学生三友公女，封恭人。子兴峣，嘉庆戊辰科顺天举人。兴峘，太学生。兴堃殇。女一，适李家茂。孙男二人，孙女二人。

兴峣等将葬君于湘潭朝江冲，乞余铭其墓，余故就所知于君者书之。其诸孝友之行，周恤之行，见行状中，不复具。君所著诗若干卷俟刊。铭曰：

有眈者虎，忽撄其怒，狺狺之口，遂铩其羽。繄天日之照临兮，魑魅遁藏。庶有为于斯世，胡年命之不长？嗟斯人之云亡兮，吾将致憾于彼苍！

诰授荣禄大夫刑部左侍郎年家弟无锡秦瀛拜撰。

诰授朝议大夫赐进士出身礼部员外郎前翰林院编修江南道监察御史芗泉府君行状

【题解】本文系谢氏之子兴峣、兴峘所撰而请贺长龄填讳之作，应作于嘉庆二十五年（1820年）谢氏之妻周氏去世后，子孙将重刊《知耻斋诗文集》时。底本、校本皆编于秦瀛墓志后。

府君讳振定，字一斋，号芗泉，先世系出会稽，其后徙至吉安，为世族。有讳惟兴者迁楚南，居于湘乡、邵阳之交。至敏湖公始居湘乡之螟潭。六传至珩玉公，配易氏，是为府君高祖。

考妣生培元先公，讳添荭，顺治岁贡生，笃于孝友，睦姻任恤，懿行载入邑乘。配李氏，是为府君曾祖考妣。生素庵公，讳如浑，乾隆壬申恩贡生，候选教谕，以府君贵，赠朝议大夫。配刘氏，赠太恭人，是为府君祖考妣。生凤书公，讳再诏，乾隆壬午科举人，候选教谕，以府君贵，赠朝议大夫。配刘氏，赠太恭人，是为府君考妣。府君有兄弟五人，于次为季。幼颖异，弱冠应邑童子试，列第一。学使者试而黜之曰："非文之不工，以神锋太隽，姑少挫而厚殖诸。"时学使者，苏州褚筠心先生也。明年郡试复第一，褚公再至，卒拔以冠诸生。是时伯父元亭公讳振宇、枫亭公讳振宁、愚谷公讳振实皆已先补诸生。大父率之应科岁，试则无不魁，其曹名日起。及丁酉，府君与枫亭伯父同举于乡。时元亭伯父亦已举甲午乡试。庚子春，方试礼部第三场，而府君忽怦然心动，几不能终卷。及成进士，选庶吉士，不数日而家讣至，则先大父即于三月十五日弃世也。府君奔丧归，越一载，又丁先大母忧，哀毁备至。乙巳服阕入都。丁未散馆授编修，充国史馆纂修。戊申夏，奉命充江南副考官。时正考官为仁和胡豫堂侍郎，即府君会试座师，相得无间，所拔多一时知名士。初得元卷，谓其文醇厚，必端人，榜发，果江南孝子季惇大。先是，长洲吴编修云以贡生从褚筠心学使于湖南幕，至是亦在选。既旋都，褚公迎谓曰："君与吴生何针芥之合耶?”则言府君补诸生时，其卷固吴生激赏者也。时以为美谈。己酉兼充武英殿纂修，辛亥复充《八旗通志》纂修。甲寅夏五月，擢江南道监察御史。秋九月，奉命巡视瓜仪漕务。明年春，千艘渡江，连日阻西风不进，虔祷于江。是夜东南风起，遂毕济。奏建风神庙于江浒，自后每渡江或一日数往返，罔不利。京口有“谢公风”之称，以此也。五月回京，赴热河复命。初府君之往视南漕，大学士和珅以代购异玩为托，府君口唯之而返不报也，遂以是忤珅意。而复命时奏对顾称旨。七月兼京畿道监察御史。八月署兵科给事中，旋监视海仓，又巡视东城。丙辰三月十八日为京师优伶神会，喧阗甚。府君巡城归，遇有乘违制车，从奴十余辈，彪彪前闯道者，隶卒辟易。府君立擒以讯，则和珅妾弟，方倚势无状。府君竟痛杖之，焚其车通衢。而翼日，同官希权贵指，竟以是劾府君罢职。当是时，府君名动京师，且有童谣讯相府，或为府君危。府君若弗知，怡然于诗酒，自题所居曰“心太平书室”。礼亲王重府君为人，延教汲修世子，深相礼敬。己未正月，太上皇帝升遐，今上亲大政，和珅既伏法，有旨起用废员。是时大小失职者，百有七十人，蒙录用者惟府君与原任湖北按察使锦格二人，并以主事用。是时言路大开，府君自以前此莅台谏，未两载仆仆奉简书不及言事为恨。至是思竭愚忠图报称，遂条陈时务数大事，旨留中，故焚草，莫得闻也。在礼部，凡典礼可否多所匡正，如肥河邱氏请世袭一事，或以邱氏非左氏后相难，府君为驳议累千言争之。癸亥，题补仪制司主事。甲子奉典试陕甘之命，所得士与戊申江南相埒。复命时蒙详询罢官之由，并历官所办事，温谕久之。仲冬题升员外郎。丙寅冬，简授通州坐粮厅。故事漕仓吏胥以浮收漏税渔利为奸，每官府至，则盛饰供帐，醵金为寿，一入其彀，则恣所为不得问。或拒之，反怏怏百端相龃龉，号最难治。府君至，一切谢绝之，悉精力与稽察。丁卯七月，赴天津收北仓所截留湖广、江西粮米，悉却供给，如在通州时。既而天津粮船夜火，府君仓皇徒步往，亲上火船督兵役扑救，望空跪祷，风折桅断，火船沉水。及冬久雨，康家沟坝屡溃，苦老鼋为患，祭以文，并沉铁釜数十镇之，堤乃合，而府君亦积劳成疾矣。戊辰二月，督北仓米转运通州仓。是夏闻枫亭伯父讣，不见齿者月余，由是病益剧。虽是秋不孝兴峣幸举顺天乡试，府君无怿容也。季冬任满回京，而继督仓场者故不相能。己巳三月，遂以京仓米有霉变，复镌府君级为主事。府君病甚，亦晏然不与辨。呜呼！岂期于五月十五日遽痛终天耶？

府君为人，颀容森严，两颧微耸，瞻顾有神，胸中磊磊，遇事利害豁如也。少事先大父，每有训辞，必书之，识年月日自考，不孝等检故籍中往往得之。又积廉俸三千金，拟置祭田，因以赡族人。后以医药耗其半，余千七百金，置田六十亩，分给诸从兄弟而已。平生风谊笃于师门，有名言或泐石章以识。在潞河时，闻乡试座师王露仲先生家颇潦倒，亲访其子为改葬，复取其《啸笠山房试贴》旧选重刊之。会试房师歙县程鱼门先生没后家并落，丁巳游江南，访其经说文集，归将梓，未暇。其子瀚候选县丞，为助资，俾得分发陕西以去。其交友不能口谀，常面规人阙，不避贵显。然事过辄忘，人亦以是谅之。足迹半天下，闻有学行者，惟恐交臂失。尤喜搜节义事为文以传，下士片长既扬之，又赒恤之。病与无子，则医之娶之。与前常德太守胡公文铨素无一面，徒以其身后有家，在京师为邻，待而举火，先后葬其七丧，又抚其四岁遗侄女为己女，迄笄而嫁之。于乡谊，则置永定门外地数顷以栖旅殡。又倡修明大学士李文正公之墓，置祠堂，春秋致祭，并率都中士大夫为文正作生日以落之，遂为故事。已而得泉祠旁，府君殁后，同人因碑其上，谓之芗泉焉。居家不问担石，约于自奉而丰于宾友。室中以书为壁，暇则竟日坐其中，以人生好学力行，非勇不成，因额其斋曰“知耻”。尝志选国朝古文，丙辰罢官出都，走吴越，搜遗集，载数十簏而返。手自甲乙，丹黄烂然。旋以起用，未竟厥业。自著古文百余首，古今诗千余首，病亟始命汇稿，送吴玉松编修校阅之。易箦前一日，振笔书“光明正大，通天达地”八字。弥留际无一语及家事，但肃然有严正之气而已。呜呼痛哉！

府君生于乾隆十八年癸酉五月初四日子时，卒于嘉庆十四年己巳五月十五日申时，享年五十有七。配吾母周恭人，后府君之卒十有二年，以嘉庆庚辰六月十八日终于京师，享年六十有七。生不孝等兄弟三人，长兴峣，嘉庆己卯进士，选翰林院庶吉士，改授即用知县。兴峘，国子监生，己卯顺天乡试，挑取誊录官，就职盐场大使。次兴堃早殇。女一，适洛阳县典史湘潭李家茂。孙男八：邦钧、邦钰、邦铭、邦锜俱不孝峣出，邦鉴、邦鏸俱不孝岨出。

府君之殁，既蒙秦小岘侍郎赐之志铭，吴玉松编修表其墓，今先妣又弃世，不孝等将梓行府君文集，谨再櫽括立朝行己之大端，海内所共耳熟者，附诸集末，并上之史馆。谨状。

赐进士出身诰授奉政大夫文渊阁校理翰林院编修兼撰文国史馆纂修加四级纪录五次馆后学贺长龄顿首拜填讳。

诰授朝议大夫礼部员外郎前翰林院编修江南道监察御史谢君墓表

【题解】本文系法式善所作，收入《存素堂文续集》。作时不详。

余与长沙谢君同于乾隆四十五年成进士，入翰林。年齿相若，性情契合，出入与偕，游燕必共。岁月迁易，升沉荣瘁，遂有不能同者，而其用心之所在，未尝不同也。君既弃世，余犹奄息人间，安得无言？

君氏谢，名振定，字一斋，号芗泉，湖南湘乡人。系出会稽，徙长安。远祖讳惟兴者始迁楚，后乃定居螟潭。祖如浑，贡生。父再诏，乾隆壬午科举人。君兄弟五人，君其季也。十岁能属文，弱冠应试，褚筠心学士拔为弟子员第一，自是君兄弟五人皆在学。丁酉科，君与仲兄振宁同举于乡。庚子，君成进士，选庶常，君父在家病卒，君奔丧归。丁未，散馆授编修。戊申，副胡文恪公为江南考官，得士称盛。

当褚学士为湖南学使时，吴御史云以诸生佐其幕，激赏君文，定为弟子员第一者，吴御史也。及戊申，君主江南试，而御史乃出君门，士林称文章之契合不诬。

甲寅五月，改监察御史。九月，巡视江南漕务，多善政，丁民称便。请建风神庙于江干，君渡辄得顺风，京口人至今有“谢公风”之称。旋朝，巡视东城，大学士和珅妾弟与其家人横于市，惩之，焚其车。越二日，有劾其纵放不合者，乃罢御史职。君固喜读书，至是益肆力于古文，间以诗酒自娱乐。署所居门额曰“心太平书室”以见志。

今皇帝御临，知君名，以主事用，签分礼部。甲子科典试陕西，一如试江南。时升本部员外郎，简授户部坐粮厅，刷洗积弊殆尽，凡事不借手胥吏。监收天津北仓，漕船火，徒步往救。其修康家沟坝、张湾故道，开果渠、温榆河，为文以祭，自比昌黎故事而工悉治。遽以积劳致殒，以嘉庆十四年五月某日卒，年五十七。

君工古文，喜吟诗，性嗜山水，不畏险阻，至必穷其胜。在都游，必与余偕。逾时必有诗文以纪。登泰山、华山，造其巅，记文皆传于世。

明大学士李东阳，君乡人也。余访得其墓，君慨然募而修之。病中犹捐资凿井，灌林木，土人呼为芗泉。

君古文在欧阳詹、独孤及之间，约余仿黄梨洲选《明文海》例。辑国朝文为一编曰《今文海》，上继姚铉《唐文粹》、吕祖谦《宋文鉴》、苏天爵《元文类》。自江南载十数书簏而归，执余手相诿托，以其事为不可不慎。然终未能助君卒业，是余生平之一憾也。悲夫！

元配氏周，封恭人。二子。长兴峣，嘉庆戊辰举人。次兴峘，监生。皆周恭人出。女一，适李宗茂。孙邦钧，峘出。孙女二，峣出。君病剧，以自著《知耻堂诗文》若干卷付吴御史云校定云。

皇清诰授朝议大夫礼部员外郎加二级
前翰林院编修江南道监察御史
谢芗泉先生崇祀乡贤录

【题解】本文系道光十二年壬辰（1832 年）谢兴峣等为申请谢振定入祀乡贤祠汇集的申详、奏议等。原置于道光本诗集后。

湖南长沙府湘乡县儒学教谕章仁溥、训导文运陞为公恳申详，题奏乡贤以宏祀典，以敦风教事，案据绅士李罕、蔡世瑛等呈称：

窃惟竭忠尽孝，原臣子所当为。崇德报功，实国家之旷典。祭乡先生于社，古有明征。闻贤大夫之风，群焉兴起。惟足为胶庠模范，乃畀以俎豆馨香。兹惟已故礼部员外郎、前翰林院编修、江南道监察御史谢振定，上湘衍籍，世德承家。颖异著于髫龄，端方持于壮岁。诗礼趋庭之训，能读父书。晨昏视膳之诚，克供子职。无形而视，柔色以温。是则始于事亲，可谓养志也矣。而且序排鸿雁，曲奏埙篪。苏栾城以兄为师，杨延寿作弟如子。穷年卒业，博通经史菁华。少岁为文，便具圭璋品格。一郡群推国士，试冠童曹联科。共奏贤书，捷同兄榜。于是杏苑蜚英，名书雁塔。木天摛藻，人列鹓班。方逢恩遇之荣，心殷捧日。忽值奔丧之痛，行迫见星。屺岵迭伤，《蓼莪》废诵。比王戎之毁瘠，骨似鸡撑。同陶侃之哀忱，门来鹤吊。杖而后起，葬不逾期。固已众口称贤，四方观礼。然且惟苫是寝，不遑一夕之安。倚墓为庐，合历四年之久。服阕入都，散馆授职。丹墀珥笔，乌府晋阶。其以公而生明也，奉命充江南副考官。尺真是玉，量来杞梓之材。网不遗珠，搜尽琳琅之品。冠群英则有孝子，抡多士半作名臣。马首无哗，龙门独重。其以清而廉直也，日近黄扉，霜飞白简。杜夤缘之请谒，绝阿比之经营。路人避骢马之来，胥吏有皂雕之比。紫垣肃厉，赤棒森严。其勤于奉职也，督催漕务，巡视瓜仪。矢荷锄负米之勤思，得接轸连樯而并进。阅道携一琴而往，裁草陋规。鲜于为诸路之模，肃清弊政。当石尤之骤起，致艎艦之稽留。羌因祭而返风，遂联帆以飞渡。大川利济，涉险无虞。乃请于朝，建风伯之庙，至今其地称谢公之风。于是天语褒嘉，谓其才能办事。恩许休沐，谕令暂尔回京。盖敬事即以敬身，而守官兼之守道。其勇于为义也，设义田以赡祭祀，捐分产以周困穷。见单寒者，助婚费以续其宗。遇贫病者，赠参饵而瘳其疾。表章节义，宏奖名流。谊笃同乡，置义园以栖旅榇。恩酬知己，买吉地而厝遗骸。厚恤世交弱支，俾得禄养。重刊前哲遗稿，不令终湮。其邻居待举火者数家，代友人求葬地者七家。育贫女为之择婿，助寒儒使之成名。盖田文之券无存，而鲁肃之囷易耗矣。且夫行不慊者，其气易馁。志不坚者，其德难贞。而乃姜桂老而愈辛，松柏寒而不改。既因事罢职，旋于废员百七十人中特恩起用。盖以不畏强御为仁宗睿皇帝所素知也，遂乃条陈时务，罄竭愚忱。提调礼闱，力持大体。溯文献于今古，正典礼之是非。悉本遗经，无惭仪部。继而陕甘充使，衡鉴弥精。故当复命垂询，详悉历官之著绩。在廷交替，佥称办事之认真。暨乎简授通州坐粮厅也，涤积弊，定良规。视事不假吏曹，捐廉以修官署。却属员之供给，淡泊自甘。殚连岁之勤劳，奔驰不懈。若乃弭老鼋之患，以成堤功。开故道之河，而通漕运。则视韩愈鳄鱼之祭，惟诚则灵。较韦坚浐水之功，其利更溥也。他如动不过则，吕正献之身无惰容。言可为坊，刘忠定之口不妄语。主持风会，则文登著作之林。抒写性灵，则诗绍温柔之旨。皆足以传之身后而范乎士林者也。迄今追维懿行，企想芳徽。立朝输葵藿之忱，持己秉冰渊之操。一行不苟，大节克敦。洵后学之典型，信一乡所矜式。职等桑梓，久依斗山。是仰爰敬，陈其梗概。共积想夫羽仪，仰维旌善有条。名既传乎闾史，秉彝之好。情更协乎蒸民，合遵功令。以胪言请列乡贤而入祀，伏恳师台俯垂鉴察，加勘详题。上邀天阙之殊施，锡光祀典。永沐圣朝之闿泽，彰善学宫。闻风者非徒跃跃于楚南，被化者早已欣欣于宇下矣。谨呈等情。

据此，卑职查看，得已故礼部员外郎加二级前翰林院编修江南道监察御史谢振定，大节克敦，细行不苟。清华通籍，得亲用以显亲。绰裕兴怀，兄事兼之师事。立品无惭名教，登朝克守官箴。巡城则道击奴车，不畏强御。通运则堤增铁釜，靡懈勤劳。迭持风火之危，诚笃获邀神佑。两司鉴衡之柄，精明克拔卿材。加以履洁怀清，臣心似水。轻财重义，古道照人。捐田以祭祖先，亩计六十。倒橐而赒邻丧，殡凡七棺。其文亦足以传，斯人可云不朽。至今共切乡先生之慕，没世犹钦贤大夫之风。询堪表率士林，式风徽于百代。允宜荣邀国典，绵俎豆于千秋。兹据绅士李罕、蔡世瑛等呈请申详前来，卑职覆查无异，理合具文，详报宪台，俯赐察核批示。

除径报各宪外，为此备由缮册随申，伏祈照详施行。须至申者，礼部员外郎加二级前翰林院编修江南道监察御史谢振定履历清册。计开：

一、本贤谢振定，系湘乡县民籍，由长沙府学廪生中式。乾隆丁酉科本省乡试第四十名举人，庚子科会试二甲进士，改翰林院庶吉士。丁未散馆授编修，充国史馆纂修。戊申充江南副考官。己酉充武英殿纂修。庚戌殿试充掌卷官。辛亥充《八旗通志》纂修。甲寅五月擢江南道监察御史，八月兼京畿道监察御史，九月奉命巡视瓜仪漕务。乙卯八月署兵科给事中，旋奉旨监视海仓，十月奉命巡视东城。丙辰三月，因烧已故大学士公和珅家奴车罢职。己未蒙恩起复，以额外主事录用，签分礼部。壬戌充会试提调官。癸亥补仪制司主事。甲子充陕甘副考官，冬十一月转员外郎。丙寅十月，奉旨简授通州坐粮厅。计通籍后三遇覃恩，祖父如浑、父再诏，均以本贤贵，敕赠承德郎，诰赠奉直大夫，晋赠朝议大夫。祖母刘氏，母刘氏，均敕赠安人，诰赠宜人，晋赠恭人。本身诰授朝议大夫，妻周氏诰封恭人。生于乾隆十八年癸酉五月初四日，卒于嘉庆十四年己巳五月十五日，年五十七岁。

一、本贤孝友性成，爱敬毕至。父督课最严，本贤诵读不辍，自元旦至除夕无虚日。侍起居皆以诗文自随，求命题以娱亲意，咸得其欢。亲疾，饮食医药必躬调之，衣不解带，竟日忘餐，安乃喜。庚子成进士入翰林，遽丁外艰，号痛几绝，匍匐奔归，擗踊哀恸不欲生。越一载，丁内艰，哀毁骨立，几至灭性，丧葬皆竭力尽礼，前后庐墓者四载。兄振宇，乾隆甲午举人，山西知县，本贤师事之，恪执弟子礼。振宁，丁酉同榜举人，清泉县训导。振宙，因本贤遇覃恩，以己职迤赠承德郎。振实，廪贡生。本贤事诸兄，恭敬有礼，质疑辨难，怡怡然有天伦之乐。中年各离居，所得手书聚一笥，时常检视，期如聚首。诸兄皆先本贤卒，每凶问至，为位而哭，哭尽哀，数日废餐，不见齿者累月。从兄弟辈在家尝以书戒之，且周其不给。先世遗屋数十椽，则使子侄最困穷者居之。与兄振宁各捐田六十亩以充祭费，使子侄不能读者耕之，因以赡其贫乏。其随时周恤，岁无算。宗族乡党转相传效，风俗淳美焉。

一、本贤志行清洁，勤慎尽职，寅恭持正，寮属咸敬惮之。其在词垣，诗文词赋名重一时，而闭户自守，不涉奔竞。任御史历著风节，有请托则正色谢之。巡视瓜仪漕务，上谕："漕务以速为要，观汝才，尽能办事，但闻旗弁漕丁皆甚苦，汝此去须为朕怜惜之。"本贤驰赴淮扬，以圣旨谕在事各官，悉裁漕船陋规。明年春，千艘渡江，阻西风不进，虔祷于江，是夜东南风起，遂毕济。即专折奏建风神庙于江次，蒙赐御书"翊灵佑顺"匾额，至今京口称"谢公风"焉。差竣，赴热河复命，垂问江南年岁并湖南苗疆情形，奏对称旨。温谕曰："观汝风尘满面，此次甚辛苦，可即回京歇息。"既行，复传召见，已不及追。本贤每述圣恩，感激流涕，属子孙勿忘也。

一、本贤学优鉴明，抡拔真才，同伸报效。戊申主考江南，矢公矢慎，誓必为国储材备用，所得士如尚书黄钺，臬司陈廷桂，巡道鲁铨，修撰赵文楷，编修程元吉、石葆元，御史吴赓枚，郎中彭希郑，郡守吴云、杨名昇诸人，皆有政声。其余以牧令为循吏者，不可枚举。初得元卷，谓其文醇厚，必端人，榜发，果孝子季惇大，后举孝廉方正。是科品学多为时所推重，人咸服赏识之精云。

一、本贤力行不倦，不以得失易节。巡视东城时，因事罢职。己未正月，高宗纯皇帝升遐，梓宫诣东陵，哭送出郭。仁宗睿皇帝回銮，燕郊接驾，有旨起用废员。是时大小废员计一百七十余人，蒙恩起复者二人，其一则本贤，以额外主事录用。盖本贤以不畏强御夺职，固仁宗睿皇帝所素知也。会诏开言路，具折谢恩，并条陈时务数大端，签分礼部。凡典礼是非可否，必力正之。典试陕甘，焚香告天，誓秉公衡文，以仰答君恩。榜发，士论翕然。回京复命，问出身科分，此时何为尚在礼部主事任，并前罢官事与历官所办事件详悉奏对。温谕良久，退后，上复以问军机大臣，佥称本贤品学办事认真。上为首肯，任坐粮厅。腊日抵任，即查访陋规积弊，一一涤除，事无大小，不假胥吏手，却县官供给，一饭一器皆自备。其廉介皆人所共见共闻者，故历年外任，囊橐萧然。

一、本贤念切济物，见义必为。倡修明大学士李东阳墓，复其旧地，捐资置祠。左庶子潞河王大鹤，本贤乡试考官，家潦倒，营葬地不吉。本贤代买吉地，亲访其子为改葬，复取其《啸笠山房试贴旧选》重刊之。会试房考官程晋芳卒后家益落，为其子援例，得县佐分发陕西。于永定门外置地以栖厝同乡旅殡，有胡姓者前为郡守，病故，家京师，与本贤邻居，家中嗷嗷待举火，先后葬其死丧凡七，又抚其四岁遗侄女为己女，迄笄而嫁之。见贫病与无子者，则衣之、娶之，告急难者，屡求屡应。士有一才一艺必为表扬之，遇节义事必为文以传之，其不惮劳费类此。而自甘淡泊，登籍数十年不异寒素，皆人所难能者也。

一、本贤任事有为，全无推诿，至诚所动，罔不感孚。任坐粮厅，东西署各屋四五十间，岁久就圮，本贤独捐廉俸修葺之。天津漕船夜不戒于火，驰往救，或阻之曰：“救火系地方官事，且此去尚二里许，昏夜路险，何往为?”本贤正色曰：“平人有难犹需救，粮船为天储所系，我为朝廷官，安可坐视?”率仆徒步往，亲上火船，火甚炽。本贤望空跪祷，风折桅断，火船沉水，火遂息。明日备羊豕谢神，倡捐五十金赏救灾者。康家沟灞苦老鼋为患，本贤以其地为挽运所关，为文以祭，并用铁釜数十镇之，堤乃合。修张湾故道，开果渠、温榆河，往来相视，各为文祭河神。自是漕运赖以顺利，盖其勇敢笃诚如此。

一、本贤好学穷理，博通经史子集。公退之暇，目涉口诵，手不停披。常自谓：“人生不外好学力行，但非勇不足以成之。”而能勇实难，因额所居室曰“知耻斋”，著有《知耻斋诗文集》行世。其气节之坚定，性情之朴诚，才识之远大，皆流露于言表，其所树立者然也。

一、本贤待人以礼，无尊卑长幼，未尝狎侮。虽桀骜者见之，无不抑然。自下盖容仪整肃，而出以和平谦谨也。惟不能阿谀人，人有过失辄面规之，虽权贵不稍假。待后进如子弟，每进谒必教之检束身心。常举古人学问经济为勖，无不佩服其有裨于风化不少。

一、本贤道义自重，交友以信。性慷慨，所然诺者无不践，生平未尝一语欺人。德业气节，时相劝勉，而不涉标榜。一时知交，皆名臣硕望，无不倾心于本贤之品学者。礼邸重本贤品学，延教汲修世子，相待极优。盖其可敬可亲，自为诸生时已为人推服，迄今士林称誉，奉为则效，高山仰止之慕，固人有同情云。

湘乡县知县胡钧：查看得已故礼部员外郎谢振定孝友成性，刚正持躬。报国赖有文章，巍科早掇。立朝想望风采，直道能伸。威著埋轮，争避巡城之骢马。勋崇持节，岂需运米之木牛？风火不为灾，诚堪天格。泉水有如此清，恐人知加。以造士情殷，登龙则荆州愿识。得人极盛，相马则冀野群空。风节久重斯民，著作允垂后学。朝崇旌典，士式贤良。足为百代之楷模，宜享一乡之俎豆。

署长沙府知府吕恩湛：查看得已故礼部员外郎谢振定一代伟

人，两间正气。孝成天性，孺慕罔间于终身。友则因心，周济义高夫往古。早庆攀花上苑，南国香生。接瞻战捷礼闱，洛阳纸贵。洊膺监察，节著冰霜。钦奉巡漕，功敷挽运。操玉尺则量才不爽，执白简则纠慝维严。服官无阿比之私，在家尽睦姻之义。名称没世，合歆俎豆于胶庠。论洽舆情，宜荷恩纶于殿陛。

长宝道胡鳞：查看得湘乡县已故礼部员外郎谢振定孝友传家，文章华国。泥金报捷，早探杏苑之春。雕锦锡恩，首入槐厅之选。爰持使节，再掌文衡。心澈壶冰，才量尺玉。勤宣簪笔，推重望于乌台。绩著埋轮，肃严威于豸绣。整饬漕运，筹备天储。随在皆著其丰功，至今宣传其骏誉。宜享枌榆之俎豆，合邀纶綍之褒嘉。

湖南巡抚臣吴荣光：谨题为敬陈刍荛事，准前抚臣苏成额移交，据臣于布政使任内会同按察使杨簧具详，案据湘乡县通详，已故礼部员外郎谢振定请入祀乡贤祠一案，奉批查取事实册结，核议详办等因。奉此当经转行去后，兹准盐法长宝道胡鳞移据，署长沙府知府吕恩湛详据，该学造具事实册结具详前来，理合加结，详请核转等情。由道加结移司会看，得湘乡县已故礼部员外郎谢振定，秉性方刚，居官正直。任台谏则豪强知避，视漕政则奸弊能除。重义轻财，乡里久钦模范。怀清履洁，士林共仰仪型。应请入祀乡贤，以昭旷典。兹据该县府查取事实册结，由道加结，移司相应详请核题等情。经前抚臣苏成额移交到臣，该臣看得定例“名宦乡贤有呈请入祀者，令督抚学臣秉公核实汇题”等因，遵照在案。臣于布政使任内会同按察使杨簧具详，查看得湘乡已故礼部员外郎谢振定秉性方刚，居官正直。任台谏则豪强知避，视漕政则奸弊能除。重义轻财，乡里久钦其模范。怀清履洁，士林共仰夫仪型。应请入祀乡贤，以昭旷典。兹据该县府查取事实册结，由道加结，移司相应，详请核题等情。经前抚臣苏成额移交前来，臣覆核无异，除册结送部外，谨会同湖广总督臣卢坤，湖南学政臣岳镇南合词具题，伏祈皇上圣鉴，敕部议覆施行，谨会题请旨。奉朱批：该部议奏，钦此。

礼部谨题：为题请入祀乡贤事，礼科抄出湖南巡抚吴荣光会同前任湖广总督卢坤、湖南学政岳镇南疏称，已故礼部员外郎谢振定秉性方刚，居官正直，请入乡贤祠，造具事实册结，具题请旨。奉旨该部议奏，钦此。钦遵到部，该臣等议得定例，凡入祀名宦乡贤者，令该督、抚、学政秉公确查，每年八月前具题，并将事实册结送部查核。又载各直省举报名宦乡贤，务核明其人生前居官政迹，确有裨于国计民生，胪举事实，由部秉公复核，再行具题请旨遵行各等语。今查该省送到事实册内，已故礼部员外郎谢振定，湖南进士，天性孝友，居官志行清洁，寮属咸敬惮之。任御史历著风节。任坐粮厅时查访陋规积弊，一一涤除。修张湾故道，疏浚河渠，漕运赖以顺利。著有《知耻斋诗文集》行世。所有谢振定题请入祀乡贤祠之处，实属名实相副。臣等谨拟准其入祀乡贤祠，恭候命下。臣部行文，该督、抚、学政遵奉施行，再此本向归汇题合并声明，臣等未敢擅便，谨题请旨。

道光十二年十二月十六日奉旨依议，钦此。

男兴峣、兴峘谨校　孙邦钰、邦鉴、邦镛、邦锦、邦辚同校。

附录三　传记·吊挽·纪事[①]

《清史稿》卷三二二《列传一百九》

谢振定，字一斋，一字芗泉，湖南湘乡人。乾隆四十五年进士，改庶吉士，散馆授编修。五十九年，考选江南道监察御史。巡视南漕，漕艘阻瓜洲，振定祷于神，风转顺漕艘，人称“谢公风”。六十年，迁兵科给事中。巡视东城，有乘违制车骋于衢者，执而讯之，则和珅妾弟也，语不逊，振定命痛笞之，遂焚其车。曰：“此车岂堪宰相坐耶?”居数日，给事中王钟健希和珅意，假他事劾振定，夺职。和珅败，嘉庆五年，起授礼部主事，迁员外郎，充坐粮厅，监收漕粮，裁革陋规，兑运肃然。十四年卒。

道光中，振定子兴峣官河南裕州知州，以卓荐引见，循例奏姓名、里贯。宣宗问：“尔湖南人，乃能为京师语，何也?”兴峣对言：“臣父振定官御史，臣生长京师。”上曰：“尔乃烧车御史子耶?”因褒勉甚至。明日，语军机大臣：“朕少闻烧车御史事，昨乃见其子。”命擢兴峣叙州知府。

---

① 记录谢氏生平及著述的文章与吊挽之作现存者为数不少，只是所记生平往往侧重于其烧车之事，大同小异，论其诗文者亦往往简括。虽然多不足以尽其生平，也可以见其大概。尤其是昭梿文、法式善诗中所及逸事，或可作史志之证，或可补史志之缺。

《清史列传》卷七二《文苑传三》

谢振定，字一之，湖南湘乡人。乾隆四十五年进士，改翰林院庶吉士，散馆授编修。五十三年充江南乡试副考官，寻擢御史。嘉庆元年巡视东城时，和珅用事，权焰甚张，有宠奴常乘珅车以出，人避之，莫敢当。振定遇之，怒，命卒曳奴下，笞之，遂焚烧其车，曰："此车岂复堪丞相坐耶?"九衢人聚众观，欢呼曰："此真好御史矣!"事闻，有诏令指实，则车已焚，无左验，竟坐罢官。自此直声震天下。

性好山水，为东南汗漫游，历五茸三泖，过嘉禾，至西湖，又渡曹娥江，揽盐湖蕺山之胜。所至士大夫倒屣迎之，酒痕墨沈中获其寸纸，珍为珙璧。

其为文磊落雄爽，称其为人。论文不矜言载道，惟曰达情，盖南雷黄氏之宗旨也。四年，和珅败，特旨以主事起用。应诏陈言，即条上时务数事。寻迁礼部员外郎。九年，充陕甘乡试正考官，出视通州坐粮厅，勇于任事，革陋规，厘剔丛弊，以劳瘁卒官。

先是，振定以御史巡南漕，入瓜仪，粮艘阻风，祷于神，得济，请建风神庙。嗣是渡江风辄顺，人呼为"谢公风"。及视通州坐粮厅，夜半漕船火，亲率仆从往救，火遂熄。康家沟向苦龟患，振定镇以铁釜，为文祭之，堤乃合。所修张湾故道，开果渠、温榆河，皆利漕运。著有《知耻堂集》。

光绪《湖南通志》卷一百八十一《人物二十二》

谢振定，字芗泉，乾隆丁酉与兄振著同举于乡，庚子成进士，官编修。戊申典试江南，改江南道御史，巡视南漕，入瓜仪，粮艘阻风，祷于神得济，疏请建风神庙，嗣是渡江风辄顺，人呼为"谢公风”。署兵科给事中，巡东城，有乘违制车飞驰于道者，执而讯之，则和珅妾弟也，势横甚，立杖之，焚其车，竟坐罢职。嘉庆己未，特旨起礼部主事，应诏言事，条陈甚悉。甲子，迁员外郎，典试陕西，寻充通州坐粮厅，修公廨，革陋规。会夜半漕船火，官吏多束手，亲率仆从徒步往救，火遂息。康家沟向苦鼋患，镇以铁釜，为文祭之，堤乃合。所修张湾故道，开果渠、温榆河，皆利漕运。

生平笃于风义，在京师修乡先正明李文正公祠墓，又置义地以厝同乡旅榇，师友中有贫不能葬者葬之。著有《知耻斋诗文集》。五十七卒于官，入祀乡贤祠。

子兴峣，字果堂，嘉庆己卯进士，由庶吉士改官宝丰知县，升陕州知州。时豫匪号曰“红胡子”，恣为民患，以计擒治之，并力行团练法，互相救应，贼入境皆被获，遂相戒不敢犯。卓焉入都，宣宗垂询家世，兴峣以父名对。上曰：“尔乃烧车御史谢振定之子乎？”嗟赏久之，擢叙州知府，以剿办夷匪功赏戴花翎，旋调成都府护盐茶道。性强直不阿，以是积忤上官，因事罢归。

兴峣弟兴峘，官安溪知县。峘子邦鉴，字吉人，道光乙巳进士，官高淳知县，抵任甫四月病卒。

同治《湘乡县志》卷十七《人物》

谢振定，字一斋，号芗泉。少颖敏，十岁遍诵十三经。乾隆丁酉与兄振著同举于乡。庚子成进士，官编修。戊申典试江南。甲寅擢江南道御史，巡视南漕，入瓜仪，粮艘阻风，祷于神得济，疏请建风神庙。嗣是渡江风则顺，人呼为“谢公风”。乙卯署兵科给事中，巡东城，有乘违制车飞驰于道者，执而讯之，则和珅妾弟也。势横甚，立杖之，焚其车，竟坐是罢职。嘉庆己未，特旨起为礼部主事，应诏言事，条陈甚悉。甲子，迁仪制司员外郎，典试陕西。两秉文衡，所得多知名士。丙寅出为通州坐粮厅，修公廨，革陋规。会夜半漕船火，官吏多束手，亲率仆徒步往救，火遂熄。康家沟向苦龟患，镇以铁釜，为文祭之，堤乃合。所修张湾故道，开果渠、温榆河，皆利漕运。

生平笃于风义，在京师修乡先正明李文正公祠墓，又置义地以厝同乡旅榇，师友中有贫不能葬者葬之。其他周恤穷困，所济尤多。生平肆力古学，著有《知耻斋诗文集》。年五十七卒于官。道光壬辰入祀乡贤祠。

子兴峣，字果堂，嘉庆戊辰举人，己卯进士。由庶常改官河南宝丰知县，洊升陕州知州。时豫匪号曰“红胡子”，恣为民患，以计擒治之。并力行团练法，互相救应，贼入境皆被获，遂相戒不敢犯。以治行卓异入都，蒙召见，宣宗垂询家世，兴峣以父名对。上曰：“尔乃烧车御史谢振定之子乎?”嗟赏久之，擢四川叙州知府，以剿办夷匪功赏戴花翎，旋调成都府护盐茶道大吏。以朝廷方向用，初亦倚重，然性强直，不阿附，以是积忤上官，因事罢归。

峣子邦锦，官淮北临兴盐场大使。

兴峣弟兴峘，字讱庵，官福建安溪知县。峘子邦鉴，字吉人，道光丁酉举人，乙巳进士，官江苏高淳知县。抵任甫数月病卒，年富才优，未竟其用，人咸惜之。

举人黄楷盛撰。

李元度《国朝先正事略》卷二十一《谢振定》

谢君振定，字一之，号芗泉，湖南湘乡人。负经世才，尚气节，能为古文。乾隆庚子进士，由编修改御史。戊申，典江南乡试。巡视南漕，入瓜仪，粮艘阻风，祷于神得济，疏建风神庙。嗣是渡江风辄顺，京口人呼“谢公风”。嘉庆元年，巡视东城。有乘违制车彪彪然绝道而驰者，擒讯之，则和珅妾弟也。其人怙势横甚，君痛杖之，焚其车于通衢。事闻，有诏令指实，则车已焚，无左验，竟坐罢官。自此直声震天下。四年，和珅败，特旨以主事起用。应诏陈言，即条上时务数事，讨论岳岳不苟同。寻迁礼部员外郎，典陕西乡试。出仕通州坐粮厅，勇于任事，革陋规，厘剔丛弊，劳瘁卒官。

尝慨古学衰歇，见侪辈中有能古文者，辄手写之。思欲网罗当代文章，都为一集，未就。所自著曰《知耻堂集》。

昭梿《啸亭杂录》卷二《谢芗泉之疏阔》

谢芗泉先生焚车事，世多称之。其人大节不苟，然性疏阔。其居处几榻，尘积数寸，不知拂拭。院中花草纷披，殊有濂溪不除阶草之意。财物奢荡，一任仆人侵盗，毫不介意。性复多忘，尝新置朝衣，借法时帆祭酒着之，罢官后遂不复取。及官仪部，当有祭祀，复欲市取。时帆闻之，故意问之曰："吾记君尝于某时新置朝衣，去日未久，何得遂无？"谢茫然曰："此等物，弃诸敝笥，安可索取？"法复曰："或君曾假诸人乎？"谢仍不复记忆。法笑曰："君于某日曾假余着之，今尚在余笥中，君果忘乎？"谢乃恍悟，其不屑细故若此。

昭梿《啸亭杂录》卷十《谢芗泉》

谢芗泉侍御性豪宕，尝蓄万金遨游江浙间，抛弃殆尽。尝曰："人生贵适意耳，银钱常物，何足惜也？"与余交最善，尝屡戒余之浮妄躁进，余慑服之。尝曰："君子之交，可疏而厚，不可倾盖之间顿称莫逆，其交必不久也。"嘉庆初，和相当权时，其奴隶抗纵无礼，无敢忤者。公巡南城，遇其妾兄某，驰车冲驺从，公立命擒之，杖以巨杖，因焚其毂，人争快之。王给谏钟健希和相意，劾罢公官。管御史世铭笑曰："今日二公各有所失。"有问之者，答曰："谢公失官，王公失名。失官之患，不过一身，失名之患，致传千古矣。"今上亲政，复特召为祠部主事。

昭梿《蕙荪堂集·挽谢芗泉祠部》

九夏昼苦长，炎歊日薰灼。白衣来潞河，开缄事骇愕。元晖方中寿，遽尔返元漠。百里阻吊唁，自叹缨冤缚。忆昔少壮时，久抱匡君略。雄名题雁塔，花砖步瀛阁。淮海拥豹轼，江表掌风铎。獬冠巡京兆，端严拒请托。何来冯子都，驱车日轻薄。我公立捕治，双轮付融爚。权门王给事，剡牍助威虐。繁缨未褒扬，□□反贬削。雍容谢京邑，□□云中鹤。吴楚远游览，山水□淹泊。先王重高义，招延致莲幕。时余甫弱冠，结交重然诺。箴诫纠木绳，良规瘳疾药。自愧莲鸣钟，听闻日淹博。往昔岁云暮，雪夜香醪酌。朱色时在座，朱白泉观察。谈论何恢廓。明镜照虚室，宝剑淬霜锷。古今互讨论，潸然清泪落。一官喜膺遇，容台掌祠礿。转漕潞水湄，持节太华萼。方期励臣操，良治时踊跃。何意竟永别，旅榇栖清瀞。岂惟痛知交，朝野共惊矍。回思樽俎时，情景仍如昨。稍喜龄石勇，奇勋树海舶。万里讣音传，须知意焦灼。

法式善《哭谢芗泉同年》

浮沉升降略相类，差不如君擅文字。后生先死真难解，君与余同庚，余五月，君正月也。辞富居贫岂无意。胸中所蓄必呈露，身外之物胥委弃。百六十客几人在，庚子进士一百五十八名。三十一年一世易。联床听雨还伫月，并辔春山与秋寺。花开花落神凄怆，燕来燕去情切至。光明磊落任天动，嬉笑怒骂忘人忌。天桥市上日走马，华岳峰颠夜作记。访碑大慧拜西涯，投诗小岘嗤北地。佛前狂笑老僧逃，井底欲眠翰林醉。六语皆君旧事。酒酣每作千秋想，腹痛为堕数行泪。百年文献征杞宋，一代门才考谱系。君撰国朝散体文，阅二十年迄未成书。综括几与梨洲同，别裁却较仓山异。我谓此举勿迟缓，君矜非人能位置。君不肯假手于人。怀宝没齿岂无悔，作史承家望勿坠。知耻斋存丛脞书，吾当掩泣为编次。

陶澍《印心石屋文钞·祭礼部谢芗泉先生》

繄惟先生，毓灵涟水。太傅之祊，蒋公之里。幼习名教，鄂不韡英。枝骈窦桂，荫袭田荆。爰暨叔兄，贤书同上。红饼开筵，黄金射榜。木天之府，高敞穹窿。履砖入直，花影摇红。旋擢乌台，班先豹直。果有谏名，柏无孱色。道辟骢马，树鸣凤皇。劲正之气，蹼而弗僵。秩秩仪曹，窠名瑞锦。桦烛晨趋，壶冰夕饮。屡持虹旆，植帜文坛。奇搜秦梓，秀缬江兰。德树务滋，勇形为敢。照古以神，腾今以胆。一经有业，两到相攸。国香初馥，忆去之秋。壮志方长，贻谋伊始。孰云先生，而止于是?

澍等备员清切，夙景芳型。临风泣叹，怀此德馨。爰奠琼浆，载陈旨酒。灵旗翩然，如在左右。

吴敏树《吴敏树集·柈湖文录·书谢御史》

谢御史者，吾楚湘乡谢芗泉先生也。当乾隆末，宰相和珅用事，权焰张，有宠奴常乘和车以出，人避之莫敢诘。先生为御史，巡城遇之，怒，命卒曳下奴，笞之。奴曰：“汝敢笞我，我乘我主车，汝敢笞我?”先生益大怒，痛笞奴，遂焚烧其车，曰：“此车岂复堪宰相坐耶?”九衢中人聚观欢呼曰：“此真好御史矣。”和珅恨之，假他事削其籍以归。先生文章名一时，喜山水，乃遍游江浙。所至人士争奉笻屐迎，饮酒赋诗，名益高，天下之人皆传称“烧车谢御史”。和珅诛，复官部郎以卒。

及道光癸巳之岁，河南裕州知州谢兴峣，以卓异荐入都。裕州，御史之子，由翰林改官者也。引见时，唱陈名贯毕，皇上问曰："汝湖南人，作京语，何也？"兴峣对曰："臣父谢振定，历官翰林、御史，臣生长京师。"上忽悟曰："尔乃烧和珅车谢御史之子耶？"因褒奖兴峣家世，勉以职事。明日，上语阁臣："朕少时闻谢御史烧车事，心壮之，昨见其子来，甚喜。"未几，命擢兴峣叙州府知府。方裕州入见时，吾乡人士在京师者，盛传天语，以为谢氏父子之至荣也。又幸芗泉先生之生于其乡，而以相夸耀也，敏树得知其本末如此云。

敏树又记在都时，有郎官当推御史者，语次，因举芗泉先生之事。郎官谓曰："芗泉负学问文章，又彼时清议尚重，故去官而名益高，身且便，今我等人材既弗如，而时所重者独官禄耳。御史言事，轻则友朋笑，重则恐触罪，一朝跌足，谁肯相顾盼耶？且家口数十，安所赖耶？"余无以进之。嗟夫！昔之士风人情，犹之今也。以裕州今日家世之荣，孰不欣羡而愿其有是？孰知当芗泉先生罢官时，同朝行辈中必有相侮笑者，讥毁者，畏罪累而不敢附和者，其家人居室必不如在官之乐者。且使先生官不罢，其进取抑未可量，一遭斥逐，终以不振，独气节重江湖间耳。然则先生之烧车之时，亦可谓计虑之不详尽者耶？

张士元《嘉树山房集·湘乡谢公述》

公讳振定，号芗泉，湖南湘乡人。乾隆庚子进士，选庶吉士，授翰林院编修。戊申，胡文恪公高望典试江南，公副之。转监察御史，巡视南漕。还而巡城，嘉庆丙辰春，出遇势家奴，冶服驰骋争道，命烧其车，痛杖之。明日他御史有用媚道入奏者，遂落职。辛酉，诏举遗逸，公起为礼部主事。甲子典试陕西。丁卯监天津仓，既得代，归京师，坐事降一级。己巳某月某日，病卒，春秋五十有七。

公天怀坦白，与人交，始终不易。笃于故旧，时解赠以周之。虽常贫窭，无丝毫吝惜之态。性喜诗，能古文，时开筵召客，行觞交错，继以唱酬，诙调至深夜不休。其居官又极廉谨，出纳不苟，故家尤穷空。或客至，不能设食，亦坦然处之，不以愧谢。士大夫以此重公，无闲言。

方公典试江南，时士元幸获收录。后一再至京师，客居最久，蒙公之慰诲亦最厚。戊辰三月，谒于天津馆舍，见公莅事甚勤，颜色憔悴，若恒有所忧者，非复往年宽乐之容矣。退见门下客，问公所以用心者，曰："公盖忧仓米之腐也。天津漕粮年输岁敛，向时司其事者，常以陋规之纳，不究米色，其弊浸久，非小臣所能入告。而目击仓廥之情形又无以自慊，此公之所以深念至于病也。自公受命，坚却赂遗，各省兑运者，望风肃然，不敢以私奉公，然已无救于前数年之滥收矣。"公之心如是，固士元所深知，不敢没也。

公位犹卑，《国史》或未得立传。其归葬也，当有有道而能文者铭之。士元非其人也，乃就平日之所知者私籍之，俾后之论公者有考焉。

徐珂《清稗类钞·正直类·谢香泉烧和珅车》

湘乡谢香泉任台谏时，以直声著。时和珅用事，权焰甚张，恒思有以折之。先是，珅有宠奴，常乘珅车出，人避之，莫敢诘。一日，谢巡城，适遇诸途，怒，命卒曳下笞之。奴曰："汝敢笞我！我乘我主车，汝敢笞我！"谢益怒，痛笞奴，遂烧其车，曰："此车岂复堪宰相坐耶！"九衢中人聚观，欢呼曰："此真好御史矣。"和恨之，假他事削其籍以归。

谢文章名一时，喜山水，乃遍游江浙，所至人士争奉笻履迎，饮酒赋诗，名益高，人皆传称之曰"烧车谢御史"。和伏诛，复官部郎以卒。

道光癸巳，河南裕州知州谢兴峣以卓异荐入都，兴峣，御史之子，由翰林改官者也。引见时，唱陈名贯毕，宣宗问曰："汝湖南人，作京语，何也？"峣对言："臣父谢振定，历官翰林、御史，臣生长京师。"宣宗悟曰："尔乃烧和珅车谢御史之子耶？"因褒勉之。明日，宣宗语阁臣："朕少时闻谢御史烧车事，心壮之，昨见其子来，甚喜。”未几，命擢兴峣叙州府知府。

郭则沄《十朝诗乘》

和盛时，其家奴势焰张甚，横行京外，莫敢究语。其折之以法者，独谢芗泉侍御与武虚谷大令。芗泉以御史巡城，遇仆于途，控怒马，引朱轩，扬扬自得。芗泉之下，责其僭妄，即道旁笞之，并火其车，世称“烧车御史”。陈散原尝见其遗墨，以片楮书“光明正大，通天达地”八字，其子兴峘旁注，称为“临终之笔”。散原题诗云：“烧车御史不再得，百余年间诵孤直。当时为国护制度，九衢煌煌贯白日。胸中有道匪袭取，死生一条见遗墨。至今传玩起嗟叹，此是孤儿眼中笔。”当焚车事闻，有诏令指实其僭，以车已焚，无左验，坐罢官。〔和〕败，以主事起用，官至员外郎。嘉庆中，其子兴峣，以固始令卓荐入觐。上曰：“此烧车御史子也。”询前事嗟惜，特擢成都守，芗泉为不朽矣。

王昶《湖海诗传》卷三十六《谢振定》

谢振定，字芗泉，湘乡人。乾隆四十五年进士，官至监察御史。有《云将小草》。

《蒲褐山房诗话》：芗泉在御史台，巡城适道遇势家奴，车服侈丽，且相抗，乃〔缚〕而鞭责之，焚其车。事闻，吏议弗善也。既罢官，性好山水，为东南汗漫游，尝访予青溪，以病未见。乃历五茸三泖，过嘉禾，至西湖，又渡曹娥江，览鉴湖、葺山之胜。所至士大夫虚左迎之，酣畅淋漓，酒痕墨沈中，获其寸纸，珍为拱璧。

《晚晴簃诗汇》卷一百二

【题解】《晚晴簃诗汇》为一部大型清诗选集，系近人徐世昌在其门客、幕僚协助下编成。仿吴之振《宋诗钞》、顾嗣立《元诗选》、钱谦益《列朝诗集》、朱彝尊《明诗综》的规模，网罗全清的诗歌加以选录。涉及诗人六千一百余家，收诗二万七千余首，分为二百卷。徐世昌（1855—1939），字卜五，号菊人，又号涛斋，天津人。光绪十二年（1886 年）进士，在清朝官至体仁阁大学士。入民国，依附袁世凯等北洋军阀，曾在 1914 年任袁世凯临时政府国务卿，1918 年由段祺瑞的“安福国会”选为大总统，至 1922 年被直系军阀所黜。《诗汇》中收谢氏诗《和詹石琴孝廉》《汲修世子谢饷绿葡萄诗，意在得种法，次韵奉答，用酬下询老圃之意》《万松寺》《盘龙松歌》四首。

谢振定，字一斋，号芗泉，湘乡人。乾隆庚子进士，改庶吉士，授编修。历官御史，罢，复起礼部员外郎。有《知耻斋集》。

朱汝珍《词林辑略》

【题解】朱汝珍（1870—1943），字玉堂，号聘三，又号隘园，广东清远人。清末民初书法家、文章家。光绪三十年（1904 年）末科榜眼，授翰林院编修。光绪三十二年（1906 年），被选派到日本东京法政大学读法律。宣统二年（1910 年），清朝举办第一次法官招聘考试，委派其往贵州出任主考。1911 年辛亥革命后，以“南书房行走”留在溥仪的小朝廷里十三年（1912—1924），在紫禁城从事《德宗实录》等史宬工作，衔至头品顶戴光禄大夫（正一品）。1924 年农历十月停职，从商于津沪间。在天津开设印刷馆。后南归，寄寓香港，屡任教职。1942 年病逝北京。擅诗文，长书法，参与创定《大清商律草案》《大清民法草案》及纂修《德宗景皇帝实录》。著有《词林辑略》（附词林姓氏韵编）《本纪圣训》《中外刑法比较》《清远县志》《阳山县志》，以及乡试、会试、廷试的立论七篇和飞来寺石刻《爱山亭记》等，大多散失。《词林辑略》十一卷，简记清代文人生平、著述。

乾隆四十五年庚子恩科谢振定，字芗泉，湖南湘乡人。散馆授编修，历江南道监察御史。罢，起授礼部主事，官至员外郎。著有《知耻斋集》。

《续修四库全书总目提要(稿本)·集部三·知耻斋诗集六卷》

《知耻斋诗集六卷》，家刻本。

清谢振定撰。振定字一斋，号芗泉，湖南湘乡人。乾隆四十五年庚子进士，改庶吉士，散馆授编修，历官江南道监察御史、礼部员外郎。嘉庆十四年己巳卒，年五十七。谢氏负经世才，矜尚气节。嘉庆元年官御史时，巡东城，遇和珅奴乘违制车，谢氏杖其奴，烧其车于通衢。时珅势张甚，遂以他事落谢氏职，世撰“烧车御史”云。性好山水，罢官后作东南汗漫游，所至士大夫虚左相待，酒痕墨沈中，获其寸纸，珍为拱璧。其为世所重如此。诗笔清远，五七古自写怀抱，不事模拟，动合自然，尤为擅胜。张维屏《诗人征略初集》摘其“宵寒烛屡跋，琐碎诵新句。雨足分秧水，风清晒麦天”诸断句。杨钟义《雪桥诗话》卷九亦称其在扬州时有“酒痕红到绿杨城”之句。今检是集游扬州诸诗，未见钟义所称之句。据谢氏子兴峣撰行状，称谢氏有古今体诗千余首，今是集不及其半，盖删汰不少矣。卷二《客有欲为余镌诗通天洞者，诗以谢之》云：“一从秋壑留名后，多少游人不肯题。”卷四《十二月十九日集汪庶子静崖芥室为东坡生日》云：“忠孝秉高节，肯附青苗钱。穷愁为玉成，素位钦昔贤。寿身与寿名，相距奚止千?”志事所存，随时可见，言为心声，信不虚矣。

《续修四库全书总目提要(稿本)·集部三·知耻斋文集二卷》

《知耻斋文集二卷》，道光十二年子谢兴峣刻本。

清谢振定撰。谢氏有《知耻斋诗集》，已著录。此其文集也，与诗集皆谢氏卒后子兴峣付刻。据下卷《游上方山记》，知谢氏尚有京师戒坛寺、潭柘寺游记二篇，而此集未见。考兴峣撰谢氏行状，称谢氏有古文百余首，病亟，命汇稿交吴玉松编修校阅云云。此本二卷，仅文三十八首。卷首有门人长洲吴云玉松校订一行。盖经吴氏汰去三分之二，故文多不其也。检王龙文《平养堂文编》卷二有《谢氏集序》称"人之求先生集者，时或于龙文焉取之。爰谋诸其族裔，广为印行，以风天下"云云。其文撰于光绪三十一年，知此版刻近时尚在矣。谢氏风节崚峋，至今为人景仰，疑若锋芒发露，不可一世，然其持论至为笃实。卷上《与唐陶山书》云："振定迩来巡城，初亦浪得廉名，人望而生畏，非任重致远之道。今且尽吾力所得为者，不急赫赫之功，不博矫矫之誉，以息谤忌，于此中历练一番，殆亦仕学一贯之旨。"云云。考谢氏烧和珅家奴车，正其为御史巡城时事，烧车后旋即落职。此书有"迩来巡城"之语，知作于烧车以前，而其言如此，其非致为矫情沽誉，灼然可知。《复初抚军书》泛论盐政吏治，深切事理，其留心经世之务，亦可窥见。《邱氏非左氏后驳议》据《广韵》引《风俗通》，定邱氏确为左丘明之后，至唐林宝《元和姓纂》不载者，以《姓纂》今非完书之故，不得以此致疑，考核颇为精审。卷下《游上方山记》《游华山记》皆长篇，叙次娓娓，颇见功力。盖谢氏于古文用力颇深，尝遍读清代诸名家文，欲选辑一编而未就。又据卷上《与徐凤辉书》，知谢氏兄振宇专心古文者四十余年。谢氏少即从其兄学为古文辞而好之，及入京师，出程晋芳门下，又与当世士大夫游，获闻矫论，家学之外继以观摩，宜其根柢颇深矣。

柯愈春《清人诗文集总目提要》

知耻斋集，十二卷。谢振定撰。

振定生于乾隆十八年，卒于嘉庆十四年。字一斋，号芗泉，湖南湘乡人。乾隆四十五年进士，改庶吉士，授编修。乾隆五十九年任京畿道监察御史，以惩治和珅家奴有名于京都。

此《知耻斋集》八卷，内《文集》二卷，《诗集》六卷，安化陶澍编，道光十二年其子兴峣、兴峘刻，湖南省图书馆藏。道光二十八年王梦庚重刻，前有道光十年新安曹振镛序，道光九年刘大观序，金华王梦庚重刻序，凡文三十八篇，古今体诗四百余首，中国科学院图书馆、上海图书馆藏。

别本《知耻斋文集》四卷，陶澍编，道光间刻，绍兴鲁迅图书馆藏。《知耻斋文集》六卷，道光二十六年补刻，河南省图书馆藏。

今存其集写本二种：一为《谢芗泉诗稿》不分卷，稿本，一册，北京大学图书馆藏。一为《知耻斋文集》二卷、《诗集》三卷、补遗一卷，湖南省博物馆藏。

《游上方山记》称，在京师作有戒坛寺、潭柘寺游记二篇，今集中未载。其子兴峣所撰行状称，原有古文百余篇，病亟，命汇稿交吴玉松校阅，诗文遗佚尚多。文遵黄宗羲一旨，崇尚达情。

刘声木《桐城文学渊源撰述考》卷三

谢振定，字一斋，号芗泉，湘乡人。乾隆庚子进士，官江南道监察御史。师事程晋芳，受古文法，其为文恪守唐宋矩矱，不屑沿袭规仿，兀岸排奡，与古大家相抗衡。诗亦真气郁勃，放笔雄高。欲编当代能古文者为一集，未就。撰《知耻斋诗集》六卷、《文集》二卷。

陈垣《清代文集篇目分类索引》

《知耻斋文集》二卷，道光间刻本。谢振定撰。

振定字一斋，号芗泉，湖南湘乡人。乾隆四十五年进士。官御史时，和珅当权，有宠乘珅车，振定笞焚之，直声动天下。集为陶澍编次，吴云校订。

张舜徽《清人文集别录》

《知耻斋文集》二卷，道光间刻本。湘乡谢振定撰。

振定字一斋，号芗泉，乾隆四十五年进士，由翰林官京畿道监察御史。嘉庆元年，巡视东城，时和珅权方盛，其妾弟与家人乘违制车，哗于道，过者辟易。振定擒讯之，并焚其车，直声动天下，竟以此获谴罢职。遂出都，遍游东南诸名山水，大肆力于诗古文，而学益进。迨和珅伏诛，振定以礼部主事起用，迁员外郎。嘉庆十四年卒，年五十七。

振定生长湖湘，而自谓于江南人有夙缘，尝三至江南。自公卿大夫及韦布之士相知契者，不下数十百人。有志行洁芳，望之生敬畏者。有以古相勖，箴言日闻于耳者。有文采风流，不可一世者。约之得十许人，皆时时往来，寤寐间不能去（见是集卷上《金台话别图》序）。今观是集卷上有《与段若膺书》，有《送赵亿孙赴青州郡丞序》，卷下有《王梦楼先生哀辞》。振定没后，而秦瀛志其墓，载《小岘山人续集》卷二，可知于当日江南学人文士，所交为密，信其言之不虚。至于在京师日，则自翁方纲、法式善以下，咸与往来，观是集卷下《西涯雅集记》一篇，又可想见其交游之胜。

是集上下卷，共收三十八篇，多应俗之作，无由测其学之所至。然其论学之言有曰："学问之道，以果志得之，以因循败之，近世学说文家盛行，涉猎者多，贯通者寡，神明乎其中而具有心得者，尤为寡。匪惟其力不专，抑亦好自矜尚者之过也。”（卷上《送曹复堂归汉阳序》）此语虽简，实亦目击当时为许学者肤泛之弊，有感而发。宜其与金坛段氏书，极相倾服，叹为难能。盖实有所见而云然，非漫为推美之辞矣。

是集为陶澍编次，吴云校订。陶为同乡后进，吴乃其主江南乡试时所得士也。

姚文田《邃雅堂集》卷之三《香泉记》

京师西直门外三里许，曰畏吾村，明少师李文正公墓在焉。其所居曰怀麓堂，当在城内西偏，今不知其处。公文章事业彪炳史册，初相孝宗，庶政无阙。洎武宗童昏败度，公受顾命尽忠匡救。阉瑾用事，虐焰滛炽。公将顺弥缝，曲全善类。当时言者或不之谅，然公之心在国家，始终不渝，视夫一不见用辄毅然去不顾者，其为贤，殆不啻过之也。后叶凋落，祠荒墓夷，行路见者，每为伤悼。

公本贯湖南，其乡后进谢侍御振定，始与学士法式善及某某等谋，先修复其墓，禁耕牧，御樵采。既又于其墓之南，建屋数楹，置主以祠公，颜“怀麓”，用旧名也。环其庭，植松竹杉柽之属。然地去水绝远，所种树辄枯萎。时侍御方病甚，闻之，曰：“是当谋所以生之者。”乃典质得数十金，以属学士为凿井。井成，泉甘而冽，以灌溉，萎者皆起。远近之资以汲者，且数十家焉。未几，侍御谢世。众皆曰：“是井也，实侍御功，不可以弗志也。”侍御又自号芗泉芗与香音义同，即名曰香泉。学士又为香泉诗，以示归安姚文田。文田曰：“少师贤，侍御不能忘。侍御之贤，诸君子不能忘。是皆可以风也。”遂记之。

时嘉庆十有五年六月丁亥日。

曾国藩《曾国藩诗文集·送谢果堂前辈归江南》

我昔曾读《知耻集》，憾不追逐参翔翱。当时小人窃国柄，狐鸣枭噪何贪饕。霍家奴子青油幰，夜半狭巷公嬉遨。一朝烧车震都市，骢马御史真人豪。至今朝士诵遗直，言之凛凛寒生毛。先生早闻过庭训，岂有劲干能枉挠？谢芗泉先生名振定，为御史时，曾烧和珅家奴车。旋以他事中伤落职。嘉庆四年，起复为礼部主事。今上常呼果堂为烧车御史之子。廿年作吏领畿赤，王事何曾怨贤劳。为怜疲民困蹂躏，亲抚积瘵勤爬搔。豫州丰碑吾所见，德政犹传万口牢。复闻巴僰魋结恶，十载边陲苦绎骚。先生手草论蜀檄，剖巢熏穴鼪鼯号。杀贼自是书生事，成功屡蒙圣人褒。果堂讨平四川夷匪，赏戴花翎。陈立余威慑駹冉，文翁雅化烝誉髦。方今时俗忌博謇，傲傲万众铺醨糟。却笑先生抱古调，肯随里耳同喧嘈。谁言夷途百无舛，未免奇数时一遭。大江东下日滔滔，浊水沉珠不可捞。使君一去万人哭，牵衣遮道何嗷嗷。蛾眉谣诼古所惜，坐使斧柯终倒操。朅来长安谈旧事，磨礲圭角深自韬。削如太华立千仞，绝顶秋隼下平皋。始知老辈尚姱节，堪哂薄俗徒尘嚣。嗟余昏顽大无识，随人俯仰如桔槔。频蒙美言药狂瞀，须臾便达肓与膏。昨者告别惊何遽，归心已似风中旄。逝将买山学耕钓，行且筑室诛蓬蒿。世事痴聋不复问，典衣取酒乐陶陶。天空地阔网罗少，黄鹤一举何其高，纷纷燕雀非吾曹。

曾国藩《曾国藩诗文集·送谢吉人之官江左序》

吾湘乡当乾隆时，人才殷盛。邓笔山为云南布政使，罗九峰为礼部侍郎，而谢芗泉先生为御史。三人者皆起家翰林，而御史君名震天下。是时和珅柄国，声张势厉，家奴乘高车，横行都市无所惮。御史君巡城遇焉，捽之出而鞭之，火其车于衢。世所称“烧车御史”者也。

其后二十余年，御史君之子果堂，以河南县令卓荐召见。上从容问曰：“汝即‘烧车御史’之子乎?”不数月，迁四川知府。又十余年，而谢吉人邦鉴复以进士出为江南县令。吉人，御史君之孙，而知府君之弟之子也。将之官，其常所酬酢者，或为诗送之。吉人乃索予为序，而乞言以纠其不逮。于是拜手告曰：

子今长人矣，四封之内，尊无与二。堂上颐指，堂下趋者百人。所识穷乏，仰而待命，设馆以延宾友，貌敬而情离。即有不善，彼所谓趋者、待命者、貌敬者，或知之而不谏，或谏焉而不力。吾以其身巍然处于众人之上，而聪明识量，又诚越而倍之。前有唯，后有诺，于是予圣自雄之习，嚣然起矣，而左右之人，又多其术以铦我。内之儆者日胜，外之欺者日众，兹其所以舛也。

昔者宓子贱治单父，孔子曰：“子何施而众悦?”对曰：“此地民有贤于不齐者五人，不齐事之而禀度焉，皆教不齐所以治人之道。”孔子叹曰：“其大者乃于此乎有矣。”鲁使乐正子为政，孟子曰：“好善优于天下。”东汉庞参为汉阳太守，先候隐居任棠。棠不与言，但以薤一大本，水一盂，置户屏前，抱儿孙伏户下。参会其意，曰：“冰者，欲吾清也。拔大本薤，欲吾击强宗也。抱儿当户，欲吾开门恤孤也。”故古人之学，莫大乎求贤以自辅。小智之夫，矜己而贬物，以为众人卑卑，无足益我。夫不反求诸己，而一切掩他人之长而蔑视之，何其易与?《诗》曰：“国虽靡止，或圣或否。民虽靡朊，或哲或谋，或肃或乂。”谓求贤而终不能得者，非笃论也。

今震泽宰左君青峙，吾湘乡之贤者也。任侠而不矜，谙事而不计利害。子往试求之，必有所以益子者。友仁以砺德，利器以善事。既以上绳祖武，又以绍诸乡先辈之徽。“无弃尔辅，员于尔辐。”青峙，子之辅也。抑吾闻江南为仕宦鳞萃之邦，或因青峙而得尽交其贤士大夫，是尤余所望也。

谢昺麟《谢氏大宗族谱·凤书公传略》

高祖讳再诏，字凤书，号金门，乾隆壬申恩贡，赠朝议大夫，宁朴公三子也。少聪颖好学，早岁补弟子员，旋以一等为廪膳生，举优行。为文力追先正，不阿时好。年四十七，始于乾隆壬午科与从侄式于公同举于乡，候选儒学训导，不乐仕进，益肆力于诗古文词。授徒里邻，造就尤多。

其课子也，虽除夕岁朝，尚须诗文各一艺，其平日课程文二诗一，督以午竣，迟则罚跪。故麟曾祖辈，悉于成童内外以首选入泮食饩。会有除夕，值午尚未完卷，适公祀先，而高祖妣刘恭人念为文辛苦，间以汤饵进塾，公觉即怒，入厨将器物肉糜悉毁弃之，谓如此姑息，得不误若辈终生哉？叹恨不息，是日竟罢宴。

会其课季子乡贤公楷书，稍不如法，辄挞之，其严如此。及麟曾祖兄弟贡成均登贤书，皆公所目睹也。惜乡贤公翰林报至，而公已捐馆矣。公性孝友，事宁朴公、刘太恭人，生尽诚，死尽哀，其葬谷水彭祠后也，委曲重购，皆自任之，处伯仲之间，兄恭弟友，怡怡如也。先世产不甚饶，析箸后，家益微。公昼则课农于田，计出纳为酢酬，晚则课读，达旦始罢。生平守正不阿，森严之象，人莫敢犯。豪右欺陵孤弱者，公每阻抑之，多赖以安。晚岁居花桥，近谷水市，肖小辈皆畏避远窜。故元亭公、粟园公治行卓卓，乡贤公为御史，毁权幸违制车，直声振天下，悉秉公庭训所致也。

公卒于乾隆庚子三月，距生于康熙乙未九月，春秋六十有五，以子振定贵，赠如其官。配刘恭人，长公四岁，为本邑赠公益山公长女，生自望族，幼间母仪。及归公，屏簪珥，勤操作，裙布荆簪，有少君风焉。相夫教子，井井有法。后公二年卒。子五，详谱。女三，皆适士族。

附录四　师友相关诗文[1]

法式善《存素堂诗初集录存》

【题解】法式善系谢氏交往最多的诗友，生平见诗集卷一“时帆”注。其《存素堂诗初集录存》共二十四卷，除已收入题解中的唱和诗外，另有相关诗作二十四题二十八首。

卷一《朐斋英和公子招同王正亭坦修侍讲、谢芗泉振定编修、萧云巢大经学博丰台看芍药》

十里丰台路，城南一径斜。人皆闲似水，诗更艳如花。山影柳门隔，鸟声松院哗。倚樽征故事，逸兴寄烟霞。清华推谢朓，绮丽属王筠。烂醉诗无敌，将离笔有神。搜寻金带句，惭愧玉堂人。谁续维扬燕，花前结胜因。

卷一《六月三日邀芗泉、云巢、朐斋长河晓行看荷花遂至极乐寺》

出郭荷暗薰，到门柳骈矗。略彴亘横波，长堤界断洑。露气着葛衣，天光豁林麓。难期宾从贤，况际风日淑。客至不参禅，僧枯已如木。亭虚体自凉，水流心弗逐。残梦破蜩螗，闲云旷凫鹜。稚

---

① 谢氏平生唱和师友甚多，各相关诗文集中多有与谢氏相关之作，因谢氏集中并未收入其全部作品，所以除题解中所录唱和之作外，尚有不少有助于了解其人其诗者，特作附录汇编。

笋迸石阶，古藓绣茅屋。芭蕉委地阴，葡萄当牖覆。桧老纷萧萧，松圆涛谡谡。秘监留诗篇，将军余画幅。美景现须弥，胜游期信宿。东华十丈尘，金门一囊菽。形摧路坎坷，气折车轣辘。何如初地佳，更借远公筑。虽乏打浆翁，尚携持盖仆。碍帽悬藤低，粘屐软草馥。竹炉茶可泼，香厨蕈初熟。消君磈磊胸，饱我藜苋服。自居淡荡人，略享清净福。开窗看西山，万采芙蓉簇。

卷一《芗泉游极乐寺之次日复得诗五十韵属和》

好学游亦佳，近义言可复。原约五月望日往游，以云巢应科试改期。天日骋容与，酬应谢昏夙。柴门依断峰，渔网晒曲溴。蒙蒙翠扑衣，淰淰波生谷。长柄宕芙蕖，连畦展茌菽。秀色诚悦心，晴光更娱目。缥缈涌珠宫，岧峣控王麓。樾静觉蝉吟，沤圆识鱼伏。幽偏地数弓，荡涤愁千斛。老僧颇超脱，有客皆清淑。沿途树萧森，入门华芬馥。浮生半日闲，诸天无量福。苦淡茶半瓯，平远画一幅。不读贝叶经，不识祇陀屋。护法现优昙，佳卉各成族。蕉阁荫层层，松房籁谡谡。午烟药灶欹，甲煎瓦垆郁。山厨旨蓄多，盘餐罗笋蔌。酒场难寂寥，诗境未瑟缩。狂搜髭屡捻，冥索额频蹙。甘苦变俄顷，讪诮任僮仆。鲜如出水英，峭如悬崖瀑。如山转圆石，如水战回洑。选句诚倔强，临文贵端肃。意到笔随之，履险趾不踧。山气夕转佳，微云荡残燠。双丫露遥巘，一发俨新沭。柳岸潴渟泓，稻田滋霢霂。止酒什和陶，酌水味思陆。醉禅野狐嗤，妙趣闲鸥逐。人生天地间，顺逆随化育。谁能工藻缋，枉自弄机轴。巍巍孰登堂，惴惴若临谷。同心谐臭味，孤芳媚幽独。无佛更无仙，胡谣复胡渎。庶占缶其盈，或免悚之覆。心兵韬淬厉，词锷露芒镞。后望正苍茫，前修逝忽倏。晚菘脆可餐，凉泉洌堪掬。玲珑雪湖藕，璀璨点篱菊。鱼游乐可知，鹤梦睡初熟。床头颇蘧蘧，剑端休矗矗。人惭阮籍达，文谢枚皋速。君常浮大白，我未歌独漉。曰诗不宜耽，于酒宁可黩。君视杯脱手，竟类车脱毂。一斗每百篇，藉糟还枕曲。茂叔常爱莲，子猷常爱竹。亡羊等为一，呼雉莫争六。君如袖君手，吾且扪吾腹。

卷一《送谢芗泉编修主试江南》

如此江山如此官，此行报称本来难。知君自识荆州璞，得士应弹贡禹冠。一代文章关气运，六朝楼阁半林峦。寄声南国青衫客，今日欧苏共主坛。正主考为胡豫堂先生，余与芗泉皆出先生门。

卷一《立秋前一日再游极乐寺看荷有怀芗泉》

爱看芙蓉晓日红，一层香里一层风。花光似比去年艳，文笔惭无前辈雄。小谢不来谁句好，大江此去定诗工。寻常五色休迷眼，知尔胸中障碍空。

卷一《怀芗泉》

江南多白蘋，君已到江滣。余梦共秋水，相思惟故人。官真清到骨，用芗泉赠句。诗渐等于身。万事闲中遇，朝朝把钓纶。

卷一《芗泉计日至都，天气寒甚，晨起奉忆》

与君避暑宿山寺，今已晚凉生角巾。千里归来仍酒客，百年传有几诗人。受霜竹叶难为绿，傲雪花枝早得春。重看禅房旧题句，碧纱笼处墨犹新。

卷一《芗泉编修招饮》

胡海梦如何，风来纸阁疏。诗人例耽酒，病客不工书。寒日淡将夕，冬花香一庐。暝烟归路晚，已是上灯初。

卷二《上元前二日雪后，煦斋招同谢芗泉、陈每田士雅、萧云巢、李莲石□饮蘽香书屋》

微雪难作花，晴云不成缕。雪晴云欲销，山角日初吐。嘉此素心人，招邀辄三五。讵待三百杯，庭阴已卓午。炉烟活火然，茶香浮石乳。心恬外垢涤，才弱余力努。意到互悲乐，诗成无今古。清宴舍管弦，词场设旗鼓。或笔矫如龙，或气猛如虎。或如别鹄吟，或如回鸾舞。要旨情性真，翛然寄仰俯。今日天气寒，轻阴低万户。冷翠盎竹栏，浅红逗梅坞。谁克张一军，吾将托强弩。惟有酒人狂，高歌酌清酤。

卷九《谢芗泉同年授礼部主事赋纪恩诗属和，余既违其请，作此以报》

读君纪恩诗，辗转泪潸然。我受恩最重，才拙词不妍。每欲述始末，笔墨无由宣。又苦押强韵，大将旗难搴。与君捷春官，星霜二十年。相看发鬓间，白雪皆盈颠。报称竟何有，默忖心悁悁。君昔奉使节，两上吴江船。楩楠杞梓材，岩谷勤招延。绣衣跨骢马，驰骋天桥边。至今长安氓，犹凛焚如烟。芗泉官察院时有焚车事，人多惮之。我抱古文章，红烛辉青毡。酬酢本疏懒，措置多拘牵。驽骀易颠蹶，何怨何尤焉。上蒙圣人知，宥过垂矜怜。俾复栖蓬瀛，缓步翔花砖。橐笔承明庐，永昼调丹铅。朝廷诸经制，次第排年编。平生迂阔见，对此一一捐。君亦典邦礼，考古需精研。宗伯大著作，手笔推许燕。以心许国家，职业视所专。何必赴沙场，亲持戈与鋋。有酒且斟酌，勿使忧中煎。山桃及溪柳，随意酬诗篇。会当芍药开，重访城西偏。迷蒙春雨中，佛院花娟娟。戊申春与芗泉赏花赋诗，城西诸名刹游览殆遍。

卷十《八月九日胡惠麓大令邀同谢芗泉侍御出西直门，憩松泉寺，相西涯墓址，蕙麓独往西山视木石，谋为公创祠，余因偕芗泉至极乐寺，复过大慈寺，盘桓竟日》

西风送败叶，凄茅打马首。青豆杂红秫，纠结塞村口。荒田积秋潦，□□作泉吼。弃马步高陇，寒绿散衰柳。小谢感旧游，花竹别来久。入寺不拜佛，据案先呼酒。清狂发薄醉，叱僧如叱狗。胡侯腰脚健，片刻西山走。丹霞绕衣袂，白云随腕肘。登冈度夕阳，高下胸中有。君子一举动，凡事期不朽。我将把秃笔，大书曰某某。

卷十《吴跰人、汪杏江、鲍雅堂、谢芗泉、赵味辛、张船山、姚春木集诗龛消寒，题〈新篁白石图〉，分用唐宋金元人题图七古诗韵，余拈得元遗山题范宽〈秦川图〉》

听雨拥被秋灯前，檐扑蝙蝠盘蛐蜒。万竹萧森倚凉石，梦醒如坐潇湘船。倪生运笔精神全，水墨着纸枝枝妍。更染芙蓉落几席，万朵涌自昆仑巅。西涯绿暗湖光连，门前三里皆湖烟。潘侯爱我写我照，天风吹影心凄然。浊秽坐使涴仙骨，欲骋霞步难轩轩。诗情浩荡寄淮海，佳人迟暮悲赵燕。鹊巢鸠借奚不可，天地为我留数椽。洗苔扫箨邀诸君，沙平路细衔溪云。画图诗卷生平亲，采颠未改爱石癖。坡老讵是食肉人，性之所近自成趣。桃源何必真避秦，弥勒同龛吾所闻。

卷十一《先同人抵极乐寺柬谢芗泉同年》

竹外山犹睡，桥边寺已分。一鸥前导我，匹马独逢君。花坞半依水，佛龛惟卧云。多时钟磬寂，蝴蝶闹纷纷。

卷十五《宿接叶亭得诗三首呈衣园，并索载轩、墨庄、芗泉、廉堂、船山、山尊同作》

饯云归径阻，淡月高林上。酒杯偶到手，诗情遂孤往。好官或勉致，良朋实难强。年年此佳会，不获得三两。青山随在有，黄叶接时响。孤枕落远梦，一亭天地广。

孤亭已百年，万叶争一绿。当年初白翁，幞被曾此宿。秋怀我不浅，醉眼逢寒菊。主人爱我诗，留我住诗屋。搜句愁枯肠，数典愧枵腹。淡语自深至，庶几免尘俗。

一时座上宾，各各天下才。当年朱竹垞与汤西厓，曾几芳筵开。诗成取怡悦，今昔休轻猜。云影冷不动，夜气生酒杯。老树势突兀，白月中徘徊。吾当拳一驴，日踏秋阴来。

卷十六《宿大觉寺和谢芗泉韵》

谁指寒梅是后身，旃檀信宿悟前因。山中见月愁先忘，老去看花意倍亲。万事不堪一回首，同时竟得两闲人。破窗半夜溟蒙雨，明日溪头看趣尘。

卷十六《五月四日为谢芗泉生日前一夕赋》

石榴花下初三月，照见君家画阁杯。老树又看春叶改，贫官最怕节钱催。游山略具平生慨，咏药能消几许才。报道葡萄新结子，先生笑口忽然开。

卷十六《偕唐陶山、谢芗泉、杨蓉裳、吴山尊、何兰士、朱野云由极乐寺抵李文正公墓下作》

风微不惹尘，林浅却藏寺。鹭丝破烟飞雪外，一重翠墙阴辘辘。宛转鸣新蝉，学语犹低声。钟磬不响炉烟清，僧篱楼背偷山樱。我来扫石坐，巾舄映皆绿。土花红上衣，初阳升佛屋。官问都有江湖思，多情谁是李宾之。石廪诸峰渺难见，万树松涛阏一殿。

卷十七《谢芗泉仪部》

得酒不问钱有无，看花莫辨春模糊，方寸自现光明珠。万古留此一枝笔，奇气却从肝膈出，那管人间有得失。金山水漾焦山云，孤愤只许江鸥群，诗成报与山僧闻。君游金焦诗为江南人士所传。

卷二十三《正月十七日陶季寿以余生日，邀同秦小岘、谢芗泉、杨蓉裳、吴兰雪、陈石士集赵象庵蔗山园看梅，季寿有诗次韵》

晨起童仆走相贺，湖上春风吹绿破。老梅着花三两枝，好友围炉六七个。蔗山园即鸥波亭，笑我岂堪荷锄佐。入门先有鹤来迎，骑马回看月初堕。宿醺新生草木香，笔秃旧属文章货。日长渐觉书味永，屋小不愁花气大。歌成全付玉琴弹，酒醒屡傍水仙坐。庭烛光摇留客宿，园蔬翠翦催奴课。四海兄弟长独难，五十年华叹虚过。杏花开未问山僧，屈指云堂再赓和。

卷二十三《游玉泉归柬兰雪兼寄芗泉、季寿》

君游为看花，我游为赏春。和春比善士，时花如美人。趣味虽不同，寄托各有真。请看湖上风，吹绿波粼粼。明月有谁修，万古常鲜新。侧闻贺郊辈，终日劳吟呻。岂知一欢笑，早阅千苦辛。

卷二十三《秦小岘招同谢芗泉、杨蓉裳、蔡式斋、陈石士、陶季寿集崇效寺看花次韵》

忽雨忽风寒食天，太常洗盖磬房前。云沉水槛生花气，饭熟山厨蒂石烟。一角斜阳隐雅背，半瓶残酒挂驴肩。明宵苍雪庵中去，看月烦僧借钓船。明日有玉泉山之游。

卷二十三《题陶季寿纪游诗后兼柬芗泉、兰雪》

饱读玉泉诗，我意所欲出。而我不能言，仙乎君之笔。怪哉谢与吴，闭门苦著述。作诗俨作画，十日又五日。

卷二十三《陶季寿招陪秦小岘、谢芗泉、刘澄斋、杨蓉裳、张船山、赵象庵、吴兰雪、陈石士、叶仁甫、陶怡云至愍忠寺，遂游崇效寺，余独憩龙泉寺，同抵江亭午饭，得诗三首》

愍忠寺里花，百回看不厌。花好何足言，好友良可念。矧相籍砥砺，匪为崇坛坫。文章特技艺，身心先静验。天光古殿深，人意禅房敛。竹间草亦闲，松外春自艳。鸟声闷林樾，茶烟散茆店。

红杏青松图，藏弆枣花寺。拙师昔弄笔，朱锡鬯王贻上雅好事。后来浅学流，题句思附骥。卷已牛腰然，诗却续貂似。诸公托游观，海棠花底睡。我适过龙泉，乘暇讨幽邃。鹤声松院闭，花影云堂弃。午钟破楼响，残僧生客避。孤蝶导前路，萧然我独至。

江亭峙东南，出门乃见之。僧指杏花间，飞飞者酒旗。舍车历数阪，短苇青差差。此地我屡到，看山春最宜。高旷岂不佳，惟乏烟水姿。昨游玉泉侧，胸膈留风漪。安得湖山尾，置尔孤亭欹。坐雨秋在人，看月凉生卮。诸公卧紫云赵象庵仓署名，读我江亭诗。

卷二十三《八月廿四日樊学斋道人招同谢芗泉、徐星伯松游大觉寺，过海甸别墅小憩》

劳生安得闲，得闲亦其偶。联骑出郭门，秋光遂我有。荒水晴一陂，名园广十亩。寒蛩暗壁叫，老鹤孤丹守。小坐意飞动，选胜凭栏久。悠然山在心，何必杯到手？

王文治《梦楼诗集》

【题解】王文治系谢氏亦师亦友的前辈，生平见诗集卷一《王梦楼前辈用焦山韵成长律见赠，依韵奉答》题解。其《梦楼诗集》共二十四卷，收古今体诗近一千九百首。其中与谢氏相关诗作除诗集题解中引录者外，尚有二首。

卷二十四《谢芗泉侍御自都中致书，殷勤数百言，情文兼至，且副以诗，报答一章》

中朝馆望兼台望，海内诗豪复酒豪。半载春风同跌荡，平生秋意独萧骚。书从鸿雁来时发，月忆笙歌沸处高。风絮烟丝休细问，豸冠灯下恐重搔。用继述之诗境。

卷二十四《谢芗泉乞尤水村、袁竹室、钱玉鱼合写梅竹石于扇以寄佩香，佩香属余题诗》

一片寒山石，相依道蕴家。竹癯知有节，梅冷欲无花。忆昨三贤聚，临风点笔斜。感余怀友意，搔首向天涯。

褚廷璋《筠心书屋诗钞》

【题解】褚廷璋系谢氏中秀才时的湖南学政，生平参见诗集卷一《和褚筠心师移居四首用顾星桥吏部韵》题解。褚氏《筠心书屋诗钞》共二十八卷，后由姚鼐更订为十二卷，其中与谢氏有关的诗仅一首。

卷二十二《二月十九日沧云给谏招同邱醒兰给谏、冯实庵侍御、钱裴山主政，谢芗泉、寇燕山两太史小饮有作》其七

小谢清辞映碧罗，廿年尘梦感如梭。前余视学楚南，与芗泉有文字之契。平生一事差无憾，收拾湘南香草多。

李棃《惜分阴斋诗钞》

【题解】李棃系谢氏中举时的湖南乡试副考官，生平参见诗集卷六《送李沧云夫子南归步留别元韵》题解。谢氏诗集中只有送李氏诗一首，李氏集中与谢氏相关的也只有二首。

卷十《同许香岩、谢芗泉、寇燕山儿子邦夔游极乐寺，用东坡和子由〈与颜长道同游百步洪相地筑亭种柳〉原韵》

春花当户香满席，闲吟坐卧无虚日。忽闻客到拉我游，散步城西揽春色。寺门高柳拂条青，路曲清泉引乳白。风发尘飞逐意马，歇心静寄禅堂下。此地真如极乐间，花开不断泉不干。老僧筑亭复浚池，青林白石围松关。期我东园一百五，锦堆嘉会来何难。东风毋许再相妒，拍手出门今且还。

卷十《谢芗泉、寇燕山两门生邀游极乐寺归，携樽寓斋小饮，兼邀许香岩、吴少甫坐，用竹垞〈寓居天宁僧舍〉韵谢之》

为有看花兴，终朝未掩关。诗情看白发，倦眼望青山。佳趣随时领，幽芳着意攀。却因归去寂，不使酒樽闲。

题诗忆盘岭，昨同人过崇效寺看花，题盘山拙庵和尚遗照。极乐复琳宫。红杏青松外，拙庵画像手眷为《红杏青松图》。雨花风柳中。极乐寺东有雨花亭，门前古柳二株拂天。清吟留楚瑟，雅兴寄郫筒。试作参禅想，山僧

是醉翁。

唱酬真所好，翰墨敢辞劳。窗鸟窥诗誊，花香入酒槽。虚心闻众籁，得句走春涛。今夕开嘉会，何争声气高。

周锷《听云山馆诗钞》

【题解】周锷系谢氏在岳麓书院读书时同学，生平见诗集卷三《阿娇曲赠周春田纳姬》题解。其《听云山馆诗钞》共十卷，其中与谢氏有关诗作共五首。

卷二《舟中有怀谢芗泉振定侍御、潘箬舟绍经给读、刘新崖若璪水部、黄在畬维烈仪部》

好山如故人，船窗泻晴碧。既见不厌看，一过辄可惜。我友三数人，京华共晨夕。时有连旬欢，不作两日隔。未知孰主宾，都已忘形迹。偶为风雨慭，犹觉意难适。相对喜陈人，转恐来者迫。奈何轻别离，清欢遂抛掷。回思数千里，忽忽成畴昔。君辈形尚联，我行影独只。兀兀孤蓬中，离绪纷络绎。不免坐夜分，径欲裁书尺。遥想秋正清，谁家共瑶席。谈谐杂规讽，无碍友三益。或式春曹仪，或迟水部舄。每有约新崖每后至。或望侍御车，或岸黄门帻。独有远游人，未能参一屐。如彼江上山，可望不可即。未知故人心，曾否念行客。

卷四《题谢芗泉振定侍御、朱白泉观察月夜泛金焦图》

万顷江光一轮月，亲闻白泉向我说。悬帆激箭写情景，不觉清冷鉴毛发。二泉吟啸坐船头，浩荡乾坤两奇客。但知豪气挟波涛，那问蛟龙动岩窟。金焦但作纸上看，使我神情已飞跃。何时买棹至其下，更寻二泉夜游迹。

卷五《谢芗泉太史振定约王正亭侍讲坦修丰台看芍药，余未得与，诗以调之》

传说城南地绝尘，有人结伴出城闉。觞飞药圃联吟剧，诗对名花贳酒频。向暮停车曾过我，隔窗呼客转藏春。亦知风雅无余席，怕遇烧琴煮鹤人。

卷六《焦山偶题寄谢芗泉仪部振定》

己未曾题夜泛图，来寻有约意先符。即今五日山中住，恰称三生愿不孤。快我凭轩全领略，笑他秉烛尚模糊。山僧诗意还堪赏，风雅遥传事岂殊。

卷九《和谢芗泉仪部振定赠借庵韵》

信宿缘真大，欣逢白足师。住山如出世，投契共裁诗。月上虚窗静，潮来伏枕知。者番清意味，留恋未全痴。

沈琨《嘉荫堂诗存》

【题解】沈琨系谢氏在京中的诗酒唱和之友，生平见诗集卷三《和宋梅生移居后喜雨原韵》“沈舫西”注。其《嘉荫堂诗存》共四卷，有嘉庆十八年（1813 年）刻本，被收入《清代诗文集汇编》第四一〇册，其中有与谢氏相关诗一首。

卷三《谢芗泉给谏振定属题月芬小照》

一枝琼树倚婵娟，貌出清寒剧可怜。明月多情自来去，那堪频为照离筵。

唱彻阳关酒一卮，谢家庭院冷秋时。阿谁偷取生花笔，写罢天香读楚词。

尤维熊《二娱小庐诗钞》

【题解】尤维熊系谢氏在京中的诗酒唱和之友，生平见诗集卷四《题尤二娱〈鸥梦图〉即次元韵》题解。其《二娱小庐诗钞》共五卷，补编一卷，有嘉庆十七年（1812 年）刻本，前者收与谢氏相关诗三首，后者收一题四首。

卷二《同谢芗泉饮铁门酒楼醉后赋赠》

嫉恶心犹在，休官道乃光。举朝怜汲黯，当路避张纲。乞食游吴市，行吟类楚狂。酒酣歌一曲，音节恐悲凉。

卷二《谢芗泉起用礼曹以纪恩自述诗见示次韵奉简》

门开阊阖晓云蒸，天路重纡缓步登。帝鉴久回寒谷照，臣心遥映玉壶冰。文章未足酬君父，出处何关畏友朋。只许大鹏闲六月，南华证取寓言曾。

解嘲何必学扬雄，淡定能教心不蓬。仕路升沉原是幻，斯民好恶本来公。常钦赤棒宣威大，肯费黄金买赋工。今日九衢衔命出，傍人犹指鲍家骢。

元戎十乘拥貔貅，西顾难纾旰食忧。尚采狂言怜贾傅，每嘉军纪萧条侯。三川蓬果犹群盗，七萃刍粮待运筹。未必书生无补塞，汉庭经国重儒流。

玉堂清冷梦依然，记得题名在木天。几辈弹冠逢此日，两番释褐笑当年。部臣议照新进士例分部。箧中旧草霜生简，马上新诗雪命篇。亲故底须愁俸薄，鹤情原只爱芝田。

卷三《谢礼部振定》

淮浦君持节，论心一夕倾。升沉如历劫，感激到平生。燕市分襟泪，吴天话雨情。终期坚晚节，满把寄秋英。

补编《谢芗泉漕使同胡黄海见过留饮署斋，属赋州字韵诗，翌日得四律句》

舒舒淮水古三洲，星使初停尽鹢舟。争以鸿文推许国，果偿宿愿见荆州。一时顿忘龙门峻，同学都归药笼收。料得陆庄荒已久，犹劳名字问从头。漕使于戊申年典试江南所得士如吴玉松、彭苇间、吕澹香、蒋宾嵎，皆余幼同笔砚者，见时一一问及，而宾嵎清寒更甚，故尤注意云。

不图门巷听呼驺，束带容宽礼数稠。空有豪情师北海，并无尘榻下南州。尊前残咏香犹腻，竹外苍烟淡不收。诵到水仙弹梦句，羡他涤笔向冰瓯。时诵吴兰雪哭女士金纤纤诗，因及纤纤所著"夜凉弹醒水仙花"，即纤纤遗句也。

菽衣粗剥酿新笋，草具茅容一进羞。自昔无鱼侪食客，只今有蟹怕监州。令严欲击催诗鉢，杯冷犹藏覆掌钩。从此寒毡应变暖，春温十日座间留。

蓟门烟霁岱云流，一路官程足倡酬。膝下清才真宝树，幕中诗笔近随州。前途旌旆行催发，后夜灯花我欲愁。那不临风寄怀慕，二分明月指邗沟。

金学诗《播琴堂集》

【题解】金学诗系谢氏在京中的诗酒唱和之友，生平见诗集卷二《题金二雅〈禊游图〉》题解。其《播琴堂集》共八卷，有乾隆五十一年（1786 年）刻本，其中有与谢氏相关诗一首。

卷十二《次韵谢侍御振定自焦山放舟至金山二图》

有山苍然风泠然，江水浴月铺琼田。造化涌现光明界，以待静者能领焉。清游选胜皆地主，王梦楼侍读。仰止既久情弥专。邮亭唤渡豁远目，金焦突露双石拳。行恐波涛溅衣袂，不知已历青峰岭。酒酣起舞更卜夜，击楫遥溯空蒙天。莫愁风引不得到，使君本是蓬瀛仙。箭锋了不涉文字，趺坐便足空尘缘。绘图即景记游历，江山尺幅天机全。竭来松陵寄鸿爪，沧江虹月辉丁年。相逢为我道往事，不恋簪绂枕林泉。东山捉鼻知不免，道力百炼弥贞坚。月重轮兮海重门，勋业要共文章镌。老我扁舟倘乘兴。波光帆影频回旋，登临应随梦楼后，消受秋月春风偏。回思此图当佳话，江楼快诵琳琅篇。

鲍之钟《论山诗稿》

【题解】鲍之钟系谢氏在京中的诗酒唱和之友，生平见诗集卷四《庚申六月九日与汪杏江、赵味辛、鲍雅堂、张船山集诗龛为李西涯生日，即用西涯“秋风吹芰荷，西塘凉意早”之句，分韵得芰字》题解。集中有与谢氏相关诗一首。

题谢芗泉侍御金焦放舟图

谢公只爱东山住，未识金焦两点青。何似称诗狂御史，相将放棹古中泠。天空铙吹惊秋籁，波静鱼龙避使星。我自菰蒲惭旧隐，十年孤负草堂灵。

缪晋《缪寄庵诗稿》

【题解】缪晋系谢氏在京中的诗酒唱和之友，生平见诗集卷一《立冬先一日，缪申浦前辈招同罗九峰学士、马雪峤宫詹、邵二云侍讲、王一斋侍御、洪稚存编修小集作》题解。其《缪寄庵诗稿》共一卷，被收入《清代诗文集汇编》第四一一册，其中有赠谢氏诗一首。

赠谢芗泉编修即用其和褚筠心前辈题花卉画册韵庚戌

爱君文笔如芳春，美花映竹不受尘。爱君书法如秋霜，疏星射月横参辰。楚南才多君最著，澄江如练吟诗颇。帆转湘流看自在，云开衡阜见天真。量才江左收玉笋，载笔史局垂搢绅。偶然画箧索题咏，仿佛拈花示幻因。师门载溯河南褚，瑶篇酬唱能忘贫。书成示我冰雪句，沉吟感叹为逡巡。愧余书画两何有，岂许花源遽问津。和君好诗参妙谛，花圃初醒梦蝶身。得遇宣城便低首，心钦大雅能扶轮。

吴嵩梁《香苏山馆诗钞》

【题解】吴嵩梁系谢氏在京中诗酒唱和之友，生平见诗集卷一《别院看竹次兰雪韵》题解。其集中收有题赠谢氏诗二首。

卷一《题谢芗泉振定侍御玉带桥观月图》

危桥跨江五千尺，东坡玉带安在哉？七百年前山寺月，照公今夜江船开。空波万顷化积雪，冥冥海气侵楼台。鳌背如山映天黑，破烟一点神灯来。我舟前夜溯京口，蓬瀛欲到风吹回。海门回望月出处，螺髻已汲苍云堆。扬州池馆好花竹，红袖当筵歌落梅。探幽更拟入图画，惜别肯不倾樽罍。江山俯仰万古泪，美人名士俱尘埃。酒酣掷笔怒蛟舞，壮游如此输仙才。

卷七《蔗山园赏菊赠赵象庵中翰兼呈谢芗泉礼部》

养花须识花性情，爱花更取花标格。菊花艳冷不宜春，开向寒天能五色。赵公养花如养贤，根培沃土浇清泉。吴生爱花爱成癖，颇恨花时无酒钱。花前一见各倾倒，便约移樽事幽讨。东邻谢公兴尤逸，扶病看花来独早。菊意亦爱诗人狂，万花含笑迎晓霜。主客如此不一醉，赏秋谁展花重阳。

顾宗泰《月满楼诗集》

【题解】顾宗泰系谢氏在京中诗酒唱和之友，生平见诗集卷一《和褚筠心师移居四首用顾星桥吏部韵》题解。其集中所收与谢氏有关诗作除题解中所及外，另有一题二首。

题谢香泉侍御梅花画扇用湘琴韵

独倚霜空出世姿，澹香合对一尊持。人间百卉纷争艳，谁赏春风竹外枝。

姑射仙人品格寒，一声鹎鵊笑花残。天然写出罗浮种，谢砌应同玉树看。

赵翼《瓯北集》

【题解】赵翼，字云崧，一作耘讼，号瓯北，常州府阳湖县（今江苏省武进县）人。乾隆二十六年（1761年）进士，历任军机处内阁中书、翰林编修、广西镇安知府、广州知府等职，官至贵州贵西兵备道。后辞官，主讲于安定书院。为清中期著名的史学家、诗人、文学家，与同时代的袁枚、蒋士铨并称为“乾隆三大家”。所著《廿二史札记》与王鸣盛《十七史商榷》、钱大昕《二十二史考异》合称“清代三大史学名著”。有诗集五十三卷。谢氏集中无与赵翼唱和之作，赵集中有与谢氏相关诗四首。

卷三九《题谢芗泉侍御自焦山放舟金山观月图四首》

焦庐探胜蹑青孱，吟到黄昏月一弯。何事借庵庵不借，听君放棹向金山。

吹海为天句独雄，缘知心境两清空。江神也助君豪兴，不敢掀他断渡风。

金焦久占老坡名，却欠挐舟泛月明。从此澄江净如练，诗家争唱谢宣城。

千秋此月此江天，独被先生揽胜缘。笑我频年往来惯，不曾敢放夜游船。

陶澍《陶文毅公全集》

【题解】陶澍字子霖，一字子云，号云汀、髯樵，湖南安化人。嘉庆七年（1802 年）进士，授庶吉士，任翰林编修，后升御史，曾先后调任山西、四川、福建、安徽等省布政使和巡抚。道光十年（1830 年），任两江总督，后加太子少保。有《印心石屋诗抄》《蜀辅日记》《陶文毅公全集》等。谢氏《知耻斋集》最后即由其编次。其集中有送谢氏诗一首。

送谢芗泉先生振定典试秦中

桦烛辉承瑞锦衙，诏书新下赋皇华。曾游泽国龙分节戊申主试江南，尚忆霜台豸触邪。先生任御史时，忤权要落职，嘉庆四年起用为礼部主事。路转潼关悬晓日，天开花岳拥晴霞。遥知驻马登临日，三朵金莲卓笔花。

秦瀛《小岘山人诗文集》

【题解】秦瀛系谢氏在京中诗酒唱和之友，生平见诗集卷四《〈横山丙舍图〉为秦小岘侍读题》题解。其集中收有与谢氏相关诗一首。

卷十八《四月二十一日将赴芗泉之招，先得诗一首，即叠季寿韵》

昨梦移官客致贺，倒换头衔例初破。以奉常改京尹自余始。出门岂有赤棒威，仆隶新添两三个。折柬相招喜故人，名醪兼得嘉肴佐。尘沙轣辘几二旬，吾身何幸花间堕。石阑横斜杂卉放，红白参差胜财货。颓唐我向玉山筵，座上谁人户称大。湘阴谪官兴尚豪，月底移尊向花坐。侬家城西旧草堂，种花日日园丁课。别来那免猿鹤惊，少壮匆匆时已过。无钱也要约农曹，谓蓉裳。归去陆皮同唱和。

曾燠《赏雨茅屋集》

【题解】曾燠系谢氏南游吴越时诗酒唱和之友，生平见诗集卷一《甲寅嘉平月既望，梦楼前辈招同朱白泉、鲁选堂为焦山之游，夜半与白泉泛舟金山，坐玉带桥玩月，及晓而归，适曾宾谷都转以游山不果诗见寄，次韵答之》题解。其《赏雨茅屋集》共二十二卷，与谢氏唱和诗作除收入相关谢氏诗题解者外，另有二首。

卷二《玉带桥观月歌为谢芗泉漕使作》

水光接天星宿白，金焦两点如烟积。有客中流挂帆急，挂帆者谁为谢公。海门游罢兴不穷，暮云收尽银阙漏，与月簸荡江流中。击空明，溯流光，凭虚羽化天茫茫。水师绝叫风掠耳，楼观明灭钟声长。须臾落帆浮玉下，飞桥疑向银河驾。此时素月当天心，回望海门深复深。鱼龙寂寞风露冷，长啸试作飞鸾吟。玉带桥，为谁作，坡仙之迹此焉托。黄楼一笑披羽衣，赤壁重游梦孤鹤，世上千年无此乐。

卷二《送谢芗泉漕使》

梅花始发与君遇，芍药开时君不顾。一春二十四番风，为送君来送君去。春江水绿落花多，南浦伤心可奈何。别有歌声忘不得，汪伦情似潭千尺。

黄丕烈《虎丘诗唱和诗集》

【题解】黄丕烈，字绍武，一字承之，号荛圃，江苏苏州人。乾隆五十三年（1788 年）举人，官主事，嘉庆六年（1801 年）发往直隶知县不就，专一治学和藏书，有藏书室士礼居、百宋一廛、陶陶室等，为清代著名藏书家、目录学家。著有《荛言》《士礼居藏书题跋记》《续录》《汪本隶释刊误》《芳林秋思》等。为谢氏弟子。

《虎丘杂诗十四首》之一

远陪骢马觅游踪，幻迹真成水月同。为散尘襟借诗酒，休夸别院有春风。赵忠陪徐侍郎游虎丘，起句云“远陪骢马觅游踪”，余即用其语以为喻，盖余座主谢香泉师为侍御，罢官游吴中，暂作（消摇）〔逍遥〕计，宦迹等诸水月，尘襟散于诗酒，至于别院春风，有所不羡。香泉师真旷达人也。

谢启昆《树经堂文集》

【题解】谢启昆系谢氏京中诗友，生平参见诗集卷二《永平砖歌为家蕴山方伯作》题解。除唱和诗作外，其文集中收有复谢氏书一通，系回复嘉庆五年（1800 年）谢氏募修李东阳墓祠之序而作。

复谢芗泉仪部庚申

前岁，覃溪师命题《西涯图》，知时帆祭酒得西涯旧址于积水潭，而畏吾村之墓，未知其所，故拙诗有“畏吾村畔城西路，为访平泉觅断碑”之句，未尝不致意于文正藏骨之区，无新城尚书为之重葺也。今读大著《募修祠墓序》文，乃知祭酒于大慧寺旁，竟访得其墓。欢喜赞叹，莫可言喻。

窃考文正立朝风骨，稍逊刘、谢诸公，然当时实有难处者。至其诗文翰墨，照耀古今，真有不可磨灭处。日下诸贤劳心访古，表章祠墓，宜也。仆虽蹇劣，亦乐观成，且得附名于末，何幸如之！惟不能多助为歉然耳。

仆在浙江，曾修太傅文靖公墓，拙撰碑文呈教。又拙诗稿已有八册，知无足观，且讹错尚多，无暇校正，是以都内诸同好尚未致送，因中有《题西涯图及积水潭》之作，用先奉正。

又闻先生搜罗海内古文，细大不捐，妍媸并进。仆窃不自量，抄呈散行文二十篇，土壤细流，无益高深，伏祈郢削是幸。此间李五兄名秉礼号松圃者，乃春湖学士之尊，人风雅好义，昨以尊札示之，乐助两百金，今并附上。

袁枚《随园诗话》

【题解】袁枚系谢氏巡视南漕和南游吴越期间交往的诗友，生平参见诗集卷一《清燕堂雪夜观剧和梦楼前辈韵》“简斋”注。二人交往并不多，但《随园诗话》补遗中有两则有关谢氏的文字，卷九中一则对谢氏评价颇高，卷十中一则虽然只是记事，但也有助于了解相互交游情况。

《补遗》卷九

乙卯二月，在扬州见巡漕谢香泉先生，乃程鱼门所拔士也，倜傥不凡。《游泰山》五古数章，直追韩、杜，以篇长不能备载，仅录其《飞瀑崖》云：“石罅中峰劈，飞濠曳练来。自天张水乐，平地起风雷。题咏此间遍，幽复众妙该。封峦经七二，御帐望中开。”又《跨虹桥南，见唐陶山勒石绝句，欣然如见故人，时唐宰荆溪，诗以寄之》云：“失喜陶山入望来，丹崖赤字独徘徊。吟情正忆鸣琴暇，罨画溪头日几回。”陶山名仲冕。余读之，方知楚南有此诗人，方以不得一见为恨。不料十月间，陶山宰吴江，忽以书至，云爱而不见，今秋以重价购余《全集》，方知天涯又得此知己也。以诗赐观，《扫墓》云：“梦里瞢腾色笑微，九原长恨隔春晖。羊肠细路通樵径，马鬣新阡隐石围。雾满藤萝侵屐湿，草枯蚱蜢傍衣飞。可怜身上拈残线，游子而今尚未归。”余尤爱其五言十字云：“云开如让月，风定为留花。”

《补遗》卷十

乙卯春，余在扬州。巡漕谢香泉侍御移尊寓所，有梦楼侍讲、香岩秀才、歌者计赋琴。门下士刘熙即席云：“谢公清兴轶云霄，宾馆移尊慰寂寥。地足骋怀宁厌小，客仍是王不须招。无边烟景刚三月，盖世才人聚一宵。定有德星占太史，千秋高会续红桥。一枝玉树冠群芳，入座题襟兴倍长。从古佳人是男子，见《东汉书》。于今问字有歌郎。计郎学诗于随园。酒倾长夜真如海，灯照名花别有光。细数平生游宴处，几回似此最难忘。”

附录五　谢振定年谱梅国华　梅婷撰

谢振定（1753—1809），字一斋，一字竹湖，号芗泉，湖南省原湘乡县今涟源市人。

谢氏先世系出会稽，其后徙至吉安，为世族。有讳惟兴者，迁湖广，居湘乡、邵阳之交，至敏湖公始居湘乡之螟潭，六传至珩玉公，配易氏，是为振定高祖考妣。珩玉公康熙元年（1662）故后，珩玉太婆率子添荫、添弦、添蒸，迁居今涟源市金石镇桃林村，康熙十七年修建三进九厅乐恺堂，现保存完好。曾祖父添弦，字培先，号懋建，配易氏，生子三：如运、如辉、如浑。祖父如浑，字宁朴，号素庵，乾隆壬申恩贡生，以孙振定贵，赠文林郎，晋赠朝议大夫。配刘氏，赠儒人，晋赠恭人。生子四：再诚、再谌、再诏、再谐。父再诏，字凤书，号金门，邑优禀生，乾隆壬午科副举人，以子振定贵，貤封文林郎，貤赠承德郎，晋赠朝议大夫。配刘氏，貤封儒人，貤赠安人，晋赠恭人。振定兄弟五人：长振宇，字元亭，号松洤，邑优禀生，乾隆甲午科举人，充武英殿四库馆誊录官，后任山西五寨等县知县，貤赠文林郎。次振宙，字缉亭，号熙载，以弟振定貤赠承德郎。次振宁，字立阶，号栗园，一号枫亭，邑优廪生，乾隆丁酉科举人，署祁阳、新宁等县教谕，实授清泉县学教谕，例授文林郎，以曾孙畐麟贵，貤赠中议大夫。次振实，字愚谷，号玉峰，邑优廪贡生，候选训导，例授修职郎。次振定。

乾隆十八年癸酉（1753）

五月初四日子时，振定出生于湖南省湘乡县锦石三十六都今涟源市金石镇桃林村。见谢徽广等纂修民国八年本湘乡式南堂《谢氏大宗族谱》（简称《族谱》）。

乾隆二十一年丙子（1756）三岁

振定发蒙。老师为长兄振宇。振宇大振定十九岁。

谢振定《哭家大兄元亭之讣》：忆兄授书刚三龄。

谢振定《嘉庆壬戌五月廿八日，同人以余与法梧门学士、贺虚斋侍御、祁鹤皋、杨蓉裳二农部俱于是年五十初度，聚而觞于正乙之祠，雅音引和，谈宴弥日，胜情盛举，余固不足以当之。第念四君于余皆同年，诸君子又皆以文章意气相洽，不约而同，斯亦曩昔嘉会中所罕有也，感而有作，用述鄙怀，兼以志良友殷勤之雅意云》：三龄学伊吾。

乾隆二十七年壬午（1762）九岁

秋，父亲再诏中乾隆壬午科湖南乡试副举人。

法式善《清秘述闻三种》（上册）记载：（乾隆二十七年壬午科乡试）湖南考官：侍讲钱大昕，字晓征，江南嘉定人，甲戌进士。修撰王杰，字伟人，陕西韩城人，辛巳进士。

题“必也射乎”三句，“宪宪令德”三句，“今夫麸麦，又同”。

赋得“秋露如珠”得“清”字。

解元丁甡，字鹿友，清泉人。

谢振定《次韩城太傅赋别诗元韵二首》系次王杰诗韵作，有注：“先君壬午乡试出公门下。”

《论语·八佾》：子曰：“君子无所争，必也射乎！揖让而升，下而饮，其争也君子。”

《中庸》：诗曰：“嘉乐君子，宪宪令德，宜民宜人，受禄于天。保佑命之，自天申之。”

《孟子·告子上》：“今夫麸麦，播种而扰之，其地同，树之时又同，浡然而生，至于日至之时，皆熟矣。虽有不同，则地有肥硗，雨露之养，人事之不齐也。”

秋露如珠：南朝梁江淹《别赋》有“秋露如珠”之句。唐朝师贞有《秋露如珠赋》。

乾隆二十八年癸未（1763）十岁

读完十三经。见于《墓表》《墓志铭》及《湘乡县志》。

振定《与李啬生书》：“仆自十岁习举子业。”

乾隆三十八年癸巳（1773）二十岁

弱冠参加湘乡县童子试，名列第一。湖南学政褚筠心试而黜之。

长洲吴云时以贡生佐褚筠心幕，对振定文字赞赏有加，因而提出疑议。褚筠心曰："非文之不工，以神锋太隽，姑少挫而厚殖。"见《诰授朝议大夫赐进士出身礼部员外郎前翰林院编修江南道监察御史芗泉府君行状》（简称《行状》）。

褚廷璋，字左莪，号筠心，长洲人。乾隆癸未进士。乾隆三十五年至三十九年以侍读学士官湖南学政。

吴云，字润之，号玉松，长洲人。乾隆戊申举人，癸丑进士。

乾隆三十九年甲午（1774）二十一岁

参加长沙府试，又为第一，褚筠心卒拔以冠诸生。长兄振宇中举。见《族谱》。

法式善《清秘述闻三种》（上册）记载：（乾隆三十九年甲午科乡试）湖南考官：编修李殿图，字桓符，直隶高阳人，丙戌进士。刑部主事洪朴，字素人，江南歙县人，辛卯进士。

题"女为君子"二句，"使天下之"三节，"若夫润泽"一句。

赋得"楚岫千峰翠"得"飞"字。

解元卢达凤，桂阳人。

《论语·雍也》：子谓子夏曰："女为君子儒，无为小人儒。"

《中庸》：子曰："鬼神之为德，其盛矣乎！视之而弗见，听之而弗闻，体物而不可遗。使天下之人，齐明盛服，以承祭祀。洋洋乎如在其上，如在其左右。《诗》曰：'神之格思，不可度思，矧可射思。'夫微之显，诚之不可掩如此夫！"

《孟子·滕文公上》："若夫润泽之，则在君与子矣。"

楚岫千峰翠：唐代诗人韦迢《早发湘潭寄杜员外院长》有"楚岫千峰翠，湘潭一叶黄"之句。

乾隆四十二年丁酉（1777）二十四岁

八月，再诏率子振宁、振实、振定等赴长沙，参加湖南乡试。振定中第四十名举人。三兄振宁同科中举。《行状》有云"大父率之应科岁"。

湖南贡院正门两旁悬有前湖南巡抚陈宏谋写的对联：

矮屋静无哗，听食叶蚕声，敢忘当年辛苦；文星光有耀，看凌云骥足，相期他日勋名。

法式善《清秘述闻三种》（上册）记载：（乾隆四十二年丁酉科乡试）湖南考官：侍讲王大鹤，字露仲，顺天通州人，丁丑进士。内阁中书李棨，字文輈，江南长洲人，壬辰进士。

题“三年学不”二句，“大哉圣人”一句，“其事则齐”二句。

赋得“风骚列屈宋”得“篇”字。

解元刘定进，武陵人。

“三年学不”，语出《论语》：“子曰：‘三年学，不至于谷，不易得也。’”

“大哉圣人”，语出《中庸》：“大哉圣人之道，洋洋乎发育万物，峻极于天，优优大哉！礼仪三百，威仪三千，待其人而后行。”

“其事则齐”，语出《孟子·离娄下》：“其事则齐桓、晋文，其文则史。孔子曰：‘其义则丘窃取之矣。’”

乾隆四十三年戊戌（1778）二十五岁

在岳麓书院读书，与周锷（号春田）同学。

嘉庆五年六月振定作《江亭话别图序》：“余与春田自麓山同砚席，迄今二十余年。”衡山聂镐敏撰《栗园公墓志铭》：“（栗园）公幼从伯兄山西知县振宇、仲兄貤赠承德郎振宙，及弟廪贡、候选司训振实，翰林院编修、历官礼部员外郎振定肄业岳麓时，均为楚南冠冕。”

乾隆四十四年己亥（1779）二十六岁

五月十七日巳时，长子兴峣生。兴峣，字心兰，号小泉，一号果堂。见《族谱》。

乾隆四十五年庚子（1780）二十七岁

是年，乾隆七十大寿，增加一次科考，称乾隆庚子恩科。振定赴京参考。

三月初六，确定会试正考官礼部尚书德保（满）、曹先秀，副考官工部尚书周煌、内阁学士胡高望，同考官程晋芳等十八人。

振定会试房师程晋芳，字鱼门，号蕺园，安徽歙县人，辛卯进士。

三月初九，第一场开考。

会试四书诗题：“则众物之”一句，“罔之生也”一句，“尽信书则”一句，赋得“春日载阳”得“风”字。

三月十一日巳时，父亲再诏亡故，享年六十岁。

三月十二日第二场开考。

三月十五日，第三场开考。振定忽怦然心动，几乎不能终卷。

五月初九，贡士录取完毕。

五月初十，殿试。

殿试策：孟子述道统之传，自尧、舜以至于孔子。盖谓心法、治法，同条共贯也。然帝王之学，与儒者终异。保大定功之要，其果在观未发之气象，推太极之动静欤？永嘉学派，朱子讥为事功。真德秀作《大学衍义》，其目自格致、诚正至于修、齐而止，治、平之经略不详焉。抑又何欤？

殿试读卷官纪晓岚、曹文埴、谢墉等八人。

五月十五日，传胪：录取新科进士一百五十五名。其中一甲三名，汪如洋、江德量、程昌期。二甲五十一名，关槐、程维岳、初彭龄、甘立猷等，振定为第十六名。三甲一百零一名，法时帆、萨彬图等。

五月十八日，馆选出炉。振定与关槐、初彭龄、吴蔚光、甘立猷、法时帆等二十六人改庶吉士。程维岳、萨彬图等十八人分部学习。陈鸿举、周拱、李光时、罗拔、刘具斌、张涟以知县即用。余俱归班铨选。

以上见《清实录·乾隆朝实录》《清代职官年表》《清秘述闻三种》等。

“则众物之”一句，语出《大学》：“至于用力之久，而一旦豁然贯通焉，则众物之表里精粗无不到，而吾心之全体大用无不明矣。此谓格物，此谓知之至也。”

“罔之生也”一句，语出《论语·雍也》：“人之生也直，罔之生也幸而免。”程子曰：“生理本直。罔，不直也，而亦生者，幸而免尔。”

“尽信书则”语出《孟子·尽心下》：“尽信书，则不如无书。吾于《武成》，取二三策而已矣。”

赋得“春日载阳”，语出《诗经·豳风·七月》：“七月流火，九月授衣。春日载阳，有鸣仓庚。”

几日后，家讣至。知父故，回家丁忧。

出任湖南常宁双蹲书院山长。双蹲书院始建于宋绍熙五年，重建于清康熙二十五年，“规画措置，与岳麓、石鼓等观”。见儒宗堂《贺氏五修族谱·卷四》。

谢振定《贺母邓孺人八一寿序》：“岁庚子，余谬主双蹲书院讲席。”

乾隆四十六年辛丑（1781）二十八岁

丁忧。

乾隆四十七年壬寅（1782）二十九岁

正月初九日亥时，母亲刘氏亡故，享年六十六岁。见《族谱》。

乾隆四十八年癸卯（1783）三十岁

二月初六子时，次子兴峘生。兴峘，字紫亭，号湘帆，一号讱庵，别号季实。见《族谱》。

秋，作《桦美公讳逢琏七秩寿序》。见光裕堂《湘乡凌氏三修族谱》。

乾隆四十九年甲辰（1784）三十一岁

冬，丁忧将满，北上进京。未果。到离湘乡县城二十余里的湖山朱同文家。正值朱氏修谱，应邀作谱序。见《湖山朱氏族谱序》。

乾隆五十年乙巳（1785）三十二岁

正月初一，诰命貤赠祖父如浑、父亲再诏为文林郎，貤赠祖母、母亲为孺人。见《谢氏大宗族谱·首卷上·诰敕》。

正月，离家赴京，入翰林院学习。

《行状》：“乙巳服阕入都。丁未散馆授编修。”

时翰林院掌院学士阿桂（满）、嵇璜（汉）。见钱实甫著《清代职官年表》。

乾隆五十一年丙午（1786）三十三岁

正月十三日，为湘乡秀溪萧文炳作《文炳公八十寿序》。

翰林院学习。

乾隆五十二年丁未（1787）三十四岁

四月二十日，乾隆帝召见汪学金、曹振镛、谢振定等翰林院散馆庶吉士。曹振镛、谢振定等二甲之庶吉士授编修，充国史馆纂修。三甲之庶吉士俱授为检讨。见《清实录·乾隆朝实录》。

接夫人周氏及小孩入都，住顺治门外椿树三条胡同东口第一大门。

时兴峣八岁，兴峘四岁。兴峘出天花，病危，同乡罗国俊为其治愈。罗国俊，字宾初，号九峰，己丑进士，振定同乡。

陶澍《讱庵公墓志铭》："余有知心交曰谢讱庵（兴峘）……四岁随乡贤公入都，出痘濒危，而阁学罗国俊活之。"

三兄振宁（号栗园）进京参加丁未科大挑，二等，署湖南祁阳县教谕，后署新宁县教谕，实授清泉县（今湖南衡南县）教谕。

谢振定嘉庆十二年八月《祭栗园家兄文》："弟别吾兄二十有一年矣，溯丁未计偕之岁，聚首对床仅数阅月耳。"衡山聂镐敏撰《栗园公墓志铭》："丁未大挑，截取知县，以教职用。"《族谱》亦有记载。

五月下旬，因文渊、文源两阁所贮《四库全书》讹舛甚多，根据永瑢、阿桂、刘墉等奏请，振定与法式善、程昌期、初彭龄、甘立猷、罗国俊、王锺健、顾宗泰等二百五十余员抽往两阁校阅《四库全书》，每日看书二匣。见乾隆五十二年五月二十三日质郡王永瑢等奏现办复校文渊文源两阁书籍事宜折（附清单二）。

乾隆五十三年戊申（1788）三十五岁

四月二十日，应英和之邀，与法式善、王正亭、萧云巢至丰台看芍药。此行振定与法式善均有诗存世。

六月初三，应法式善之邀，清晨出发，与萧云巢、英和到法式善居住的海淀观赏荷花，再到极乐寺。有诗。同年法式善已是侍读学士，奉旨充日讲官起居注官。

绰络·英和（1771—1840），初名石桐，字树琴，一字定圃，号煦斋，索绰络氏，满洲正白旗人。乾隆五十八年进士。官至军机大臣，户部尚书，协办大学士，加太子太保衔。著有《恩福堂诗集笔记》等。

法式善（1752—1813），姓伍尧氏，原名运昌，字开文，别号时帆、梧门、陶庐、小西涯居士，蒙古正红旗人。乾隆四十五年进士，授检讨，迁侍读，官祭酒。著有《存素堂集》《梧门诗话》《清秘述闻》等。

六月二十五日，乾隆帝下旨"以内阁学士胡高望为江南乡试正考官，编修谢振定为副考官"。见《清实录·乾隆朝实录》。

胡高望为振定会试座师。此次以礼部侍郎出任江南乡试主考官，两人相得无间。见《江南乡试录后序》。

法式善作《送谢芗泉编修主试江南》。

立秋前一天，法式善与同人再游极乐寺看荷花，想起振定，作诗《立秋前一日再游极乐寺看荷花有怀芗泉》。

立秋之后，法式善作《怀芗泉》一诗。

江南乡试在南京江南贡院举行，考生为江苏、安徽两省士子。

法式善《清秘述闻三种》（上册）记载：江南乡试四书诗题："巍巍乎其"二句，"日月星辰"一句，"孔子登东"四句。赋得"珪璋特达"得"真"字。

"巍巍乎其"，语出《论语·泰伯第八》："子曰：'大哉尧之为君也，巍巍乎唯天为大，唯尧则之，荡荡乎民无能名焉。巍巍乎其有成功也，焕乎其有文章。'"

"孔子登东"，语出《孟子·尽心章句上》："孟子曰：'孔子登东山而小鲁，登泰山而小天下。故观于海者难为水，游于圣人之门者难为言。观水有术，必观其澜。日月有明，容光必照焉。流水之为物也，不盈科不行。君子之志于道也，不成章不达。'"

"日月星辰"，语出《中庸》："今夫天，斯昭昭之多，及其无穷也，日月星辰系焉，万物覆焉。"

唐朝诗人皎然《桃花石枕歌送安吉康丞》一诗中有"珪璋特达世所珍，吾知此物亦其伦"句。

九月十二日，江南乡试揭晓。见中国第一历史档案馆所藏谢振定奏稿（简称《奏稿》）。

初得元卷，振定谓其文醇厚，必是端人。榜发，果然是江南孝子季惇大。第二名赵文楷。录取季惇大、赵文楷、吴云、程元吉、石葆元、吴赓枚、彭希郑、杨名升、张士元、严钟铭、黄钺、黄丕烈、雷莹等为举人。

《谢振定行状》《清诰授朝议大夫、礼部员外郎加二级、前翰林院编修、江南道监察御史谢芗泉先生崇祀乡贤录》（简称《崇祀录》）等文有载。

江苏松江府华亭县学附生雷莹为第七十九名举人，其朱卷仍存于世。雷莹朱卷后，同考试官安徽来安县知县王某阅后，签一

“荐”字。大主考、国史馆撰修、翰林院编修加一级谢振定批：“取！”又批：“铸史镕经，光焰万丈。”大主考、文渊阁直阁事、尚书房行走、内阁学士兼礼部侍郎加三级胡高望批：“中！”又批：“闳深肃括，积健为雄。”见上海图书馆藏本《雷莹乡试朱卷》。

季惇大，字濂溪，一作濂期，泰兴人。乾隆五十三年戊申皇太后万寿恩科江南乡试解元。嘉庆初举孝廉方正，授六品衔。事母以孝，接人以恭。于诗文外，尤精绘事。著有《洗心编》《濂溪全稿》。

赵文楷（1760—1808），字逸书，号介山，安徽太湖县人。嘉庆元年状元，授翰林院修撰。嘉庆五年出使琉球。嘉庆九年出任山西雁平道，署山西按察使。嘉庆十三年卒于任上。

石葆元，字镜心，宿松人。清朝官员。嘉庆乙丑进士，改庶吉士，授编修。著有《清贻馆遗稿》。

张士元，江苏震泽人，中举后，授以教谕，不就，主讲诸暨书院。其《述谢振定》称：“方公典试江南时，士元幸获收录，后一再至京师，客车最久，蒙公之慰诲亦最厚。”

严钟铭，字策勋。幼孤，母冯氏慈而严。四上公车不第，课徒养亲。嘉庆六年谢振定《赠严生策勋序》：“严生钟铭，余戊申典试江南乡试所得士，性愿悫而苦志于学，屡上春官不得志。”

黄钺，字左田，安徽芜湖人。中举后两年进士，官至礼部尚书，加太子少保衔，军机大臣。刘大观《知耻斋文集序》：“振定门下士黄钺位跻正卿，为辅弼大臣，多建树。吴云抗疏劾权贵，直声满天下：先生未竟之志，惟两君继之，两君所行之事，惟先生倡之。”

作《江南乡试录后序》，提出国家设科取士之意，乃明体达用，备异日任使。

回京后拜访褚筠心，聊及吴云。褚曰：“君与吴生何针芥之合耶！”言振定补诸生时，其卷固吴生激赏者也。时为美谈。见《行状》。

邀请法式善等喝酒。法式善有诗《芗泉编修招饮》。

乾隆五十四年己酉（1789）三十六岁

正月十三日，雪后，应英和之邀，与法式善、陈士雅、萧云巢、李莲石饮蘗香书屋。法式善有诗《上元前二日雪后煦斋招同谢芗泉、陈莓田士雅、萧云巢、李莲石巢饮蘗香书屋》。

陈士雅，字莓田，湖南长沙人。乾隆五十二年进士。官至礼部侍郎。后辞官，历任常德朗江书院、衡阳石鼓书院、长沙城南书院山长。著有《山右遗迹考》《考古辨正》《春草堂诗钞》《春草堂文集》。

兼充武英殿纂修。见《行状》。

乾隆五十五年庚戌（1790）三十七岁

正月初一，诰命貤封振定伯父谢永清为承德郎、伯母为安人。见《谢氏大宗族谱·首卷上·诰敕》。

三月，振定担任殿试掌卷官。见《崇祀录》。

八月十三日，乾隆帝八十大寿。振定作《皇上八旬万寿赋谨序》。见《四库全书》之《集部集成·诗文总集·清·董诰·皇清文颖续编（武英殿刻本）·卷四十八·赋》。

九月初九，重阳节，接长兄振宇手书。见《九日感怀二首》。

缪晋赠诗《赠谢芗泉编修即用其和褚筠心前辈题花卉画册韵》，称“爱君文笔如芳春，爱君书法如秋霜，楚南才多君最著”。见缪晋《缪寄庵诗稿》。

缪晋，字申甫，也作申浦，号寄庵，江苏江阴人。乾隆四十年进士。

十二月二十一日，长兄振宇亡故，年仅 58 岁。振宇中举后，曾充武英殿四库馆誊录官，后议叙知县，先后代理山西猗氏县、马邑、黎城县、崞县、神池县、宁武县知县，题补五寨县知县。

乾隆五十六年辛亥（1791）三十八岁

作《哭家大兄元亭之讣》七言长诗一首，怀念长兄。

二月初八，翰詹大考：翰林院满汉侍读学士（从四品）以下、检讨（从七品）以上，詹事府满汉少詹事（正四品）以下、赞善（从六品）以上共九十六人，在圆明园正大光明殿参加考试。振定为三等第五名，总第十八名。

题为“拟张衡《天象赋》”“拟刘向《封陈汤甘延寿疏》”，并陈“今日同不同”，赋得眼镜诗。

二月十二日，下谕：此次考试翰詹各官，按其文字优劣，分为四等。一等：阮元、吴省兰。二等：胡长龄、刘凤诰、陈嗣龙、汪廷珍、刘镮之、蔡共武、曹城、程昌期、崔景仪、吴树本、邵晋涵等十一员。三等：潘绍经、陈崇本、余集、俞廷棆、谢振定、朱理、曹振镛、裴谦、祁韵士、汪如洋、钱樾、甘立猷、法式善、关槐等七十四员。四等：李鼎元等八员。不入等：集兰一员。

一、二等仅十三人，均有升职。其中吴省兰从侍讲（从四品）升授詹事（正三品），阮元从编修（正七品）升授少詹事（正四品）。

考列三等之员，只有一人提拔，即排名谢振定之后的编修曹振镛（三等十名），“虽考列三等，但观其才具，尚堪造就，且系曹文埴之子，着加恩升授侍讲”。

振定、罗国俊（三等四十七名）等三等中间以前的不升不降。

三等中偏后的另行分别录用、改任、降职使用。如少詹事恭泰降补侍读，少詹事罗修源降补右庶子，侍读学士达椿着降补侍讲，侍讲学士陈崇本着降补侍读，侍讲学士王坦修着降补洗马，侍读德昌、陈万青，侍讲文宁中、允朱绂，赞善刘种之、裴谦，各降留编修、检讨。

甘立猷考列三等五十一名。

法式善考列三等五十三名，由从四品的侍读学士降为从五品的兵部员外郎。

关槐考列三等五十八名。

三等六十名以下经朱笔单点之程嘉谟、李骥元、杨祖纯、吴玉纶、瑚图礼，罚俸一年。七十名以下之汪滋畹、翟槐、翁树培、邵玉清、汪镛，俱罚俸二年。

考列四等之员，诗赋俱属庸谬，但观其才具，尚可录用之周琼、刘锡五、邵瑛、吴灼、李鼎元，俱加恩以内阁中书用。达林、朱依炅、永安，俱着休致。

不入等之侍讲学士集兰革职。

以上均见《清实录·乾隆朝实录》。

复充《八旗通志》馆纂修。见《行状》。

九月初九，作《九日感怀二首》，怀念长兄振宇。

是年，纪晓岚任《八旗通志》馆总裁。

乾隆五十七年壬子（1792）三十九岁

二月十三日，乾隆帝接见二百五十九名京察保送一等及以上人员。谢振定与秦瀛、蒋予浦、曾燠、朱白泉、高三畏等一等加一级。见《清实录·乾隆朝实录》。

忽然一梦：仿佛为人书黄山谷“淮南二十四桥月”诗一幅，字大如斗。卜筊崇效寺，言振定会重游江南。见振定《出都门口占》诗自注。

黄庭坚诗《往岁过广陵值早春尝作诗云春风十里珠帘卷彷》：“淮南二十四桥月，马上时时梦见之。想得扬州醉年少，正围红袖写乌丝。”

乾隆五十八年癸丑（1793）四十岁

正月二十日，参加翰林院侍读学士罗国俊（九峰）上六十寿宴，作《罗九峰前辈六十寿》诗一首。

二月初四，座师褚筠心生日，振定与诸同年前往祝贺。不久前，褚筠心喜迁新居药圃兰房，曾邀人小聚。顾宗泰有诗《正月十日褚筠心学士招集新居之茶墨间即席有作》，褚廷璋有《癸丑新正十日邀顾员外星桥、冯侍御实庵、钱殿撰湘舲、周主政约斋小饮，星桥以诗见视，次韵二律》，又有《移居二首用星桥唱和诗韵》。振定《和褚筠心师移居四首用顾星桥吏部韵》自注“二月四日师寿辰，及门毕集”。见顾宗泰《月满楼诗集》卷三十三、褚廷璋《筠心书屋诗钞》卷十二及《知耻斋诗集》卷一。

春，应邀为河南郏县纪村卫氏作《纪村卫氏族谱序》，提出“谱，孝思也”，“子孙之贤在于读书明理、敦本务实而已。其贤者引绳削墨，相率而为善，则不类者耻焉。耻心生而善气旁溢，上可以备国家之用，下可以树乡里之型”。

五月，湖南善化唐仲冕中进士，未进翰林院，出任荆溪（今江苏宜兴）知县。振定送唐至潞河（通州），舟中话别，作诗《题唐陶山〈清湘欸乃图〉》《送陶山宰江苏即题其〈深柳听莺小照〉》。

门生吴云中进士拜访，示其两年前偕友游虎丘之《岁除游山图》，振定欣然作《题吴玉松〈岁除游山图〉》。

褚廷璋《为吴玉松题〈夕除游山图〉》有注云：“玉松于辛亥除夕偕邹紫珊、袁竹室、汪墨庄游虎阜，竹室为图，同人皆有诗。”

同月，同年初彭龄以光禄寺少卿提督湖北学政，振定作《送初颐园光禄视学湖北》。

初彭龄，字绍祖，号颐园，山东即墨人。

七月，应湖南安仁欧阳青田之邀，作《欧阳母周太安人五十一寿序》。

为湖南桂阳李其文父作《学博李绣麓先生六十寿序》。李绣麓曾任安乡、辰州、茶陵、安化等地学官。振定提出“学校之设，其非徒校艺修文之谓，其谓经术行义诲导诸生，有躬问学、端矩矱，出入不悖所闻者，庶几敦本立教以移风而易俗焉。”

八月初四，法式善因儿子桂馨出生，在诗龛做三朝酒，振定赴宴并赋诗《贺法时帆举子》。

立冬前一日，缪晋召集罗九峰、谢振定、马雪峤、邵二云、王一斋、洪亮吉小聚。振定有诗。

乾隆五十九年甲寅（1794）四十一岁

五月，擢都察院江南道监察御史，不愿就任，经乡试副考官李棨再三劝勉才去上任。见《送李沧云夫子南归步留别元韵》诗中自注。

秋，褚筠心告老归籍，作诗《恭和筠心夫子归里述怀原韵即用送别》，和其《甲寅秋老病归田述怀四律》。

九月，奉命巡视南漕。

十月十七日，上折谢恩，恭请圣训。乾隆帝召见，嘱咐：漕务以速为要。观汝才具，能办事。但闻旗弁漕丁皆甚苦，汝此去，须为朕怜惜之。见《奏稿》《崇祀录》。

十月二十四日出京，作《出都门口占》诗一首。近月来，赠诗送行者甚众。胡黄海（翔云）同行。振定有《和胡黄海任邱旅邸偶作韵》《和胡黄海途中微雪作》《董子祠和胡黄海》《和黄海齐河感怀》等诗。

胡黄海将赴淮扬，作《贶诗图》一幅，七律四首，索同好和题，翁方纲、法式善、谢振定、吴云、张问陶、方维熊、甘立猷等题诗，前后凡八十三家。

途经山东，游泰山，作诗多首。

过泰山一天门后，在跨虹桥看到唐仲冕勒石绝句，欣然如见故人，赋诗一首："失喜陶山入望来，丹崖赤字独徘徊。吟情正忆鸣琴暇，罨画溪头日几回。"寄给在荆溪担任县令的唐仲冕。

途中作《芗泉三癖》组诗，即《小醉癖》《觅句癖》《爱才癖》。作《三恨词》，即《酒悭》《茶厄》《璞献》。

十一月十六日，到达淮安清江浦，总督漕运部院设于此。会漕运总督管干贞。

十一月十七日，与管干珍盘验泗州前帮二十四艘粮船（米一万五千四百二十二石八斗七升五合），因干洁无亏，当令开行前进。大河前帮二十五船粮米已由管干珍于十五日验签。于是，两人联名上奏南粮重运头、二帮船过淮日期。以上均见《奏稿》。

管干珍（1734—1798），字复阳，号松崖，一名干贞，阳湖人。清乾隆三十一年（1766）进士，历任翰林院编修、监察御史、工部侍郎。乾隆五十四年至嘉庆元年任漕运总督。

十二月初，抵达瓜洲巡视南漕御史衙门。

过江到达京口，督催漕粮，顺便拜访王文治。

振定《王梦楼先生哀辞》："乾隆五十九年，余奉命视漕江南，督艘至京口，乃得执后进礼，踵门求见先生，一见如旧相识，因相与定交。"

十二月十六日，王文治过江拜访，邀振定次日游焦山。

十二月十七日，到达京口。王文治、朱白泉（朱尔赓额）、鲁铨（选堂）、诗僧借庵等陪同游览焦山，两淮盐运使曾燠（宾谷）因事爽约。半夜，与朱白泉泛舟金山，坐玉带桥玩月，及晓而归，画《玉带桥观月图》，并作《游焦山记》。

李祖陶《国朝文录》收有《游焦山记》，评点曰：宛然如画，如出东坡先生手。

吴嵩梁作《题谢芗泉侍御玉带桥观月图》。

王文治作《嘉平望后二日，同谢芗泉漕使、朱白泉观察暨门人鲁选堂焦山待月次谢韵》，又作《游焦山同谢芗泉漕使有怀曾宾谷都转即次宾谷拟游焦山不果诗韵》。见《梦楼诗集》卷二十三。

作《王梦楼前辈用焦山韵成长律见赠依韵奉答》。

作《焦山待月醉赠诗僧借庵》。焦山定慧寺主持借庵和诗《梦楼先生同谢芗泉漕使、朱白泉观察暨鲁子山进士过山中，即次芗泉漕使见赠韵》。见《借庵诗钞》卷一。

鲁铨作《陪谢芗泉、王梦楼两先生游焦山》。

王文治（1730—1802），字禹卿，号梦楼，江苏丹徒人。书法家，诗人。乾隆二十五年进士，殿试中一甲第三，有“淡墨探花”之称。官至云南临安知府。著有《梦楼诗集》《快雨堂题跋》。

朱白泉（？—1824），即朱尔赓额，汉军正红旗人，字述堂，号白泉，原名友桂，字丹崖。纳资为兵部主事，累迁郎中，出为江安粮道，为官有直声。嘉庆间，官江南盐巡道，治太平河水利，有绩。后坐事戍伊犁。

曾燠（1759—1831），字庶蕃，一字宾谷，晚号西溪渔隐。江西南城人。乾隆四十六年进士。乾隆五十八年至嘉庆十一年（1806）任两淮盐运使，后升任湖南按察使、广东布政使、贵州巡抚。

借庵（1757—1836），名清恒，字巨超，浙江海宁人。为乾隆道光间焦山寺僧，诗名甚盛，著有《借庵诗钞》十二卷。

鲁铨，字选堂，号于山，丹徒人。乾隆庚戌进士。嘉庆十六年后官广平知府、保定知府、河坊道。工书，嘉庆年间与洪亮吉等纂《宁国府志》。

吴嵩梁（1766—1834），字子山，号兰雪，晚号澈翁，别号莲花博士、石溪老渔，江西东乡新田人。嘉庆五年举人，授国子监博士，旋改内阁中书。道光十年擢贵州黔西知州，后曾两任乡试同考官。

十二月二十一日，京口，风顺升旗，镇江卫前帮飞攒渡江北上，后帮亦陆续前进。谢振定奏报京口开坝、镇江帮船渡江日期。同时奏报“两江总督臣苏凌阿亲督道府州县，克期挑竣。抚臣奇丰额亦抵丹阳，于十二月十八日开坝补水”，“漕臣管干珍专饬备弁逐帮迎催”。附带奏报“大江南北瑞雪后，天气晴和，于麦苗有益，民情亦甚恬洽”。见《奏稿》。

乾隆六十年乙卯（1795）四十二岁

正月初七，人日，与曾燠、王文治、借庵等游焦山。曾燠作诗，振定和诗《和宾谷人日登焦山韵》，王文治有《人日同曾宾谷游焦山次韵六首》。

二月十二日，与管干珍联名上奏，恭报首进重运帮船过淮安情形。见《奏稿》。

二月十五日晚，袁枚到达扬州。

二十一日，振定与王梦楼到扬州拜访袁枚。是年，袁枚七十岁。

袁枚，字子才，号简斋，钱塘人。乾隆四年进士，曾官县令，后隐居南京小仓山随园，自号仓山居士、随园主人、随园老人。

袁枚《随园诗话补遗》卷九“一三”：“乙卯二月，在扬州见巡漕谢香泉先生，乃程鱼门所拔士也，倜傥不凡。《游泰山》五古数章，直追韩、杜。”

二月二十二日，与王文治、袁枚等再次聚会。袁枚“教香岩拜巡漕为老师”。香岩姓张名培，金陵人。袁枚《随园诗话补遗》卷一〇“一七”及《袁枚日记》记其事。

应两淮都转盐运使曾燠之邀，与王文治、袁枚等至曾燠题襟馆喝酒吟诗，后在曾燠幕府清燕堂观看戏曲演出。王文治作有记事诗《宾谷都转招，同袁简斋前辈、张警堂同年、谢芗泉漕使清燕堂观剧，归途大雪有作》。振定和诗《清燕堂雪夜观剧和梦楼前辈韵》，注明“是日演剧即简斋《子不语》中事”。

二月二十五日，袁枚前来辞行。

二月二十七日，袁枚写信给振定。

闰二月初十，袁枚到达京口一带。

闰二月十三日，与王文治去拜访袁枚，同约至张柯斋处吃酒。张柯斋夫妇拜袁枚为师。振定与袁枚、王梦楼、左兰城、胡黄海及主人，边喝酒边聊天，一更后才散。

闰二月十四日，振定与袁枚、张柯斋、左兰城、胡黄海到袁廷极（岸夫）家喝酒，毛五爷、鲁铨与王梦楼后至。席间振定提及编选本朝古文，袁枚记“谢大人要选本朝古文册一本”。

上述振定与袁枚往来，均见王英志整理之《袁枚日记》及《随园诗话》。

振定《与徐凤辉书》：采访一时遗佚好古之士之文编为一帙，以存昭代化成人文之备，稍稍求之，日积日富。时随园主人亦有采选古文之举，偶相见邗江，闻仆有志于此，遂举其家手抄名人文集二百余篇，悉以见赠，曰："余老矣，想不能竟厥事，今以此为托，愿君之无欲速成也。"

闰二月十八日，与管干珍、奇丰额联名上奏，恭报二进帮船过淮，谨遵圣谕，查验米色情形。见《奏稿》。

春，上千漕船齐集京口，欲渡至瓜州，入运河，然非东风不能入，但连日西风强劲，船不能进。振定"斋洁致祷江神，并望空默祝，倘得风顺速漕，必筹费请建风神专祠，以答神庥"。是夜，东南风起，"每日渡船百余只及百七八十只不等"。

闰二月二十八日，江浙六十四帮三千二百二十二艘粮船全数渡江攒进瓜州口北上。

三月初一，振定上奏，恭报江浙重运漕船全数渡江并捐建风神庙恳请勅赐御书匾额以崇祀典。乾隆帝准奏，并亲书"翊灵佑顺"四字以赐，且在振定奏稿后朱批"即书发去"。见《奏稿》。

常镇道、淮扬道、镇江府、丹徒县、镇江卫等文武主官共同商量，筹资，选址，规划，择基于银山之东北麓，背崖面江，建屋两进，堂其内而门其外，并筑墙垣。乾隆御书"翊灵佑顺"牌匾悬于门楣。自此，风神始有专祠。此后，每次渡江，甚或一日数次往返，无不顺利。京口一带有"谢公风"之称。见《奏稿》《清史稿·列传·谢振定》《行状》及陶澍《重修京口风神庙碑记》。

三月十三日，所有湖广、江西重运十九帮全部挽入瓜口。

三月十五日，振定奏报南漕重运全数挽入瓜口。见《奏稿》。

王文治作《送别谢芗泉漕使》，自注云"芗泉登岱诗苍奇似杜"。见《梦楼诗集》卷二十四。振定作《和梦楼前辈赠别韵》。

曾燠作《送谢芗泉漕使》："别有歌声忘不得，汪伦情似潭千尺。"见曾燠《赏雨茅屋诗集》卷之二。

三月，在扬州与尤荫等游尺五楼赏芍药，作诗《和尤水村布衣》。

是年，王文治将曾燠、谢振定、借庵、王文治、张铭、胡翔云、陈燮、王少林、詹肇堂、黄道开、程元吉、胡香海、郭厚菴、骆佩香等十四人所作的五言诗七十八首，结集为《焦山唱和诗》并书写，请刘次山摹镌，刻石十六块，立于焦山。今存石刻两块，石刻拓本七十八页。

振定督船北上。

四月十四日，与管干珍联名上奏，恭报重运军船尾帮全数渡过黄河，妥速前进。

四月二十七日，重运帮船全数攒出江南汛境，即日入山东台庄闸河。济宁巡漕御史祝云栋自济宁迎催至此，山东兖州镇总兵富成由闸河提攒至此。于是，管干珍、祝云栋、谢振定、富成四人联名奏告。同时奏告“上年尾帮全入山东系五月初四日”、云南运铜船十一艘“亦星催出汛并无事故亦无迟逾”“沿途所见麦秋收获，村户安恬，大田播种”。五月初六日，乾隆帝朱批“欣悦览之”。

振定巡漕任务完成，由陆路回京复命。

五月十九日，振定上折，恭复恩命：“臣奉命巡视南漕，所有各省重运帮船，均经全数攒过台庄，跟接北上。臣谨照例驰复恩命，为此缮折恭奏。”见《奏稿》。

五月，经山东滕县，正值枣树开花，作诗《滕县道中》。

六月底，热河复命。乾隆帝询及江南年岁及湖南苗疆情形，振定一一作答。乾隆曰：“汝风尘满面，此次甚辛苦，可即回京歇息。”振定告退，离开热河回京。乾隆想复又召见，振定已经走远。见《崇祀录》。

游古北口长城，作诗《至古北口》。

振定往视南漕之前，大学士和珅以代购异玩为托，振定心里不愿，口里应承，更未留意购买，返京没有回信。和珅间接问及，振定亦“顾左右而言他”，和珅自然不满。见《行状》。

七月，振定兼任京畿道监察御史。

八月，署兵科给事中，监视海仓。

十月，奉命巡视东城。见《崇祀录》。

两次接同年李啬生信，作答介绍巡城情况及心态：“顷奉巡视东城之命，戴星出入，自矢冰兢，剔弊摘奸，闻风者稍为敛迹。庶几少资历练，以免迂儒无用之诮。”并求帮助搜集本朝古文。

嘉庆元年丙辰（1796）四十三岁

正月初一，接唐仲冕信，知唐不甚安心，想另谋出路，振定回信：“改图之说，再四思维，断乎不可。”认为不应该舍难取易、舍险就夷、安于清贵，而应该有所济世，“一介之士，苟存心爱物于人，必有所济。况县令亲民之官，诚易达而惠易周，试经纶之才者，宜莫先乎此，奈何欲舍而他适乎?”见《与唐陶山书》。

正月二十八日，四兄振实亡故，年仅四十五岁。见《族谱》。

三月十八日，京师优伶神会，振定巡城归，至珠市口，遇有乘违制车，从奴十余辈，彪彪前闯道者，隶卒辟易，呵斥不理，执而讯之，为和珅妾弟。语不逊，振定命痛笞之，遂焚其车。曰：“此车岂堪宰相坐耶?”且令将骡头发坊，变价入官。

三月二十三日，巡视中城给事中色克通额、王钟健希和珅意，上奏称“京城为商贾云集之地，此等飞车任意驰骤，动至碰坏物件，轧伤人口，自应严行究治”，但谢振定处置不当，“焚毁车辆，骡头变价，从无此例……殊属不合”，“请旨将该御史交部议处”。

振定被革职。以上见中国第一历史档案馆所藏色克通额、王钟健奏稿，及《清史稿·列传·谢振定》《行状》。

御史管世铭笑曰：“今日二公各有所失。”有问之者，答曰：“谢公失官，王公失名。失官之患，不过一身。失名之患，致传千古矣。”见昭梿《啸亭杂录》卷十之《谢芗泉》。

是时，振定名动京师，且有童谣讥讽相府，有人担心振定安全，振定怡然于诗酒，自题所居曰“心太平书室”。见《行状》《墓表》。

礼亲王爱新觉罗·永恩为八大铁帽子王之首，看重振定人品学识，聘请振定为儿子昭梿（汲修）老师。见《行状》。

时年永恩六十九岁，昭梿二十岁。昭梿记载：“（振定）与余交最善，尝屡戒余之浮妄躁进，余慹服之。尝曰：‘君子之交，可疏而厚，不可倾盖之间顿称莫逆，其交必不久也。’”见昭梿《啸亭杂录》卷十之《谢芗泉》。

四月，门生赵文楷殿试钦点状元，嘉庆帝御批称赞他“文楷佳名期雅正，为霖渴望副求贤”。

七月初六，立秋后一日，应同年甘立猷邀，与法式善、王友亮、宋云墅等游尺五园，欣赏残荷。王友亮称其在扬州写的诗句“酒痕红到绿杨城”，江南士人至今津津乐道。

《续修四库全书总目提要（稿本）·集部三·知耻斋诗集六卷》：杨钟义《雪桥诗话》卷九亦称其在扬州时有“酒痕红到绿杨

城”之句。

十月初六，嘉庆帝召见新任知府以上官员，向吏部尚书刘墉询问新选浙江处州知府戴世仪可否胜任，刘墉说“尚可”。实际上戴十分庸劣，难以胜任。振定对刘墉颇为不满，以《否卦·彖辞》予以讽刺。否卦彖辞有言：“内阴而外阳，内柔而外刚，内小人而外君子，小人道长，君子道消也。”见昭梿《啸亭杂录》卷二之《刘文清》。

十一月初，振定出都，为吴越之游。

二游泰山，再谒岱庙。

冬至后至峒峿山，即今江苏省新沂市南马陵山支脉峒峿山，作《峒峿山下题壁》。

嘉庆二年丁巳（1797）四十四岁

春节前后到达扬州，与两淮都转盐运使曾燠相聚题襟馆，作诗《柬曾宾谷》。

到平山堂，吊唁江德量。见题《诗龛图》。

江德量画作遗笔即为《诗龛图》。振定嘉庆五年庚申岁作《题〈诗龛图〉，图为江秋史遗笔》自注云：“余三过扬州，哭于其家，稍为经理旧业，愧未能周也。”

二月初七，重游京口，与王文治、祝德麟芷塘、茅元铭耕亭、汪廷昉研芗等同游焦山，会饮于归帆读书之堂，晚宿自然庵。醉后作诗有“为访梅花信，三年两度来”之句。

二月初八，晨起听祝芷塘、毕汝山弹琴梅竹之间，作诗有“江山有清气，泻入七条弦”之句。见《知耻斋诗集》卷二。

作画，题为《自焦山放舟金山观月》。赵翼、鲍之钟、周锷等题诗。

二月中下旬，到达金陵。

到随园看望袁枚，闻袁枚腹泻一月有余，见面却见其鹤发童颜，作诗《抵金陵过随园问病》。

与张香岩、朱涧东等游栖霞山，作《题朱涧东画兰卷》《同张香岩、朱涧东同游栖霞山，宿般若台》《叠浪岩》《紫峰石丈歌》等诗。

多方打听，找到会试房师程晋芳先生儿子程翰、程溧等亲人。

程晋芳本为殷富之家，但他不善理财，又好施与，家道逐渐中落，乾隆四十五年任会试同考官时，已是极度贫困。乾隆四十九年，因负券山积，势不能支，便乞假赴陕，找巡抚毕沅谋归老计。到陕不足一月，即于六月二十一日卒于巡抚衙署，年六十七岁。毕沅赠费，松太巡道赠地，袁枚操办，葬于金陵冯家山。袁在祭奠时，焚毁程所欠五千金借据。其家人从此自京城迁住金陵。振定其时在家丁忧，次年期满入京，才知房师死葬之情。此次出京之前，振定便谋划收集房师经说文稿付梓。程翰、程瑮说已找到父亲《周易知旨编序》《尚书今文释义序》《尚书古文解略序》《春秋左传翼疏序》《毛郑异同考序》《礼记集刻叙》等文章，编成《勉行堂文集》，只未付印。振定大喜，即答应出资刊刻。聊到兄弟前程，程翰已是候选县丞，程瑮才十八岁，正在读书，振定认为程翰任职之事为当务之急，再次出资以助。不久，程翰分发陕西任职。见《崇祀录》。

清明前夕，抵达苏州，游狮子林，作诗称“云林画石气浩浩，此是云林一画稿”。

三月初八，清明，黄丕烈等陪同虎丘泛舟，作诗有“东风未到我先到”之句。

因黄丕烈介绍，知著名训诂学家、经学家段玉裁侨居于此，遂往拜访，意犹未尽。次日又写信，提出古人作品之所以流传，“其心理同也，有同乎其同者，有同乎其不同者。文以载道，此同乎其同者也。文生乎情，此同乎其不同者也。六经为载道之文，亦秉情酌理之文也”。见振定《与段若膺书》。

三月初九夜，与唐仲冕胥江舟中相遇，长谈，作诗《胥门舟中别晤唐陶山夜话》，称“君来非我迎，梦寻巧相赴”。又会其子唐鉴翁泽，观其《琴鹤图》并题诗。

一名叫虔化的读书人寄居吴门，求斋额，振定取名“寄巢”，并作诗。

夏，到达上海，前往拜访王昶，未果。王昶《蒲褐山房诗话》：芗泉……性好山水，为东南汗漫游，尝访予青溪，以病未见。乃历五茸三泖，过嘉禾，至西湖，又渡曹娥江，览鉴湖、葺山之胜。所至士大夫虚左迎之，酣畅淋漓，酒痕墨沈中，获其存纸，珍为拱璧。

到达杭州，住万峰山房，与诗僧小颠相处甚欢。小颠法名禅一，其诗清雅稳健，诗名甚高，振定作《赠万峰山房诗僧小颠》《薄暮同小颠碧华看莲花》等诗。

浙东著名藏书楼二老阁传人郑简香，以孝廉方正就征到杭州，访振定于万峰山房，振定“亟问所谓二老阁者，故无恙，而其所藏书，半轶于四库采辑写本还真之日，后又不戒于火，虽有存焉者仅矣”，作《赠郑简香征君序》。

浙江布政使谢启昆辟东园屋，得永平砖八块，大喜，定为晋惠帝时物，赋诗纪之，邀振定至藩署欣赏，振定作诗《永平砖歌为家蕴山方伯作》，在藩署蓬蛮轩中见一大铁镬，又作《铁镬歌次蕴山方伯韵》。

应浙江学政阮元之邀，泛舟西湖，作《阮芸台学使招饮湖上赋谢兼示同人》。

游灵隐寺、飞来峰、通天洞龙泓洞，陪客中有人见洞中有蒋之奇、贾似道等人的题名，欲刻振定诗于通天洞，振定婉言谢绝，称“洞可通天路已迷”，“多少游人不肯题”。

游览并宿于西湖西南之云栖寺，赏观香光明朝董其昌《金刚经》墨迹。

游览西湖之西的九溪十八涧，作诗《理安寺》。

游浙东天台山，观赏国清寺、石梁飞瀑、华顶归云等景点，作《天台万年藤枝歌谢僧信傅》。

与诗僧小颠告别，作《次韵和小颠送别》。前往绍兴，还在回忆杭州之游，想念小颠，有“倚醉呼明月，同僧听子规”句。

到达绍兴。在同科进士、绍兴府知府高三畏及性海上人等的陪同下，振定登兰渚山，游兰亭，颇多感慨，夜宿兰亭右后方不远的天章寺。作《游兰亭憩天章寺》《再题兰亭》。

观禹庙，游鉴湖、若耶溪、云门寺，登吼山、蕺山、塔山，三江闸观潮，望海亭晚眺，拜谒刘宗周祠，上天镜楼追忆蒋心余先生。

再到上海，同孙桓堂游五石山房。苏松太道李廷敬宁圃在嘉荫堂宴请。

与汪潮生饮泉等观画、喝酒、吟诗，作《题汪饮泉林〈屋幽居图〉》。

接到王梦楼赠诗，闻说其已生病，作诗奉答。

应袁廷梼之邀，赴宴五砚楼赏桂花。

秋，再到苏州。

友人方台山、陆铁箫带袁枚门生贾崧拜见。方台山、陆铁箫介绍：上年，顾光旭编成《梁溪诗钞》，内收无锡诗人自东汉至清朝共一千一百四十九位诗人的诗歌。没有收入此书的诗歌，由贾崧字景乐，号素斋，邑诸生瘗埋于惠山脚下，成为“诗冢”。九月十日举行仪式，一时名流咸往会葬。方台山、陆铁箫请求谢振定将此事写成文章，振定急于回京，没有答应，仅赋诗一首送给贾崧。见振定《梁溪诗冢图咏跋》。

中秋后，离开苏州返京，唯载书稿数十簏。振定《胥江留别二首》自注：余以中春来，以中秋去。

到达山东沂州，观琅琊八景之孝河凝冰，作诗《过沂州》，感叹“如何不朽业，只让古人能”。

回京后，将江南之行百余首诗结集为《云将小草》。法式善有《题〈云将小草〉后》。

邀请法式善共同编撰本朝古文《今文淳》，未果。法式善《诰授朝议大夫礼部员外郎前翰林院编修江南道监察御史谢君墓表》：“约余仿黄梨洲选《明文海》例，辑国朝文为一编，曰《今文淳》，上继姚铉《唐文粹》、吕祖谦《宋文鉴》、苏天爵《元文类》。自江南载十数书簏而归，执余手相诿托，以其事为不可不慎。”

腊月，闻袁枚故，作《挽袁简斋前辈》。

嘉庆三年戊午（1798）四十五岁

某日宿礼亲王家，晨起，和礼亲王观花，作诗一首，和诗一首。《和礼亲王早起观花韵》有“花随笑口开，不知花醒未”句。

五月初八，与法式善等宴别同年吴树萱典试粤中，和诗一首。

六月初八，参加法式善组织的西涯雅集，翌日为明朝大学士李东阳生日。李东阳所居之处曰西涯，法式善参考李东阳《怀麓堂集》及其他书籍，考证出李东阳故居在“今得胜桥东南汇通祠前，所谓积水潭者”。翁方刚复核确认。故法式善在西涯故址组织西涯雅集，谢振定、大兴县令章石楼、宛平县令郭虚堂等十六人参加。

因李东阳系湖南茶陵人，法式善安排谢振定为“贰主”。与会者祭拜后，积庆亭以澄心堂琴，弹奏《平沙》一曲，何兰士道生、凤仲梧依次弹琴。四人作画：笪绳斋立枢布垣庐及所来径，马秋药绘水增草树，谭湘琴写隔岸柳色又益石，罗两峰补图中人物苔点。

六月初九再聚，三十二人参加。振定暴病，上午未去。中午，宋鸣琦梅生前来相邀，振定抱病参会。此次聚会，振定以《六月九日为茶陵李文正公生日，先一日法时帆祭酒招同人集积水潭拜瞻公像，盖西涯旧址也，是日即席口占》为题，赋诗五首，并作《西涯雅集记》。李祖陶《国朝文录》收有此文，点评曰：“此真雅集，不料软红尘中有此事也，惜未获身与其间。”

法式善、胡逊、郭虚堂等人在畏吾村大慧寺西找到李东阳墓，然墓地已属寺产。

英和冒雨来访，两人喝酒赋诗。英和诗为《雨中过访谢芗泉侍御》，振定诗为《英煦斋学士雨中过访留饮，有诗见贻，依韵奉答》。

七月十九日，立秋，与宋梅生、谭湘琴、瞿郯亭、潘芝轩等会饮于玉泉庵。

顾宗泰星桥出任高州知府、罗两峰倦游回扬州，振定请客知耻斋，谭湘琴、门南田作陪，喝酒至三更。约定三日后在门南田家再聚，同时约定谭湘琴作《金台话别图》，振定作序。

送别罗聘，作《送罗两峰归扬州》。

八月十四日，礼亲王永恩七十寿辰，振定作诗相贺。

作《和汲修世子秋声八咏》组诗，即《林声》《雨声》《柝声》《角声》《铃声》《砧声》《岛声》《虫声》。

十月十五日，二兄振宙亡故，享年六十一岁。见《族谱》。

冬夜，与朱白泉、昭梿小集绿筠堂，挑灯剪烛，谈论天下古今事，涔然泪下。见昭梿《啸亭杂录》之《朱白泉狱中上百、朱二公书》。

与尤维雄饮酒，两人大醉。尤维雄《同谢芗泉饮铁门酒楼醉后赋赠》诗有“嫉恶心犹在，休官道乃光”之句。

腊月，礼部郎中张祥云出任庐州知府，振定为其《扬子饱帆图》题诗，有“君去且沽京口酒，居人应说谢公风”，并自注云

“余视漕过江，往来十余皆遇风顺，时人称谢公风”。

嘉庆四年己未（1799）四十六岁

正月，乾隆驾崩，嘉庆亲政，和珅伏法。

三月十七日，与周兆基、叶绍楏游钓鱼台，归途过白云观，作诗。

王昶从上海寄诗相赠，诗为《题谢侍御芗泉振定〈云将小草〉二绝》，诗后署名“七十六岁老人王昶手题”。振定和诗回赠。

五月十五日，礼部侍郎罗国俊逝世，作挽词二章。

七夕，立秋，同人集赵怀玉亦有生斋消暑。

中元节，邀宋梅生食羊肉。宋梅生有诗《谢芗泉侍御招饮食全羊戏柬奉谢》，自注云“饮罢即得腹疾”。振定和诗《中元邀宋梅生食羊辱示以诗次韵即答》。

重阳节前，法式善自净业湖移居钟鼓楼，宴请振定等人。法式善作诗四首，振定和诗四首。

十月，朝廷起用振定，以额外主事签分礼部行走。

十月二十三日，振定作诗《移官主事自述》，法式善、尤维雄等和诗。

十一月十八日，雪后初晴，振定到礼部上班，心情愉悦，赋诗一首，首句为“心如天光一样明”。

是时言路大开，振定认为以前任台谏将近两年，言事不够，应该竭忠尽智，于是条陈时务数大事。典礼是非可否，多所匡正。见《行状》。

嘉庆五年庚申（1800）四十七岁

正月，得同年、云南巡抚初彭龄信，作《复初抚军书》，就盐政、用人、民族政策诸事发表看法，提出建议。

二月二十八日，修撰赵文楷、中书舍人李鼎元出使琉球。中午，谢振定率同馆门人饯别于普济堂之西厢，作《送赵介山修撰出使琉球国序》《李墨庄舍人册封琉球》。

李鼎元《使琉球记》：嘉庆五年庚申二月己卯二十有八日……编修吴衣园裕德饯于堂之门内，礼部谢芗泉振定率其同馆、门人饯于堂之西厢，各进三觥。

四月十六日，应邹莲浦员外邀，同人聚会紫藤花下，分韵赋诗，振定得“竹”字。

五月二十九日，初伏日，在城西护城河，观宫廷所养之八只大象洗澡。

六月初九，李东阳生日，与汪学金、赵怀玉、鲍之钟、张问陶在法式善诗龛聚会，用西涯“秋风吹芰荷，西塘凉意早”之句分韵，振定分得“芰”字。

六月，法式善、萧昆田倡议为李文正公建造墓祠，振定作《募修明大学士李文正公墓碣祠宇序》，识其缘起，提出“今其墓地属浮屠氏，是宜请于典土者，而敛值为之偿，以次封崇之，碣表之，更得建祠或墓屋三数间，庶几好事者岁时蘋荐，以妥乡先贤之灵，以垂之永久”，因而“遍告夫当世士大夫之乐与人为善者”。

不久，宛平县令胡逊蕙麓捐俸八十五两银子，赎回李东阳墓地二十一亩。一时闻风慕义者，咸捐资佽助。

法式善《赎李文正公墓田记》：“计地二十一亩，主之者为百祥庵僧。”《修李文正公墓祠记》：“商于宛平知县胡君逊，胡君捐八十五金赎归，并于县中税契存案。”

六月十六日，立秋前二日，邀法式善、鲍之钟、吴锡祺、汪学金、赵怀玉、张问陶聚于知耻斋，举行迎秋诗会。

同月，周锷出任贵州学政，其门生约聚陶然亭话别。振定因与周为岳麓书院同学，关系密切，应邀与会。朱鹤年即景作画，其他人赋诗纪事。振定为之作序，称选人与作画相通，必须“品高而识伟”。

七月初七，汪学金招同人小集，分赋七夕景物，振定拈得穿针线，法式善分得赋洗车雨七夕前后下的雨。

八月初九，应宛平县令胡逊之邀，与法式善出西直门，在松泉寺小憩，至李东阳墓址，胡逊独往西山寻找木料石材修李东阳墓祠，法式善、谢振定到极乐寺，再到大慧寺，盘桓竟日。法式善有诗。

九月初八，法式善招赵怀玉、鲍之钟、吴锡麒、汪学金、谢振定、姚椿等十四人为西山之游。见赵怀玉《收庵居士自叙年谱略》卷下。

秋，振定组织工匠，选购材料，开始修建李东阳墓祠。

立冬日，应赵怀玉约，与法式善、吴锡麒、鲍之钟、汪学金、张问陶、戴敦元等至赵味辛亦有生斋消寒，作诗题唐子畏伯虎像。不久又集汪学金芥室，作诗题《华严世界图》。

初冬，应孙仲清之邀，与法式善、吴锡麒等游西山，共五天五夜，作诗二十八首，总题《西山游草》，归途得病。

十余天后，病稍愈，令大儿兴峣南归，与湘潭李氏结婚。

李鼎元十月底自琉球回国，振定作《题李墨庄〈归槎图〉》。法式善有《李墨庄自琉球归，出〈归槎图〉索诗》。张问陶有《题李墨庄前辈〈归槎图〉》。

应鲍之钟之邀，与法式善、吴锡麒、汪学金、张问陶、姚椿等在鲍之钟斋中消寒，分赋饮中八仙，振定拈得焦遂。法式善拈得汝阳王李琎，张问陶拈得李适之。见《知耻斋诗文集》《法式善诗文集》《船山诗草》。

应法式善之邀，与吴锡麒、鲍之钟、汪学金、赵怀玉、张问陶、姚椿等在法式善诗龛消寒。

原浙江布政使时任云南巡抚谢启昆知振定搜罗海内古文，抄呈自己所作二十篇文章。桂林李秉礼，风雅好义，乐助两百金，支持振定编印本朝古文。见谢启昆《树经堂文集》之《复谢芗泉仪部》。

腊月十九日，苏东坡生日，与法式善等十人在汪学金芥室集会祭拜，各和东坡八首，共六十韵。

嘉庆六年辛酉（1801）四十八岁

正月，李元沪鹤坪出任湖南清泉县县令，振定作诗相送，称“阿兄同宦处，送望倍情多”。时振定三哥振宁在清泉县任教谕。见振定《题〈泛湘图〉送李鹤坪令清泉次时帆韵》，另见《法式善诗文集》之《送李舒园元沪之任清泉》《李舒园赴清泉任寄秦小岘廉访》。

三月初，同年韩崶桂舲出任湖南岳常澧道，作诗相送。

三月，王文治写信给振定称：“足下当海鹏敛翼之时，得究心千古之业，俯视尘浊，真如野马吹空、苍狗幻影，当自有乐其所乐者，某在数千里外，不为公惜，且为公庆。”见振定《王梦楼先生哀辞》。

春，李文正公墓祠告竣。墓前建祠三楹、小屋两间，并筑围墙。墓旁立碑，刻有法式善所作碑文。法式善称："胡君董其事，而庀材鸠工以底厥成，则谢御史振定之力也。"七八年后，法式善组织重修，回忆初次修建时说："倡议者余，而始终其事者，谢芗泉振定也。"见法式善《修李文正公墓祠记》《重修李文正公墓祠记》。

三月二十六日，立夏后二日，法式善招同人游极乐寺、万寿寺、泉宗庙、圣化寺，饭于万泉庄，遍观长河一带诸名刹。法式善先成五言古诗四章，振定次韵奉酬。法式善还作《先同人抵极乐寺柬谢芗泉同年》。

作《赠严生策勋序》。振定乾隆戊申典试江南所取举人严钟铭，字策勋，四上公车不第，辛酉下第后愿留都门，业图再举，既而念母綦切，常夜不能寐，决定回家侍母。严生已五十五岁，其母年七十有六。振定赞成，作文送别。

四月十六日，诰命赠振定父亲再诏为承德郎，母亲为安人。貤赠胞兄振宙为承德郎，嫂子李氏为安人。见《谢氏大宗族谱·首卷上·诰敕》。

五月十二日，夏至节，同人集聚春云书屋，为本年消暑第一次集会。振定分得"集"字。

吴嵩梁记载：夏至日同法梧门侍讲式善、吴谷人祭酒锡麒、谢香泉礼部振定、戴金溪敦元、张船山检讨问陶、杨蓉裳员外芳灿、吴玉松编修云、吴山尊编修鼒、蔡浣霞礼部銮扬、李虎观户部邦燮、谭兰楣礼部光祥、陈石士庶常用光、陈玉方刑部希祖、李春湖学士宗瀚、蒋师退大令知让、胡香海大令森、黄贳生大令郁章、陈云伯孝廉文述、郭厚庵明经堃、姚春木上舍椿集春云书屋，分韵得"为"字。

五月十七日，同人集知耻斋举行消暑第二次集会。振定分得"瓜"字，法式善分得"蝉"字。

五月，礼部以谢振定"自到部以来，行走勤慎，办理典礼、学校事宜，俱无贻误"，奏请实授主事。未准。旨批"仍俟扣满三年，方准实授，与各项人员一体升转"。见中国第一历史档案馆所藏觉罗长麟、纪昀、扎朗阿奏稿。

六月初九，李东阳生日，法式善、谢振定等祭告墓所，颜其堂曰“怀麓”。见振定《六月九日拜西涯先生墓得十六韵》及《黄山谷先生生日诗》。

六月十二日，为黄庭坚生日，吴山尊组织同人集会于藤花书屋。振定分韵得“六”字。

七月二十一日，与法式善等在陈用光斋中举行消暑第五次集会，同赋《射雕行》。

九月初九，重阳节，李铁珊监督招同人泛舟二闸，冒雨登九龙山。

年末，收到振宁自湖南清泉官署寄来为叔祖维南公遗像所作赞语，有感而发，作《维南公传》。叔祖谢顺衡为振定父凤书公及振定兄弟所钦仰。

胡永焕自号雪蕉，得元人《雪蕉图》一幅，振定应邀作《胡雪蕉同年索题〈雪蕉图〉》。

嘉庆七年壬戌（1802）四十九岁

三月，充会试提调官。例设二员。见《崇祀录》。

五月二十日，得知王文治已于四月十二日去世。时振定正在病中，得讯泪流满脸，夜里梦中惊叫，病情加剧。见振定《王梦楼先生哀辞》。

五月二十八日，同人聚会正乙祠，祝贺法式善、谢振定、贺贤智、祁韵士、杨芳灿五十初度，雅音引和，谈宴弥日。振定作诗。法式善作诗《五月二十八日诸同人张宴于正乙祠，为贺虚斋贤智侍御，祁鹤皋韵士、杨蓉裳二农部，谢芗泉祠部暨余，作五十生日，芗泉即日成五古四章，余效其体》，内有“小谢诗先成，滔滔肆清辨”“来日幸方长，晚节期共勉”之句。

五月三十日，房中设位，拜祭王文治，大哭一场，作《王梦楼先生哀辞》。

六月初一，祭祀李东阳，墓前读《祭李文正公墓文》。

六月初九，与法式善、朱珪等拜李东阳墓，作诗《六月九日拜西涯先生墓得十六韵》，称“一从游西涯，五度为公寿”。

朱珪作《六月初九日法时帆学士邀予游极乐寺遂至畏吾村拜李西涯文正公墓纪此》，振定和诗，作《又次朱石君先生韵》。朱石君即朱珪，曾是嘉庆皇帝老师，时任户部尚书，太子太傅。

入秋不久，门生昭梿在振定宅畔摘吃葡萄，询问如何种植。振定详加介绍，并作诗《汲修世子谢饷绿葡萄诗，意在得种法，次韵奉答，用酬下询老圃之意》。昭梿答诗《谢芗泉祠部见赠葡萄诗以致谢》称“谢公种植得妙理”，并称已学得秘方。见《清代诗文集汇编》第五一七册《蕙荪堂集》。

十月十八日，日讲起居注官、礼部尚书满、翰林院掌院学士、镶黄旗汉军都统觉罗长麟与礼部尚书纪昀汉、礼部右侍郎扎朗阿联名上奏，称谢振定任额外主事三年期满，“该员遇事认真，始终奋勉，理合照例题请实授”。见中国第一历史档案馆所藏觉罗长麟、纪昀、扎朗阿奏稿。

十一月，游丰台。作《初到马神庙》《野坐》《小憩龙泉寺》《过李庄》等诗，结集为《丰台吟草》。

嘉庆八年癸亥（1803）五十岁

法式善诗论当时二十六位诗人，第一篇《谢芗泉礼部》，有“万古留此一枝笔”之句。见《法式善诗文集》上册。

应刑部主事蒋云宽湖南江永人之请，为其母撰《卢孺人墓志铭》。

三月初一，爱新觉罗·裕瑞思元《萋香轩文稿》编成，振定为其中《法梧门诗序》《张居正论》《卢沟晓月记》《赵普论》四篇作跋。见香港中文大学新亚书院中文系1966年出版之《萋香轩文稿》。

《法梧门诗序》：超淡冲穆，东坡之后，惟归熙甫能之，青田尚嫌叫嚣也。琴韵霞鲜，即自道其诣耶？

《张居正论》：公私之际，真有快剑寒犀，劈分两界，手段如此，论人不为俗眼瞒也。

《卢沟晓月记》：境超，人超，思超，笔超，《诗品》云“俯拾即是，不取诸邻”是也。强学古人以为肖，似徒向木佛求舍利耶！得此自在神通。

《赵普论》：秋水太阿，高台明镜，有功名教之文。

振定题补仪制司主事。见《行状》《崇祀录》。

四月中旬，与法式善等春游，出红石口抵黑龙潭，至大觉寺，夜宿于此，法式善作《宿大觉寺和谢芗泉韵》。

唐仲冕抵京，振定与法时帆邀唐游极乐寺，再至李文正公墓。

法式善作《偕唐陶山、谢芗泉、杨蓉裳、吴山尊、何兰士、朱野云由极乐寺抵李文正公墓下作》。

唐仲冕出任海州知州，振定作《送唐陶山刺史之海州》，法式善作《西涯小集饯陶山之任海州，兰士、野云即席作图余为题后》。

五月初四，振定生日前一天，法式善作《五月四日为谢芗泉生日前一夕赋》祝贺。

五月初八，兴峘妻陈氏振定同年、长沙陈培英之女故，年二十岁。见《族谱》。

六月十五日，参加纪晓岚八十寿宴，作《寿纪晓岚先生八十》。

八月，休假。与曹定轩父子、法式善、张雨舟、何兰士、郭可亭、赵象庵、朱鹤年等九人作房山上方山、蓟县盘山之游。振定作《游上方山记》等诗近二十首，总题为《盘山吟草》，其中《盘龙松歌》为名篇。

山东巡抚铁保、学政刘凤诰为好古饱学之士，征得《左传精舍志》一书，并访得肥城人邱明善为左邱明之七十三世孙，两人经“往复考订”，认为《左传精舍志》所述确凿，邱氏为左丘明之裔可信，于是上《申请增设左丘明世袭五经博士即请令邱明善袭充》一疏，奏请立邱明善为五经博士。据云：汉有左起，因避王莽之征，改姓邱氏。

因所请五经博士世职归礼部管理，嘉庆将其疏批付礼部研究。时任礼部尚书纪昀仔细考究，上《礼部议奏山东巡抚疏请增设左丘明世袭五经博士折子》，认为铁保所奏疑窦甚多，《左传精舍志》所记颇难置信，建议“交该省巡抚、学政详细复查，如果确有实据，再行题请”。

无锡贾崧到京，至知耻斋，出示《梁溪诗冢图咏集》，请振定作跋。原来，贾崧瘗诗后，请人绘《诗冢图》，请翁方纲、伊秉绶、法式善等人题咏，并将图与所征之诗编成《梁溪诗冢图咏集》一卷。振定读罢，感叹贾崧用心诚挚，欣然作《梁溪诗冢图咏跋》。

应邹文瑍之请，为其父作《邹朴斋封君诔》。振定巡视南漕到达京口时，王梦楼曾推介邹朴斋，称其“孝友允敦，于善靡不为，其懿行不可殚纪”。不久，邹朴斋之子邹文瑍官于京师，与振定来往较多。

嘉庆九年甲子（1804）五十一岁

正月初七，接到儿子兴峘伊阳汝阳来信，知去冬得一孙，赋诗一首。

正月二十四日，兴峣长子出生，名邦钧，字梦高，号和轩。

二月初二，得一外孙女婿李家茂子，赋诗一首。

法式善编《明李文正公年谱》修订本在京师刊刻，“其义例，则谢香泉核正之”。

四月，受礼部委派，振定与满左侍郎瑚图礼、满主事升寅，赴内务府主持笔帖式、库使各一百名考试并阅卷。见中国第一历史档案馆所藏礼部致内务府函。

六月，朝廷“以翰林院编修李宗昉为陕西乡试正考官，礼部主事谢振定为副考官”。李宗昉，字芝龄，江苏山阳人，嘉庆七年榜眼，授编修。

陶澍作《送谢芗泉先生振定典试秦中》。

七月初，与李宗昉等起行赴陕西。到达河北涿州，谒张飞庙，作《张桓侯古井歌》。

七月十五日，中元节，到达山西平定州，作诗《中元日次平定州见上冢者有感》。

七月十六日，夜宿寿阳。

过绵上，山西省介休县东南四十里介山之下。怀念介之推，作《绵上行》。

过平阳，山西省临汾县。作《平阳道中》。

进入陕西，作《望华山》。

八月，抵达西安。

陕西乡试考场设西安陕西贡院，也称“陕甘贡院”。明清时期来这里参加乡试的考生包括今陕西、甘肃、宁夏、青海河湟地区以及新疆乌鲁木齐、哈密一带的书生，最多时有近万人。此次参考者五千余人。

四书诗题：“能行五者于天下为仁矣”“载华岳而”二句，“以友天下”一节。赋得“东来紫气满函关”得“东”字。

“能行五者于天下为仁矣”，语出《论语》：“子张问仁于孔子。孔子曰：‘能行五者于天下为仁矣。’‘请问之。’曰：‘恭、宽、信、敏、惠。恭则不侮，宽则得众，信则人任焉，敏则有功，惠则足以使人。'"

"载华岳而"，语出《中庸》第二十六章："今夫地，一撮土之多，及其广厚，载华岳而不重，振河海而不泄，万物载焉。"

"以友天下"，语出《孟子》。孟子谓万章曰："一乡之善士，斯友一乡之善士。一国之善士，斯友一国之善士。天下之善士，斯友天下之善士。以友天下之善士为未足，又尚论古之人，颂其诗，读其书，不知其人，可乎？是以论其世也，是尚友也。"

"东来紫气满函关"，为杜甫《秋兴八首》中的一句，传说老子过函谷关前，关尹喜见有紫气从东而来，知道将有圣人过关。果然老子骑着青牛而来。比喻吉祥的征兆。

九月，取士完毕，作《陕西乡试录后序》。

拔解元康节。康节，字邵亭，祖籍陕西武功，后迁居会宁。

九月十七日，开始返京。

九月十九日，到达华山脚下，宿玉泉院。华阴县令何某前来看望。振定言及游览华山，何某面露难色，说几十年来，在此任职的，只有陕西巡抚毕沅登上华山，但战战栗栗不敢下山。县令只好用酒把他灌醉，抬下山来。深夜，振定"为文祷岳神，乞二日晴"。

二十日晨，红日满窗，振定与正考官、翰林院编修李宗昉及华阴巡检冯浩等游览华山，夜宿西峰院。

二十一日，黄日衔山时，归至青柯坪，"及玉泉院，漏二下"。振定感慨良深，认为华山是"天地清肃之气之所聚而钟也。昔人云，华山如立。余游天下名山多矣，其壁立万仞，绝无依傍者，惟华为然。"作七律《别华山》。

九月二十四日，父亲再诏生日。振定烧纸祭奠，作《途中遇先大夫生辰》一诗纪念，感叹自己"无闻空白首，何以慰重冥"。

到达山西省灵石县两渡镇两渡村弥福堂，拜访何元烺、何道生兄弟，作《双渡访何兰士昆季至其书室》。两渡何氏人才辈出，何元烺、何道生兰士是乾隆五十二年丁未科进士，其父何思钧为乾隆四十年乙未科进士。

回京复命。嘉庆帝详细询问振定罢官之由，及历官所办之事。振定一一回答，嘉庆帝频频点头。见《行状》。

执门生礼拜访李棨，述说典试秦中取士诸事。见振定《送李沧云夫子南归步留别元韵》自注。

夏，铁保就增设左丘明世袭五经博士一事具疏再申前议，且采俞正燮等之说，对纪昀关于左邱姓氏的考证予以辨难。清廷再次下礼部讨论。纪晓岚再次考证，仍持己见，上《礼部议奏山东巡抚申辩前疏并另请增设汉儒郑元世袭五经博士折子》。该折列出《左传精舍志》十处问题，逐条批驳，其中最为简明的是，《左传精舍志》中有金朝（1115—1234）王去非诗"请看廿一简多少，独有先儒冠汗青"，而金朝尚无廿一史。纪昀还请时在京城的段玉裁进行研究。段玉裁与纪昀观点一致，代礼部作了《驳山东巡抚请以邱姓人充先贤左丘明后博士议》。

十月十四日，嘉庆帝就铁保"申请增设左丘明世袭五经博士即请令邱明善袭充"一事下谕："礼部所驳甚是，余具着著照部议行。"

振定为礼部主事，对此亦有研究，观点和纪昀不同。嘉庆帝一锤定音后，振定发布《邱氏非左氏后驳议》一文，旁征博引，举左丘明之姓邱氏史证班班，肥城邱氏系出左邱渊源可考。再自《魏书·地形志》《元和郡县志》《太平寰宇记》中检出左邱冢墓之记载，为肥城冢墓提供可信之凭据。其搜采之精，论断之确，出乎纪氏驳议之上，为时人所折服。

《续修四库全书总目提要（稿本）·集部三·知耻斋文集二卷》：《邱氏非左氏后驳议》据《广韵》引《风俗通》定邱氏确为左丘明之后，至唐林宝《元和姓纂》不载者，以《姓纂》今非完书之故，不得以此致疑，考核颇为精审。

十一月，升员外郎。《登太华山记》完成初稿。

嘉庆十年乙丑（1805）五十二岁

正月十五日，元宵节，《登太华山记》定稿。李祖陶《国朝文录》录有此文，评点曰："千古奇人，千古奇文。"

三月十八日，振定等组织同人在陶然亭集会，整日下雨，黄昏雨止。吴嵩梁作有《三月十八日陶然亭雨集》一诗，并记载了集会之人"自法学士式善以下，容凡四十人。主人则谢礼部振定、杨户部芳灿、李兵部鼎元、陈兵部同文、蔡礼部銮扬、张检讨问陶、伊知府秉绶、陈编修用光、陈刑部希祖、谢吉士学崇也”。法式善作有《陶然亭雨集》《日夕雨止》诗。振定诗已佚。

五月二十日，振定同年、亲家、长沙陈培英字月查父亲满八十，振定应邀作《陈松岩先生八十寿序》。

六月，李棨致仕归籍，振定饯别，作五言长诗《送李沧云夫子南归步留元韵》。

闰六月十七日，夜宿极乐寺国花堂，作诗有“梦中诗句亦生香”句。

应湖南宁乡陶章沩邀请，与法式善等集会陶然亭。

九月初九，重阳节，为礼部主事梁章钜所著记录、考证礼部典章制度和掌故的书，取名《南省公余录》，题字作序，期望梁“不倦于丹铅，他日拓成巨编”。

嘉庆十一年丙寅（1806）五十三岁

正月初四，嘉庆帝在重华宫茶宴诸王、大学士及内廷翰林等，作七律二首。振定参加此宴，并和嘉庆帝诗二首。

正月十七日，法式善生日，陶章沩邀请法式善、秦瀛、谢振定、杨芳灿、吴嵩梁、陈用光，集赵松雪蔗山园观赏梅花。

正月之吉，为陶澍父陶必铨作《萸江陶公墓表》，给湘乡冠曹胡为仁先生之亚配作《尹老孺人六秩寿序》。

振定画梅花扇面，谭湘琴、顾宗泰等题诗。顾诗为《题谢香泉侍御梅花画扇用湘琴韵》二首。

清明前夕，秦瀛邀请法式善、谢振定、杨芳灿、蔡式斋、陈用光、陶章沩，游崇效寺赏花。

振定与法式善等在赵松雪紫云新院聚会，约定共游西山等地。

次日开始，游苍雪庵宝藏寺、红石山、景帝陵、普觉寺、退谷、五华寺、玉泉山等地，作诗多首。

六月，收到仪征画家尤荫的诗集及《石铫图》咏。尤荫曾客礼亲王邸，与礼亲王切磋画技，授昭梿以画法。其时振定尚未中进士。振定认识尤荫，是在江南，由王文治介绍。王文治故去已经五年，尤荫因脚疾不能出门，也是十年未见。振定感慨万千，作诗以答。

八月二十四日，应爱新觉罗·裕瑞之邀，与法式善、徐松游大觉寺，作《思元主人招游大觉寺》。

八月，搬家至宣武门外上邪街路北，租住官房二十三间，月租银五两六钱五分。见中国第一历史档案馆所藏户部致内务府抄单。

九月初九，振定邀吴贻咏、吴云、杨旸谷等，并带儿子兴峣、兴峘到崇效寺赏菊，归集知耻斋，作诗。

吴嵩梁作诗《蔗山园赏菊赠赵象庵中翰，兼呈谢芗泉礼部》。

作《渡平吴翁六十寿序》。安徽泾县吴敬恒、吴念恒兄弟先后进京跟随振定学习。这年十月，吴父六十寿，振定应吴生兄弟俩之请作文以赠。

十二月，任通州坐粮厅厅丞满丞玉辂，腊日抵任。时任仓场侍郎萨彬图满、李钧简汉。萨彬图，乌苏氏，满洲镶白旗人，为谢振定同科进士。见《清代职官年表》。

漕仓吏胥以浮收、漏税渔利为奸，每官府至，则盛饰供帐，醵金为寿。一入其彀，则恣所为不得问，或拒之，反怏怏，百端相龃龉，号最难治。振定至，一切谢绝之，查访陋规积弊，一一涤除，事无大小，不假胥吏手。见《行状》。

原来厅丞吃用悉由县官供给，振定到任，即除此陋规，一饭一器皆自备。见《崇祀录》。

张士元《湘乡谢公述》："自公受命，坚却赂遗，各省兑运者，望风肃然，不敢以私奉公。"见张士元《嘉树山房集》

最迟于此年，振定与三兄振宁各捐田六十亩振定费银一千七百余两，由从兄弟辈子侄中不能读书的人耕种，许租谷用来周济贫乏、补充祭费。见《崇祀录》。

嘉庆十二年丁卯（1807）五十四岁

正月，兴峣、兴峘去京师上学，振定作诗送别。

坐粮厅署还是雍正三年重建的，已八十余年，堂舍"栋宇倾仄，上漏下濡，往往借椽杙为支拄，每当朔风号夜，梦凛心惊"。振定觉得"惕惕乎日在岩墙之下也"，于是筹划全面维修坐粮厅东署，所需费用约二千两银子，由户部借支，再在自己的养廉银中每年扣除二百两，实际是自己捐资维修。户部同意这一方案。振定立即请来工匠进行维修。

清代五品文官年俸八十两，禄米八十斛，养廉银二千四百两。

但坐粮厅厅丞实际正常收入高于这一标准。据《钦定户部漕运全书》（嘉庆二十四年户部刻本）记载：坐粮厅满、汉二员，旧例每年养廉银各一千二百两，雍正六年各加银一千两，于茶果银内动支。又，通济库平余各分给银一千两，旧袋变价各分给银三百两至六百两不等。

三月初一，第一批漕船抵达通州漕运码头，仓场侍郎萨彬图、坐粮厅厅丞谢振定、巡仓御史等漕运官员主持盛大的祭坝神仪式。

五月，坐粮厅东署维修完毕，从大堂到马厩修葺一新，且仅耗银千余两，远低于原计划。

五月十八日，萨彬图改任漕运总督，正蓝旗汉军副都统达庆蒙古族接任仓场侍郎。见《清代职官年表》。

六月初某夜，忽然梦见三兄振宁、四兄振实一起来京，而四兄振实已故多年，心甚诧异。几天后，杨健刚亭侍御自湖南衡阳老家归京，带来振宁时任清泉县教谕三月八日书信，知振宁康健如故，心乃稍安。见振定《祭栗园家兄文》。

七月，赴天津收北仓所截留湖广、江西粮米，悉却供给。见《行状》。

八月十四日晚，庭院设位，祭祀三兄振宁。振宁五月初三亡故，享年五十九岁。振定百日后才知，作《祭栗园家兄文》。自振宁乾隆五十二年进京参加大挑，兄弟不见已有二十一年。兄弟姐妹八人，只剩两人还有四姐。振定悲痛至极，“不见齿者月余”。

九月十九日丑刻，北仓迤南王家庄军船停泊处所，江西吉安帮第三十二号旗丁康胡梁重船失火，火势蔓延。谢振定急忙赶往现场。有人阻之曰：“救火，系地方官事，且此去尚二里许，昏夜路险，何往为?”振定正色道：“平人有难，犹需救。粮船为天储所系，我为朝廷命官，安可坐视不管?”率仆徒步赶往现场，亲上火船，指挥兵役扑救，望空跪祷，风折桅断，火船沉水。

次日，振定备羊豕谢神。捐五十两银子，奖赏救火之人。

事后统计，共计烧毁重、空军船二十五只，烧毁米一万三千余石，烧死副丁舵工水手男妇大小二十六人。天津巡漕御史贾允升、天津镇总兵本智、江西押运同知何启秀暨吉安帮领运千总张星垣等受到处分。见《清实录·嘉庆朝实录》《崇祀录》《墓表》。

秋，法式善、陶章沩由大通桥泛舟至潞河看望振定，三人以“秋泛”二字为韵赋诗。

闻乡试座师王大鹤家颇为潦倒，亲访其子为之改葬，复取其《啸笠山房试帖》旧选重刊之。

嘉庆十三年戊辰（1808）五十五岁

二月，振定到达天津，督促北仓米转运通州仓。

三月，张士元到天津看望振定，见座师颜色憔悴，若恒有所忧者。退问门客，曰：“公盖忧仓米之腐也。”见张士元《嘉树山房集·湘乡谢公述》。

通州大水，康家沟坝冲决成河，张家湾河道遂淤。朝廷命疏浚张家湾运河故道，塞康家沟支河。上年冬开始施工，至今年三月尚未完工。有人说是老鼋潜居其下，故坝无法合拢。振定认为自己有“监河之责”，乃以酒肉投河，以饲老鼋，为文以告，“天地之道，以生物为心”，警告老鼋迅速迁走，不得冥顽，否则将“抉汝肠，糜汝肉，拆汝甲，歼汝族”，沉铁釜数十镇之，堤乃合。

七月底，胡黄海、吴云、黄依宣到通州看望振定。“晚凉残暑退，新雨故人来”，四人喝酒聊天，振定非常兴奋，但明显感到不胜酒力。

秋，兴峣顺天乡试中举，振定无悦容。见《行状》。

季冬，两年任满回京。见《行状》。

嘉庆十四年己巳（1809）五十六岁

正月初一日，诰授振定为朝议大夫，夫人周氏为恭人。此时振定为礼部仪制司员外郎加二级。赠振定父亲再诏为朝议大夫，母亲刘氏为恭人。见《谢氏大宗族谱·首卷上·诰敕》。

镶白旗支放甲米，该旗都统等奏称，北新仓米色霉烂，难于全数支领。嘉庆帝降旨派令大学士禄康、费淳二人，前往北新仓查验。

仓场侍郎达庆、蒋予蒲上奏：收米上仓及坐粮厅验收，均无不合，此项变色米石，必须照例按旗支放，方于仓储无亏，恐镶白旗一处不领，别旗效尤，请旨饬令承领。

嘉庆帝又另派尚书德瑛等六员，同赴北新仓，并禄米仓、南新仓、海运仓、富新仓、兴平仓等各仓，遍行查验。德瑛等查验后奏称，米色实系不纯，霉变者多，将各仓米样包封呈览。

嘉庆帝又复特派军机大臣庆桂、董诰、戴衢亨三人，再行赴仓抽验。庆桂等抽验后上奏，米色有刚刚霉变、尚分颗粒者，亦有严重霉烂、现已结块者。所有各仓米色，均与德瑛等所进米样相符。

嘉庆帝大怒，三月初一降旨：除北新仓监督灵椿、和泰二员先已革职外，所有米石霉变较多之禄米仓监督观保住、赵玉，南新仓监督祥庆、廷璧，海运仓监督扎勒杭阿、张悰龄，兴平仓监督珠隆阿、郑裕国，均着革职离任。至部议该员等照例限一年赔完即准复还原职之处，不足示惩，将来赔完后，亦不准竟复原职，均着降一级调用。如赔补不完，照例不准补用。霉变较少之富新仓监督麟祥、范正容，亦均着照议降三级离任。限一年赔完，赔完后准复原职。如逾限不完，即实降三级调用。至于坐粮厅验收米石，是其专责。今米石到仓之时，即有潮润，岂能辞咎？礼部员外郎谢振定，亦着照议降一级调用。其在北仓收米转运之坐粮厅玉辂，该员既在北仓办理截卸及转运事宜，上仓之米，现多潮湿，岂能邀请免议？并着一体交部议处。达庆三任仓场侍郎，不知实心经理，致多赔误，其咎较重。部议只降二级调用，尚觉过轻，着降三级调用。蒋予蒲初任仓场侍郎，于所管仓储，漫不经心，着照部议降二级调用。见《清实录·嘉庆朝实录》。

振定降为主事的消息传开，多人为他鸣不平，有人建议申辩。振定只是笑笑，摇头。见《行状》。

振定与法式善等人游览大慧寺、李东阳墓园，见所种之树皆枯萎不振，计划凿井灌溉。然家无余银，乃典质得数十金，交法式善凿井。井成，泉甘而洌，不仅可资灌溉，而且可供周边数十户人家汲水饮用，众人将此井称为“香泉”。见姚文田《邃雅堂集》卷之三《香泉记》。

吴云率诸同年看望振定。见李祖陶辑《国朝文录》。

李祖陶《国朝文录·知耻斋文录引》：己巳入都，吴玉松师率领诸同年晋谒时，先生已被病，师预戒以见，无多言。再拜时，微窥其容，长身修髯，肃然具严正之气。

五月十四日，振定知道来日不多，命兴峣、兴峘汇集其手稿，送吴云编修校阅，口述七律二首。《病中即事口占示儿子》。见吴云所作

《墓表》。

五月十五日，振定振笔书“光明正大，通天达地”八字。弥留之际，无一语及家事，但肃然有严正之气而已。申时去世，享年五十有七。见《行状》。

郭则沄《十朝诗乘》：陈散原尝见其遗墨，以片楮书“光明正大，通天达地”八字，其子兴峘旁注，称为“临终之笔”。

葬湘潭县七都潮江冲之廖公冲凤形乾山巽向。坐正西北向正东南。见《族谱》。

法式善作《哭谢芗泉同年》，又作《诰授朝议大夫礼部员外郎前翰林院编修江南道监察御史谢君墓表》。

吴云亦作《诰授朝议大夫礼部员外郎前翰林院编修江南道监察御史谢君墓表》。

秦瀛作《礼部员外郎谢君芗泉墓志铭》。

嘉庆十五年春，振定家人搬出上邪街路北官房，尚欠租银二十二两八钱。续租者翰林院编修贺长龄自愿在其职俸银内代扣。见中国第一历史档案馆所藏户部致内务府抄单。嘉庆十九年甲戌七月二十九日，吴云将振定手稿编成文一册，诗二册。见《知耻斋诗集》卷六吴云所作跋。道光十二年壬辰，湘乡县儒学教谕章仁溥、训导文运升根据李罕、蔡世瑛等绅士的请求，呈请将谢振定入祀乡贤祠，并开列履历清册共十项。湘乡县知县胡钧、长沙府代理知府吕恩湛、长宝道胡镛签署意见逐级上报，湖南巡抚吴荣光复核无异，会同湖广总督卢坤、湖南学政岳镇南合词上奏朝廷。礼部根据朱批审议，称“所有谢振定题请入祀乡贤祠之处，实属名实相副。臣等谨拟准其入祀乡贤祠”。道光帝于道光十二年十二月十六日批复：依议。钦此。谢振定正式入祀乡贤祠。见《崇祀录》。

妻子周氏，生有三子一女。

长子谢兴峣，字心兰，号小泉，一号果堂。嘉庆二十四年进士，朝考一等第一名，选庶吉士，散馆授武英殿纂修，后选授河南固始县知县，调任宝丰县知县，荐升裕州知州、陕州直隶州知州，升补四川叙州府知府，调补成都府知府，署四川通省盐茶道。夷匪滋事，带兵出力，赏戴花翎。峣有乃父遗风，素性强直，不肯阿附，以是忤上官，因事罢归。乾隆四十四年己亥五月十七日巳时生，道光二十九年己酉二月十二日午时卒。李氏生子二：谢邦钧、谢邦钰。王氏生子四：谢邦镛、谢邦锜、谢邦锦、谢邦镄。白氏生子一：谢邦铭。

次子谢兴峘，字紫亭，号湘帆，一号讱庵，别号季实。嘉庆己卯顺天乡试挑取誊录，充国史馆誊录官，后授福建安溪知县，议叙加四级纪录，三次例赠奉直大夫。乾隆四十八年癸卯二月初六日子时生，道光十八年戊戌十二月十六日丑时卒。陈氏生子一：谢邦钺。路氏生子二：谢邦鉴道光丁酉举人、乙巳进士，曾任江苏高淳知县。谢邦鏸。郭氏生子一：谢邦剑。吴氏生子一：谢邦鏿。

三子兴堃，早殇。

女一，适洛阳县典史、湘潭李家茂。

后　记

谢振定是清朝乾嘉年间湖南乃至全国历史上非常重要的人物，涟源市地域文化研究室组织编辑出版《谢振定集》是一项很有意义的工作。

谢振定为人正直清廉，既不随俗世浮沉，也不贪恋权位财富，进能查贪官、治弊政，退可专古文、守心志。在任京畿道监察御史时，曾当街烧违制横行的和珅妾弟车，被称为“烧车御史”，名动一时。虽曾因此一度被罢职，但不仅得到了时人的广泛赞誉，和珅被查处后又被起复，而且后来还得到了道光皇帝的肯定。他一生廉俭自奉，并不富裕，但曾对需要帮助的老师之子慷慨解囊，对邻居死后无钱丧葬的情况积极救助且帮忙赡养一家老少，对破败的官舍自己出钱加以修缮，甚至知道自己时日无多之时还在李东阳墓地处捐凿了一口水井。凭借其真诚坦荡的胸怀，他一生所到之处交游颇多。为官京城时，与法式善、吴锡麒、赵怀玉、张问陶、罗聘、吴树萱、谭湘琴、何道生、秦瀛、刘大观、王昶等人曾往来唱和。三游江南，又与王文治、曾燠、袁枚、藕庵、朱尔赓额、尤荫、郭堃等一时名流多有往来。还曾参与谢启昆、阮元等人倡导的集会，作有大量诗文。虽然其所作未能完全保存下来，但在其去世后，由其子谢兴峣请门弟子吴云编辑，后学陶澍校订，辑有文集二卷，诗集六卷，名为《知耻斋诗文集》，从嘉庆到同治年间，多次印行，并有不少诗文被收入各种选集。

谢振定的诗歌以日常生活歌咏为主，或纪游记事，或咏史咏物，或佐酒题画，或幽思怀人，涉及内容较为广泛。其诗不仅为法式善等诗家所喜爱，而且有袁枚赞其“《游泰山》五古数章，直追韩、杜"①。其创作喜好也善于用典，所作诗歌很少有不用典的，有的甚至句句用典，充分反映了他的博学多识。只是有些典故比较生僻晦涩，也在一定程度上影响了流传。他喜好古文辞，甚至曾广泛搜罗当世古文，拟汇编以传，但在创作中又不屑沿袭规仿。其文章虽多应酬之作，但因其认识到了"学问之道，以果志得之，以因循败之。近世学说文家盛行，涉猎者多，贯通者寡，神明乎其中而具有心得者为尤寡。匪惟其力不专，抑亦好自矜尚者之过也"②，"六经为载道之文，亦秉情酌理之文也"③，"文以载道，实文生乎情，而又行之以浑浩之气，佐之以奇伟之才"④，"古之立言者，善道其性情之真，无端而怆然以悲，无端而怡然以愉，胥托于音以发之。于是体人情物理之微，貌风月山川之状，纬之以学识，鼓之以才力，得之心，应之手"⑤，也就使得其《游上方山记》《登太华山记》等纪游之作多浑浩之气，而各种应酬之文也往往旨正而情深。

《知耻斋诗文集》现存五种刊本，最早的是嘉庆二十五年（1820）家刻本，其后有道光十四年（1834）、十八年（1838）、二十六年（1846）和光绪十六年（1890）本。除道光十八年本外，其他各本都是在原板上修补印行的，属于同一版系，只是印行时间不同，少数文字因修补而小有差异而已。

之所以能确定最早刻印是在嘉庆二十五年，是因为从吴云和谢兴峣后来的跋中可以看出，谢氏诗文文一册、诗二册虽在其去世时交吴云整理，到嘉庆十九年（1814）即已完成，但并没有刻印，直到嘉庆二十五年谢氏之妻周氏去世后，谢兴峣才再次搜集，交由吴云、陶澍编次、印行，成为一函五册。

之所以能肯定其后各本多是在原板上修补印行的，是因为现存各本除道光十八年本外，其余虽然印刷时间不同，但版式、字体完全一样，都是文集正文每半页九行，每行二十字。诗集每半页九

---

① 《随园诗话·补遗》卷九。

② 《文集卷上》之《送曹复堂归汉阳序》。

③ 《文集卷上》之《与段若膺书》。

④ 《文集卷上》之《与徐凤辉书》。

⑤ 《文集卷上》之《养云楼诗序》

行，每行二十一字，夹注小字双行，仍然每行二十一字。诗文集皆为黑格，单黑鱼尾，四周双边。版心上方有“知耻斋文集”“知耻斋诗集”字样，并标明卷次，下方有页码。不同的只是部分文字有修补痕迹，重印时另外加有序跋而已。

比较特殊的是道光十八年谢兴峣在成都重新刻印了一次，成一函六册本，版式也略有变化，将诗集每行二十一字改成了二十字，但其内容依据的是旧刻本，只增加了附录，由坊刻商家印行，后来也并没有用其刻板替换家藏旧板。

其集能在嘉庆二十五年至光绪十六年的七十年间多次印刷，既说明其索要者多，也说明每次印刷数量并不大，所以现在各次刊印者存世都不多。能以家藏刻板一再印行，说明原板一直保存较好。而每次重印都需要修补，甚至在同一次印刷过程中也有修补的情况，又说明原用刻板木质不佳，从而导致即使是同次印刷的也都存在清晰度不同并有少数文字中途修补。

其集现存各本完整程度和修补情况存在较大差异，具体而言：

嘉庆二十五年刻印本现存六部，分别藏在国家图书馆、北京大学图书馆、湖南图书馆、上海图书馆、南京图书馆。其中国家图书馆藏有一函一册本和一函二册本两部文集，缺诗集，内容一样，只是装订不同，一册本应该是两册重装的。其他各馆所藏都是诗文集一函五册，包括诗集六卷、文集二卷，诗集后有吴云《跋》，文集后有吴云《墓表》、秦瀛《墓志铭》、贺长龄填讳的《行状》。除因保存原因而导致的南图本文集卷上缺第四页，上图本诗集卷二脱第三页下与第四页，卷三脱第三页下、第四、第五页外，在这第一次印刷过程中即已有修补痕迹，根据清晰度和描修情况可以判断，国图一函一册本与一函二册本印得最早，湘图本、南图本、北大本稍后，上图本末印。

道光十四年本为第一次修补重印，现存两部，分别藏在国家图书馆和北京大学图书馆。其中国家图书馆藏本仅有诗集，缺文集。之所以确定此本为道光十四年刊行，是因为谢氏于道光十二年十二月十六日奉旨入祀乡贤祠，其后人即准备重新印行，但诗集后收入了谢兴峣道光十四年任叙州知州后的跋，可知至十四年才付印。两本虽是同一批印刷，但国图本稍早于北大本。

道光十八年本是谢兴峣将旧刻本交王梦庚校雠，再由书商重刻印行的，主要区别只是版式略有变化。因文集卷上第四十八页有“东美魁记”“顶上扇料”朱印广告，可证其为坊刻。此本现仅国家图书馆藏有一部，文集前钤有“叶德辉焕彬甫藏阅书”印和北京图书馆藏书印，蓝色书壳外有“观古堂藏清道光十二年刻本”字样，应该是原属叶德辉所藏，而根据《行状》和《崇祀乡贤录》误判为道光十二年刻。虽然这个版本独立于家藏板修补之外，而且也有少数文字的改动，但仍然只是旧板的辨识翻刻，与家藏板修补本并无实质差异。

道光二十六年本是以家藏刻板修补重印的第二个本子，是谢邦鉴受其父谢兴峣之命组织修补印行的。这个本子现存七部，分别藏在国家图书馆、北京大学图书馆、天津图书馆、浙江图书馆、上海图书馆、南京图书馆和复旦大学图书馆。其中国图本仅存文集，缺谢邦鉴跋，北大本仅存诗集，津图本诗集脱卷四第二十三页，复旦本缺文集下册下卷。相对而言，北大本先印，浙图本次之，其他相继是上图本、津图本、南图本、复旦本、国图文集本，后印者修补较多。另外，国图一函四册本有朱、墨两色评点文字，共有四处评语，分别为左学曷、陈炳曜所记。北大诗集本有朱、墨笔标点痕迹，并有七处评点，不知何人所评。上图本文集有圈点痕迹，文集前有“王墒孙纪念物”印，可能既是原藏者，也是圈点者，文集前还多出《崇祀乡贤录》。

光绪十六年本是以家藏刻板修补重印的第三个本子，是由谢氏曾孙谢霖从家乡宗祠中取板在寄居地金陵修补重印的，现仅有南京图书馆藏本。

在《中国古籍总目》《清人诗文集总目提要上》和《清人别集总目》中还记载有《谢芗泉诗稿》稿本一册，北京大学图书馆藏。《知耻斋文集》二卷、《诗集》三卷、补遗一卷，湖南省博物馆藏。《知耻斋文集》六卷，河南图书馆藏。另有《知耻斋文集》四卷，《清人别集总目》记藏于山东图书馆，《中国古籍总目》《清人诗文集总目提要上》记藏于绍兴鲁迅图书馆，《清人别集总目》又载有光绪四川翻刻本藏四川图书馆，今皆搜寻未果。

除上述刊本外，集中诗文还曾被选入多种清代诗文选集，包括邓显鹤《资江耆旧集》卷三十五收诗七十七首，徐世昌《晚晴簃诗汇》卷一百二收诗四首，王昶《湖海诗传》卷三十六收诗三首，李祖陶辑《国朝文录》收文八篇，贺长龄、魏源《皇朝经世文编》收文一篇，王锡祺辑《小方壶斋舆地丛钞》收文三篇，董诰等《皇清文颖续编》收赋一篇，由此也可略见其诗文影响较大。

本次整理以湖南图书馆藏嘉庆二十五年本为底本，主要以天津图书馆藏道光二十六年本为校本进行校勘。天津图书馆藏本是用底本原刻板修补印行的，虽然各修补之处间或有纠正底本错误的，可以据以改正，但多数只是辨形描补复原，未必是纠误，甚至反而导致了错误，所以只在极少数地方据之校改。底本模糊不清处参考上海图书馆藏嘉庆二十五年本录入。在文字处理上，除将繁体字改为规范简体字外，异体字、古今字、正俗字、版刻讹字一律直接改正，不另作说明。

因为诗文中用到了大量典故和生僻字词，有些内容较难理解，所以本次整理对每一篇作品都作了“题解”，对与诗文题目相关的内容做出说明，包括创作时间，为何人何事而作，所涉人、事、物、地的情况等。唱酬诗歌尽量在“题解”中引述同时作者的作品作为参照。有部分诗题下原有注释，有的甚至很长，为使标题整齐醒目，原注一律移置“题解”中说明。

另需说明的是，原编次都是文集在前，诗集在后，因其主要成就在诗，而且卷数也比文多，所以本次整理将诗集前置。

本次整理中的版本校勘与生平资料收集由吴小倩承担，题解主要由喻几凡、吴小倩负责，补遗、纪事及师友相关诗文由梅国华、吴小倩搜集，另有李超平、李志和、莫俊、刘小力、杨家毅等先生给予了大量帮助，年谱由梅国华、梅婷编辑，全书由喻几凡统稿。因为学识所限，虽然在整理中力求完备与准确，但疏漏、舛误之处或仍不免，尚祈方家指正。

图书在版编目(CIP)数据

谢振定集/吴小倩,喻几凡,梅国华校注. --长沙:岳麓书社,2024.11.
ISBN 978-7-5538-2245-7

Ⅰ. I214.92

中国国家版本馆 CIP 数据核字第 2024AL4252 号

XIE ZHENDING JI

谢振定集

作　　者:〔清〕谢振定
校　　注:吴小倩　喻几凡　梅国华
出 版 人:崔　灿
出版统筹:马美著
责任编辑:刘　文　冷金成
责任校对:舒　舍
封面设计:戴　宇

岳麓书社出版发行
地址:湖南省长沙市爱民路 47 号
直销电话:0731-88804152　0731-88885616
邮编:410006

版次:2024 年 11 月第 1 版
印次:2024 年 11 月第 1 次印刷
开本:640mm×960mm　1/16
印张:26.5
字数:404 千字
书号:ISBN 978-7-5538-2245-7
定价:175.00 元

承印:长沙超峰印刷有限公司

如有印装质量问题,请与本社印务部联系
电话:0731-88884129